卷首语

花放三春，红染千树，大地因时而苏，文学应景而生。

《大地文学》春季卷为读者朋友奉献：

——深度纪实，史海钩沉，打捞资源之事，映照人性之光。长江流域，千里沃野，自古湖广熟，天下足，然而《荆楚粮仓》的保护与守护，并非易事；岁月峥嵘，《八盘沟那面红旗》至今飘扬在黑土地上。

——小说麦田，滋养万千故事。《一夜长三年》借风声说爱情；《芝镇说》里有一个人生下来就懂鸟语；《院子长不开梧桐树》却飞出了金凤凰；《多莱》这条狗其实一直和它的主人在一起。

——随笔天下，在自然中行走，在行走中遇见，在遇见中抒写微小的生命。《山花帖》凝视山野，审视人性，思考人与自然的关系，在草木荣枯与人类兴衰的交织中，微光隐现；《一棵梦想飞翔的树》长于凡世，飞翔是不是有意义的呢？《跟着走》，其笔力和脚力所达到的境界，正展现出文学的力量。

——诗行大地，节序流年，丘壑待诗。《青龙湾之书》与天空赤诚相见；《癸卯春节歌》为平常的日子、散淡的襟怀击节；一曲《春游桃花源》听罢，小舟垂钓，众客忘归；梅花傲雪而开，上元如期而至，骚人应约而赋，细流涓涓，余音袅袅。

——评论言说，且琢且磨。《真实的美总会让人感动》《一颗莲籽里的春天》《为梦之光赋形》，评者之言如他山之石，或可攻玉。

开卷而读，掩卷而思，大地之上，文学与自然共春天。

编　者

大地文学　2023年春季卷　总第67卷

中国自然资源作家协会
中国地质大学（北京）
中国矿业报社

《大地文学》编辑委员会
（以姓氏笔画为序）：
　　　　　　代雨东　叶浅韵
　　　　　　陈国栋　劳　马
　　　　　　李青松　杨　沐
　　　　　　张二棍　周　习
　　　　　　周伟苠　胡红拴
　　　　　　施建石　赵腊平
　　　　　　高洪雷　顾晓华
　　　　　　郭友钊　彭　健

主　　编：陈国栋　代雨东
副 主 编：劳　马　赵腊平
特约编辑：刘能英　贾志红　张　艳　王江江
　　　　　王先桃　周子健　李德重

大地文学

2023 春季卷（总第67卷）

中国自然资源作家协会
中国地质大学（北京） 编
中国矿业报社

山东文艺出版社

图书在版编目（CIP）数据

大地文学.2023年.春季卷／中国自然资源作家协会，中国地质大学（北京），中国矿业报社编．—济南：山东文艺出版社，2023.4

ISBN 978-7-5329-6868-8

Ⅰ．①大… Ⅱ．①中…②中…③中… Ⅲ．①中国文学—当代文学—作品综合集 Ⅳ．①I217.1

中国国家版本馆 CIP 数据核字（2023）第 054927 号

大地文学·2023 年·春季卷
DADI WENXUE 2023NIAN CHUNJI JUAN
中国自然资源作家协会
中国地质大学（北京） 编
中国矿业报社

主管单位	山东出版传媒股份有限公司
出版发行	山东文艺出版社
社　　址	山东省济南市英雄山路 189 号
邮　　编	250002
网　　址	www.sdwypress.com
读者服务	0531-82098776（总编室） 0531-82098775（市场营销部）
电子邮箱	sdwy@sdpress.com.cn
印　　刷	山东华立印务有限公司
开　　本	787 毫米 ×1092 毫米　1/16
印　　张	15
字　　数	270 千
版　　次	2023 年 4 月第 1 版
印　　次	2023 年 4 月第 1 次印刷
书　　号	ISBN 978-7-5329-6868-8
定　　价	56.00 元

版权专有，侵权必究。如有图书质量问题，请与出版社联系调换。

目　录

深度纪实　001

　　荆楚粮仓　——全国基本农田保护发祥地监利耕地保护散记　　刘将成　002
　　八盘沟那面红旗　　郝殿华　037
　　南　上　　林　平　052

小说麦田　063

　　一夜长三年　　李先钺　064
　　芝镇说（节选）　　逄春阶　090
　　院子长不开梧桐树　　董增文　108
　　多　莱　　韦汉华　120

随笔天下　125

　　山花帖　　张海峰　126
　　一棵梦想飞翔的树　　提云积　133
　　跟着走　——若尔盖野外踏勘笔记　　马半丁　137
　　沙子的丰碑　　李易农　142
　　阆中记　　邹安音　149
　　山谷的诗意表达　　路　军　158
　　秋天的原野　　戴舒生　163
　　林间漫步　　高立鹏　168
　　给你一条江　　文　猛　174

刘家台的红高粱 　　　　　　　　　　　　　　　　　李文山　182
那棵滇朴树 　　　　　　　　　　　　　　　　　　林　琼　187

诗行大地　　　　　　　　　　　　　　　　　　　　　　　191

孙大顺／张高峰／郭爱华／如　月／田浩国／杨玉贵／程杨松
赵道顺／崔在庆／高　昌／邵红霞／王海亮／盛胜利／何云春
渠芳慧／彭耀南／施玉琴／郭文泽／程良宝／操太平／谭会东
班　颁／贾志华／任崇轩／芮自能／艾　文／郑成美

评论言说　　　　　　　　　　　　　　　　　　　　　　　221

真实的美总会让人感动　——读朱明东的《岭上花儿开》　　陈国栋　222
一颗莲籽里的春天　——浅析王朝环组诗《扶贫日记》　　　乌日娜　225
为梦之光赋形　——读黄世英报告文学《逐梦人生》　　　　张　艳　231

荆楚粮仓

——全国基本农田保护发祥地监利耕地保护散记

刘将成

汽车驶出武汉城区，沿沪渝高速一路向西，大约一个小时后，在仙桃市陈场镇境内拐上随（州）岳（阳）高速，向南行驶15分钟左右就是东荆河，汽车越过东荆河大桥后进入监利境内。

六月黄金似的阳光下，公路两边广袤的稻田里溢出勃勃生机，给人一种置身辽阔大草原的感觉，但又让人明显感觉到这无垠的绿色与宽广的大草原有着不同的气质。再次把目光投向田野的时候，发现一望无际的稻田少了草原的粗犷。它没有恣意开放的格桑花和远山，它有的是纵横交错的水渠和绿树环抱的村庄。阡陌像一张张巨型的网，网绳的尽头被一个个零星分布的村庄牢牢拽住。回过神来才了悟——这正是农耕文化与游牧文化不同气质的表现。在初夏的风里，我闻到了一丝从远古飘来的楚国农耕文化的气息。

《诗经》有云："十亩之间兮，桑者闲闲兮，行与子还兮。十亩之外兮，桑者泄泄兮，行与子逝兮。"《十亩之间》出自《魏风》，虽然描写的是今天山西芮城东北一带采桑人轻松愉快的劳动场景，然而勾画出来的清新恬淡的田园风光和劳动场景，正好呼应了监利这片沃野上楚国原始农耕文化的传承与江汉平原现代农业的勃勃生机交织、融合、共同发展所释放出来的一种气息。

"民以食为天，食以土为本。"早在8000年前，中国农业的鼻祖神农氏就开创了华夏民族的原始农耕时代。从此，土地成了满足人类吃饭和居住需要的最基本的生产资料。

从春秋战国到清末民初，我国经历了漫长的传统农业发展阶段。在这个漫长的过程中，土地资源的利用相对单一，主要用于满足人们吃饭、穿衣的需求。

1949年以后，我国从以农业经济为主导的国民经济发展形态逐步向多元经济发展形态转变，土地资源的开发利用也呈现出多元化。尤其是改革开放以来，随着政治、经济、文化、科技、教育的发展，以及人口的快速增长，人们对土地资源的需求日益加大。土地作为一种不可复制、不可再生资源,承载着国家和民族生存与发展的重任。

面对人类发展与资源环境的巨大矛盾,为寻求人类长期生存和发展的路径,破解发展难题,从20世纪50年代开始,世界各国的科学家从不同角度进行了努力和探索。

1974年11月,联合国粮农组织在罗马召开了第一次世界粮食首脑会议,通过了《世界粮食安全国际约定》,首次提出了"粮食安全"(Food Security)概念。

时间进入20世纪80年代,随着改革开放不断深入,工业和商业迅猛发展,城镇扩张,乡镇企业遍地开花,富裕起来的农民雨后春笋般的建房热潮,以及人口的快速增长使建设用地的需求与日俱增,建设用地踩红线、越红线的现象十分普遍。尤其是乡镇企业,小产能,大规模,一味求大的现象层出不穷。伴随工业和经济的快速发展而日益凸显的人地矛盾已经对中国的粮食安全构成了重大的挑战。

粮食安全历来是各个国家的首要问题。中国政府历来十分重视粮食生产和粮食安全。多年以来,中央政府的一号文件都是关于农业、农村、农民的内容,由此可见一斑。习近平总书记曾多次强调,中国人的饭碗一定要端在中国人自己的手上。

粮食问题说到底就是耕地保有量和耕地质量的问题,守住了耕地就是守住了粮仓。中国以全球7%的耕地养活了世界22%的人口,与其说这是一个奇迹,不如说这是中国耕地保护举措的伟大成就。因此18亿亩耕地红线被称为"生命线"。

1986年6月25日,中国颁布了自1949年以来的第一部《中华人民共和国土地管理法》,由此揭开了我国土地使用制度改革历史性的一页,保护耕地、合理利用土地作为新时期土地使用制度改革的核心内容正式以法律的形式确立下来。

1987年,以挪威前首相布伦特兰夫人为首的世界环境与发展委员会(WECD)成员,向联合国大会提交了一份报告——《我们共同的未来》,正式提出了"可持续发展"的概念和模式。这比《中华人民共和国土地管理法》的颁布足足晚了一年。

中国第一个基本农田保护区的诞生

监利市是我国第一个基本农田保护区的诞生地。监利市位于湖北省中南部,江汉平原南端、洞庭湖北面。南临长江,北襟襄水,东邻洪湖,西接江陵、石首,与湖南省岳阳市隔江相望,全市总面积3460平方公里。辖3个乡、18个镇,共67个社区居委会、323个村民委员会,总人口156.6万。现有耕地面积260万亩,其中基本农田保护面积223.4万亩。

江汉平原像是大自然馈赠的一个天然粮仓。如果有机会参观位于荆州古城西门附近的荆州市博物馆，你会在目不暇接的楚国文化瑰宝中看到关于水稻的种植历史。1975 年在楚国故都纪南城凤凰山 167 号汉墓出土了 4 束完整的稻穗，稻穗长 19 厘米，穗粒 72 颗，经研究人员推算，当时 1000 粒稻子重约 28 至 32 克，其产量达到了与 30 年前荆州地区水稻产量大致相当的水平。荆州水稻种植有着悠久的历史，而监利则是荆州水稻种植的翘楚。在监利，你和当地人聊到"鱼米之乡"这个话题，他们就会自豪地告诉你："掉一粒饭在地上，就会长出一串稻子。"史料也印证了监利是一个有着悠久农耕文化传统的粮食生产大市，三国时期即盛产水稻和鱼虾，据《监利县志》记载：三国吴黄武元年（222），"析华容县东境始置监利县，属南郡。监利以地富鱼稻，吴设卡派官'监收鱼稻之利'而得名"。

监利地处长江中游，江汉平原南端，全境海拔高度在 23.5—30.5 米之间，高差仅 7 米。一马平川的大地上，土地肥沃，水系纵横，洪湖水系与长江贯通，形成了发达的水上交通网络，近 2000 年来，监利粮食得以源源不断地运往全国各地，滋养着众多的华夏子民。尤其是新中国成立以后，农业生产条件得天独厚的监利，成为全国优质粮主产区、国家重要的商品粮生产基地，地方政府一直把粮食生产作为一项重要工作来抓。通过新修水利，改良土壤，推广农业机械化，以及介入现代农业技术，监利粮食生产更是朝着稳产、高产方向持续发展。

早在二十世纪八九十年代，监利粮食总产就曾蝉联湖北省"九连冠"。之后，监利又连续 6 年被评为"全国粮食生产先进县"。2009 年监利更是荣获我国粮食生产的最高奖项——"全国粮食生产先进县标兵"，从而获得"中华粮王""全国水稻第一县"的美誉。据资料显示，2013 年监利县粮食产量实现"十连增"，总产突破 30 亿斤大关。监利对"湖广熟，天下足"这句谚语做出了最好的诠释。

（一）受命

谈到监利基本农田保护这个话题，刘汉尧是一个绕不开的采访对象。刘汉尧，湖北洪湖人，1983 年毕业于湖北农学院，毕业后分配到监利县农业局工作。1986 年监利县土地管理局成立，当时土地管理局是隶属于农业局的一个二级局，本着人员内部调整的原则，刘汉尧成为监利县土地管理局最早的四个工作人员之一。1997 年根据组织安排，刘汉尧调到监利县建设局工作，后任监利县城市管理局副局长，退休后主要精力集中在坚持了多年的"红学"研究上。

采访刘汉尧是一件轻松愉快的事。他虽然离开自然资源部门多年了，但是谈到当年的基本农田划定工作，他依然记忆犹新。刘汉尧思维敏捷，幽默风趣，逻辑性强，具有很好的表达能力，见面说明来意后不用提太多的问题，他就会把当时的情况清晰而完整地呈现在你面前。

1987年下半年，刘汉尧带着热恋中的女朋友去荆州旅游，旅游的空隙也顺便去拜访了忘年交——时任荆州地区土地管理局副局长徐欣。一对因学术互相欣赏的朋友见面，徐欣少不了尽地主之谊。席间徐欣聊到了土地管理中出现的一些问题，比如蓬勃发展的乡镇企业与乱占耕地的矛盾，城镇扩张与乱占乱用耕地的问题，还有联产承包后逐渐富裕起来的农民在良田里无序建房毁坏耕地的问题……

1977年至1987年约十年间，荆州地区就因建设用地减少了110万亩耕地，平均每年减少10多万亩。面对急剧减少的耕地，土地管理局作为一个刚刚成立的部门，从管理理念、管理方式到管理手段都处在一个摸索阶段，工作上往往是"水里按葫芦"，疲于奔命。作为曾经从事农业区划工作的专家，徐欣面对耕地不断减少的困局，除了心痛，更多的是思考对策。

最后，徐欣把他苦苦思索了很长一段时间的问题抛了出来，他想以一种制度的形式对整个荆州地区的农田按优质耕地、中等耕地和一般耕地进行分等定级，然后把优质粮田保护起来，做一种刚性的保护、不能有半点侵犯的保护。对中等和低等粮田进行改造后也保护起来。当他谈完自己的初步构想后话锋一转："刘汉尧，你发表在《中国土地》杂志上的《人地生态平衡构想》不仅引起了国家土地管理局的重视，同时也引起了中国人民大学、华中农业大学、南京农学院和武汉钢铁学院等机构的关注。你是一个善于思考问题的人，和我一样，过去也在农业部门工作，对农业区划工作比较熟悉，回去以后利用你的专业知识搞一个具有可操作性的方案报上来，而且越快越好。"

说到这里的时候，刘汉尧开了个玩笑："在我女朋友的见证下，基本农田保护这么一个极具开创性和挑战性的工作重担就从酒桌上落到了我的肩上。"

刘汉尧在谈到时任荆州地区土地管理局局长聂光炎和副局长徐欣时，对他们在工作中表现出来的战略眼光而产生的敬佩之情溢于言表："正是他们一正一副两个局长惺惺相惜，互为依托，为共同从事的土地管理事业努力开拓的执着精神，演绎了一段土地管理工作的佳话，成就了'功在当代，利在千秋'的基本农田划定创举。"

从荆州回来后，刘汉尧第一时间向县局党委汇报了地区局的安排并提出了自己的打算。县局党委很快召开专题会议，决定把耕地保护工作作为县局工作的重点，尽一切可能为刘汉尧提供一个良好的工作环境。刘汉尧把手头的日常工作交给其他人，一头扎进了耕地保护这个探索性的工作之中。啃书本，查资料，收集农业区划工作底图……用刘汉尧自己的话说："那是昏天黑地的一个月，连女朋友也很少见面，好在当时还没结婚，一人吃饱全家不饿的好处，就是可以把全部精力用在工作上，否则也不会这么顺利。"

一个月后，刘汉尧如期拿出了方案，经县局党委讨论通过后由刘汉尧专程送到了荆州地区土地管理局局长聂光炎和副局长徐欣手上。在会议室，地区局两位局长看完方案后会心地笑了。聂光炎局长看看刘汉尧，脸上露出了慈祥的微笑："行啊！就知道你这小子不会让我们失望。"会议室里充盈着喜悦的气息。一颗希望的种子萌芽了。这一天聂光炎局长还送了刘汉尧"小诸葛"的雅号。自此，聂光炎每次到监利出差都会利用空闲时间叫上刘汉尧聊聊天，交流一些土地管理领域的新动向、新发展。

第二天地区局就召集相关业务科室的科长和业务骨干就监利县局上报的高产农田保护方案，从学理、法律、可行性、可操作性，以及可持续性等方面逐字逐句进行分析、讨论、修改。很快荆州地区第一个农田保护区划定试行方案出台了。

（二）试点

徐欣副局长是一个风风火火、说干就干、工作过不得夜的人。地区局随即成立了试点工作专班，各种准备工作已经就绪，就等一声令下，随时可以开赴试点乡镇。无奈，旧历年关已近，试点工作只能等春节假期以后才能铺开。

在江汉平原，按照民间的习俗，春节是一个很长的假期。通常过了正月十五农民才陆陆续续开始上工。1988年春节刚过，作为荆州地区土地管理局基本农田划定工作专班一员的刘汉尧等不到过完元宵节就受命前往监利县周老嘴镇土地管理所打前站。刘汉尧清楚地记得，动身的那一天，下着大雪，当时的公交车和公路都不如现在这么好，现在40分钟的车程，1988年正月的那一天他足足走了3个小时。

当年周老嘴土地管理所还没有自己的房子，是镇政府在办公楼里腾了一个套间给土管所办公，条件十分简陋，刘汉尧只能栖身于办公室后面不足6平方米的房子里，可是这丝毫没有动摇一个走出校门不久的大学生心中的理想，他只有一个目标，那就是在开创性的领域实现自己的抱负。他白天培训和指导所里的工作人员，晚上思考着明天的工作，为即将开展的基本农田划定工作设计着每一个细节。谈到这里刘汉尧感慨了一番："那是一段一去不复返的青春年华，那是一段充满理想和激情的好时光。现在回想起来才知道那就叫青春。"

在问到为什么选离县城较远的周老嘴镇作为试点，而不是县城周边的乡镇时，刘汉尧告诉我，在这个问题上他是经过反复考量，并和局领导反复讨论后确定的。选择周老嘴镇做试点有两大优势：一是周老嘴镇比较小，只有17个村，试点周期会比较短，而且它的地理位置和农田分布又具有普遍的代表性，这样摸索出来的经验具有普适性和推广意义。二是周老嘴镇土管所基础工作比较好，无论是地方政府还是村组都具备良好的协调能力。当监利领导把这个设想通过电话报告给地区徐欣副局长的时候，徐欣非常满意，当即决定把周老嘴镇确立为试点乡镇。

监利县人民政府和荆州地区土地管理局确定周老嘴镇为全国农田保护区划定试点镇之后，周老嘴镇政府对农田保护区划定工作也表现出了高度重视和积极配合的态度。我在监利市自然资源和规划局档案室里查到了一份1988年周老嘴镇《关于组建农田保护区和地力补偿制度领导小组》的文件。透过尘封的岁月，这份1988年3月10日出台的文件清晰地为我们呈现了当年周老嘴政府在基本农田保护试点工作中所做出的努力。经镇政府组织参与该项工作的部门就有农技、水利、城建、土地和17个村委会。其实，周老嘴镇政府对该项工作的重视程度也反映出了当时监利县人民政府对基本农田保护工作的高度重视。遗憾的是，由于年代久远，当年的领导或调动，或随子女异地居住，或身体染病，我没能采访到当时管理这方面工作的负责人。

（三）"基本农田"的命名

1988年3月10日，荆州地区土地管理局地籍科副科长王先兵和科员吴邦宏抵达了周老嘴土管所，农田保护区划定的大幕就此拉开。20世纪80年代是一个充满理想主义色彩的时代，三个怀揣梦想的年轻人聚在一起就是一团火，三个年轻的大学生将在湘鄂西革命根据地——周老嘴这片曾经烽烟滚滚的土地上划出中国第一个"基本农田保护区"。

工作刚刚展开，就遇到了一个难题。每个村的农田面积倒是都有了，哪些是良田，哪些属于一般农田，哪些属于望天收的田，凭直觉也不难分辨出来，但是，对哪些农田实施保护，全镇总体保护面积怎么定，都成了一个个悬而不决的问题。三个年轻人苦苦思索的同时，把这个问题及时汇报给了徐欣副局长。徐欣副局长二话不说，放下电话就往周老嘴镇赶，到了周老嘴土管所，人未落座，就把三个小伙子和其他工作人员召集起来听汇报，展开讨论。经过几番辩论，最终达成了共识：被保护起来的农田面积一定要满足两个基本条件，一是满足农民的口粮需求，二是确保完成上交国家的公粮任务。这两个基本条件共同构成全镇农田保护面积的总和。两个基本条件的确立，让几个人的脑子灵光一现，"基本农田"这个概念就从几个基层干部的脑子里诞生了。有了"基本农田"这个概念，操作起来就简单易行了，在日后的推广方面也具有切实可行的操作性。最后，徐欣副局长拍板："我们就搞基本农田保护区。""基本农田"和"基本农田保护区"两个概念的明确，让接下来的工作进展十分顺利。

1988年3月20日，周老嘴镇境内选定的三个试点村——火轮村、爱华村、胡场村的基本农田划定工作圆满结束。通过三个村的基本农田划定实践，三个小伙子对原有方案做了一个系统性的论证，经过补充、修改、完善，一个切实可行的《基本农田划定方案》送到了徐欣副局长的手中。随即，周老嘴镇的基本农田划定工作在全镇铺开，大约在同年8月份全部结束。全镇共分三个地块（张场片、揭家片、周老片），划定105个保护片，保护面积37792亩，占全镇耕地总面积的92.2%。同时规划居民点、国家集体单位建设用地108处，面积1229亩。

至此，由荆州地区土地管理局会同监利县人民政府、监利县土地管理局在周老嘴镇开展的基本农田保护区划定试点工作落下帷幕。中国第一个基本农田保护区由此诞生。

（四）推广

周老嘴镇基本农田划定工作结束以后，聂光炎、徐欣内心的那种喜悦自不必说。但他们思考的是尽快在整个荆州地区进行推广，专班也是马不停蹄，他们夜以继日对周老嘴镇的成果进行梳理，使之更缜密、更具操作性，很快拿出了具有指导意义的荆州地区基本农田划定技术规程和操作规范。为了提前做好在全区推广的准备，经报请荆州地区行署批准，1988年5月荆州地区土地管理局就在周老嘴镇召开了现场会。全区各县市土地管理局的主要负责人参加了会议，会议就正在实施的基本农田保护区划定工作进行了讲解，并对全区的基本农田划定工作做了部署和安排。

五月，是监利最美的季节，无垠的稻田已经翠绿欲滴，充满生机。春风一吹，绿浪起伏，空气里充盈着秧苗散发出来的淡淡气息，走在基本农田保护区的田间小路上，一种心旷神怡的感觉油然而生。与会人员所见所闻不仅让他们感慨，也给他们带来了紧迫感。

现场会以后，荆州地区基本农田划定工作的序幕就此拉开。有了第一个吃螃蟹的人，后来者轻车熟路。1989年春天到来的时候，荆州地区各县市基本农田保护区划定工作如期完成。对于荆州地区土地管理局党委来说，把全区的基本农田保护起来是目的，但不是最终目的。他们要把这个经验推广到全省、全国，让全中国的耕地都被保护起来。只有耕地保护好了，全国人民的饭碗才算保住了。

荆州地区基本农田保护区划定工作完成之后，很快湖北省土地管理局一直关注和期待的荆州地区土地管理局关于基本农田划定与保护的总结报告就摆到了省局领导的案头。事不宜迟，湖北省土地管理局马上组成专家小组对"荆州经验"做了进一步的论证，之后向国家土地管理局递交了报告和相关技术资料。国家土地管理局收到湖北省土地管理局的报告后十分重视，并很快就荆州地区划定基本农田保护区的情况向国务院递交了专项报告。当时国务院分管农业和土地的副总理看到报告后觉得这是一个关系到国计民生的大事,马上就将文件签到了国务院、农业部和国家土地管理局,明确指示这个事非常重要,要把它推广到全国。1989年5月25日至28日,国家土地管理局和农业部在荆州开了基本农田划定和保护现场工作会,参加这次会议的有各省土地管理局局长和农业厅厅长。

在采访刘汉尧的时候,他感慨地说:"当时我也受邀参加了这个会,会议期间参加了西北组讨论,专门就他们提的一些问题进行研讨。基本农田保护区划定工作从周老嘴镇试点到1989年全国推广,这个过程是相当短暂的。这充分体现了国家对粮食安全问题的重视,以及各级政府和部门卓越的执行力。"

基本农田保护区划定工作在全国推广的过程中,由荆州地区构建的基本农田划定与保护的框架得到了进一步的完善,更具科学性、规范性和可操作性。

1991年1月4日,国务院总理李鹏签发中华人民共和国国务院第73号令,发布了《中华人民共和国土地管理法实施条例》,明确规定"单位和个人将耕地改为非耕地的,须经县级以上人民政府批准"。基本农田划定工作在全国全面展开,"监利经验"正式走向全国。

1993年1月6日,省长郭树言签发湖北省人民政府第40号令,发布《湖北省基本农田保护试行办法》,这是全国第一部关于基本农田保护的政府规章。

1994年8月18日,国务院总理李鹏签发中华人民共和国国务院第162号令,发布了《基本农田保护条例》,以法规形式确立了我国的基本农田保护制度。

2005年10月28日,国务院办公厅印发《省级政府耕地保护责任目标考核办法》,建立了对地方政府耕地保护责任目标的考核制度。有了从上至下的系统性耕地保护制度,"十一五"期间,我国基本农田保护面积稳定在15.6亿亩以上,为国家粮食安全提供了有力的保障。

2006年春天,十届全国人大四次会议上通过的《国民经济和社会发展第十一个五年规划纲要》明确提出,18亿亩耕地是未来五年一个具有法律效力的约束性指标,是不可逾越的一道红线。由此,18亿亩耕地红线成为保障国家粮食安全的一个刚性基数被确定下来。

(五)老照片

秋高气爽。2020年9月1日,在监利市自然资源和规划局办公室副主任王敏的陪同下,我在全国基本农田保护发祥地周老嘴镇采访到了周老嘴镇自然资源和规划所所长汪长江和副所长李平。

周老嘴镇位于监利市城北25公

里处，是一个充满了红色基因的革命老区。这个小镇只有150.81平方公里，却在中国近代史上留下了不可磨灭的光荣历史。1927年大革命失败后，1928年，贺龙、周逸群、邓中夏、段德昌、贺锦斋等革命先驱在湘鄂边组织开展游击战争，开创了湘鄂边根据地，成立了中国工农红军第四军（后改称红二军）。1931年7月至1932年4月，周老嘴成为湘鄂西苏区的政治中心。周老嘴镇现在依然保存完好的革命旧址多达48处，其中主要有中共中央湘鄂西分局、湘鄂西省委、省苏维埃政府、省军委、河邺军团总指挥部、中国工农红军军事学校二分校、河邺军军部、政治保卫局等，还有湘鄂西第三次工农兵贫民代表大会会址，以及段德昌、夏曦、贺龙、周逸群等人的旧居。

采访中汪长江告诉我，当时荆州地区土地管理局局长聂光炎和副局长徐欣，以及监利局的领导选择周老嘴镇作为试点，除了考虑到周老嘴镇的行政区划面积比较小，易于操作，周期短以外，还有重要的一点是考虑到了周老嘴镇这片红色沃土上的人民有一种积极向上、百折不挠和敢为人先的传统精神。

谈到基本农田划定和保护，副所长李平更是如数家珍。李平1986年底参加工作就分配在周老嘴镇土地管理所，他自始至终参加了基本农田划定的试点工作。时间过去33年，他对当时工作中的大事小事仍然记忆犹新。谈到兴起时，他从档案室搬出了十几本卷宗，卷宗里的文字和图片资料完整地记录了基本农田划定和保护试点工作的详细情况。其中有一组照片以最直观的方式把我带进了周老嘴镇1987年的春天，带到了如火如荼的基本农田保护试点现场。

晚上，我把经允许后翻拍的一组照片简单地罗列一下，编上序号，基本农田保护试点工作的一条脉络就清晰地呈现出来了。

镜像一：周老嘴镇政府大礼堂里召开试点工作动员会的情景。会标上写着"周老嘴镇划定基本农田保护区大会"。当天参加会议的除了荆州地区土地管理局和监利县土地管理局的试点工作人员以外，还有周老嘴镇各相关部门的负责人和全镇的村支书。这充分展示了地方政府对开展基本农田保护试点工作的重视和决心。

镜像二：时任监利县土地管理局建设用地股副股长、试点工作核心成员刘汉尧带领两名专班人员在田野上用皮尺丈量田亩面积。三月的江汉平原春寒料峭，每一个队员都穿着厚厚的棉衣和齐膝盖的套鞋。照片上刘汉尧还是一副学生脸，正专注于记录测量结果。队员们躬身把希望的种子埋进春天的田野里。

镜像三：在周老嘴镇土地管理所简朴的办公室里，时任所长李启荣、刘汉尧等六人在计算、整理、登记各村农田面积和农田等级。李启荣是周老嘴土管所的第一任所长，当时已是年过半百的老同志，那些日子一把算盘就是他最忠实的伙伴。遗憾的是采访时没有见到当年的那把算盘。

镜像四：在周老嘴镇爱华村，十几双手齐心协力把一块大约三百斤重的"基本农田保护区"水泥标牌放进事先挖好的土坑里。李平说这十几个人中，有专班人员，有村干部，有村民。透过照片仿佛看见33年前，基本农田划定与保护这面旗帜被监利人齐心协力竖立在希望的田野上。

镜像五：这张照片是对基本农田保护标牌内容的一个特写。标牌显得有些笨拙，内容完全是人工手写。眉批上写着"基本农田保护区"，然后是"六不准"三个大字和小几号的"六不准"内容："一不准建房。二不准葬坟。三不准扳砖烧窑。四不准挖沙取土。五不准乱挖鱼池。六不准毁田造林。"再往下是保护面积和责任人姓名，落款为周老嘴镇人民政府。当年的保护标牌虽然被精致的钢架结构标牌所取代，但当年那些显得有些简易和笨重的标牌已经成为奠基石，牢牢地支撑着基本农田保护的千秋伟业。

镜像六：照片上是一辆很有时代特征的"北京212"吉普车定格在街区的景象。车顶上架着一个高音喇叭，车头保险杠前面固定的一块红底的木头牌子上写着"保护基本农田宣传车"几个白字。据李平介绍，试点工作结束后，周老嘴镇政府唯一的一辆二手吉普车在镇上和几个村组进行了为期一个月的宣传，在农村这是一个行之有效的办法，通过这种广而告之的宣传方式让基本农田保护政策家喻户晓。

镜像七：一张翻拍的获奖证书。内容是："刘汉尧同志：参加的划定基本农田保护区模式研究项目获一九八九年度局级科技进步三等奖。特发此证，以资鼓励。国家土地管理局。一九九〇年三月二十二日。"为了表彰荆州地区土地管理局在划定基本农田保护区工作中的成就，中华人民共和国国家土地管理局于一九九〇年三月二十二日授予了荆州地区土地管理局划定基本农田保护区模式研究科技进步三等奖。同时授予了在划定基本农田保护区模式研究工作中做出突出贡献的徐欣、王德香（荆州地区土地局地籍科科长）、刘汉尧、王先兵、吴邦宏五位同志个人技术进步三等奖。

这组老照片不仅简要、直观地再现了基本农田保护区划定试点工作的脉络，更重要的是它以客观真实的手法，忠实地记录了基本农田保护区划定试点工作的历史。

土地整理谱新篇

时间进入20世纪90年代以后，监利和全国其他地区一样迎来了工业、商业、市政建设、文化教育等领域的快速发展，人口的增长也达到了高峰，随之而来的是对建设用地的大量需求，保护耕地与经济建设这一对矛盾横亘在监利国土人的面前。

在采访分管耕地保护工作的总工程师刘冬时，他告诉我，纵观监利的耕地保护历史，20世纪90年代初，发展经济建设与保护耕地这一对矛盾日益凸显，怎样保住"饭碗田"成了对监利国土人的重大考验。好在中央政府高瞻远瞩，运筹帷幄，及时出台了一系列的政策，同时给予了地方政府行之有效的土地整理政策性支持。1998年，为了适应新的土地管理要求，第二次修订的《中华人民共和国土地管理法》第三十一条规定："国家实行占用耕地补偿制度。"从法律上完善和强化了耕地保护这一基本国策。随后又发布了《全国土地开发整理规划（2001—2010）》，规划中明确指出"坚持土地整理与基本农田建设相结合。要优先开展基本农田整理，完善基础设施，以建设促保护；按照现代农业发展要求，全面提升基本农田尤其是粮食主产区基本农田的生产能力"。中央政府的决策仿佛一个罗盘，为我们指明了协调耕地保护与经济发展的一条康庄大道。当时的局党委一班人以敏锐的目光和行动率先争取到了部里的项目，在耕地保护领域又一次走在了整个荆州地区的前列。

在采访监利市自然资源和规划局现任耕保科科长吴天平时，他告诉我，土地整理是国家为了保护耕地，保障发展而出台的一项行之有效的重要政策，它是一个复杂的系统工程。如果从1998年第二次修订《中华人民共和国土地管理法》开始算起，到2020年，土地整理工作已经走过了22年的历史，在这个发展过程中，土地整理无论是从政策上，还是从技术上都得到了不断的完善和发展。从最初的由用地单位缴纳耕地补偿费实施造地，以实现占补平衡，到地方政府出资对境内荒地进行复耕整理建立储备库，再到国家投入巨资解决"双保"（保耕地，保发展）问题，这些是政策层面的进步和完善。另一方面，把提高耕地质量、新农村建设、血防灭螺、精准扶贫与土地整理有机地结合起来，这是从科学性和技术性两个方面进行的整合和提升。谈到这里，吴天平风趣地说："从1986年建局到现在，我们局的名字经历了四次变更，从监利县土地管理局到监利县国土资源局，再到监利县自然资源和规划局，最后，到今天的监利市自然资源和规划局，从单位名称的变化就可以看出我国土地管理从内涵到外延的巨大变化，也可以说从单位名称的变化就可以看出我国土地管理的进步和发展。"

谈到土地整理的起步时间，吴天平从档案柜里拿出了1998年的一个卷宗副本，为我展示了《监利县建设用地项目补充耕地与土地开发整理项目挂钩制度》《监利县耕地占补平衡台账制度》《补充耕地储备库和先补后占制度》《监利县补充耕地备案制度》《补充耕地数量、质量按等级折算制度》

《监利县耕地占补平衡考核制度》《耕地占补平衡全程监管制度》。看到这些科学缜密的制度,不能不让人感慨,监利市自然资源和规划局在耕地保护的道路上的确是一步一个脚印地稳步发展。

有了明确的方向,有了科学严谨的管理制度,加上全体干部职工的同心协力,监利市自然资源和规划局在耕地保护与促进县域经济发展领域做出了重大贡献,自1988年以来,监利市在经济建设日新月异的情况下,耕地保有量不但没有减少,而且稳中有升。

(一)尘封的解说词

8月是江汉平原最热的时节,"桑拿天"会持续一个多月,在这酷暑难当的时节,我讨了一个巧,在监利市自然资源和规划局的档案室里泡了两个星期。在原信息中心主任周斌和现任主任黄爱梅的帮助下,我有针对性地查阅了大量的档案。在浩瀚的卷宗里,我发现了一份2002年的电视专题片解说词——《生命线之歌——保护耕地就是保护我们的生命线》,略略泛黄的脚本为我们打开了监利市自然资源和规划局在漫长的耕地保护道路上的一个片段。

周斌介绍,这份解说词是为了庆祝第十一个"6·25"全国土地日而写就的。片中所说的新沟镇位于监利北部,与潜江交界,在监利老三镇里排名第三,改革开放以后工商业发展迅猛,同时也是耕地保护与经济发展矛盾比较突出的一个镇。更重要的是新沟镇在保护耕地与促进经济发展方面做出了典范式的贡献,为全市"双保"工作树立了一个标杆。

在档案室里我们一起观看了这个专题片。片子是从一望无际的一片稻田里拉开序幕的。"从蛮荒中走来,生活在监利这片沃土上的人们,世世代代吮吸着大地母亲的乳汁,得以繁衍生息,同时,一代一代人用智慧和汗水建设着自己美好的家园。"这是旁白中的第一句话,地方台播音员饱含深情的念白,一下子把人带入了无垠的万亩良田,那稻浪仿佛从远古的楚国滚滚而来,又朝着中华未来的方向奔涌而去。

根据专题片的记录,监利市自然资源和规划局在1999年就会同新沟镇人民政府实施"迁村腾地",仅交通村6个组就搬迁农户212户,腾地面积452亩。

电视画面转到交通村统一规划的新村庄时,主持人出镜:"这里就是1999年统一规划的村庄,房屋排列整齐,生活设施完备,交通便利。交通村迁出的212户农民现在都居住在这里。迁出的212户农民现在占用的土地是102亩,通过开展迁村腾地,交通村净增耕地面积350亩,使交通村人均耕地由原来的0.84亩增至1.12亩。"

监利在迁村腾地工作中不是简单地把农户集中起来,而是经过严谨的勘测和规划,尤其是在新村庄的规划上充分考虑老百姓的生产生活的便捷度和舒适度，最大限度地增强农民的幸福感，而且通过迁村腾地腾退的老台基都由政府出资进行整理，整理好了以后的优质耕地再交给村民耕种，其土地所有权性质不变，依然属于原集体经济组织。

曾经分管土地整理的副局长柳建军告诉我，1998年国家实行占用耕地补偿制度以后，从1999年开始，监利县土地管理局就大力推行土地整理，把土地整理作为一个系统工程来抓，仅1999年就先后在新沟镇、容城镇、网市镇等地方实施了土地整理。在以整理促保护，落实基本农田动态平衡方面，监利在基本农田保护领域谱写了新篇章。

（二）中国耕保史上的里程碑

2020年9月4日，在监利市自然资源和规划局办公室主任吴凤山的陪同下，前往毛市镇老河村进行实地采访。那一天天气特别好，瓦蓝瓦蓝的天空，秋风从车窗外吹进来，凉爽而惬意，出城以后，公路两边是大片大片的稻田，9月的骄阳下，沉甸甸的稻谷涌着波浪，大地呈现出一片丰收的景象。

汽车转入老河村的村庄公路，又是另一幅景象，一条五米宽的水泥路笔直地通向无垠的稻田深处，一条水渠像孪生妹妹与乡村公路并肩而行，公路和水渠两边的水杉树枝繁叶茂，整齐划一。整个景象宛如一幅江汉平原现代乡村的写实画，让人流连忘返。

当汽车在一块红色的碑前停下来的时候，"全国基本农田保护发祥地"几个烫金大字首先抓住了我的视线，碑上的落款是"国土资源部、农业部、湖北省人民政府，二〇〇九年十二月六日"。碑的另一面是碑文，简要地介绍了监利国土资源局在基本农田保护工作方面的历史和成就。碑体是砖混结构，表层用红色的瓷砖镶嵌而成，通过碑体表面的瓷砖数量很容易算出碑高约2米，宽约3米，整个碑显得朴实而内敛。通过这块碑我们可以窥见监利人的淳朴和务实。坦率地说，这块碑显得有些简陋，但不失为一座丰碑——丰功之碑、丰饶之碑、丰收之碑。站在碑前，我莫名地陷入了一种沉思状态，一阵凉爽的风把我拉回到现实中，我让吴凤山给我讲讲这块碑的故事。

那是2009年12月6日，时值隆冬，监利进入了一年当中最冷的时候，但是监利的天气仿佛有一些灵性，那一天艳阳高照，微风轻轻，比往年这个时节都略暖和一些。监利国土局的相关工作人员早早地赶到了毛市镇高产农田示范区，为即将举行的揭碑仪式做最后的检查工作。上午10点揭碑仪式开始，国土资源部耕保司司长朱留华主持了揭碑仪式，国土资源部副部长、国家土地副总督察鹿心社，湖北省人民政府副省长田承忠为纪念碑揭碑。参加揭碑仪式的还有全国各省国土资源厅的代表，以及荆州市委，监利县委、县政府的主要领导。

我带着一些疑惑问吴凤山，为什么

纪念碑立在毛市镇老河村，而不是立在基本农田保护试点第一村——周老嘴镇爱华村？吴凤山的回答意味深长：

2008年，党的十七届三中全会通过了《中共中央关于推进农村改革发展若干重大问题的决定》，决定中明确提出"要坚持最严格的耕地保护制度，层层落实责任，坚决守住十八亿亩耕地红线，划定永久性基本农田，建立保护补偿机制，确保基本农田总量不减少、用途不改变、质量有提高"。永久性基本农田，虽然只在基本农田前加了"永久"二字，但是彰显了其刚性、权威性、约束性和不可变更性。永久性基本农田的划定，是对原有基本农田保护政策的进一步完善和加强，是我国粮食安全不可动摇的根本保障。同年，湖北省委、省政府把监利纳入"仙洪"新农村建设试验区范围，为监利农业和农村经济发展带来了前所未有的发展机遇。

2009年，监利县国土资源局在县委、县政府和当地党委、政府的大力支持下，在"仙洪"试验区毛市镇基本农田土地整理项目区内开展了高产农田质量提升示范区建设。经过科学的论证和规划，将新的建设项目与以前实施的项目有机地连接起来，形成20万亩集中连片的高产农田现代农业示范区。在示范区内，同步开展了3万亩的耕地质量提升、水稻高产创建项目建设，形成了一片稳产、高产的"吨粮田"。单按水稻生产来算，整理后的3万亩耕地，按两季水稻每亩增收150公斤，项目区内可年增产水稻300万公斤。另外，项目区新增耕地1827亩，按两季亩产1000公斤计算，可年产水稻182万公斤。两项合计，按当时的粮食价格，示范区年增收可达千万元以上。

"当时局党委开会研究竖立纪念碑的时候达成了一个共识，随着土地使用制度改革的不断深化，国家对耕地保护提出了更高的要求，老河村的高产农田示范区应该成为监利各乡镇基本农田升级改造的标杆，要让我们的每一个工作人员从这块碑上看到上级的要求和我们的责任。监利不能吃老本，必须在耕地保护的道路上始终走在前列，把全县的农田建成老河村的模样就是我们监利国土人的理想。后来把这个方案报送县政府也得到了县政府的大力支持。于是纪念碑就立在您现在站立的地方了。"

写到这里，我想起了现任局长吴忠诚的一席话："你说这是一座丰碑，我认为这更是一座里程碑，它标注了我们在基本农田保护领域曾经做过的工作和取得的成绩，同时它像一座灯塔为我们指明了前进的道路，也告诉我们，在基本农田保护的道路上任重道远。"说到这里，他用"路漫漫其修远兮，吾将上下而求索"来表达监利自然资源人在基本农田保护道路上一路向前的坚定信念。

（三）高产农田改造带来的商机

在老河村采访时，从村民口中了解

到有一家叫"昊天有限责任公司"的农业服务公司坐落在他们村里，一下子就勾起了我的兴趣，采访完村民后，我向吴凤山提出去昊天有限责任公司看看，并且采访一下公司的负责人。

驱车前往昊天有限责任公司不过5分钟车程。由于正值农忙季节，公司里除了一个勤杂工在打扫卫生，所有的办公室都是"铁将军把门"。吴凤山让随行的毛市镇自然资源所所长常小平联系一下公司的法人周斌，周斌听了我们的来意，爽快地答应接受采访，不过他正在收割现场，我们约好半个小时后在公司会面。

在等待周斌的过程中我们在公司里随意参观了一下。公司夹杂在两栋村民的楼房之间，"昊天有限责任公司"几个金色的黑体字十分醒目，在门房的另一边还挂着"湖北麦飞农业科技有限公司"和"昊天农机专业合作社"两块牌子。一字排开的平房是他们的办公室，整洁而明亮。紧邻办公室的是农用无人机库房，透过玻璃幕墙我们可以清晰地看见十几架无人机整齐地停放在地上……

随着一声喇叭响，一辆棕色的汽车稳稳地停在了办公室门口，寻声望去，车上下来一个瘦高个的中年男子远远地向我们招手。简短的寒暄之后，我们一起走进了周斌的办公室。

昊天有限责任公司成立于2012年，注册资金300万，员工12人。公司主要提供旋耕、育秧、田间管理、收割、培训等业务。现有喷洒农药的无人机18架，旋耕机3套，播种机、插秧机、收割机几十台（套）。昊天公司目前的业务范围除了涵盖整个毛市镇以外，还辐射到了周边的潜江市和仙桃市的部分村镇。

在问到周斌怎么想到创办一家农业服务公司时，周斌这个言语不多、沉着稳重的男人才算打开了话匣子："毛市镇地势比较低，有两条大河流经境内汇入长江，一条是四湖河，另一条是排涝河。联产承包制度实施以后，原有的河流、沟渠长年得不到疏浚，加上农户各自为战，修田埂，挖鱼塘，严重制约了农业现代化的发展，雨量稍大的年景很容易受水灾困扰。进入90年代，县国土资源局在毛市镇开展土地整理以后，这种情况得到了很大程度的改变。2009年，我萌发以集约化生产形式开展农业生产，把农民从繁重的体力劳动中解放出来的想法。2009年监利县国土资源局在毛市镇开展高产农田建设改造，将原来不规则的农田平整连片，在原有河流、沟渠的基础上裁弯取直，根据排灌需要开挖了一些新的沟渠，实现500米一条沟、1000米一条渠的'田园格子化'。为了使高产农田连片成块，我们毛市镇还将柘福村和老河村合并了，这样才有了你们现在看到的20万亩一马平川的高产稻田。尤其是作为配套设施的桥梁和水泥路网，为机械化生产提供了不可或缺的条件。这一切我都看在眼里，2010年我便开始筹划创办昊天公司，经过缜密的可行性分析，筹备资金，购买设备，人员培训等，最后昊天有限责任公司在 2012 年终于在老河村揭牌营运。这一切都得益于国土部门高产农田改造工程为我提供了这么一个好机遇。"

谈到经营模式时，周斌告诉我们，第一是租赁。对那些常年在外务工、农田面临撂荒的农户，我们公司就将他们的田租赁下来，由公司耕种。目前昊天公司共租赁耕地 800 亩。第二是托管。托管主要针对虾稻共生养殖户。有些农民习惯收获稻田里养殖的虾以后外出打工，外出期间农田就托管给昊天公司。目前，托管的农田有 900 亩。第三是提供"统防统治"。统防统治就是由昊天公司以无人机作业的方式对委托方的稻田进行防病治病。第四是统一耕种和收割。

由于服务模式灵活，服务意识强，价格合理，昊天公司深受老百姓欢迎。为此，昊天公司被湖北省农机局评为"省级农机合作社示范社"，被监利县精准扶贫攻坚领导小组评为"精准扶贫示范合作社"，被湖北省农业厅评为"全国农业技术推广科技示范户"，等等。昊天公司在做大做强的发展道路上正一步一个脚印地稳步发展，为农业集约化生产、经营展现了美好的前景。

（四）回乡青年的幸福生活

在老河村采访时，我提议随机找几个村民到高产农田示范区进行集中采访，这样做的原因有三点，一是疫情期间不想给村民们增加心理负担，第二是有一种现场感，第三是不想辜负秋高气爽的天气和田园风光。那天约来了 8 个村民，我们在"机车桥"两边不高的护墙上随意而坐，村民们落座以后，我习惯性地扫视了一下每一个采访对象，第一眼就看出村民唐炎和是一个有故事的人，他个头不高，显得有些胖，敦厚的脸盘上戴着一副深度近视镜。

唐炎和今年 42 岁，高中毕业后外出打工，走南闯北跑过不少地方，每年春节才回到老家小住几天，候鸟一般往返于老家和外省之间。当我问他为什么在年富力强时选择告别城市回乡务农时，他笑笑，竟然幽默地给了我一个反问："您看看这路，这小桥流水，再看看这一望无际的稻田和蓝天，爽吗？"我回了一句："神清气爽。"弄得大家满堂大笑。

唐炎和告诉我："在外面打工的收入确实比在家种田的收入要高一些，但终归是一朵浮萍，那种漂泊的艰辛和孤独不是一个局外人可以体会的。我每年春节都回老家，自从土地整理，尤其是新农村建设开始以后，我发现四湖河的水一年一年在变清，田间地头的水也在变清，农民无论是居住环境还是生产条件都一天天在改善，心中就开始打起了小九九，尤其是 2009 年春节回家，看到监利国土资源局搞的高产农田综合改造工程给家乡带来的改观，让我感觉到是回来的时候了。在昊天有限责任公司落地我们柘福村的时候，我毅然决然背起行囊回到了生我养我的故乡。"

唐炎和自己有13亩责任田，又承包了其他农户10亩田，23亩水田全部采取虾稻共生生产模式。稻田养虾每亩净收入500元，加上两季稻谷的收入，每亩田每年净收入2000多元。除了自己养虾，唐炎和把种田的事全部托管给了昊天公司。说到这里的时候，唐炎和笑了笑："我本人不太会种田，不过还是准备好好学习一下，作为一个农民不会种田还是说不过去的。2019年我就参加了昊天公司和镇政府组织的小龙虾养殖和各种农机具操作培训班。"

在问到对现在的生活满意不满意时，唐炎和笑得特别真实和沉醉。他告诉我："回来以后一家人在一起，上可以孝敬父母，下可以对孩子们尽责，两间楼房宽敞明亮，也不用起早贪黑，朝九晚五，尤其是心情特别舒坦，我这身体就是回来以后长胖的。"目前，他担任着村里的会计，主要精力都放在村里的工作上。

据资料显示，仙洪试验区毛市镇老河村庄整治工程是试验区第一个整合土地整理、迁村腾地、一建三改而实施的村庄整治工程。整治范围涉及上观庙、崔吴、老河、柘福4个行政村，涉及农户553户。共拆并零星村、空心村75处，腾退农村建设用地1603亩，建设用地双挂钩增加城镇建设用地指标1258亩。治理硬化公路3500米，修筑门前水泥路40000米、机车桥18座，种植风景树3500株，架设路灯150盏。此外，还对所有农户实施了改水、改厕、改厨、改圈。

随着生产生活条件的不断改善，曾经一度凋敝的村庄又呈现出了勃勃生机，自由而安逸的乡村生活正吸引着更多"唐炎和"回归故里，针对这一情况，监利县委、县政府运筹帷幄，在加强新农村建设的同时，致力于县域经济的发展，大力振兴地方工业，为有意愿的留守和回乡农民创造就近务工的条件。

（五）"在这儿找到了新农村的感觉"

"在这儿找到了新农村的感觉"，这句话是2008年湖北省委书记罗清泉在视察湖北省监利县荒湖管理区东湖一队新农村建设成果时说的一句话。

9月8日，在监利土地整理中心办公室主任范斌的带领下，我们驱车沿着当年罗清泉书记视察的路线前往荒湖农场采访。行至四湖河周沟大桥时，汽车左转，驶入了一条与四湖河平行的乡镇公路，四湖河宽约百米，河水清澈，偶尔有满载货物的机动船驶过车窗外。

四湖河因串联了荆州境内的长湖、三湖、白露湖和洪湖而得名。河水主要流经荆州、江陵、监利、洪湖四个县市，也涉及石首、沙洋和潜江的部分区域。与流域内人民群众的生产生活密切相关。

至此，范斌给我提了一个问题："你说这条河是天然河流还是人工河流？"我想了想，这么大的河肯定是天然河。可是范斌听了笑一笑："错了。

这是一条百分之百的人工河。"我心想，天啊！这是怎么挖成的？我把头侧向车窗外，盯着这河流，生出一种敬畏。这种敬畏是对这条河流的敬畏，更是对开挖这条河的前人由衷的敬畏。

谈到水这个话题，范斌如数家珍：

监利是个"水袋子"。新中国成立前在荆州地区广泛流传一句谚语，"沙湖沔阳州，十年九不收；若是一年收，黄狗不吃糯米粥"。它真实地反映了江汉平原东南部地势低洼，水患频发，农民种田只能望天收的历史，也客观地呈现了荆楚大地土壤肥沃，种植业潜力巨大的客观事实，同时也表达了老百姓对根治水患，安居乐业的美好向往。

毛泽东主席早在1934年就指出"水利是农业的命脉。我们应予以极大的注意"。1959年全国开展了大规模的水利建设，监利作为一个水患频发的"水袋子"，自然是丝毫不敢懈怠，四湖河就是在那样一个历史背景下拉开施工序幕的。四湖河的开通，使流域群众的生产生活得到了升华式的改善。

"经过持续不断的努力，到20世纪70年代监利基本完成了水利设施网络化的排灌系统，从此监利这个'水袋子'变成了全国重要的商品粮生产基地。"

不到一小时，车就稳稳地停在了荒湖农场管理区东湖一队的村头上。范斌收起话匣子，我们同时下了车。站在村头放眼望去，一条经过衬砌的小河贯穿整个村庄，河岸是两级式硬化水泥路，第一级是绿树成荫的景观人行道，上面一级是机车道，河流两边的农家小院临机车道修建，清一色的两层楼房整齐划一，几座人车共用的钢混桥横卧在水面上。由于是上午，大多数人都下地了，村子里显得比较安静。

我见一个耄耋老人在大门口闲坐，就上前和老人搭讪，老人见有人来聊天显得有些开心，老人告诉我，他姓张，是响应政府号召，1957建场那年随父母从河南迁移到农场的，当年他才13岁。当时农场田很少，刚来那阵子，父母主要是参与开沟挖河，围湖造田，没几年工夫农场就有了比其他乡镇更多更好的农田。20世纪70年代农场就实现了田园格子化，排灌系统也很好。我问他："农场里后来搞没搞联产承包责任制？"他回答："搞了搞了，搞了积极性才大啊。"老人笑了笑，显得特别慈祥。"1998年监利发大水您家里受影响没有？"老人清了清嗓子："怎么没受影响？那年汛期监利连续下了20多天雨，好多田都被淹了。我们场里的水利设施多半是20世纪70年代修建的，河道沟渠都淤塞得厉害，泵站都老化了。""那现在怎么样？""现在好了。前几年县里搞土地整理，帮我们把河道都疏通了，还修了新泵站。现在好了，不怕水了。涝了就往四湖河里放水，干了就从四湖河里抽水。"

告别老人，我再一次环视村庄。秋日的骄阳下，身临其境，才能真切地体会到罗清泉书记说过的"在这儿找到了新农村的感觉"这句话的深刻内涵。后来仙洪试验区的"新农村长廊"的灵感是否出自东湖一队不得而知。但是，东湖一队的"土地整理＋新农村建设＋农水改造＋血防灭螺"的模式，为监利土地整理摸索出了一条切实可行的康庄大道。

联产承包责任制实施以后，农工们的生产积极性空前高涨，粮食产量稳步上升。但是，20世纪70年代修建的水利设施，由于年久失修，泵站老化，河道淤塞，排灌不畅，在2000年以后，造成了阻碍农业发展的一个大困局。针对这个问题，当时监利县委、县政府主要领导率领工作人员深入各乡镇调研，最终决定整合资金，优化土地整理方案，通过综合性土地整理，在原有水系的基础上，逐步全面地打造监利全境的排灌网络。正是在这个前提下，荒湖农场东湖一队成为监利县第一个结合迁村腾地、水网改造的新农村建设试点。

在东湖一队试点工程施工过程中，共拆迁房屋59栋，腾地46亩，新修水泥路1400米，衬砌沟渠1000米，硬化灌渠3600米，铺设涵管36处，维修泵站1座，建机耕桥3座，种植风景树2800棵。同时对集并后的96户农户进行了改厨、改厕、改圈，采取以奖代补的方式为每个农户安装了太阳能热水器。

东湖一队土地整理结合水网改造、新农村建设的成功经验，开启了监利境内轰轰烈烈的新农村建设序幕。

回来的路上，范斌告诉我他之所以长篇大论地给我介绍四湖河，是源于监利自古是一个水乡泽国，除了长江以外，还有四湖河、东荆河、西干渠、排涝河四条跨县域的大河流。政府管住了水，老百姓就得安宁；政府管好了水，老百姓就得利益。一个人要了解监利农业，就必须先了解监利的水系。一个土地整理项目要获得老百姓的认可，水系贯通是前提。

汽车在无垠的田野上奔跑，我脑海里固有的农村印象在风中一点点剥落，飘散……

（六）村庄华灯初上

金秋时节，监利迎来了一年中最舒适的季节，9月9日晚饭后我约了办公室主任吴凤山一起去毛市镇的联盟村。汽车出了城区向北转入监沔公路，夕阳下，公路两边的稻田里有了开镰的印记，许多稻子已经躺在了谷仓里，这是江汉平原秋天最常见的一种景象，也是农民最乐见的一种景象。今年又是一个丰收年。

在监沔公路上行驶了大约15分钟，汽车右转驶入了一条乡镇街道，放眼望去，余晖中又是另一幅景象，平坦的水泥大道，与道路平行的一条小河流水清清，雅致的小桥横卧在碧波上，道路与河流的左右两侧是整齐的农家小院，路边的香樟树和河边的垂柳交映成辉，几条农用小木船静静地漂在水面上……这就是仙洪试验区的新农村长廊毛市镇境内的起点联盟村。长廊由此向东，从毛市镇一直抵达洪湖市瞿家湾镇，全长35公里，跨毛市、福田寺、瞿家湾三个镇。

我让司机不要停车，继续向前开。夜色渐渐降临，马路两边的路灯亮了。天完全黑下来的时候，村庄后面的农田被夜色覆盖，一条灯火的长龙在黑暗中像一条游龙，向着革命老区洪湖瞿家湾蜿蜒而去。

大约向前开了5公里我们才掉头返回，在一个小便利超市的门口我让司机停车，钻出汽车，九月的晚风中弥散着稻子和秸秆的清香，我们走进小超市。超市是由一楼的一间房子装修起来的，虽然显得有些小，但是明亮的货架上摆满了各种生活日用品。"你好，老板！"收银台后面的一个约莫50岁、略显羞涩的妇女笑了笑说："我不是老板。这是我儿媳妇开的店，晚上我替她看看店。"话匣子打开后，中年妇女告诉我她姓尹，就是本村人，2009年新村庄修起后觉得生活很好，也没什么压力，现在种田也轻松，她就把在外地打工的儿子和儿媳妇招呼回来了，这店就是儿子和儿媳妇开的，以儿媳妇为主，儿子除了帮店里做一些事以外还做一些别的工作……

我买了一包烟，告别店主，抬头看了看满天的繁星，又仔细扫视了一遍夜色中的村庄，才一头钻进车里返回住地。

仙洪新农村建设试验区是按照湖北省委、省政府提出的"先行试验"指示精神而开展的一个具有划时代意义的土地综合整理项目区。在项目实施过程中，监利国土资源局不断摸索，努力创新，总结出了"三个统一""四个转变""五个结合"的土地整理新模式，取得了良好的生态效益、经济效益和社会效益，得到了上级政府和部门的充分肯定和表彰，赢得了老百姓的赞誉。

"三个统一"即：统一规划，分步实施。以区域为单位，把土地、交通、水利血防、环保、新农村建设等项目统一规划，立足长远，整体推进。统一调控，聚合资金。按照"渠道不变，用途不变，统筹安排，各计其功"的原则，把部门资金以委托代建的形式由政府集中使用。统一设计，因地制宜。设计反复征求乡镇、村组和群众意见，努力做到建一片，完善一片，人民群众满意一片。

"四个转变"即：变单一的土地平整为对田、水、路、林、村的综合整治；变分散式的项目建设为整镇、整村全覆盖推进；变条条框框的设计理念为实事求是的以民为本；变国土部门一家独办独揽为与当地政府、村组责任共担。

"五个结合"即：把土地整治与城乡一体化建设、新农村村庄环境整治、农村路网河网建设、农业产业化基地建设、环保卫生血防项目建设等结合起来，充分发挥土地整治的综合效益，实现项目建设的多元化目标。

2008年至2009年，在仙洪新农

村试验区监利项目区共完成土方852万立方米，新挖（疏）各类沟渠1813千米，硬化主干渠道89千米、支渠302千米，修建大小泵站423座、涵闸7562处，修建田间道路965千米、水泥路300多千米、大小桥梁1786座，从而形成了田成方、渠成网、路相通、林成行、水利设施配套的"大农庄"。

通过土地综合整治，综合效益得到了得到极大的提升，为监利工业扩容，经济和城市发展腾出了用地空间，充分展现了"保耕地，保发展"的双保成就。

（七）"牛郎欲问瘟神事，一样悲欢逐逝波"

年纪稍大一些的人对血吸虫这个名字都比较熟悉，生活在长江中下游的人，尤其是农民更有切肤之痛。血吸虫病曾经是世界上对人类危害较严重、流行最广的水媒寄生虫传染病之一，主要分布于亚洲、非洲和拉丁美洲。血吸虫病在中国已有2100多年历史，中国也是世界上血吸虫病流行最广泛的国家，而湖北是中国血吸虫病流行的重灾区，素有"全国血防看两湖（湖南、湖北），两湖血防看四湖（湖北境内）"的说法。毛泽东主席在1958年6月30日以"千村薜荔人遗矢，万户萧疏鬼唱歌"的诗句诠释了历史上血吸虫病对人民健康和社会发展带来的巨大危害。

监利地处古云梦泽，水草茂盛，自然环境很适合血吸虫的滋生，因此，血吸虫病自古就在监利泛滥成灾。直到新中国成立，这种状况才得到遏制。1955年毛泽东主席发出"一定要消灭血吸虫病"的号召，同年，中央成立了血吸虫病防治工作领导小组，发起了声势浩大的消灭血吸虫运动。到20世纪70年代末，血吸虫病在我国20个省市泛滥的状况得到了控制。1986年，中央血防机构撤销，整个血防形势进入稳定期。随着时间的推移，血吸虫在长江中下游沉渣泛起，血吸虫病呈现卷土重来的趋势。为此，中央政府和地方政府高度重视，新一轮的灭螺工作在疫区全面展开。

灭螺防病似乎与土地整理没有多大的关联，可是监利县国土资源局党委一班人不这么想，他们总是在理解政策内涵和挖掘土地整理综合效益上下功夫，让整理资金的每一分钱都产生两分钱的效益。2009年，监利国土资源局从省里争取到了"周老嘴镇基本农田土地整理项目（血防）"，项目批下来以后监利国土资源局立即着手与县血防部门沟通，邀请专家到国土资源局共商土地整理结合灭螺的良策。

周老嘴镇基本农田土地整理项目（血防）属省级投资基本农田土地整理重点项目。项目涉及周老嘴镇孙小、大李、双鸣、爱华、胡场、揭家6个行政村。项目区总面积32244.2亩，涉及总人口12900人，项目建设规模29551.5亩，批准投资4187万元。

坐落在项目区内的6个行政村都

有不同程度的血吸虫病疫情。通过对项目区内3702亩耕地、河流、荒地的普查，查出有螺面积1926.7亩，活螺平均密度1.3680只/0.1 m²，钉螺感染率34.2%。为此，针对周老嘴镇基本农田土地整理（血防）项目制定了最大限度压缩血吸虫流行区范围，使项目区内血吸虫病流行村完全达到血吸虫病疫情控制标准，部分流行村达到血吸虫病疫情传播标准、疫情传播阻断标准的整治目标。

项目于2009年10月开工，2010年6月底竣工。据资料显示，在项目建设中，共平整土地53.94万方，建设小型灌溉站6座、沉螺池2座、生产桥139座，硬化沟渠11800米，修筑田间泥石路24600米、水泥路3500米、生产路50200米，疏挖沟渠33480千米，栽植防护林2.6万株。

在项目区内，灭螺面积1635亩，带螺面积降幅达到98.93%；改造钉螺环境孳生地30000余亩；血吸虫病感染率下降91.28%；人群感染率下降到0.48%；病牛纯降50多头，降幅为87.96%，感染率下降到0.91%。从根本上降低了人畜血吸虫病感染概率，有效控制了血吸虫病的传播。

与周老嘴镇基本农田土地整理项目（血防）同期实施的还有分盐镇基本农田土地整理项目（血防）。通过2个兴地灭螺土地整理项目的实施，共改造钉螺环境孳生地60000余亩，直接消灭钉螺面积2400亩，惠及周老、毛市、分盐3个乡镇近4万人。监利县国土资源局想老百姓所想，急老百姓所急，充分利用土地整理项目优势助力监利血防事业的发展，把土地整理项目真正打造成了一举多得的民心工程。

功夫不负有心人。2018年12月25日，荆州市卫计委通过媒体发布消息："经省血吸虫病防治工作领导小组复核，公安县、石首市、松滋市、监利县、洪湖市达到血吸虫病传播阻断标准。"这对荆州沿江五个县市老百姓无疑是一个大好消息。这份成绩单里也蕴含了监利国土人的心血和汗水。

结束采访，回程的路上，我默默地注视着车窗外的田野。不经意间，从后座传来王敏低声的朗诵——

七律二首·送瘟神
其一
绿水青山枉自多，华佗无奈小虫何！
千村薜荔人遗矢，万户萧疏鬼唱歌。
坐地日行八万里，巡天遥看一千河。
牛郎欲问瘟神事，一样悲欢逐逝波。
其二
春风杨柳万千条，六亿神州尽舜尧。
红雨随心翻作浪，青山着意化为桥。
天连五岭银锄落，地动三河铁臂摇。
借问瘟君欲何往，纸船明烛照天烧。

夕阳西下，汽车在田野的小路上疾驰，王敏甜美的声音在晚风中袅袅飘散。

（八）《农民中国》与 7500 万元土地整理项目

黄歇口镇位于监利西北部，所属伍场管理区毗邻潜江市，交通闭塞，基础设施落后，属于监利相对贫困的地区。该镇大河村学子曾维康 2012 年 5 月出版的《农民中国——江汉平原一个村落 26 位乡民的口述史》，通过对曾经养育过他的一个普通村落 26 位乡民的访谈，从村民的视角呈现了农村发生的新变化、新问题，具体而生动地展现出时代变迁过程中中国基层村民的真实生活和奋斗历程。

《农民中国——江汉平原一个村落 26 位乡民的口述史》的出版发行引起了中央和省、市领导的高度重视。2013 年荆州市委、市政府主要领导多次深入黄歇口镇大河村实地调研，部署和安排该镇整体推进扶贫工作，并要求监利县委、县政府及相关部门整合项目资金，聚合各方力量，全力加强该地区的农村基础设施改造，推进当地农村社会经济发展。

监利县委、县政府认为国土整治是改善农业生产和农村生活条件最有效、最直接、最快捷的途径，没有国土部门的支持，黄歇口镇整体推进扶贫工程将很难实现。为此，监利县委、县政府特地向省国土资源厅、市国土资源局申请增加计划，助推监利县的扶贫工作。2014 年"监利县黄歇口镇伍场高标准基本农田土地整治项目"获得湖北省国土资源厅批准。工程建设规模达 50000 亩，预算总投资 7500 万元。

为了配合县委、县政府的扶贫战略，黄歇口镇伍场土地整理项目在规划设计之初就定位于突出解决群众关心的实际问题，切实改善农村脏、乱、差的生活环境，彻底改变交通不便、生产落后的贫穷面貌，确保"一年见成效，两年大变样"。

2014 年，监利县着手对该地区实施整体扶贫工程，以 50000 亩高标准基本农田土地整治项目为依托，整合交通、水利、财政、发改、林业、电力部门的涉农项目，一次性规划，分部门实施，集中投入资金近 1.2 亿元。其中，土地整理项目资金 7500 万元。项目区涉及黄歇口镇水府、大河、王场、颜场、邓桥、伍岭、通盛、伍场以及新沟镇的夏桥等 9 个行政村。项目区总面积 57582 亩，建设规模 50000 亩。

据土地整理竣工验收资料显示，项目区主要完成的工程量包括：土地平整 449 亩，清淤沟渠 60297.53 米，建 U50 农渠 10010 米、斗沟 2533 米，埋设涵管 2068 座，沟渠护砌 2839.03 米，建节制闸 18 座、泵站 26 座、桥梁 70 座，修建水泥路 29283.2 米、田间道和生产路 77254.8 米，村庄内铺砖路 1164.6 米，修建车行道 1178.6 米，房前硬化水泥地面 26505 平方米，房屋后谷场硬化 1170 平方米，房屋粉刷、涂料 38670 平方米，架设路灯 80 盏，花坛及景观树木种植 3107 株，种植防护林13194株。通过项目的实施，新增耕地500亩，新增耕地率为1.00%，土地整理综合效益得到了充分显现，"保耕地，保发展"的双保措施得到最好的诠释。

有了县委、县政府的战略统筹，在各部门的共同努力以及镇党委和当地群众的密切配合下，项目以前所未有的速度顺利完成，实现了监利县委、县政府制定的"当年动工，当年受益"的工作目标。该项目的竣工，直接受益的村民达30000余人。整个伍场地区贫穷落后面貌得到了彻底的根治。

2015年1月9日，荆州新闻网以《监利县2014年启动6个农村社区建设项目，建成2个》为题，详细报道了监利县在全省涉农资金整合工作开局之年，在转思维、建平台、统项目，积聚力量推进全县涉农资金整合工作中所取得的成绩。监利县也由此在全省2014年度统筹使用财政专项资金综合考评中进入县市区A等行列。

自2013年以来，监利以土地整理为契机，把高产农田土地整理与新农村建设土地整理、血防灭螺土地整理作为推进新农村建设的基础性工作来抓，作为促进全县经济社会可持续发展的战略任务来抓，使监利高产农田建设呈现出了规模大、质量高、效益好的良好局面。项目区农民的生活水平得到了明显提高，农村面貌焕然一新。

（九）"福娃模式"

2020年9月1日，结束了对周老嘴镇火轮村二组村民刘孝全的采访后，周老嘴自然资源和规划所副所长李平带我们去参观湖北福娃集团万亩高产农田水稻种植产业基地。

汽车停下来的时候，我们已经置身于一片无垠的稻田中间。每一根稻秆上都倒悬着一串沉甸甸的稻谷，风一吹，晃晃悠悠，让人担心稻秆承受不了稻穗的压力而倒下。再有一个星期，这些稻谷将告别田野，颗粒归仓。据李平介绍，这片稻田2013年以前还是一片低湖田，是经过湖北福娃集团实施高产农田改造以后，才被打造成全国最大的连片稻虾共养生态农业基地的。

听到介绍，我愣了一下，凭借多年的采访经历，我知道这万亩良田背后一定有故事，由于事先不知道有这个企业基地的存在，自然也没把它纳入当天的采访行程。此刻，我对眼前这片稻田充满了好奇。我们沿着田间道路一边走一边聊，王敏和李平轮番为我讲述这片稻田的前世今生。

湖北福娃集团是国家级农业产业化龙头企业，创建于1993年6月，总部位于湖北省监利新沟镇，创建之初主要以农产品深加工为主。多年来，福娃集团坚持走"以农促工，以工辅农，以企助镇"的发展道路，积极探索工农共生、镇企共赢、城乡共兴的道路。2012年福娃集团被湖北省委、省政府确定为全省龙头企业带动城乡协调发展的一面旗帜。2013年，湖北省国土资源厅领导专程到福娃集团调研，2014年1月8日，湖北省国土资源厅根据《省委办公厅、省政府办公厅关于2014年在全省开展"万名干部进万村惠万民"活动的通知》要求制订了《农村土地整理实施细则》，出台了土地整治项目农业龙头企业和农民专业合作社自建的一系列试点政策，由此带来了土地整理项目实施机制的重大创新。

有了政策的支持，福娃集团开始寻找"联姻"对象。根据土地部门提供的可选区域信息，福娃集团通过对区位、交通、水利等因素的综合评估，最终选定了周老嘴镇张场村、团洲村、胡场村的一片低湖田作为企业生产基地。

2015年3月30日，"监利县周老嘴镇2015年度高标准基本农田土地整治项目（农业龙头企业福娃集团自建试点）"经荆州市国土资源局批准立项（荆土资批〔2015〕12号），建设规模10000亩，拟净增耕地面积17.25亩，增加耕地比率为0.17%，预算投资1460.58万元。该项目2016年6月开工，2017年11月完工，2018年12月5日经荆州市国土资源局验收。

在项目实施过程中，按照"先流转，后实施"的原则，福娃集团和农户在平等自愿的前提下签订流转协议。资料显示，福娃集团在项目区土地流转期为10年，企业只能将流转的土地用于农业生产，任何情况下都不能改变土地用途。企业支付的土地流转金价格为810元/亩·年，其中，给承包农户的流转金为780元/亩·年，给农民经济集体组织的流转金为30元/亩·年。

2016年项目竣工后，福娃集团按照当初流转协议上的约定，引入了"公司+基地+农户"的订单模式、"四代一管"的托管模式、"公司+专业合作社+基地+农工"的生产经营模式，通过三种模式的引入，最大限度地满足了农户的不同需求。另一方面，通过聘用一部分农民进入基地当农工，也让留守在家的农民有了稳定的工作和收入。对于企业方面来讲，虾稻共养的新型生产技术，有效地提高了单位面积的产出率。按传统模式，一亩田单种水稻，一季最多只能收获普通稻谷1200斤，按照2015年的粮食价格每亩田只能收入1620元。通过采用稻虾共生模式，在综合管理成本大致不变的情况下，一亩田可以产有机水稻1000斤，另外还可收获龙虾200斤，对比单种水稻，每亩净增收入500至600元，从而很好地解决了困扰粮食龙头企业多年来在第一产业不能赚钱的问题。更重要的是，福娃集团通过自主种植，获得了优质的绿色生产原料，使其打造全国稻米全产业链领军企业的目标更具可行性，更具竞争力，也使湖北省委、省政府确立的"福娃模式"更具示范性。

四年过去了，实践证明企业与农户合作自建的"福娃模式"达到了企业与农户共赢的既定目标，彰显了良好的经济效益、环境效益和社会效益，为高产农田建设土地整理摸索出了一条新路径。

"福娃模式"的核心，概括起来讲有四点：一是由企业与农户在平等协商的前提下，签订土地流转协议，采取"企业流转土地、企业主导设计、企业自主建设、企业使用受益、企业承担后期管护"的方式开展土地整理和后期的农业生产，政府和土地管理部门对土地用途实施跟踪管理，杜绝"非粮化"和"非农化"的用地行为。二是通过土地整理完善项目区内的小农水灌溉设施，提高耕地质量，增强防灾抗灾能力，引入集约化的现代农业生产方式，推进新型农业生产和农产品经营方式，提升土地单位面积的产出率。三是与农户建立良好的合作关系，聘用项目区农民为农工，有偿参与企业的农业生产，以提高农民收入，助推新农村建设。四是从田野到车间的封闭式运行，为企业产品质量带来了源头上的保障，从而使企业产品更具竞争力，为企业做大做强奠定了坚实的基础。

"福娃模式"的成功，有力地推进了监利农业生产和经营方式的变革，为推进现代农业规模化发展提供了新的平台。据统计，监利以高标准农田为平台，建成了一批高效农业示范带和一批优质农产品生产基地，共发展农业产业化龙头企业64家，其中国家级龙头企业1家，省级龙头企业14家。发展农业专业合作社684家、家庭农场3800家。现在，监利基本做到了高产农田建设项目建到哪里，龙头企业、专业合作社的基地就设到哪里。一个传统农业大县在粮食生产领域正散发出勃勃生机。

（十）火把堤景观河夜话

监利市自然资源和规划局副局长柳建军是一个专业能力很强的业务性领导，也曾经分管过较长时间的土地整理工作。在分管土地整理工作期间，他发表在《中国国土资源报》的《整出一片新天地》《关于划定与保护永久性基本农田的探讨》《彰显保护的刚性》等通讯真实细致地呈现了监利市自然资源和规划局在土地整理工作中摸索出来的经验和取得的成就。

10月，一个星稀月朗的晚上，柳建军副局长接受了我的采访，那次采访很随意，也可以说是一次率性的聊天。应我的请求，我们把采访地点搬到了市郊的城乡接合部——红城乡火把堤村。

晚风习习，华灯初上，晚上7点钟左右我们从自然资源和规划局步行到交通路，然后坐上2路公共汽车，大约半个小时公交车到达终点——火把堤站，走出公交车定定神才找回方向感。不远处一条以蓝色为基调的灯河自南向北在夜色中延伸，最后消失在视线之外。当我们走近灯河，我才发现，在灯光的映照之下，一条目测约70米宽的河流静卧在灯光下，波光粼粼的河水缓缓地流淌。河岸的第一级台阶是装有汉白玉护栏的景观栈道，夜跑的人不时从身边闪过。河流的东边是亮着万家灯火的城区，西边是一排村庄，村庄的后面是隐身于夜色中的万顷良田。

我们在一棵香樟树下的长椅上坐下来，柳建军告诉我："我们现在所处的地方是红城乡火把堤村，面前这条河流叫建新河，流经红城乡、观音乡、毛市镇、周沟乡，最后汇入四湖河，是流域内一条服务于农业生产的排灌河。火把堤村的景观河也是仙洪新农村建设试验区的一部分。2010年动工，当年竣工。通过土地整理，结合新农村建设项目的实施，彻底改变了城乡接合部过去脏乱差的现象。一个曾经杂乱无章，晴天尘土飞扬，雨天污水横流的地方，现在成了监利一道亮丽的风景。"说到这里，柳建军开了个玩笑："要是十年前你来采访我，你是不会选择这个地方的。"

简单的开场白之后，我们的采访进入了预定的主题——监利市自然资源和规划局土地整理的历史进程。

监利自古就是一个以种植业为主的农业大县，自然环境得天独厚，生活在这片土地上的人们祖祖辈辈得益于脚下这片土地的馈赠才得以繁衍生息。监利人民对脚下这片土地有着一种朴实和本能的热爱，这为基本农田保护和土地整理奠定了一个良好的基础。

1988年春天，监利基本农田保护区试点的成功，可以说是监利乃至全国土地整理起步的原点。全国基本农田保护区的划定，是我国从宏观上确立18亿亩耕地红线的基础条件，也为以土地整理为手段的耕地保护动态平衡提供了理论上的支撑。

1998年国家实行占用耕地补偿制度，同年，湖北省人民政府下发了《关于开展农村土地整理工作的通知》（鄂政发〔1998〕5号），监利的土地整理步入了科学、规范的轨道，由此进入黄金期。这应该是第二个发展阶段。

2008年荒湖农场东湖一队迁村腾地项目综合效益充分显现，标志着监利在土地整理领域实现了跨越式的发展思路，为土地整理向着科学、高效的方向发展奠定了坚实的基础。2008年至2018年，监利县土地管理局在新农村建设、农田水利建设、血防灭螺，以及生态农业发展等方面做出了很大的成绩。这应该是第三个发展阶段。

2018年3月22日，湖北省国土资源厅下发了《湖北省国土资源厅关于开展农村土地综合整治试点的通知》，由此，乡村振兴、精准扶贫、生态保护、血防灭螺、现代农业等多元化目标相结合的土地综合整治在全省全面展开。荒湖农场东湖一队迁村腾地项目、黄歇口镇大河村扶贫项目、周老嘴镇孙小村等五个村的血防灭螺项目、毛市镇的新农村长廊项目无不说明监利在综合土地整理领域又走在了全省乃至全国的前列。这是第四个阶段。

听到这里，我收回目光，把视线投向夜色中，心中充满了感慨：十年一个阶段，十年一个台阶。监利在土地整理上可以说是匠心独运，在"数量、质量、生态"三位一体的思想指导下，充分运用土地整理政策，围绕打造现代农业产业、修复和保护"山水林田湖草"、支持美丽乡村建设、助推精准扶贫等方面取得的成就确实让人叹为观止。

为有源头活水来

1988年监利划定了全国第一个基本农田保护区，从当年的一份资料中可以看到"画地为牢"的字眼，这一方面彰显了当时监利县委、县政府以及土地管理部门对保护耕地、稳定粮食生产的坚定信念，从政策上确立基本农田保护的刚性。另一方面，也对当时的监利县委、县政府和土地管理局党委提出了一个重大挑战——那就是如何在保护耕地和发展地方经济的矛盾中寻求对立统一，探索出一条切实可行的"双保"途径。

监利是一个传统的农业大县，也是人口大县，最新的人口统计数据显示，监利户籍人口总数达到了156万，市区常住人口突破了30万。面对庞大的人口基数和经济社会的高速发展，如何做活"保耕地、保发展"这篇文章，以满足市政扩容、工商业发展、交通网络升级，以及人居工程拓展等对建设用地的需求呢？带着这个问题，我在2020年10月9日采访了监利市自然资源和规划局副局长吴元光。

吴元光出生于1963年，是一位有着30余年国土资源管理经验的"老国土"，对于监利市自然资源和规划局的发展演变了然于胸。当我走进办公室的时候，吴副局长起身打招呼，我快速在他身上扫视了一遍。偏瘦的身材显得精干而充满活力，一双深邃的眼睛告诉我，他是一个习惯思考又坚定果敢的管理者。落座以后我直奔主题，向吴副局长提出了采访的问题。稍做停顿，吴副局长就打开了话匣子。

1988年监利划定基本农田保护区以后，一度失控的乱占乱用耕地现象应该说得到了有效的控制。进入20世纪90年代以后，随着改革开放力度的不断加大，市场经济的大潮席卷全国，各类建设用地需求量迅速攀升。监利当时虽然是一个农业大县，但是面对汹涌澎湃的市场经济大潮，也在寻求发展上的突破，也有做市场经济大潮弄潮儿的理想和探索。监利是基本农田保护的发祥地，但是监利不能把自己装进套子里，否则，就真成了"画地为牢"。面对这种关乎监利发展、关乎监利民生的大问题，当时监利县委、县政府和国土资源局的领导头脑超乎寻常地清醒，他们知道有困难，就一定有解决困难的方法。

国务院总理李鹏于1990年5月19日，签发了中华人民共和国国务院第55号令。第55号令《中华人民共和国城镇国有土地使用权出让和转让暂行条例》的发布，让有着敏锐嗅觉的县委、县政府领导和国土资源局党委看到了希望，看到了机遇。很快，县政府决定派副县长卢国祥率领由国土资源等部门领导组成的考察组赴深圳、珠海、浏阳等地参观学习。考察组不负众望，一份三万多字的考察报告，为监利土地使用制度改革，推行集约节约用地管理模式的开启奠定了基础。他山之石，可以攻玉。通过把外地经验融入监利的工作实际，很快，统一规划、统一征地、统一开发、统一出让、统一管理的"五统一"建设用地管理模式在监利县应运而生。"五统一"管理模式的推行，从制度上规范了用地单位和个人的用地行为，以市场经济机制促进了土地资源的合理利用和优化配置，通过政府对一级土地市场的垄断，加强了政府的宏观调控能力，改变了过去图方便、搞建设就占用耕地的不良习惯。

"五统一"管理模式的成功推行，有效地控制了建设用地增量，但是"五统一"很大程度上依然是建立在新增建设用地基础上的一种管理手段，它属于"节流"的范畴。此时，监利县委、县政府和国土资源局开始在"开源"这个问题上动脑子。土地是不可再生的资源，如何开源？自然是对县域内荒芜、闲置的建设用地实施"复活手术"，为建设用地提供更广阔的后备资源。盘活存量土地主要包括两个方面，一是对全县范围内的闲置土地进行调查登记，然后结合土地利用总体规划和城镇建设规划采取宜工则工、宜商则商、宜居则居的因地制宜政策，在法律规范的基础上实施再利用。二是对老城区和城中村实施集中改造，以提高土地利用率。老城区和城中村改造是一件一举多得的大好事，在提高土地利用率的同时，可以改善人居环境，消除安全隐患，完善城市功能，提升城市形象。这也有利于消除城乡二元管理体制，推进城市社会综合改革，有利于提升城市生态文明建设水平。

采访持续了近四个小时，谈到这里吴副局长笑了笑："还有一条，也是最重要的一条，就是大力开展土地整理，建设高标准基本农田。这一点你在采访柳建军时已经获得了第一手资料。"

这是一次愉快的采访，握手告别，走出吴副局长的办公室，夕阳西下，小城在晚霞的映衬下，显露出鱼米之乡的繁荣和热闹。监利人敢为人先、追求卓越的性格渐渐在我的心目中定格。

（一）全国小城镇土地拍卖第一锤

1993年8月18日早晨七点半，监利县土地管理局办公楼的大门刚刚打开，三五成群的人就鱼贯而入，有人嫌电梯太慢，干脆爬楼梯赶往十楼会议室，唯恐稍迟一步就抢不到座位了。不到八点半，可容纳200人的会议室就座无虚席了。这一天，古老的楚容城，将在这个略显简陋的会议室里举行一场史无前例的拍卖会，而且拍品还是人们前所未闻的土地使用权。其实，当天参加竞拍的只有十几个人，由于对拍卖这种交易形式还是第一次经历，竞拍人几乎都带着亲戚朋友来给自己当参谋，有的干脆就是来给竞拍人缓解紧张情绪的。当然，还有许多人是出于对新生事物的好奇，特地赶来观摩的。

八点半，拍卖主持人健步走上主席台。会议室里顿时安静下来，尽管竞拍人早就拿到了"竞拍须知"，但是大多数竞拍人依然流露出无法掩饰的紧张和茫然。当然，志在必得才是他们内心激荡的波澜。他们静静地聆听着主持人宣读竞拍纪律、竞拍规则和对拍卖地块的介绍。当主持人报出第一块地的底价时，会场出现了短暂的静默，很快如梦方醒的竞拍人开始频频举牌，拍卖会渐入佳境。9点15分，咣的一声，锤子敲响，那声音虽然不能用悦耳来形容，但它一定是时代的最强音，它昭示着在监利这片古老的大地上，用地者与农村集体经济组织直接签订征地协议，对手成交的用地模式的终结；它开启了"一个池子蓄水，一个龙头出水"的"五统一"用地管理新模式。

继1号地块拍出之后，2、3、4号地块也依次顺利拍出，整个拍卖会只持续了不到一个小时。吴元光副局长在谈到这次拍卖会时感慨万千地说了一番话："当时因为是一次尝试性的拍卖，局党委通过反复考量，决定只拿4块面积比较小的地块出来拍卖，以达到积累经验、宣传政策、营造环境的目的。所以，当时拍卖的4块地的总面积只有388.04平方米。但是没想到4块地经过37轮竞拍全部成交了，而且卖出了28万元的好价钱，作为一个内陆小县城，这在当时可谓是天价了。另一方面，拍卖会进行得如此顺利，也超越了县委、县政府领导和局党委的预期。"

1987年12月1日，在深圳会堂举行了新中国首次土地使用权拍卖会，为深化我国土地使用制度改革奠定了基础。1990年5月19日，《中华人民共和国城镇国有土地使用权出让和转让暂行条例》发布后，土地使用权拍卖逐渐在各大城市展开。监利县委、县政府和土地管理局始终把目光放在土地使用制度改革的最前沿，他们从深圳经验里看到了发展方向，从中央和省里的文件中找到了政策支撑。经过艰苦卓绝的工作，克服重重困难，终于在1993年8月18日敲响了全国小城镇土地使用权拍卖的第一锤。这一锤惊动了荆州市土地管理局，也惊动了湖北省土地管理局。关于这次土地使用权拍卖的总结分析报告递交到荆州地区土地管理局和湖北省土地管理局领导手中的时候，省市两级领导给予了充分的肯定和表彰。

当年拍卖的4块地离自然资源和规划局大约只有300米的距离，在一个云淡风轻的上午，用地科科长吕军波陪我去看了当年拍卖的4块地的现状。由政府出资修建的天府东路已经是一条非常热闹的街道了，穿过熙熙攘攘的人群，我们很快就到了当年的1号地块。一栋五层高的私人住宅临街而立，一楼是商铺，二楼到五楼是住房。就在我们准备离开时，房主回来了，我抓住机会和房主聊开了。

房主姓吕，已经是年近七旬的老人了，谈起27年前的拍卖，老人记忆犹新："我们现在住的这一大片地原来属于容城镇前锋村，我房子的西边是前锋村的一个简易制氧厂，厂子周围有一些零星的菜地和住户，只有一条泥巴路，乱糟糟的。政府推行'五统一'的时候实施了'五通一平'，才有了今天的样子，原来可不是这样的哟。"

我问他对当时的拍卖会印象最深的是什么，他说："紧张、冲动。紧张是因为从来就没见过这个场合。冲动是因为年轻气盛，实实在在想买一块地，也实实在在想搞赢。"我问他："还有什么？""要说还有，就是拍卖会上他们用的那个锤子和铜锣，现在想起来都有些搞笑。其实那个时候我也不知道拍卖会用的锤子和铜锣是什么样子的，反正就觉得他们用民间婚丧嫁娶时用的铜锣和锤子有点滑稽。"说到这里我们都忍不住笑了。

因为城镇建设用地"五统一"管理模式的成功实施，1995年10月10日至13日，国家土地管理局在监利召开了"全国小城镇土地使用制度改革工作座谈会"。原国家土地管理局副局长刘文甲在会上做了"抓住机遇、因势利导、加强管理，推进小城镇土地使用制度改革健康发展"的讲话。原建设用地管理司副司长张乃贵做了总结讲话。会议期间，湖北省监利县、山东省威海市、湖南省浏阳市、甘肃省古浪县、云南省屏边县、安徽省六安市的领导做了典型发言。据国家土地管理局建设用地司主办的《建设用地管理通讯》（1995年第7期）记载："监利县委、县政府推行城镇建设用地'五统一'主要基于三个方面的考虑：第一是为了保护耕地，保证农业稳定发展……"监利县委、县政府对基本农田保护与稳定粮食生产的重视程度由此可见一斑。

（二）群建桥：通向集约节约用地的桥梁

监利市区又称容城，是有着2000多年历史的古容城的延续。南北向的一条马路几经曲折，从茶庵尾子一直延续到监利港，构成了20世纪80年代以前容城的脊梁。

从茶庵尾子到南货大楼的路称为红军路，从南货大楼到监利港的路称为民主路。红军路两侧的房子大都建于20世纪五六十年代，有一些更早。每一栋房子都被时光打上了岁月烙印。倘徉在红军路上有一种穿越的感觉，马路两边的小商铺至今还是卖着瓦罐、蒸笼、铁锹等这些传统的商品。红军路中段与天府西路交汇处有一座桥横跨在与红军路平行的后河上，谓之群建桥，是后河西岸方圆几公里的人们进入城中心的唯一通道。桥修建于20世纪50年代,当初的设计就是供行人和骡马车辆通行。进入20世纪90年代以后,随着汽车的慢慢普及,群建桥成了后河西岸人们日常生活的瓶颈,也成了当地政府的一种伤痛。要想改变这一现状,远不是想象中扩宽马路、改造桥梁那么简单。城市配套设施建设需要土地和资金,拆迁安置需要土地和资金,土地利用总体规划和市政建设规划需要充分的论证和设计。哪一件都是牵一发而动全身的事。

经过反复的调查研究和推演论证,2012年城西旧城改造项目终于上马了。城西旧城改造工程是监利县政府2012年度实施的城区重点改造工程,项目涉及群建桥重建、天府西路扩宽改造、房屋拆迁及还建,等等。

天府西路扩宽改造沿线拆迁房屋达101户,拆迁面积15112.8平方米。工程量之大是前所未有的。城西旧城改造是监利有史以来第一次大规模旧城改造。为了保证工程的顺利进行,达到既定的改造目标,监利县政府成立了以县长为指挥长,常务副县长为副指挥长的城西旧城改造指挥部,以协调31个职能部门的高效运转。经过两年的努力,城西旧城改造工程完美收官。宽阔的天府西路贯通东西,新建的群建桥与天府西路融为一体,101户拆迁户在经过"五通一平"改造后的后河西岸天府西路两侧盖起了鳞次栉比的新楼房。为了提高土地利用率,在城西旧城改造项目中还开发了十几栋小高层商品房,以满足人口日益增长的安居需求。

据吕军波介绍,在城西旧城改造工程开工的当天,施工现场还迎来了一批特殊的客人,他们是来自湖北省黄梅县的城市建设考察团。在施工现场他们目睹了城西老城区的杂乱和陈旧,也从规划图上看到了这片老城区旧貌换新颜的未来。考察团认为:"监利县立足实际,加快旧城改造步伐,利用现有土地资源,创造出了很多丰富经验,特别是'坚持规划先行'理念的运用和依法、依规文明拆迁的做法值得认真学习借鉴。"

据吕军波介绍,城西旧城改造项目完工后,监利县国土资源局对项目实施的全过程进行了认真的回顾和梳理,总结出了通过旧城改造为城市发展拓展用地空间的三条原则:"一是旧城改造必须符合土地利用总体规划和城市建设规划,规划先于立项,论证先于批准。二是提高改造区域的土地利用容积率,为城市发展预留用地空间。三是以地养建,在改造区域规划出部分土地进入土地市场,换回改造资金,确保改造工程一气呵成。"

城西旧城改造项目的成功实施,为监利日后的"容城天骄""天府购物广场""江城南路综合改造"等旧城改造项目积累了宝贵经验,也为建设用地开源节流摸索出了一条行之有效的新路径。

（三）美丽的江城南路

江城路是监利的"迎宾路"，是监利人引以为傲的十里长街。江城路始建于20世纪80年代，是当时的"外环路"，十多米宽的水泥路以南北向静卧在小城的东边，清冷又落寞，淫雨霏霏的时候，零星的行人会营造出一种"路上行人欲断魂"的场景。20世纪90年代初，为了提升城镇品位，打造良好的招商引资环境，县委、县政府高瞻远瞩，以深化土地使用制度改革为契机，重新翻修了江城路——双向六车道的马路，整齐划一的路灯和四季常青的绿化带，以及雨后春笋般冒出来的高楼大厦让监利这座临江小城魅力平添。但是，当年的江城路大约只有3公里，属于典型的"断头路"。究其原因，还不完全是缺乏资金。江城路起点位于交通路的交会处，江城路要想向南延伸，必须穿过城乡接合部民建村和同心村，那是一个居民与村民混居，濒临倒闭的大小工厂散落其间的复杂区域，非轻易可以动迁的地方。

针对这一情况，监利县委、县政府和国土资源局领导并没有退缩，他们在酝酿，在寻求一个有利于城市发展，有利于老百姓安居乐业，有利于集约节约用地，有利于提升城市品位的综合方案。

在"五统一"模式成为一种日常用地管理模式以后，监利县国土资源局开始在盘活存量土地上做文章，最大限度地减少建设用地对耕地的依赖。从最初的盘活单宗闲置土地，到旧城改造，再到城乡接合部改造，监利一步一个脚印，在保耕地、保发展的"双保"路上稳步向前迈进，为我们呈现了许多成功的案例。

2013年，监利县国土资源局党委在通过仔细的调研和分析以后，觉得老城区改造和城中村改造的时机已经成熟，于是向县委、县政府提出了实施旧城改造和城中村改造的重大发展计划。这一计划也是多年来摆在县委、县政府领导案头的一个宏伟蓝图，报告很快得到了县政府的批准和大力支持。在县政府的统筹下，2014年初，江城南路旧城改造工程正式启动。

据土地利用科吕军波介绍："江城南路旧城改造项目面积427亩，涉及县城所在地容城镇的民建村、同心村两个农村集体经济组织。区域内原有村民174户，城镇居民156户，棚户和筒子楼住户125户，共计动迁户455户。另外还有一个荒废的屠宰场和已经倒闭的纸箱厂，以及一些简易小作坊等。由于年代久远，当初也没有一个统一的规划和设计，连下水道也没有，长期以来污水泛滥，存在很大的消防和治安隐患，是容城镇有名的脏乱差区域。"说到这里，吕军波科长从一本卷宗里翻出了一些照片，照片客观地再现了江城南路在改造之前的面貌，这片区域在改造之前，仿佛就是一片废墟，荒凉的气息从照片里弥散出来，再现了小城一些人曾经的隐痛。为此，"监利县委、县政府把江城南路改造工程的侧重点放在提升城市形象和改善民生上。在改造区域内修建了江城南路和沿江路2条城市主干道，以及4条区间道路。完善了雨水和污水排放网络，修建了绿化景观等基础设施。市政道路和广场用地面积达到了139亩。项目建设腾退安置小区建筑总面积146600.78平方米，统筹安置城区拆迁户1008户。拆迁户居住条件得到了最大限度的改善，从而赢得了市民的高度赞扬"。

江城南路旧城改造项目的成功实施，为提升城市品位，改善人居环境，加速县域经济发展和节约集约利用土地写下了浓墨重彩的一笔。江城南路旧城改造项目综合效益的突显，使之成为全国旧城改造中的一个经典案例。2020年江城南路旧城改造项目被收入自然资源部土地经济研究院经典案例资料库。

耳听为虚，眼见为实。在一个晴朗的清晨，我独自沿着交通路爬上巍巍长江大堤，一路向东，俯瞰着监利这座有着2569年历史的小城。南边是宽阔的长江，江水不急不缓地向东流去，大大小小的船只靠在码头上，进出港的船只偶尔的一声汽笛，给临江小城平添了一些生机。

大堤北边是刚刚苏醒的小城，车水马龙，熙熙攘攘。晨风一吹，心旷神怡，让人有一种把酒迎风的惬意。顺着江堤慢走，很快就到了江城南路的交会处。江城南路与长江大堤垂直相交，汽车在路的尽头沿东西两个方向汇入蜿蜒的沿江路，行人则可以穿过斑马线从城市广场沿一条宽阔的石级爬上长江大堤。

站在大堤上放眼北望，十里长街一眼看不见头，但见近处绿树成荫，街心公园与城市广场相得益彰。昔日破败不堪的城乡接合部如今已是监利最好的社区之一。曾经蜗居在这里的人们，如今都居住在小区还建房里，尽情享受着当地政府和职能部门为他们打造的得天独厚的人居环境带给他们的快乐和幸福。

（四）从"祥兴"到"玖龙"与1200亩土地的起死回生

2014年，因国家产业政策调整等原因，刚落户湖北省荆州市监利经济开发区白螺工业园不久的华油科技（湖北）石化有限公司难以为继，其名下的1200亩土地处于闲置状态。为了盘活闲置土地，也为企业及时止损，监利县政府在法律规范的框架下及时与华油科技解除土地出让协议，收回了土地使用权。2015年通过重新招商，引进了湖北祥兴纸业科技有限公司，1200亩闲置土地得以再一次挂牌出让。然而，该项目入园后终因企业体量不够，未能按土地出让协议的约定充分利用土地，出现了土地利用率不达标的现象。针对这一情况，监利县土地管理局通过实地测量和测算，发现祥兴纸业在满足自身生产生活需要的情况下可以退出538亩多余的土地。针对国土部门的建议，祥兴纸业觉得这是一个盘活资金、轻装上阵、保障企业稳步发展的好做法。为了让企业尽早回笼资金，稳定生产，监利县土地管理局采取了先行收购的办法。按照《闲置土地处置办法》的相关规定，本着有利于企业发展的宗旨，祥兴纸业富余的538亩土地进入了国家土地储备库。收购的目的在于盘活，怎样盘活这538亩土地又成了政府和土地管理局领导日思夜想的一个问题。

2020年初，监利县委、县政府继续实施"百名干部进百企、优化营商环境促发展"活动，变被动服务为24小时全程"保姆式"服务，积极为企业排忧解难，借此打造优良的营商环境。功夫不负有心人。2020年在县委、县政府及各职能部门的共同努力下，实力雄厚的玖龙纸业（湖北）有限公司终于落户湖北省荆州市监利经济开发区白螺工业园。

玖龙纸业（湖北）有限公司项目是玖龙纸业进军华中地区的重大项目，也是2020年度荆州市最大的招商引资项目。该项目用地规模达3200亩，为了通过玖龙纸业项目盘活祥兴纸业富余的538亩土地，监利自然资源和规划局用地科的工作人员通过实地踏勘，根据玖龙纸业项目建设需要对园区规划进行合理调整，把538亩闲置土地并入玖龙纸业的3200亩内。至此，华油科技（湖北）石化有限公司遗留下来的土地问题终于得到了圆满的解决。

玖龙纸业项目总投资135亿元，计划建设一条年产60万吨木浆和年产240万吨高档包装纸的现代化生产线。项目全面投产后，年总产值可达145亿元，年利润约16亿元，同时可为地方提供就业岗位3000个。祥兴纸业富余土地538亩作为玖龙纸业第一期用地在2020年底已建成投产。

在采访中，用地科科长吕军波给我算了一笔账："祥兴纸业富余的538亩地给玖龙纸业后，按照玖龙纸业的年产值折算，538亩土地的年产值就是362.5万元。如果我们当初不去了解企业的这个情况，538亩土地的年产值就是零，就是浪费。我们用地科作为存量土地管理科室，就是千方百计提高土地利用率，最大限度地减少建设用地对耕地的依赖，从而达到保护耕地、保障发展的双赢管理目标。"

刘将成，诗人，中国作协会员，鲁迅文学院29届高研班学员，作品见于《人民文学》《诗刊》《星星》等杂志。

八盘沟那面红旗

郝殿华

八盘沟,辽西大山深处一个偏僻小山村,却有一个显赫的名字。1964年秋,被国务院授予"山区建设的一面红旗"的荣誉称号。

弹指一挥间,五十多年过去了。如今的八盘沟美丽、富饶,已成为"树绕青山翠,清泉壑中流,梯田环山绕,梨果满枝头,粮食年年获丰收"的社会主义新农村,并于2014年入选第三批中国传统村落保护名录。这里除了连片的石砌民居,还保存着东北地区规模最大的八百亩石砌梯田,在为当地村民创造着经济效益、生态效应的同时,也成为乡村中一道别有韵味的景观,以她古朴、丰硕、祥和的独特魅力,迎接着一批又一批来自四面八方的客人。

时光飞逝,当初的年轻人已到了垂垂暮年。每当人们提起八盘沟人治山治水、艰苦创业的豪迈气魄时,自然而然地就会想到他们当年的带头人——全国劳动模范、中国共产党第十次全国代表大会代表、辽宁省朝阳县北四家子乡八盘沟大队原党支部书记曲振生。

2018年6月24日上午,我来到八盘沟,见到了曲振生的儿子曲树山。在他家稍坐片刻后,年已六十多岁的曲树山便在前面引路,把我带到离村子不远的山根下,沿着曲折蜿蜒的山路,盘旋而上。当登上观景台时,颇有一番"会当凌绝顶,一览众山小"的感觉。曲树山简要介绍了父亲曲振生带领乡亲们治山治水、穷则思变、改变家乡面貌的一些往事,让我心生感叹。此时,眺望着一层层梯田、一道道石坝、一座座谷坊,一片片绿油油的庄稼和树木,我情不自禁地在心里思忖:这不就是我们朝阳的大寨吗?

从八盘沟回来,我的心情难以平静。曲振生的事迹一直在我的脑海里打转,挥之不去。人们赞誉曲振生是一个传奇人物,不是曲树山用几句话就能表述完的,这背后肯定还有许多不为人知、感人肺腑的故事。对于一个新闻人来说,能得到这样的素材,绝不亚于淘金者发现一座金矿。正是源于这种感动,一个想法在我头脑中蓦然而生——我要把曲振生的事迹和创造的经验写出来,通过追忆曲振生的成长轨迹、思想脉络，让更多的人了解这位共产党员走过的心路历程和不朽的精神。之后我又两次前往八盘沟，八次在电话中采访曲振生的儿子曲树山、与曲振生共过事的徐永廷、受曲振生影响的胡毓秀等老人。他们在慢慢回忆中，满怀深情地讲述起沉睡在头脑中已经半个多世纪的关于曲振生一心为改变家乡贫穷面貌无私奉献的历史片段。

是个好"苗子"

1925年4月，曲振生出生在八盘沟村。

中华人民共和国成立前，这里只有十六户人家，是远近闻名的穷村子。村子在四面群山包围之中，有"八沟十三岔"之称。山高坡陡，沟深路窄，岩体裸露，怪石嶙峋，一片荒芜悲凉的景象。当时，户户做长工、打短工。他们中，靠讨饭为生的就有五户，三四十岁的光棍有七个，家里没有一床被褥的就有九户，四十岁以上的几乎没上过几天学，长期过着贫穷落后的生活。

小的时候，父亲曲海经常讲述的那些爷爷曲友恩生前与穷山、与天灾、与河坝斗争不息的壮烈往事，在曲振生的心灵里留下很深的烙印。他跃跃欲试，总想尽早做成些事。由于家境贫寒，曲振生带带拉拉、断断续续读了不到两年的书。当时弟弟小，为了减轻父母的负担，他从十三四岁开始就去地主家扛活，打短工，挑起维持家中生活的大梁。可"屋漏偏逢连夜雨，船迟又遇打头风"，曲振生的父亲刚四十出头就过世了，家中的重担全都压在曲振生的肩上。

曲振生当时虽然岁数小，但很懂事。为了不让家人担惊受怕，在地主家干活儿从不偷懒耍滑。他认准一个理：虽然劳动繁重，但这是维持家中生活的唯一出路，自己必须承担起照顾家人的责任。也正是这种饱尝饥饿、吃苦挨累的经历和磨砺，铸就了曲振生刚强的性格和坚忍的耐力。

中华人民共和国成立后，曲振生和乡亲们摆脱了水深火热的生活，加入合作社后，真正感受到翻身做了主人的滋味。往日的压抑从内心深处得到了释放，活力在他体内得到焕发，身上总有一股使不完的劲儿。他眼里不仅有活儿，而且还处处干在前头，勤快、主动，踏踏实实，从无怨言。乡亲们说："振生这孩子做什么事都不认输，干什么活儿总是要争第一，是个好'苗子'，将来一定有出息。"而曲振生也有一句口头禅："干啥，就要干好啥。"他用自己的行动，逐渐成了合作社的骨干，让一些青年人很羡慕。由于曲振生劳动态度好，工作出色，多次立功，所以常受到表彰。当时的奖品虽然只是本小人书和画册，但在曲振生的眼里和心中溢露出的是欣慰和感动。夜深人静，家人已经进入梦乡，曲振生无法入睡，他静静地浮想：奖励是领导对自己工作的认可，是一种鞭策。在那一刻，曲振生对自己今后漫长的人生道路也充满了信心和由衷的向往。

有人说，世上先有伯乐，然后才有千里马；也有人说，千里马常有，而伯乐不常有。苦难的经历，让血气方刚、争强好胜的曲振生崭露头角。唐杖子大队党支部慧眼识珠，认为曲振生是可塑之才，有培养前途，任命他为唐杖子大队民兵连长。1955年，为实现农业合作化，走共同富裕的道路，上级领导决定把曲振生从合作社派回生产队，推选他担任八盘沟生产队队长。就这样，曲振生怀揣着改变山区面貌的赤子情结和造福八盘沟人民的强烈愿望，踏上了自己人生又一个新的征程。

向穷山恶水开战

自然环境的恶劣是可以通过人的力量和智慧而改变的，而可怕的是贫穷的文化心态、不思进取的懒散和得不到转变的旧观念，将长期影响和制约着农村贫穷面貌的改变和乡亲们生活水平的提高，这才是一场悲剧。

几十年前的八盘沟，少有的耕地瓢一块、碗一块地分散在八沟十三岔之中。山上是夏天不见青，到处灰溜溜。沟内是坝无一座，地不成垄。坡地上，仅有一些豁牙露齿的小坝沿，地不是"罗锅子"就是"钱搭子"，不蓄水，不保墒，十年九旱。乡亲们吃不饱，穿不暖。针对当时的自然环境和困窘，乡亲们形象地编出了顺口溜：

进入八盘沟，步步踩石头。
拔着腰板走，越走越弯钩。
山像和尚头，滴水往下流。
雨来山洪如猛兽，水过一片乱石头。

土地，是生存之本、发展之根，是人类的衣食之源。而在八盘沟那点贫瘠的土地上，即使在春天播种，到了秋天，也没有好收成，一山坡的庄稼一马车就拉下山了。粮食不够吃，只能用野菜和树叶充饥。乡亲们又用两个顺口溜描述了当时的情景：

出门就爬坡，石头比土多。
地无三尺平，种啥啥不行。

种一坡，拉一车，
打扒打扒煮一锅。
一年糠菜半年粮，
山上树叶撸净光。

生产队队长在农村是最小的官，可曲振生却觉得自己有了一种从未有过的责任感。这种责任感不是谁要求的，而是从内心迸发出来的，他感到有一种无形的压力。曲振生清醒地认识到：八盘沟贫困，是穷在山上，灾在水上。要想改变贫穷面貌，走上富裕路，必须下决心治山治水，改变土地生产条件。

上任伊始，曲振生满脑子装的都是治理八盘沟的宏伟蓝图。为了这幅蓝图的绘制，他跑遍了八盘沟的山山岔岔，盘算着如何根据山头高低、山坡陡缓的特点修梯田，结合山沟流水方向、大小的实际筑土坝、修谷坊。为此，他不知苦苦思索多少次。这些费神累心、枯燥的脑力和体力劳动只有他自己知道。为了做到心中有数，全盘规划，他亲临实地丈量，每天在崎岖陡峭的山路上行走，有时得一步一步向前攀爬，稍有不慎，脚下打滑，危险随时都会发生。

1955年冬，曲振生带领乡亲们破除了传统的"猫冬"习惯，冒着寒风，拉开了治理穷山恶水的战线。但由于当时的历史条件所限，虽然成立了初级合作社，生产队仍然是底子薄、力量小，单靠乡亲们的满腔热情，还难以对付这数不清的荒山穷沟，只能因地制宜，搞些现得利的小型工程，断断续续地打些小股游击战。在实行合作化的两年中，这些零零碎碎、修修补补的小工程，使粮食产量有一定提高，乡亲们的生活也就有所改善，但仍无法从根本上让乡亲们摆脱贫穷。1958年实行了人民公社化，从一定意义上开始了真正的治山治水，大队党支部提出向穷山恶水全面开战。一些人认为："山那么高，沟那么深，凭咱们这套人马刀枪能拱得动？"有些好心人主张，搂搂石头，挡挡坝墙，多上点粪，对付着干。有些人情绪低沉，竟消极地说："这是瞎胡闹，一心想修乱河套，下雨一场空，全得白搭工。"这话一度使乡亲们的思想产生动摇。

为了支持和配合大队党支部的工作，统一乡亲们的意志，曲振生在社员中开展了回忆、对比等教育活动。曲振生说："1935年，沟外地主领着三十多个鬼子骑兵进入八盘沟，放把火烧了全沟的房屋，把人撵出沟来。刘品三的父亲刘起，因为在八盘沟开山，经常受地主欺侮和自然灾害的戏弄，一气之下撇儿弃女，跑到华严寺当了和尚。山是死的，人是活的，只要大家拧成一股绳，就没有治不了的山，踩不出的道。我们要学习愚公移山精神，与山斗、与水斗，决不向穷山恶水低头。"通过讲述历史事件、诉苦激仇，开展思想教育，转变了社员的思想认识，让他们治山治水的热情高涨起来。

当时是数九隆冬，大雪漫山。经过通盘考虑，曲振生决定先从南天门沟口开始开山劈石，闸沟垒坝，垫土造地，积少成多，修建成一块块梯田，然后再由外向里拓延。之所以选择南天门沟为突破口，是因为南天门沟离村子近，也是全村整体治理的关键。那时候，生产队没有电，早、晚做饭都点着煤油灯。家家也没有有线广播的小喇叭，凌晨天漆黑，还没有亮，社员睡意正浓，曲振生就站在村前面的山岗上，高喊"开工了！开工了"，中午简单地吃口饭，带领社员接着干，晚上天黑时才下山。经过一年多的紧张劳动，首战南天门沟告捷。看到用自己的双手修建成的梯田，社员们的脸上露出了笑容，从而也坚定了治山治水的信心。

南天门沟口工程结束后，曲振生带领社员开始向南天门沟里延伸。从沟口到沟终端，大约有十华里长，面积大，工程量大，是当时治理难度最大的工程。根据地形地貌和生态环境，曲振生决定先垒大坝，然后造地。但运输是个大问题，村里只有两辆马车，根本不够用。他就带领社员扬镐挥锨、手推肩抬、驴驮马拉。小的石块就装入粪箕子里拎走，有的石块能抬动，就用四根绳子系在一起，拴上自己制作的铁钩，用铁钩从四个角度钩住石头，两个人用扁担挑起往山下抬。大的石块抬不动，就用木杠撬起，让石头利用惯性往山下滚。当时的劳动强度特别大，有时坐在地上稍休息一会儿，就不愿再起来。有的社员累病了，有的累吐了血。看到曲振生每天忙前跑后的，还处处干在头前，社员们没有人喊苦叫累，没有人退缩，还喊出了响亮的口号："雪下三尺不下山，地冻三尺不停镐。"正是靠这种艰苦劳动的精神，曲振生带领八盘沟人冬天一身汗，雨天一身泥，还时常搞夜间大会战。经过五六年的奋战，投工一万多，动用土石方二万多立方米，六沟四洼十三岔修建两千一百道大坝，造地八百多亩，修梯田近千亩。八盘沟实现了沟沟有谷坊，岔岔有石坝，环山皆田，无沟不堰，粮食和棉花单产大幅度提高，劳动日值增加，社员的生活水平明显改善，八盘沟的面貌初步得到改变！

曲振生没有辜负党组织的信任和乡亲们的期望，以脚踏实地的作风和硬骨头的意志带领乡亲们在改变家乡面貌的征程上迈出可喜的一步，让八盘沟充满了希望。曲振生改变家乡面貌的实干精神得到了上级的好评。1963年，他当选为朝阳市劳动模范，参加了朝阳市第一届农业代表先进单位劳动模范会议。

要把八盘沟建设好

1964年冬季，在全国农村调整大、小队规模时，八盘沟从生产队变成大队，曲振生被任命为八盘沟大队党支部书记。担子重了，责任大了，曲振生深感压力，但他心里只有一个念头：权力是组织和乡亲们授给的，一定要把八盘沟建设好！

"一定要把八盘沟建设好"是曲振生一生不懈的追求，也为自己前行的道路确立了方向，而这个方向短期看的是目标，长远看的是愿景。为了实现这个目标和愿景，早日让八盘沟人民走上脱贫致富的道路，曲振生不知动了多少脑筋，不知熬了多少个夜晚。有时，社员收工下山了，曲振生索性不回家，在山间地头久久地坐着，望着周围环绕的群峰，看着山坡上裸露的乱石，一个一个的问号如一个一个漩涡打着圆圈在脑海中搅动着。他从山区自然条件表层分析，从根本上治理的效果思考，从长远的发展目标打算……

俗话说：天有不测风云。这一年开春缺雨，在抗旱播种中，曲振生有些担忧：人吃水还得驴驮，地用水怎么办呢？"穷理以致其知，反躬以践其实。"他找到种植经验丰富的老顾问姚国义商量，姚国义认为梯田坝基底部土层厚，墒情好，还是熟土，可以挖出来，运到土层薄、墒情差的地方，既可以肥田，又能保墒。办法一提出，得到社员的支持，都说这个办法好！就这样，八盘沟二百多亩玉米地，在天旱缺水的情况下保证了出全苗。

八盘沟大队下设八盘沟、水库下面、雹神庙三个小队。曲振生作为带头人，不仅要下达和安排生产和工程任务，而且还要检查各小队工程质量和督战工程进度，忙得脚打后脑勺。当时第三小队雹神庙修梯田的进度缓慢，曲振生心里着急，安排好其他现场工程后，为了减少往返时间，也为了不打扰拉家带口的社员，他从家里带上一袋粮食和行李，和光棍汉孙朝臣吃住在一起，晚上不回家，带领社员争时间、抢进度，一干就是半个月。

在一年多的时间里，就这样来来去去，往返雹神庙不知多少趟。吃了多少苦、挨了多少饿、忍受多少累、流了多少汗，只有他自己清楚。看到他的辛苦与劳累，社员们的心都酸酸的。他们没有能力劝说曲振生，只能是又心疼又很无奈，还给他起了个绰号"曲老凿"。这是社员对他的爱称，也是对他有乘风破浪、直挂云帆济沧海的执着的贴切评价。

"率厉文武，身先士卒，所向摧破。"这是《宋书·檀道济传》中的一句话，用在曲振生身上恰如其分。曲振生不仅说，还带头做，有急、难、险时，总是以身作则，冲在群众前面。在突击一百五十丈长的顺水坝和十二道丁字坝的工程时，天气突变，雪花纷飞，挖了三天挖不到坝基。地面将要封冻，势必影响整个工程进度，当时天气渐冷，河套半冰半水，浸入筋骨浑身打冷战，在社员们犹豫不定的时候，曲振生第一个脱下鞋袜，跳入冰水之中。榜样的力量是无穷的。曲振生纵身一跳，感染着四十多名社员也跟着跳下去，经过苦战，保证了工程进度。

20世纪60年代后期，修建八盘沟水库时，曲振生与水利部门技术人员一起选址，设计方案。根据季节决定暑期测量，冬季挖沟。测量时，他帮助水利部门的同志扛杆、跑尺，忙碌不停。第一年挖坝基槽、填坝基坝身土，第二年用石头砌衬护坡，进行边底加固。当时运土、运石头不用筐挑，改用手推车。曲振生的推车装的土和石头比谁都多，走得比谁都快。用曲振生的话说，这叫多拉快跑，为的是抢时间、争速度，早日把水库建设好。整个水库工程建设靠的是八盘沟人自力更生，凭仅有的人力、物力的投入，克服了缺少资金、按季节条件施工等诸多困难。当时，有些社员提出，我们经济实力差、底子薄，应该向上级申请钱资助一下。曲振生耐心地对社员说："我们这些困难算个啥呀，国家这么大，上级也有困难，上级更需要钱，有更大的事需要干，我们不能向上级伸手。"经过两年的艰苦奋战，水库建成后，贮存山上下来的洪水十三万立方米，不仅解决了村里庄稼和社员家蔬菜的浇灌问题，而且还养了鱼，改善了全村的生活和生产条件，日子一天比一天好起来。后来社员才知道，当时上级要给一些资金支援八盘沟水库建设，但曲振生没有接受。修建水库给八盘沟社员带来实实在在的变化，社员们从内心里理解了当初曲振生为了国家的整体利益而做出的正确选择。

"一定要把八盘沟建设好！"这铿锵有力的声音，不是一句简单的口号，这是曲振生发自内心的不懈追求。有人说，美处于过程之中，美在于不断追求，不是占有；也有人说，追求往往比占有更使人感到幸福，充满希望的追求比到达目的地更有吸引力。曲振生和八盘沟的社员们也有着自己的表达方法：过去八盘沟是亩产两斗半，不够半年饭。现在八盘沟是沟壑梯田层层绿，坡上果树绿油油，山上裸岩披林草，田地粮食大丰收。1955年到1970年间，曲振生带领八盘沟人硬是靠自己的双手垒起了三千七百多道石坝，建起三千五百多座大、小谷坊，动用土石方十四万立方米，造出上千亩水平梯田。1971年以后，又打了三眼大井，建起一座小型水库，挖好四座方塘，在山上栽松树三千多亩，刺槐五百多亩，种植山杏一千多亩，河滩栽杨柳二百多亩，荒坡建苹果园和梨园各八百多亩，使森林覆被率达50%以上。艰难困苦，玉汝于成。经过多年的山区农田建设，八盘沟的荒山干河变成了青山绿水，瘠土变成了肥田，低产变成了高产，穷沟变成了富村，真正走上了以粮为主、多业并举的致富路。

一个人靠的是思想站立，一支队伍要把带头人具有的精神当作灵魂来支撑行动。苦熬没个尽头，苦干实干才有出路。八盘沟人在曲振生的带领下过上了幸福的好日子，新编的顺口溜着实让八盘沟人扬眉吐气，充满自豪：

走进八盘沟，美景不胜收。
昔日茅草屋，今日北京平。
山头松柏翠，山间截龙头。
梯田绕山转，渠水围山走。
粮食堆满仓，梨果挂枝头。
村民喜洋洋，幸福乐悠悠。

"治沟法"在实践中诞生

在曲振生的大脑里,始终有一座警钟,时时刻刻在提醒着他:治山治水工程不能务虚名、图虚荣、做虚功,要用心用力地抓实,抓出成效,真正付出劳累和辛苦才能彻底改变山区面貌。这种理念的确立和坚守,让曲振生在失败时敢于面对困难,在成功时不骄不躁,从容淡定地总结经验,终于用他的切身实践创造出"三先三后,三大一宽"的治沟方法。这些文字和数字,看似是生硬的,是枯燥的,但它在当时的历史年代体现的价值是无法估量的。它是一笔财富,也犹如一部教科书,指导了全公社、全县治山治水的理论与实践。

这么多年过去了,也许人们会问:"三先三后,三大一宽"的治沟方法的具体内容有哪些?曲振生是如何带领社员摸索出来的?它会发挥什么作用?有什么样的效能?带着一连串的问号,我在采访曲树山的同时,也查阅了朝阳县山区建设委员会办公室和朝阳县人民委员会水利科在1965年12月合编的《山区建设经验汇编》中有关八盘沟治山治水的文字记载。

先说"三先三后",就是先治山上,后治山下;先治毛沟,后治主沟;先骨干,后一般,骨干与一般相结合。曲振生认为:治山与治沟是一个不可分割的整体,其中治山是最根本的,不治山就不能根本解决治沟的问题。于是,他带领社员开展封山育草,植树造林,绿化荒山。采取了山上封,封造结合;坡地蓄,蓄排结合;沟里闸,闸用结合的办法,每逢降雨都是清水缓流,减弱了雨水的冲刷力和地表径流量。与此同时全面开展闸沟造地工程,在施工顺序上采用从上往下的方式,做到节节拦截,道道落淤,不淤就垫垫,淤垫并举,这样做,实现当年治理当年就可以种植。

先治毛沟,后治主沟,采取一个岔一个岔,一条沟一条沟的集中治理,对那些侵蚀严重的沟,要优先治理,较稳定的侵蚀沟后治理,不仅能够控制水土流失,而且能避免洪水集中下流,这是曲振生在实际治理工作中做出的正确选择,并在修建毛沟谷坊实践中得到验证。1964年,水土流失严重的凤岭沟,遇到一次连续降雨达一百五十六毫米,毛沟修建的二十五座谷坊,拦截泥沙达六十立方米。雨后天晴,社员们高兴地说:"如果不修凤岭沟上的毛沟谷坊,这些泥沙是无法控制的。"

曲振生认为:治山治水不能盲干、蛮干,要讲科学。在具体治理每一条沟时,首先要考虑的是沟长、沟宽、比降、控制面积和泥沙量,然后确定布局和材料来源。在工程布局上,有骨干,有一般,骨干与一般相结合。骨干工程设在水流集中的地方,在险要地方连续设，沙石较多的沟顶也要设，每隔一定距离要修筑一定数量的一般工程。所谓一般工程就是比骨干工程少，也起拦截泥沙、减缓流速流量的作用，是淤地造田必不可少的工程。要因材施教，沟壑比降大的多设，比降小的少设。一般的支沟谷坊距离是五到十米一道，主沟是二十到五十米一道。而且第一年修筑时不能过高，因为过高是不安全的，必须逐年淤起，逐年加高。实践证明，这种布置方法控制水土流失是最有效的。同时，要结合过去沟膛地经常受到由沟顶上部冲下来的许多沙石的冲压的实际情况，在沟顶沙石较多的地方设置沟顶拦沙坝，沙石多的地方连续设几个，沙石少的设一个。比如在小棒槌沟沟顶设有拦沙坝六道，其中较大的三道，坝长二十米（即坝宽）、坝高一点五米，顶宽一米，控制一千五百平方米的集雨面积。每逢夏季，降雨量大的时候，拦截泥沙的效果明显，顶上第一道坝全部被泥沙淤平，还有二道坝拦截，顶部淤起泥沙石沙根本进不了台田，真正起到了拦沙、固沟、保田的作用。

再说"四大一宽"，即石头大、双墙，基础大、宽、深，坝坡大，护底大，溢流口宽。八盘沟是石质山区，采石方便，一般骨干谷坊工程都是用大石头，抗冲力强，谷坊砌双墙可以增加墙的稳定性，结构结实。施工时，要把骨干工程的基础挖得深而宽，挖到岩石，把岩石的光面击掉或者开个小槽，再进行砌筑，这样做会增强坝基的稳定和抗滑性。砌石要采取三比一的坝坡，而且采用双墙，避免由于没有斜坡而被水冲倒，或者由于坝基不稳和坝后土石压力的影响，而出现"鼓包"，一遇降水极易坍塌。同时护底不能短而浅，否则容易被溢流水冲毁，导致淘刷坝基，使坝倒坍。再有就是溢流口要宽，这是拦蓄工程不可少的组成部分。曲振生认为：以前修的谷坊工程很少有溢流口，有过教训吃过亏。宽窄是关系到工程安全与否的大问题，如果溢流口小来水量大宣泄不了，从坝顶溢水直接威胁坝的安全；口大会减少防洪拦沙的作用。闸沟造地，保水保土，扩大农田面积是好事，但雨水变化是无法控制的，山上降水会往沟里流，因此谷坊上边必须留出适当的溢流口。曲振生提出：骨干工程溢流口宽五至十米，深零点五米至一米；一般工程溢流口三至五米，深零点三米至零点六米。在位置的布局上，一般都设在岩石的一面，两旁是土坡的沟壑，溢流口设在中间。实践证明，这样做既抗冲又防冲。

公而忘私只为民

过去有一句老话叫村看村，户看户，村民看党员，党员看干部。1955年至1970年间，是曲振生想事想得最多的时候，也是他没白天没黑夜最忙最苦最累的时候。那些年，曲振生一心扑在工作上。由于长期的劳累过度，造成神经衰弱，导致他经常失眠，晚上睡不着觉，靠吃安眠药才能入睡。有一次，他安眠药吃多了，儿子曲树山发现不对劲，连推带搡地喊叫了两个多小时，曲振生才慢慢醒了过来，着实让全家人后怕啊！曲振生以队为家，忘我地工作，他的内心深处到底是怎么想的？他的家人难道真的没有意见吗？在采访时，曲树山不止一次地讲："队里的事和外面的事，我父亲都操心去管，可家中的大小事啥也不管，真是个甩手掌柜，回到家里像个住店的。有一年，他一直忙到腊月二十九晚上，过年的东西啥也没准备。家里人埋怨他时，他理直气壮地说：'我只有这样干，群众才信任咱，喊一嗓子才能有号召力。'"

今年已经七十三岁的徐永廷老人回忆说："我小时候能记事时，就经常听父母讲生产队队长曲振生大叔带领他们苦干实干的事，让我羡慕又敬佩，在幼小的心灵中留下深刻的烙印。1961年冬季，我在八盘沟小学上五年级时，老师布置一篇作文，题目是《心中最可爱的人》。当同学们都选择写自己的爸爸、母亲或亲戚的时候，我毅然决定写《生产队队长曲振生》。为了写好这篇作文，我跑到修大坝工地现场进行观察。当时曲振生大叔正带领社员在村西头山沟修大坝，劳动的场面热火朝天。我到工地时，看到社员们正在吃力地撬几块大石头，只见曲振生大叔脱下棉袄，往旁边一扔，走过去跟着撬石头。寒冷的冬天，可他身上却冒着热气，贴身的单衣服完全湿透了，汗水从胸口往下流。撬完几块大石头后，进行场地清理，然后社员们开始挑石渣子。曲振生大叔和社员的肩膀上都没有肩垫带，两挑筐装满石渣，曲振生大叔担起就走……曲振生大叔个子高，身材魁梧，力量也大。看到这一劳动情景，我内心非常感动。听说我要写作文，他说：'你别写我，写写大伙儿。'"

徐永廷说："曲振生大叔真是个实干家，不管是垒大坝、建谷坊，还是修梯田，他总是说在前，干在前。当时劳动强度大，他处处做表率的行为无时不在感染着全体社员。只要他不说休息，社员们谁也不会把手中的活儿扔下歇着。不夸张地说，当时他手上的茧有大钱厚。1964年冬季，我在羊山中学读三年级了，要放寒假的时候，班主任老师布置一篇作文，题目是《心中最尊敬的人》，并告诉同学们要抓住人物的道德品质，找好角度，写出特点。我回到家中，心里一直想着如何写好这篇作文。此时曲振生大叔已经是八盘沟大队党支部书记了。我在心里琢磨：曲振生大叔是治山治水的带头人，也是朝阳市一名响当当的劳动模范，他家里是什么样子？为了写好这篇作文，在腊月二十四那一天上午，我去了曲振生书记家，一进院，眼前看到的一切都让我感到震惊：院子里没有成捆的柴火。破旧的房子，经过常年的风吹雨淋，门窗都有缝隙。柜橱里仅有几个碗和几双筷子，连个碟子都没有。曲振生的老伴由于患重感冒，正躺在炕上，不时发出呻吟……"

徐永廷对我说，他做梦也没想到，在外面生龙活虎般带领社员致力于山区建设的曲振生书记家这样简陋，生活得这样贫寒。曲振生书记心里只装着村里那些事儿。这种舍小家、顾大家，公而忘私的精神品质让我深为敬佩。

谈到曲振生，村民这样评价他："曲振生是非分明、刚正不阿、无私无畏，是个硬汉子。"也有的村民说："曲振生虽然是个'大老粗'，但做事心中有数，有话直说，不圆滑。他不会拐弯抹角，容易得罪领导。"那时候上级经常派人下来检查工作，因为不了解、不掌握基层实际情况，很容易造成所谓的"乱指挥"。对这样的事，曲振生的应对方法很简单。他不善于沟通和商量，一条道跑到黑，从不考虑后果，坚决顶着不办。70年代初期，八盘沟村苹果年年获丰收。有一次，县里一位部门领导找到曲振生说："给县里拉一车苹果，让政府机关的干部尝尝鲜。"可曲振生却说道："我不能损害群众的利益，也不会拿集体的利益送人情。"此言行让这位领导很尴尬，说曲振生这个人不食人间烟火，不近人情。

无悔的人生

家乡，是一个温暖的名字，是每个人出生的地方，是每个人成长过程中的一块基石，也是安放灵魂的地方，要永远地守护。

1986年，曲振生从县领导岗位退休，回到了八盘沟。"早思归故里，华发等闲生。"当再次站在家乡的土地上时，他的内心是那么安然；当呼吸家乡的空气时，他的四肢是那么酣畅……他的根已经深深扎入家乡的热土，因为他是地地道道的八盘沟人。

退休后的曲振生，本应在家过着清闲自在的晚年生活，但因为他对八盘沟感情笃厚，爱之弥深，所以每年在春、夏、秋的关键时节，他都要坚持去村外到山上走一走，转一转。他心里放不下他带领社员修建的那些梯田、石坝、谷坊。他要看一看有没有地方损毁渗漏，还要看一看他亲手栽植的树长得怎么样，有没有被盗伐。他依旧关心着八盘沟村的资源和生态环境，他经常对村民说："要爱护土地、珍惜植被和树木，不能乱建庙、乱埋坟，鸡圈、羊圈要建在山上，保证村里有良好的空气质量。"看到大家到处打水井，他就呼吁："不能乱打井，科学规划，要保护水资源，不能浪费水资源。"虽然已是花甲之年，但他不变的是对家乡的热爱，他心里想的还是集体，想的还是大家的事。

20世纪80代初期，八盘沟村与全国农村一样，实行第一轮土地承包，按包产到户的相关政策规定，曲振生的老伴分到一亩半地。闲不住的曲振生看到自家的地旁边还有一些荒地搁置，就下决心要把它开垦出来。家里人劝他说："现在条件好了，粮食也够吃了，你不用再挨那份累了。"可曲振生心里有自己的盘算：一寸土地，万两黄金。作为农民，不能忘记过去看不到尽头的苦日子，土地是历代农民生存的根本，这是不变的理。有了地，才能多打粮，自己吃不了，剩下的卖给国家也是做贡献。正是这种信念，支撑着曲振生在自家承包地边的荒甸上开垦出三亩多地，种上了玉米和谷子。

回忆起父亲当年开垦荒地的情景，曲树山深情地说："父亲开垦出这三亩多荒地，每年种上玉米和谷子，亩产可达600—800斤。在当时，这不是什么壮举，但现在看，是老人家靠自己的劳动，给后人留下了宝贵的土地资源。"

2012年11月起，耄耋之年的曲振生时常迷糊，家里人劝他去朝阳市内的大医院全面检查一下，他总是挺着说："没啥大毛病，到附近诊所打打针、吃点药就好了。"到了2013年4月初，曲振生的病情越来越重。4月9日，在家人极力的劝说下，曲振生才同意儿女们将他送到朝阳第二医院治疗。医生检查后，对曲树山说："是脑梗，你们来得太晚了。"此时，曲振生的病情不断恶化，看似头脑清醒，却说不出话来，这让亲人们爱莫能助，但仍抱着一丝希望，又把他送到朝阳中心医院，得到的是同样的回答："你们来治疗得太晚了。"

那一刻，钻心的痛楚压得曲树山喘不过气来，他和弟弟及妹夫无法接受这一事实，只想通过住院治疗，来延长老人的生命。可当时正赶上患者住院治疗的高峰期，已经没有床位，只好在走廊搭上临时床位让老人躺下休息。医生虽然尽力地抢救，但也无力回天。4月10日上午8时许，曲振生与世长辞。这位为了家乡那片热土奋斗了一生的刚强老人，在医院的走廊里度过了漫长煎熬的一夜，静静地走完了人生的最后一程。

这场面，让人心酸，让人感慨，让亲人悲痛欲绝。医生、护士、患者都不知道这位老人是赫赫有名的全国劳动模范，曾四次参加国庆观礼，并见过毛主席。2013年4月12日，家人低调、简朴地将曲振生安葬在小棒槌沟门自家承包地上，让他躺在这里静静地守护着这片为之奋斗一生的家乡热土。

感情，有时会让人难以接受现实。曲振生走了，他的家人没有通知曲振生在县委工作时的同事，没有告诉与曲振生共过事和接触过的市、县领导。在安葬曲振生时，没有人为他主持最后的仪式，也没有人宣读他的生平简介，坟前连块墓碑都没有立。只有他的家人、亲属和八盘沟村一百多名村民在他的坟前，和他做最后的告别。坟前摆放着家人、亲属、村民敬献的花圈，淡淡的色彩正如他令人怀念的一生。

为了这方热土，他倾注了一生的心血。此时，这些带着致富初衷，跟随他治山治水，共同改变山村面貌的村民们才感到，失去这位无私无畏、可敬可亲的带头人，那深深的怀念和痛苦的哀思，在心中产生的撞击是那样强烈。曲振生平易近人的微笑、谆谆的教诲和对八盘沟未来的期望，在他们的脑海中印得太深、太深……

榜样的力量

曲振生是一名普通的共产党员，在辽西这片广袤的大地上可谓是沧海一粟，但在他身上，既有中华民族的传统美德，又有共产党人的高尚境界，堪称共产党人的楷模。他的精神，集中到一点，就是无私奉献。也许有些人已经把他淡忘了，也许有人怀疑是否真有那样无私奉献的人，而我想说，曲振生反映的是整整一个时代，整整一代人的精神。有了这样的人，我们的国家才有今天的辉煌成就和胜利；有了这样的人，才改变了我们国家的历史进程。他们是中国的脊梁。

一名党员就是一面旗帜，不仅能影响周围的人，而且也会影响后辈的人生追求。人们不但没有忘记曲振生，反而一直被他的精神激励着、鞭策着……

我与徐永廷老人交谈后，没过几天，我又遇到辽宁省第三地质大队的退休干部胡毓秀。听说我在采写曲振生的事迹，他对我说："曲振生的名字，我们这代人都记得，在五六十年代他带领八盘沟社员治山治水，在我们朝阳县是个了不起的人物。"胡毓秀回忆说："我1942年出生在朝阳县西五家子乡，十七岁之前一直务农，小时候经常听家中的有线小喇叭广播介绍北四家子公社曲振生的事迹。我离开农村后，先到电力系统和地质部门工作，我就是在曲振生他们那代人那种精神的影响下成长起来的。"

我第三次去八盘沟时，徐永廷老人动情地对我说："老书记是我心中的偶像，他的一言一行影响了我一生。"1965年，徐永廷中学毕业后，开始在家务农，与曲振生有更多的接触。不管干什么，徐永廷总是兢兢业业，吃苦耐劳。1986年，北四家子乡中心小学的领导与八盘沟的村干部商量后决定，调徐永廷到八盘沟小学任教师。他始终以曲振生为榜样，不仅要教书，更要育人，以自己的思想品质、知识水平，处处影响着学生。由于业绩突出，他光荣地加入了中国共产党，并于1990年担任了八盘沟小学的校长。

曲振生带领八盘沟人在青石板上创高产，从原来的吃返销粮到每年向国家卖余粮十五万公斤，他们向国家送公粮的场面，造就了中国著名的笛子演奏家魏显忠最得意之作——驰名于国内外乐坛的笛子独奏曲《扬鞭催马运粮忙》。

那是20世纪60年代后期，辽宁歌舞团民族乐队队长魏显忠在八盘沟大队下乡锻炼，与社员们一起在这块土地上流血流汗，奉献青春，体验着农村生活。当年的金色十月，八盘沟处处呈现社员们收割庄稼、运送公粮的喜人景象，魏显忠的内心被火红的生活所打动。他看见长长的马车队伍，车上装满玉米高粱，在山路上奔跑；他听见人欢笑，马嘶鸣，鞭声炸响，车轮滚滚声……这扬鞭催马的场面，喜气洋洋、气势磅礴，表现了乡亲们秋天收获的喜悦；这马蹄击节、车轮吟唱的声音，汇成了一曲时代交响乐。是八盘沟火热的生活，让魏显忠产生了灵感和冲动。晚上，在火苗弱弱的油灯下，他趴在土炕上开始了笛子独奏曲《扬鞭催马运粮忙》最初的雏形创作。后来，《扬鞭催马运粮忙》通过中央人民广播电台广播后，传遍国内外。

红旗仍在飘扬

新中国成立后，伴随大小队规模的调整，八盘沟又以生产队、村民小组的组织形式归属于朝阳县北四家子乡唐杖子村管理。虽然经历了不同时期的村级治理模式和基本核算单位，但八盘沟人从来没有停止奋勇前行的脚步，正以新时代的步伐走向未来。

不朽的是精神，传承才是永恒。忆往昔，峥嵘岁月，励精图治。是老书记曲振生带领乡亲们发扬愚公移山的精神，以无所畏惧的信念和持之以恒、坚韧不拔的毅力，脚踏实地，埋头苦干，用满腔的热血和勤劳的双手，改变了八盘沟贫穷落后的面貌，让乡亲们走上了幸福路，也为子孙后代留下宝贵的精神财富和土地、树木、旅游等资源，为建设社会主义新农村奠定了坚实的发展基础。

看今朝，富饶村庄，生机盎然。是新书记李春军，在老书记曲振生和老一辈八盘沟人的精神感召下，带领新一代八盘沟人薪火相传，砥砺奋进，继往开来，开拓创新，用新的方式和理念、新的发展战略、新的经营管理模式，在种植业和果业生产的基础上，大力发展旅游业、养殖业和文化建设，带领乡亲们在加速建设社会主义新农村的征程上交出一份令人满意的答卷。

如今的八盘沟，一年四季皆美景，呈现在人们面前的是一幅幅美丽的画卷：三月，满山的杏花、桃花盛开，好似一幅清淡的水彩画。六月，在八盘沟入口处，一大片生长在梯田里的油菜花，摇曳着黄灿灿的花容，丰满娇艳。九月，梯田上向日葵有层次地逐着梯田，绕山而行。金秋十月，是庄稼成熟的季节，八盘沟呈现出一片金色的海洋。玉米棒子剥下层层薄纱，露出金灿灿的玉米粒；谷子颗粒饱满，沉甸甸地笑弯了腰；油葵迎着太阳妖娆绽放，仿佛是在炫耀，又让人陶醉其中。

一方水土养一方人，一处土地孕一处果。在大田种植玉米、谷子的同时，李春军以获得世博会铜奖的水蜜桃为切入点，流转土地七百多亩，又栽了三万五千棵水蜜桃树苗，使村子成为享誉省内外的水蜜桃产区。水蜜桃的生产也带动了苹果种植，由于日照时间长、昼夜温差大，"柏山牌"苹果色艳汁多。该地是无公害最佳生产基地，也是朝阳市最优质果区之一。同时，村民在这些流转的土地上发展林下经济，种地瓜、黄豆、谷子。此外，大力发展养殖业，引进大连庄河大骨鸡，为村民生活注入新的活力，实现了多方式、多产业增加收入。

文化是民族的血脉，也是人民的精神家园。在发展种植业、果业、养殖业的同时，李春军提出以"文艺兴村、旅游富村"为发展理念，先后在八盘沟重点景区举办"八盘沟文化旅游节""柏山群众文化艺术节""采摘节""桃花节"，打造旅游产业特色品牌，村民也以农家院、农家饭的形式，迎接来自四面八方的游客。

李春军在带领村民致富的同时，不忘乡村文化建设，带领村民连续多年就地取材，以自编、自导、自演的形式举办农民春晚，并被授予"朝阳县法治文化创作演出基地"的荣誉称号。一台台春晚，在丰富村民业余文化生活的同时，也极大增强了村里的文化软实力；一个个节目，犹如一缕缕春风吹进村民的心田，提高了村民的精、气、神。李春军先后获得"感动朝阳十大新闻人物""辽宁省十大杰出农民""群文之星"等荣誉称号，多次走进中央电视台《首席夜话》《向幸福出发》等节目接受访谈，扩大了家乡对外的知名度和影响力。

先辈创业垂千古，长征接力待后生。八盘沟人用自己的行动，让这面红旗更加鲜艳夺目，光彩照人，也告慰了老书记的在天之灵。如今，当你登上八盘沟的最高山顶时，能领略八盘沟山村的新面貌，看到八盘沟发生的翻天覆地的变化，真正体味到曲振生带领八盘沟人孕育出的"自力更生、艰苦创业、团结协作、穷则思变、无私奉献"不朽精神的深邃和价值。

壮哉，曲振生！

壮哉，八盘沟人！

郝殿华，毕业于长春地质学校和中国新闻学院，辽宁省作家协会会员。有小小说、散文、文学评论等作品散见于《中国国土资源报》《辽宁文学》《辽西文学》等报刊。

南 上

林 平

已是深秋，日丽风和，空明澄碧，天气出奇地好。农民忙着播种，林木郁郁葱葱，一派春天般的欣欣向荣的景象。从秋收后裸露的田园和泛青的谷桩上，才能隐约看出秋天的迹象。

这是我在豫南平原和山区看到的秋天。那段日子，为了采写有关驻村第一书记和乡村振兴的通讯，我从淮河北岸平原一路向南，经过起伏连绵的浅山丘陵，沿着黑丝带般的柏油路，逶迤前行，走走停停，一直抵达大别山腹地的深山之中。沿途一派好风景，让人疑心不是行在人间，而是置身仙境，那种恬淡而又生机勃勃的原野，多像我久违的故土。

那分明就是故土啊，日里夜里，梦里的，故乡。

一切都是那么熟悉，却又那么新鲜，恍如孩童时珍藏的糖果，不舍得一口气吃完，直至吃了许多天，最后只剩下了一片单薄而斑斓的糖纸，留存于深深的记忆里。多日过去，如今回想起来，那一路的行程，仿佛身悬高空俯瞰大地，目睹一辆甲壳虫般的汽车驮着我爬行于葱郁的田园山野间，一路向南，一路攀升。途中遇见的那些人与那些画面仍历历在目，叫我如何不想它？

一

淮河，从西边的桐柏山中蜿蜒东流，在豫南一带形成广袤的平原，一望无垠，息县全域就在其中。息县是中国五千年历史上第一个以县命名的地方，素有"中华第一县"之称。息县淮河大桥附近的河段，据说是当年刘邓大军千里跃进大别山的征程中抢渡淮河之地。如今，七十多年前的景象早已不复存在，存在的是宁静祥和的大地和在大地上生活着的芸芸众生。

走进淮河北部平原的一个小集镇，是在一个上午。煦暖的阳光下，很多农民开着三轮车或小货车，满载着一袋袋鼓鼓囊囊的各色编织袋，在一家收购站前排起长队，等待售卖。收购站里机器隆隆，脱壳，打包，尘屑飞扬，一派繁忙的景象。

我知道这里是息县彭店乡，随口询问随行的张森道："他们是卖稻谷吗？"

"不是稻谷，是花生。"张森脱口说。

张森是彭店乡大张庄村驻村第一书记，熟悉这里的一切。他说，淮河两岸多为沙土地，适合种植小麦、花生、大豆、玉米、高粱、红薯，跟淮河以南多种植水稻的景象截然不同。今年夏季虽然高温干旱，对花生的影响却不大，各家各户皆花生丰收，前来收购站出售花生的村民中，就有来自大张庄村的。

两年前的早春，张森被国网信阳供电公司选派前来驻村，一晃已近三年。此刻，迎着煦暖的阳光，我与张森走在大张庄村部前的田野上，可见一大片整齐划一的平顶房。那是易地搬迁安置点，安置着附近四个村的一百多家搬迁户。我曾多次走进易地搬迁安置点，也走进过一些搬迁户的家里，跟他们聊着家长里短，他们给我最大的感受就是生活有着有落，话语里充溢着满足之情。

这一次，我看到了跟以往不同的景象——每家每户的房顶上，都熠熠发光。那是光伏发电板的反光。

"在这片房顶上搞分布式光伏电站，确实是个不错的项目。"张森顺着我的目光望去，说起了光伏电站的来历。

大张庄属于平原地带，除了种粮，还有没有别的项目能够壮大村集体经济呢？张森经过调研，把目光瞄向了不能种粮的房顶——易地搬迁点的房顶是分布式光伏发电的理想场所。他在驻村之前，曾在罗山和息县两个县供电公司主管过营销，跟新能源公司有过接触。于是，经过一番商谈，他引进了一家新能源公司，投资六百万元建分布式光伏电站，大张庄村出租房顶，年租金近七万元。光伏发电的收入，前二十年归新能源公司所有，二十年之后归村集体所有。

这确实是一个生财之道。很快，便有村民效仿，在自家房顶建起了分布式光伏电站，自发自用，余电上网。两年过去了，大张庄的光伏发电农户，从两年前的一户发展到目前的三十六户，总容量超过一千千瓦，每月都会有一笔收入。

张森还告诉我，除了光伏发电，种植香菇也是一个不错的选择。大张庄村部路西的田地里，静默着四座香菇大棚，就是两年前当地政府投资近八十万元兴建的，承包给当地村民，张森给这些香菇大棚起了一个名字——息县彭店大张庄生态农场，并拿到了营业执照，还购置了香菇烘干机，生产的"彭店香菇"销售状况良好。在村部一个房间的桌子上，我发现了陈列的几个袋装香菇品种，正是"彭店香菇"。

我曾进入过香菇大棚，了解大棚的投入和产出。一座大棚可容纳菌棒一万个，一个菌棒四元，购买菌棒需投资四万元，将来一个菌棒可收香菇两斤半，每斤香菇售价四至五元，扣除成本，一个菌棒净赚两元，一座大棚年可赚两万元，废弃菌棒还可进行堆肥用于改善农田土质，可谓一举多得。

这次来村里，我意外地看见四座大棚的塑料薄膜破损严重，棚内不见菌棒的影子。张森告诉我，今年六月的最后一天，这里遭遇过一次龙卷风的袭击，大棚的棚顶被掀翻，村委会组织人力把菌棒转移到了别的地方，待大棚修葺完毕，再把菌棒请进来。

说话间，路上跑来一辆黑色的越野车，车顶固定一个喇叭，喇叭里播放着秸秆禁焚和美化乡村环境的宣传语。车子跑过眼前，进入村部院里停下，喇叭关闭。从车上下来一个小伙子，身材精瘦，面庞黝黑，脸上带着谦卑腼腆的笑意。我以为他是村里的宣传员，张森却告诉我，他是去年五月新上任的八五后村支书，名叫刘波，那车不是公车，是他的私车。

"别看他瘦，两三个男子别想近他的身。"张森半真半假地说。

刘波又腼腆地一笑，说他十八岁时参军入伍，当过侦察兵，在执行任务时脖子受伤，二十岁那年退伍，应母亲的要求回到了大张庄——他的母亲曾是大张庄的村支书。去年五月村委会换届，他走马上任村支书，也算是子承母业。

阳光灿烂，适合漫步。于是我们出了村部，各处走走。放眼四望，沃野千里，地里的花生、大豆、玉米和高粱等农作物几乎收割殆尽，视野里呈现出一片褐色的黄土地，农民们开始准备种植小麦和油菜。原野上时不时地会现出一堆堆秸秆，那是准备用于加工颗粒饲料的原材料。

"是要把这些秸秆卖到外地吗？"我随口问道。

"我们这里有公司收购，就近加工。"刘波摇了摇头，说这是他们被逼之下想出来的办法，起因就是秸秆禁焚。

秸秆禁焚是近年来实施的新规，目的是确保乡村的优美环境，为了天蓝气清。信阳市政府对于违规的处罚力度很大，轻则罚款，重则判刑，出台了"双超"措施，即"过火时间不能超过二十分钟，过火面积不能超过一百平方米"。对于"双超"的确认，以卫星图片显示为准。张森和刘波等村干部开始思考如何处理秸秆的难题，最后想到了引进秸秆深加工项目的办法，即把秸秆加工成牲畜可食的颗粒饲料。淮河平原秸秆质量好，用来加工饲料，既可增加农民的收入，又可变废为宝，实属一举两得。

这个项目是刘波引进的，投资人为本村村民，早年在山东打工，继而开了公司办了厂，积累了一定的资金，也有回报乡里的愿望，双方一拍即合，很快就建起了厂房，生产的颗粒饲料将主要供应河北及内蒙古那边的养殖场。

我猜测，那个回村投资的村民，应该是在刘波的母亲当村支书时就和村里有联系，不然，刘波上任村支书才一年多时间,怎么可能这么顺利地就引进了这个项目呢?

我们一路聊着,沿着新架设的一条高压线,不知不觉地来到一处围墙外,透过上了锁的铁栅栏大门,可见里面建起了一排房子。刘波说,这就是用来加工颗粒饲料的场院,面积约十三亩,加工饲料的机械设备将于七八天后就位,产品不愁销路,尚未生产,就收到了一笔二百万元的订单,资金已经打到了公司的账户上。刘波说,公司对秸秆的收购价是每吨四五百元不等,一亩地一般能收集晾干秸秆八百公斤,可进账四百元左右。

我的眼前仿佛出现了一幅画卷——遍地的秸秆源源不断地走进了加工厂,在轰隆隆的机器声中,变成了一车车的饲料,又源源不断地奔向遥远的北方。这是一幅乡村振兴的美丽画卷,令人憧憬的画卷。

这幅画卷中,有一处却是与众不同。那里没有秸秆,也不裸露土地,直到深秋仍葱郁苍翠,桃果满枝,呈现出一派盛夏的气象。

那是一片果园,在金王楼村。我在张森的引领下,抵达了那片果园,也认识了果园的主人宋中华。我颇为奇怪,大张庄的驻村第一书记,怎么会跟别村的果农那么熟稔呢?

张森给我讲了一个故事。他初来大张庄驻村时,乡长得知他在营销上颇有心得,就让他去帮外村的一个贫困户卖桃,那个贫困户就是金王楼村的宋中华,那桃是黄桃。宋中华是个可怜人,几年前的一场大火烧光了他的家,妻子又患了脑动脉瘤,宋家因此致贫。宋中华也真是条汉子,不但没有颓废,反而外出学习黄桃种植技术,回来后种植了六亩黄桃和其他果树,喜获丰收,销路却成了问题,指望乡里村里领导个人购买,只是零打碎敲,不起大用,乡长便找上了张森。张森也没辜负乡长的信任,利用电商平台,没几天工夫,就卖光了宋中华积压的黄桃,收入几万元。宋中华从此对张森信任有加。

走进果园时,一个身穿鲜绿色上衣的男子正手持刀具,给一棵小桃树嫁接一个芽,动作娴熟,俨然果树专家。他就是宋中华。我观此人,身形瘦小,脸上皱纹密布,看上去年近花甲,跟他出生于1971年的实际年龄极不相称。

宋中华对我似乎毫无陌生感,说话滔滔不绝,两眼放光,说他嫁接果树,是要让一棵果树上结出多种水果,有桃,有李子,或许还有梨和苹果。他还主动地跟我说起了科学剪枝法,修剪得好,一棵桃树上能结三百个桃,桃子小者七八两,大者斤把,按每斤五块钱计算,一棵桃树就能卖个千把元。不仅如此,他的果园里还间种有一垄垄红薯,他用脚踢了踢垄上的红薯藤,说土里的红薯长得可不小。说到这里,他又连连啧嘴,说今夏高温酷暑,桃摘不及,很多桃都是桃熟蒂落,烂掉了不少,他因此损失了万把斤桃。

意外的是，宋中华说这话时，依然两眼放光，脸上毫无沮丧之意。不仅如此，他还从一棵桃树上摘下了套袋的桃子，说是冬桃，好吃，非叫我和张森尝尝。拗不过他，咬在嘴里，果然脆甜爽口，实乃果中佳品。

与宋中华聊了很多，直至夕阳西下仍意犹未尽，却不得不转身离去。走过阡陌田园，回望那片果园和那个人静沐愈来愈浓的暮色中，心头陡然氤氲着一种说不出的思绪，甜蜜中裹着惆怅。他是一个优秀的技术人员，却不是一个合格的管理和销售人员，单打独斗不是办法，希望他能寻到合作的好伙伴。

此后的好几个夜里，我都梦见了那片果园，在我离开息县的日子里。唯愿那个不服输的瘦小的男人像淮河平原上一棵挺拔的白杨，迎着风雨冰雪，屹立不倒。

二

过淮河，南出息县，即是光山县地界。历史上，司马光砸缸的故事，就发生在这里。我心里说，到家了。

是的，光山是我老家。十九岁之前，我一直都在光山生长和生活，高中三年还是在县城度过的。那是在三十多年前，县城只有一条南北向的主街道，城南六公里处，有一条河，我们都叫它南大河。地图上，南大河学名潢河，从南部的大别山中往北流出，流到光山县城西南方时，有意无意地拐了几个弯，由西往东蛇行约莫二十公里，尔后调头北去，汇入淮河。我想，南大河，盖因潢河流经光山城南而得名吧。

不知从何时起，人们开始叫南大河为官渡河，还在河上架设了几座桥，河流两岸也整修一新，修建了彩色的健身步道，恍如一条彩色丝带随意地飘落在柔曲的河岸。伫立桥上，清风拂面，可见两岸建筑鳞次栉比，河面碧波荡漾，浅水处芦苇摇曳，野鸭戏水，宛若百里画廊，让人疑心这不是原来的南大河，而是陌生的风景区。

"这确实是原来的南大河！"一个路过的小伙子告诉我，话语中透出浓郁的光山口音。他个头不高，身穿蓝色工装，头戴灰色工帽，一看就知应是哪家公司的员工。

果然，闲聊中得知，小伙子叫邱培涛，在光山县新宝汽车电器有限公司上班，他就是本地人，跟我一样，乡音难改。

"公司大吗？"我问。

"大。"邱培涛点点头。

怎么个大呢？邱培涛说，公司现有员工八百多人，绝大多数是光山人。如今三期工程已竣工，待到满负荷生产，工人数量将达到一千五百人，年产值超三亿元。

对于光山县这个曾经的国家级贫困县来说，这真是不小的规模。我心中一震，便想去一探究竟。邱培涛爽快地答应下来。我十分疑惑——一个工人就能带我进入一家大型公司参观吗？邱培涛似乎看出了我眼中的疑问，笑着说，他是公司综合管理部部长，这些事就属他管。真是让人刮目相看！

更让人惊异的是，新宝公司就坐落在南大河南岸的官渡河产业聚集区里，在那个曾经人迹罕至的地方。走进公司的装配车间，满眼都是繁忙的景象，都是与邱培涛身着同样工装的女工，她们正在流水线上麻利地作业，忙活那些细细的线，她们说那叫汽车集成电路线束，供下游厂家生产车灯之用。

新宝电器为一家浙江企业，四年前来光山投资办厂，广招员工，在外地打工的邱培涛得知消息后便应聘而入，既能就近上班，又能照顾家里。邱培涛出生于1985年，大学专科毕业后，为了生计漂泊在外，家人都在光山乡下，聚少离多。进入光山新宝电器公司之初，他干的是财务，忠厚踏实，很快就被公司提拔为综合管理部部长，也有了一份不错的收入。

这宽大的车间，恍如广袤的原野，那些拿惯了镰刀和锄头的农民，在其间辛勤劳作，免除了日晒雨淋之苦。我走到一个正在干活的中年女工身边，问她在这儿怎么样。她脸上露出灿烂的笑容，说很好，在家门口上班，一个月能挣四五千块工资，比在外面打工强多了。

我能感受到她发自内心的满足。这跟我在司马光油茶园里见到的采摘油茶果的女人何其相像。

那天下午，在去往新宝电器之前，我果真置身于广袤的原野，感受秋韵之美。当时，我乘坐的汽车逶迤蛇行在光山城南浅山丘陵间的柏油路上，宛若穿行于无边无际的风景长廊中，和风吹拂，鸟雀呢喃，粉色的知风草与翠绿的油茶树交相辉映，让人犹如置身仙境。不大一会儿，上到一处高地，停了下来。那里是河南联兴茶油公司展厅所在地，也是司马光油茶园示范基地。

三年前的秋天，习近平总书记视察信阳革命老区，曾来到这里，手抚一棵油茶树，与一个名叫陈世法的人亲切交谈，询问油茶种植和投入产出情况，还念叨了当地流传的一句顺口溜："一亩油茶百斤油，又娶媳妇又盖楼。"司马光油茶园由此进入了大众的视野，也吸引了我的目光和脚步，随后不久我便站在这里，面对陈世法，聊了同样的问题，并聊了陈世法多年来所吃过的苦和走过的路。

时隔三年，当时与陈世法聊过的很多细节都已忘记。我记得的是，他身材魁梧，说话平和，是那种经历风雨之后的平和。如果把目光拉长，拉长到五十多年前，可见那个身材魁梧的男人幼小甚至婴儿时的模样。1968年的某一天，光山的一户农家里降生了一个男婴，因为家里穷，男婴长成十五岁的少年时，就跟垮邻一起外出打工。少年干过很多工种，逐渐积累了一些钱财，属于从山村走出去的先富起来的一类人。于是，已经长成壮年的他从外面回来了，来到如今这个油茶展厅的小山头上。那年，他四十一岁，很多人都不知道他的名字，这里满眼也都是光秃秃的荒山坡岭，顶多生长一些野草杂树。谁能想到，十年过去，当年的荒山秃岭已郁郁葱葱，成为连片的油茶园，规模达到三万亩，涉及六个乡镇十六个村，总投资过亿元，可提供三千多个就业岗位，每年出圃优质油茶种苗超两百万株，连总书记都来到了他的油茶园。直到此时，他的名字才大放异彩。

如今我们知道了，他就是陈世法。

总书记离开油茶园的第二年，联兴油茶智慧产业园就在官渡河产业聚集区建成投产，年加工油茶籽三万吨，其冷榨冷提的山茶油为省内独家。陈世法感慨地说："县里的营商环境真是越来越好了，就拿用电来说，联兴油茶智慧产业园从报装到用上电，只过了一个星期。"

此刻站在山顶上的油茶展厅前，一抬头，便看见展厅房檐上面竖立的一排红色的大字：路子找到了，就要大胆去做！据说，这是总书记在视察司马光油茶园时说过的一句话，激励着信阳老区的油茶人奋力前行，也激励着信阳老区的干部群众奋力前行。

伫立茶油展厅的木质外廊上，极目远眺，灿烂的阳光下，一座座绿色的小山包，恍如大海中涌起的波浪，跌宕起伏。近处则是满眼的油茶树，枝叶相接，高低错落，黄蕊的白花与青褐相间的茶果交相辉映，花果争艳，呈现出"抱子怀胎"的奇异景象。正是油茶果成熟的季节，茶树间晃动着一个个人影，把采摘的油茶果放进筐里，我看见一个采摘女的脸上浮现着笑容，跟枝头晃动的花朵和阳光一样灿烂。

就在几天前，我无意中看到一组数字，关于眼下油茶的：信阳全市油茶种植面积超过一百一十七万亩，省定点良种繁育基地九家，三十亩以上的种植主体近两千个，规模加工企业发展到十家，年产能达三万三千两百吨，茶油注册商标品牌二十个。那组数字后面还有另一组数字，关于去年油茶的：信阳全市油茶鲜果产量十五万四千吨，茶油产量九千五百多吨，油茶产业综合产值二十五亿元。

我常想，一个地方若是多几个致富带头人，那个地方的经济一定会迅猛发展。光山县的油茶致富带头人无疑是陈世法，在这个曾经的国家级贫困县，别的领域也有带头人吗？答案是肯定的，比如杨锋。

杨锋做的是养殖业，确切地说，是养牛，公司名为福牛牧业。

我第一次知道杨锋这个名字，是在从槐店乡的司马光油茶园转到斛山乡的一处养殖场的途中。社会上多有关于他的报道，同行的人还对我讲述了关于杨锋的坊间传闻，令人捧腹，捧腹之后则是无限感慨。

杨锋原来是搞房地产开发的，在光山县城开发了几个楼盘，其中一个楼盘位于城郊，道路不畅，房子滞销，即便降价也卖不动。老板杨锋就买了一些米面油，亲自登门拜访亲朋好友，请人家去买他的房子，但收效甚微。忽然有一天，县城的主干道修到了楼盘大门口，房价应声上涨，楼盘很快被抢购一空，杨锋当初提着米面油登门拜访的一些人却没抢到，后悔不迭。杨锋躲在自己投资的休闲胜地神山岭的别墅里，睡梦中都露出了甜美的微笑。

或许正因如此，杨锋的财富才滚雪球一般膨胀，攒足了投资牧业的钱币。

说笑之间，汽车已驶过几段新修的乡村道路，抵达一座养殖场，就是福牛牧业。巧的是，杨锋正坐在会议室里谈事情，与我想象中的地方房产大亨的形象差别甚大。

我打量着杨锋，他面相年轻，头发却是稀疏得厉害，想必是操劳过度的缘故吧。他说话很随意，嬉笑之间，就把要说的话说了。

"你怎么想着搞牧业呢？"我问杨锋。

"我考察了很多行业，觉得国内的牛肉缺口巨大，养牛有前景，就搞了。"杨锋呵呵一笑，走出会议室，指着厂区边上的福牛牧业规划图说，"我们的厂区还在建设中，现有存栏一千零九十七头，我们的规模是两万头肉牛、五千头繁育，投资四五个亿，在河南省属于规模最大的牛场。"

他还告诉我，福牛牧业除了能给社会提供牛肉，还能带动周边的用工、种植、运输等行业，收购秸秆加工成饲料，牛粪可作为有机肥撒进农田，对于当地的乡村振兴大有裨益。他对县里的营商环境也十分满意，他举了一个例子：修建到厂区的道路，要迁移电力线路的两基电杆，供电部门只用了两天时间就办好了。

"千万别让老百姓的双手闲下来！"这是杨锋常挂嘴边的一句话，言外之意是，要让老百姓通过辛勤劳动增收致富。

夜里，躺在河畔宾馆的客房里，望着远远近近的灯火，我的脑海里总是浮现出白天见到的一幕幕，流水线上的女工，日日生长的肉牛，黑色飘带一般的山间柏油路，柏油路边粉色的知风草和绿色的油茶树，以及一个个熟悉或陌生的面庞，他们身上都隐含着共同的特征——真诚，满足，目光笃定，生动鲜活。我甚至猜想，他们每个人的话语和目光之后隐藏的许多故事，也定然与众不同，感人肺腑。

这么想着，思绪便愈加绵长，令人难以入眠。遂起床，透过薄薄的窗纱，可见天幕上一轮圆月，缓缓西移，不久即隐匿于窗框之外，剩下的是暗淡而稀碎的薄云。

三

一觉醒来，明媚的阳光照亮了大地。我又驱车南行。海拔越来越高，很快便见群山汹涌，一座座朝我扑来。扑来的绿山上，有些长满了茶树，一垄垄，一行行，一圈圈，恍如随手描画的水墨画，又分明线条均匀，疏密一致，从这个山坡连绵到那个山坡，似乎把群山都连在了一起，成为茶的领地。我清晰地看出，这不是司马光油茶园的茶树，而是可以炒制茶叶的茶树。它有一个很贴切的名字——韩冲万亩茶园。

韩冲是商城县汪岗镇的一个村，由此可知，我已进入了大别山腹地。

群山之中现出一块平地，平地上坐落着一处南北向的厂房，面南的门头上贴着红色的"万亩茶园茶业"字样，门边挂着一块白铁皮竖牌，上书一排黑色的宋体字"商城县万亩茶园茶业发展有限公司"。一个男子坐在其间的一处办公室里，办公桌上摆着茶具，红茶绿茶皆有。男子就是万亩茶园公司的总经理孙云山。

见到孙云山之前，我就听说他是个网红，他拥有自己的微信公众号和"缘在商城"论坛，他经常搞直播，在商城以及全国各地拥有大量粉丝。见面之后，见他身材颀长，说话表情丰富，确实适合做网络直播。不过，我跟他谈聊的主题不是网络，而是茶山与茶叶，以及当地村民的收入情况。

"咱这茶园真的有一万亩吗？"我问。

"只多不少。"孙云山说，集体茶园有八千多亩，农户的茶园加在一起有三千多亩，总计一万一千多亩。集体茶园全部承包给农户管理，茶业公司只收集鲜叶加工成干茶。他还算了一笔账，得出的结论是，去年全村人均茶叶收入为一万两千元。

说这话时，孙云山已带我走进了茶叶加工间，一台台炒茶设备静默在空阔的厂房里，全电驱动，供电稳定性对茶叶品质影响巨大，电价对茶企的影响也不小。这两方面孙云山都不担心，茶厂享受的是农业用电电价，每度电不到五毛钱，当地供电所电工经常来厂为设备和供电线路把脉问诊，保证供电稳定性，他这个总经理要做的就是好好地生产茶叶，再把茶叶卖出去。眼下正是红茶生产季节，红茶还没生产出来，郑州一家茶店就已向他的公司订购了一批红茶，这让他非常高兴。

对于公司今后的发展，孙云山倾向于走生态茶园、茶旅融合的路子，把茶园里稀疏的大叶杨和板栗树砍掉，栽种桃树、李子、核桃、柿子树等观赏性高的果木，吸引游人前来休闲消费，发展乡村经济。

品着红茶，细聊慢述，时光流逝，岁月静好。倘若每天都是这样的生活，定然赛过天上神仙。可我不能在此久留，我还有更深更远的地方要去。

于是，我又缩进甲壳虫里，蜿蜒爬行于苍莽的群山间，高耸的大山从前方不断涌来，直至把我包裹其中。太阳忽而在前，忽而在后，忽而在左，忽而在右，最后在我的前方停了下来，我则在一个路标前停了下来。那个路标上写着一个村名——头战坪。这是我此次从淮河平原到大别山腹地的终点。

头战坪是商城县达权店镇的一个村。

余茜是土生土长的头战坪人，1985年出生，中专毕业后前往浙江打工。如果就此下去，她的生活将会过得十分平淡，波澜不兴。意外的是，2014年的一天，她接到了一个电话，是当过两任头战坪村支书的老支书打来的，老支书说："你回村里来吧，村里需要你！"她果真回到了头战坪，到村里干起了文书，至于老支书是如何说动她的，我没细问。我知道的是，两年之后，她就成了预备党员，党员刚一转正，她就接任了村支书，此时离她回村仅过三年。

村部在那片草坪的北边，建于一座高冈上，五六十级台阶之上。奇异的是，村部里居然还藏着一所小学——头战坪小学。透过学校铁栅栏大门的缝隙，可见几个孩子正在旗杆边嬉戏，笑声飞扬。余茜告诉我，村小只有八个学生，分别上一年级和二年级，三年级之后就转去外村学校了。以前，村小很破，村部也不在这里，而在灌河那边的山脚下，后来发了一场洪水，村部损坏了，便搬进了村小，村小的房屋也在国网商城县供电公司的帮助下得以修缮，成了今天的模样。

村里山多地少，村民以种植水稻、茶叶和油茶为主。最近几年，村里成立了三家合作社和一个种养殖公司，村集体经济达到二十四万八千元。

交谈中得知，头战坪四百八十二户计一千七百多人，家家户户都有油茶，共约两千亩，规模最大的要数望花尖油茶种植基地，约三百亩。这里的油茶均为野生茶树，二十世纪六十年代开始种植，因疏于管理、交通不便，没能为村民增收发挥作用。几年前，国网商城供电公司派驻第一书记后，马上投入十万元，修路、育苗、补种，油茶长势良好，今年又决定捐建一座油茶加工厂，采取"公司＋基地＋农户＋销售"的运营模式，利用本地茶果品质好、出油率高、人工成本低的优势，加工茶油。

余茜领我去往建设中的油茶加工厂。厂房建在大片草坪西面的山路边，主体工程业已竣工，正在装修中，设备也已就位，是三种不同的榨油机，一种可榨山茶油，一种可榨花生油，还有一种可榨芝麻油和菜籽油。厂房前面新建了一台变压器，可担负加工厂和附近村民的用电负荷。

离开加工厂，余茜领我往东走去，说是去看一个合作社。行不多远，抵达一村民组，路边是一片果园，果园上面是山，山边静泊三座房屋，白墙黛瓦，分外显眼。房侧翠竹青青，门前池水微澜，透出一派南方园林的风味。余茜说，房屋为吴家兄弟三人所有，为老大吴豫炜亲手设计建造。吴豫炜多年来一直在广州从事市政园林工作，把自己的家园也设计成了园林的样式，看着十分养眼。

说话间，一个中年男子出了门，向我们走来，正是吴豫炜。四年前，吴豫炜和其他四户村民成立了豫炜合作社，经营种养殖业，吴豫炜任合作社法人代表。他家下面的那片果园就属于合作社，已投入资金近五十万元，能够带动附近几十人增收。

我们西来东往，都是绕着那片草坪，我们的话题最后也落在了那片草坪上。我原以为草坪来自自然，千年如此，不料余茜却告诉我，草坪为人工种植，如今是头战坪的一个重点项目，也是部分村民收入的一个重要来源。

原来，这片草坪面积三百多亩，为村里流转的土地，涉及一百六十八户村民，村里引进优质耐旱草种，每年铲收两季，每平方米草坪收入五元，每亩年收入可达六千元以上，带动三百多个劳动力，每人每天务工费八十块钱。

绿水青山果然就是金山银山。余茜和村干部没有就此止步，他们还规划沿灌河和梅河修建休闲步道，吸引外地游客前来游玩，可以休闲，可以野炊，自助烧烤，形成小吃一条街，利用得天独厚的自然山水打造休闲游项目，造福于民，以图乡村振兴。

这个规划之所以可行，在于前期的基础设施投入见了成效。他们修好了灌河东边的八个村民组的道路，解决了村民雨季出行和学生上学的难题，又在国网商城县供电公司的支持下，投入二百零八万元建设配电网，新增四台变压器，全村十六个村民组全部实现了电气化。

说到这里，余茜憧憬道："有党的方针政策做指引，头战坪一定能够尽快实现产业兴旺、生态宜居、乡风文明、治理有效、生活富裕的乡村振兴战略目标！"

说话间，她像是想起来什么，转了话题道："这里有崇山峻岭，你要是冬天来，或许还能碰到野猪。"野猪也该是这里的原居民吧，能与野猪与原生态的山水为伴，也算是一桩幸事。

在头战坪盘桓了许久，我才缓缓离去。我不知道余茜何以安心于这片大山之中，毕竟要食人间烟火。返程途中，有人告诉我，余茜家在达权店小镇上开有一家餐馆，公公还在新疆做生意，家境殷实，根本不需要她当村支书的那点收入。

我心中的疑问解开了。怪不得，怪不得她能够全身心地投入村里的工作中，心无旁骛。

昨天，从余茜的微信朋友圈里，我欣喜地看到了一条图文消息：头战坪村油茶加工厂已于当天正式开业，生产的茶油纯天然、无添加，欢迎前来加工和购买。

祝福余茜，祝福头战坪！

林平，中国作家协会会员，中国自然资源作家协会会员，河南省作家协会会员。在《解放军文艺》《中国作家》等刊物发表文学作品。出版长篇小说《立地成塔》《红房子》，报告文学集《东达山上》及诗集和散文集多部。

小说麦田

063 ~ 124

一夜长三年

李先钺

一、原地不在了

童小溪在十五楼的门口，习惯性地掏出钥匙，想打开他曾经千万次打开的门锁，可是钥匙怎么也插不进锁孔了。

楼道里一股冷风袭来，童小溪抬头望了一眼楼道里昏暗的灯光，一只节能灯泡眨着鬼眼。他这时候才猛然醒来，前妻朱葵已经把防盗门的锁芯换了，这里不再是他的家了。

一种陌生感顷刻间像雷鸣电闪般朝他劈来，一阵寒战，身子摇晃着，竟然忘了乘电梯下楼。当时童小溪迷迷糊糊中选择走步行楼道，或许这是他的一种特殊告别形式，体现了他当时的真实心情。云里雾里一样，虚一脚实一脚地在下行的步行楼道里，把自己一层一层地降下来。

浑浑噩噩地从十五楼下到地面，童小溪一直在想：朱葵这女人原来这么绝情，这么不可理喻，屋里属于我的东西都不让我去拿了。人心难测，这个女人的心更难测啊！

在小区外滨河路回头仰望自己辛苦打拼多年并按揭房贷买下的十五楼这套房子，此时透过朦胧的纱窗，隐约可见屋内有晃动的人影，一种恍如隔世的感觉。又像是梦里，似乎一切都缥缈如烟，一直守候的那个诺言，已被夜的朦胧搅和成一团烟尘，瞬间，随风飘逝。

房子没了，妻子演变成了前妻，家也就说没就没了。童小溪在滨河路模糊的灯影下问自己："今夜哪里是我的归处啊？"眼前这个正在发展中的五线城市，灯红酒绿，人车攘攘，却没有他落脚的地方了。像一只孤雁落魄于冷清而陌生的荒野，他想起远在省城读高一的儿子童周，抑制不住落下了几滴泪水，心里泛起一阵又一阵难忍的酸痛。距离十三站公交车路程的那里，是母亲的家。今夜，只能去母亲家住了。

母亲早知道了儿子童小溪离婚的事，她被气得死去活来。为了不让母亲过度伤心，他尽量不提起这件事。他一进屋，喊了一声："妈，还没睡啊？"母亲却问儿子："吃晚饭了吗？""吃了，妈。"他还能吃得下什么晚饭呢？

母亲说："儿啊，你要挺住啊！"

"妈，我没事的，好好的呢！"童小溪转过脸去，背着灯光，隐去了一脸的泪痕。又一阵心酸，留在眼眶里的泪水像辣椒面一样火辣辣地刺痛着他的双眼，也刺痛着他的心。

太疲倦了，童小溪洗完热水澡，对母亲说："妈，我睡了。"

"睡呀，明早好好睡个懒觉，你这个乡村振兴中的第一书记苦了，累了！"母亲心疼地说。

睡在母亲家里，床铺很舒适，洗净的被褥有一种淡淡的花香味，像儿时母亲的乳香，让他明显地感觉到母爱的温暖。这种爱，只要母亲还在，就会一直在。童小溪想：要是没有母亲，今夜我就成了一个无依无靠的孤儿了，像一片树叶，风吹着落不下地了。

这夜，童小溪通宵无眠。

像是昨天一样。三年前，就在今夜没能打开门锁的那套十五楼住房的阳台上，那时的妻子朱葵搂着他的腰说："小溪，这三年，你去庙壳里村当第一书记，乡村振兴的任务艰巨而光荣啊。你当过兵，戎装十四年，相信你能打赢这场硬仗。三年后，你载誉归来，我定会盛情迎接你！放心地去吧，我力争三年盈利一百五十万元，为我们营造一个和谐、幸福、富裕的家！"

童小溪面向妻子，拿起她的手说："葵，你在家做学校食堂的工作，还要照顾儿子，担子也很重啊！"

当时，童小溪放眼这座早春阳光照亮的城市，蓝天碧水，绿树掩映，森林在城中，城在森林中，他深深地吸了一口弥漫着花香的新鲜空气。那段时间的忙里忙外，算是告一段落。童小溪即将从市林业草原局去往最边远的黑坨县窄峡子镇庙壳里村任第一书记。三年的乡村振兴，他像是又一次戎装上阵，立下军令状，誓在乡村振兴中再立新功。

那时，他和妻子朱葵商量后，在一家银行贷款二十五万元，为妻子朱葵承包了一家专科学校的校园食堂。把妻子安顿好，他才好集中精力去庙壳里村开展乡村振兴工作。他和妻子朱葵都是二婚。第一任前妻可能是难耐孤独与寂寞，加之考上了公务员，眼睛从他头顶上看过去了，小孩都快两岁了，死活要跟他离婚。他带着小孩与第一任前妻离婚后不久，经人介绍与第二任前妻朱葵结婚了。后来，退伍回来被安置在市林业草原局。朱葵是因为前夫出轨被她逮着了而离的婚，跟前夫有一个女儿，离婚时判给了前夫。

童小溪很珍惜二次组合的婚姻和家庭，朱葵对儿子童周也很好。在童周的吃穿方面，朱葵从不吝啬。儿子童周喊朱葵"妈"，喊得像亲生的一样亲热。

那天的朝霞给了朱葵一脸的阳光，她温柔地说："小溪，好好休息一天，明天你这一去，要苦累三年啊！"童小溪在阳台上与妻子朱葵相拥，不知道是被妻子的话感动了还是为即将离别而酸楚，泪水盈满了眼眶。

二、庙壳里村

童小溪之前去过一次庙壳里村，除了感觉路途遥远外，没有留下什么印象。市城区到县出口的高速公路加上到县城的快速通道要两小时，县城到窄峡子镇要两个半小时，窄峡子镇到庙壳里村还要徒步走两个半小时的山路。这单边七个小时的路程，就是今后与妻子朱葵的生活距离了。

乡村振兴要与脱贫攻坚成果有效衔接，是一场硬仗，派驻村支部的第一书记肩头责任重大。童小溪到庙壳里村的第一天就马不停蹄地和村两委班子的成员一道踏勘村里的山山水水。庙壳里村在乡村振兴中的宏伟蓝图，已经在他的脑海中勾画出来了。

庙壳里村有一条约二十公里长的山谷。山谷并不狭窄，两面的谷地开阔而明朗。一条小河流水叮咚，清澈见底，小河里的沙石洁净如洗。更为壮观的是两面谷地山坡上正怒放着连片的紫荆花，浓墨重彩地把庙壳里村裹挟在人未识的深闺里。粉红色的紫荆花树，如烟似霞，如锦似缎，像天上的彩云落在了庙壳里村，犹如一幅美轮美奂的春景图。听村民们说，这里是中国现存面积最大的、保护得最好的大面积连片的野生紫荆花林。两面山坡上稀稀落落有几家农舍，偶尔传来几声狗叫和鸡鸣。小河上没有铁索桥，更没有水泥桥，过河的地方都是用木棒搭成的木桥，歪歪斜斜地支撑在河面上。但光照很好，不像有些地方的深沟峡谷，阴冷而潮湿，这庙壳里村原来并不是一副穷山恶水的模样。

"庙壳里村要在乡村振兴中，建成更加富裕美丽的新农村，是一场硬仗啊！"童小溪是在对村支书葛同飞和村主任文在春说，也是在对自己说。

他问村支书葛同飞："村里目前最大的困难是什么？"

葛同飞说："最大的困难就是人心不在庙壳里村了，这些年，中青年人都到大城市打工去了，村里只剩下老弱病残。要振兴，没劳力没资金啊！"

童小溪要做的第一件事就是召开村党支部和村委会会议，统一村两委班子成员的思想，制定好庙壳里村的三年振兴规划。

他带领村两委班子成员深入农户家中，一家一户地去做村民们的工作。大家的思想统一了，庙壳里村的三年振兴规划制定了出来：在全面保护好野生紫荆花林的前提下，第一年修通连接桐子坝村的二十五公里通村公路，并在流经村里二十公里的让水河上分别修建三座水泥桥；第二年统一规划，统一修建全村的农房别墅，在让水河两岸架设排污管网，村民家家户户创办农家乐,开办住宿餐饮服务,同时完成半边街游客接待中心的修建任务;第三年在打造好观光旅游的基础上,每户村民养中华蜜蜂五十箱,保证村民每年人均收入超五万元。

庙壳里村的三年乡村振兴规划评审通过后,童小溪在村两委班子工作会议上说:"三年后,庙壳里村的水泥公路蜿蜒在粉红色的紫荆花林中,家家新庭院,户户农家乐,蜜蜂嗡嗡飞舞,小桥流水人家。美丽富裕的庙壳里村定会是乡村振兴中的一张靓丽名片。"

三、半边街

童小溪听村民们讲,庙壳里村在古时候是繁华之地,当时远近闻名的半边街就在村子里的让水河边。这是一个深山野村,也是一条中原地区通往西北古丝绸之路的捷径。运送丝绸、茶叶、瓷器等商品的马帮,择捷径经过让水河时,都要在半边街停歇一两天,在这里再添购些药材、兽皮等山货和鸦片,再翻山越岭西出阳关。

那时候让水河边的半边街,就是一个商贾云集的交易场所。两公里长的半边街,挤满了各式各样的商铺和门店,有饭馆、酒馆、烟馆、茶馆、赌场、理发店、中药铺、杂货铺、皮货店,还有两三家窑子,以满足过路商客的各种需求。相传,土匪也常在半边街出没,混杂在商客之中。有抢钱的,有抢货的,也有在窑子里争妓女砍人的。

传说民国年间,一个月黑风高的夜晚,半边街上人头攒动,一个贩卖鸦片的人在半边街交易后得到一口袋银圆,被混杂在商贩中的土匪发现了。这人离开半边街时,被两个土匪尾随到了让水河上的黑瓮潭边,土匪突然上前堵住了那位商贩的去路,横刀抢劫他的银圆。商贩虽有一点武艺,但在打斗之中,最终还是没有招架住两位匪徒的拳脚与刀棒,被连人带银圆撬进了黑瓮潭。由此可以想象出当时半边街的热闹与繁华。1998年南方洪灾,让水河山洪暴发,洪水过后就有人在让水河黑瓮潭下游不远处的河岸边捡到了三块银圆珍品。一块是宣统三年大清银币壹圆"大尾龙"银圆,银币正面中央珠圈内镌汉字"大清银币",下端镌汉字"宣统三年",左右两侧各镌一个对称的花饰。银币背面镌一个环状盘旋的大尾龙和云朵,下端镌英文币值壹圆"ONE DOLLAR"。银币铸造精美,因背面龙尾明显较宽大,有一根龙尾直插云端,故俗称"大尾龙"。另一块是民国三年袁大头签字版,正面印有民国总统袁世凯的侧面像,头发及胡子和肩上徽标凹凸感强烈,栩栩如生,右下角刻有大写字母"L.GIORGI"。背面印"壹圆"正楷体,左右分别以嘉禾添饰，立体感十足。规格标准，流通次数不多，为难得一见的精品！该币最显著的特征就是正面袁世凯头像的右侧有英文"L.GIORGI"字样，是雕刻师"鲁尔治·乔治"的签名，这种银币如稀世珍品，万中难遇其一。还有一块是民国二十一年的"三鸟币"。银币正面图案为孙中山文装侧面像，上方为"中华民国二十一年"字样，背面图案为一艘二桅帆船行于海上，船右方为旭日东升图案，船上方有三只飞翔的海鸟，存世量极少，极具收藏价值。

让水河上黑瓮潭下游河岸边捡拾到的银圆，让我们再一次想象到那时半边街的繁华和匪患时期的凶险。

半边街有一段红色历史。一九三五年三月下旬，为了实现"川陕甘计划"，红四方面军分三路强渡嘉陵江后，兵分两路，其中西北路以三十军、三十一军为主力，直抵川甘边境。四月初，胡宗南督率第二纵队各部陆续向甘肃南部碧口、文县一线集结。为了阻止胡宗南各部南下，李先念部队在大东街回民清真寺内召开指挥部会议，研究作战部署。摩天岭战役前线指挥部就设在摩天岭脚下的半边街。四月上旬，担任西北路主攻任务的红军三十军、三十一军抵达这一带，开始向摩天岭进军，准备北进，攻占天水，夺取甘肃南部，实现创建四川、陕西、甘肃新苏区计划。红军在拱北设立了作战指挥部，徐向前亲自指挥。胡宗南急忙带主力部队从甘肃天水赶赴碧口督战，调遣十二个团的兵力向碧口增援。接着，又派遣杨步飞的六十一师、伍成仁的四十九师、王耀武的中央补充旅、王松的第二补充旅等，先后进入摩天岭背面的碧口一线堵截红军。

胡宗南亲赴碧口督战，用大炮开路，众兵蜂拥阵地进攻，妄图围歼红军。红军将士凭借有利地形，顽强地防守，多次战胜敌军的轮番进攻，给国民党军以惨重的打击。这次战役激烈地进行了十八天，据守在摩天岭左侧的红军二六七团攀藤附葛赶来增援，组织有效防御，打退了国民党军的多次进攻。摩天岭战役东、西战场近百华里，敌我双方投入三十一个团的兵力，十八天激烈的战斗，消灭了大量的敌人，达到了阻敌南犯的目的。

在摩天岭上海拔二千七百三十米处，有一大草坪，其草特异，每年夏天，开遍红花，山风吹过，像一面巨大鲜艳的红旗在山巅招展。庙壳里村的人说这草地原来是不开红花的，自从红军在这里打仗后，这片草地就开出了红花。庙壳里村的人把这片草地叫成"红花草地"，表达对红军的无限怀念。

在村两委班子会议上，童小溪慷慨激昂地讲："庙壳里村，历史悠久，民风淳朴，一代代的父老乡亲在这块土地上流血流汗，耕种希望，红军为了让老百姓过上幸福的生活，为祖国和人民献出了宝贵的生命。今天，我们共产党人，要学习和发扬红军精神,把老区建设好,让人民过上美好富裕的幸福生活。我们村两委班子成员都要齐心协力,用三年时间把庙壳里村建设成美丽富饶的幸福村!我们要实现乡村振兴计划,摆在我们面前的最大问题就是资金。通过核算,除了村民们投工投劳外,通村公路加上连户路修筑和半边街的游客接待中心建设及附属设施等需要七千万元,农房建设包括改厨、改厕、改圈和农家乐配套设施等需要七千万元,发展产业每户首批饲养中华蜜蜂五十箱的蜂箱设施、蜜蜂购进、技术培训等需要四千万元。这近两个亿的资金中,争取相关单位资助四千万元,国家相关政策补助解决三千万元。这样算下来,缺口还有一亿一千万元,只有靠我这个第一书记和村两委班子成员动脑筋,想办法,啃下这块硬骨头,拿下这只拦路虎!"

村支书葛同飞说:"我们村有个在外务工人员,他的名气不小,就是蜀韵云祥石材有限公司董事长罗奎祥,听说拥有资产数十亿元,现居住在南京。可以试一试,做做他的工作,看能不能说通他落叶归根,返乡创业。"

"好,接下来我们就去南京。把这次行程当成我们乡村振兴战役的第一仗,争取做到首战告捷,为以后的战役鼓舞士气,铺路搭桥!"

四、去南京

童小溪记得,那次去南京,心里是没有多少把握的。

当时,他和村支书葛同飞、村主任文在春一同到了南京。约好罗奎祥,在晚上见面。

一个星光稀疏的月夜,美丽的南京像传说中一样霓虹斑斓。十里秦淮河,把六朝古都装扮得无暇如玉,在一场风雨的洗礼后沉甸甸地闪烁着历史和现代文明的光芒。

在秦淮河畔的秦淮人家酒店,罗奎祥备了酒席,盛情地招待了来自家乡的客人。

中等身材的罗奎祥,一张微胖的四方脸,在粗而坚硬的黑色短发下面,闪动着一双洞穿世事的精明大眼,虽然饱含着果敢与刚毅,但额头上的几道深深的皱纹,已略显出几分沧桑,掩映在皱纹中的些许倦意,暗示了在外漂泊所历经的风风雨雨。初次相见,他们感觉罗奎祥的容颜与他五十三岁的年龄多少有点不相符。

晚饭后,在茶楼上开始了一次长谈。

罗奎祥热情洋溢地说:"三十五年漂泊在外,打拼的艰辛,不是一般人能体会到的。酸甜苦辣,五味俱全,风里雨里,日夜兼程,流血流汗也流泪,让人多少还是有些疲倦了。"

童小溪说:"我们这次就是带着乡亲们的问候来看望你的。听说你现在打拼得很有成就,给家乡人民争了脸面。"

"三十五年，走南闯北，多少个日子通宵达旦，但无论何时何地，家乡总在我的心里。"罗奎祥开始感慨。

"现在你的分公司开遍全国了？"童小溪问。

"说全国，那是大话了。目前只在成都、重庆、天津、西安、郑州、济南、南京、南宁、深圳开有分公司。"罗奎祥轻描淡写地说。

"天哪，已经很不简单了！"童小溪有些激动。

村支书葛同飞问罗奎祥："我们村里有不少在外务工的人，你们之间有联系吗？"

罗奎祥说："葛书记，你知道的，我们村在外务工的人不少，但你不知道的是我们在外为了相互有个交流和照应，早年就成立了'庙壳里村务工人员联络会'，大家推选我做了会长，负责联络大家，帮大家提供一些业务信息，解决一些问题。"

村主任文在春抢着说："这件事，你干得很好！干到了点子上！"

那夜的谈话，像漫无边际的月光，荡漾在秦淮河上。秦淮河两岸有千万个灯光照亮的窗口，清亮的月光一直在与窗灯呢喃。窗外，秦淮河里的倒影像仙境般如梦似幻。后来，谈到了家乡庙壳里村的过去、现在和将来。

童小溪说："庙壳里村，在古丝绸之路时期，就是一条中原通往西北的捷径，曾经也拥有过兴旺与繁华。"

罗奎祥说："历史的烟云沉淀了庙壳里村的历史内涵。"

"庙壳里村还是一块红色的土地，红军为了我们今天的幸福，在这块土地上浴血奋战，献出了那么多宝贵的生命。"童小溪看着窗外的月光。

"我的爷爷当年参加红军，就是在摩天岭战役中牺牲的。我是红军的后代，红军的血液在我的血管里流淌。无论我走到哪里，我都不会忘记我是那片土地上发出的一枝嫩芽，即便长成参天大树，我的根也永远无法离开那片土地。"童小溪和村两委班子负责人都完全可以听出来这是一个有家国情怀的仁人志士。

童小溪的心里好像亮堂了起来，但他不急于把话接入正题，还是远山远水地说："罗总，按你的年龄与经历算，你是没有上过大学的吧？"

罗奎祥说："由于生活所逼，高中毕业就出门闯荡来了。但我很快意识到时代在飞速发展，要想在社会上有一席立足之地，必须要有科学文化知识才行。所以早年我就一边打工，一边参加国家的自学考试。白天汗流浃背地干活，晚上就刻苦自学，通过四年的努力，虽然很艰难，但还是拿到了大学文凭。"

"真不简单！"童小溪由衷地赞叹。

"通过自学考试后，我并没有放松，继续自学。建筑建材、企业管理、经济社会学、文学创作，等等，我都认真系统地学习过。"

"难怪你的语言是那么富有文学

色彩。"

这时,罗奎祥比说起他的事业更兴奋了:"我现在是一个文学爱好者,在一些报刊发表了一些诗歌、散文和小说作品,出过两本书,其中一本是写打工仔生活的长篇小说《漂泊者的奇遇》,上了2022年度的'中国好书榜',成了省作家协会会员。"

"哟,还不知道你是位作家呢。"

"业余爱好而已。我觉得一个人要有高雅一点的业余爱好,不然就没有精神追求,一旦掉进钱眼里去了,那就没意思了。"

"是啊,除了钱,总得还有点其他的东西。就像你,除了钱,还有诗歌和远方。这让我们十分敬佩。"童小溪说的真是心里话。

"有时候写点小东西,可以调节人的精神状态,使人保持一种激情,不至于颓废。最近,我的一首小诗参加'写一首情诗给嘉陵'的全国征文大赛,还获得了三等奖。"罗奎祥显然是来了兴致。

童小溪好奇起来,说:"快,让我们看看你这个情诗王子的情诗吧。"

"我这种情,是爱家乡、爱故土的那种情,不是男女之情,先做个说明,童书记你们不要误解了我诗中想表达的意思。"罗奎祥说着打开手机,几个人簇拥着读了这首精美的小诗:

嘉陵江边,我借风声说爱情
河岸有风,不绝于耳
我在这深爱的土地上种树
牧马,为爱情写诗
诗句宽阔无边
码头,小木船
一路歌谣奔腾入海
青山两岸,霞光齐天
有蜻蜓轻点水面
烽火台上燃起青烟
战马的嘶鸣化作诗的韵脚
故乡啊,嘉陵江啊
风萧萧中,我为爱情守关

我们站在河岸的风中
双手合十,向远空祈祷,你说
你永远是我的沙滩是我的岸
我把来世的信物
在今天提前给你
河岸上的灯盏
已染尽万重江山
今生,我为你落水嘉陵江
湿透衣衫
来世,循着你的呼唤
我还在嘉陵江上岸

"哇,好诗,好诗啊!"几个人一齐喊了起来。

没有与罗奎祥见面前,在童小溪的想象中,一个在全国几大城市开有分公司的建筑石材企业老板,肯定是一个五大三粗、浑身里里外外都充满着铜臭味的人。哪知,现在展现在他们面前的是一位完完全全的儒商,他有高雅的爱好,有高尚的情操,有满腔的爱国爱家乡的情怀。这让他感动不已。

接下来童小溪说:"诗人的情怀深深地感动了我们,我作为乡村振兴的驻村第一书记,为家乡有这样一位企业家而感到骄傲和自豪。你诗中对家乡的爱是深入骨髓的,是从心灵深处迸发出来的,深爱那片土地,今生不够,还要来世,情感真挚而浩荡。你几年没回过庙壳里村了,现在全国都在实施乡村振兴战略,庙壳里村要在三年内实现乡村振兴计划,让全村人民与全国人民同步过上更加幸福美好的生活。时间紧,任务重,这次我们来,是想得到你的帮助。"

"打算让我怎么做?"罗奎祥问。

"先说说村里的三年规划吧:第一年,通村公路加上连户路修筑和半边街的游客接待中心建设及附属设施等需要资金七千万元;第二年,农房建设包括改厨、改厕、改圈和农家乐配套设施等需要七千万元;第三年,发展产业每户首批饲养中华蜜蜂五十箱的蜂箱设施、蜜蜂购进、技术培训等需要四千万元。村两委班子和全村父老乡亲希望你在这个紧要关头能返乡创业,为庙壳里村的乡村振兴献计出力!"童小溪带着恳切的希望等待着罗奎祥能给他一个满意的回答。

罗奎祥沉默了一会儿,说:"这样吧,给我一天时间考虑,明晚给你们答复。"

第二天晚上,罗奎祥说:"和老婆孩子们商量了,统一了思想,我们决定:公司工作由儿子和女儿他们打理,我和老婆回庙壳里村。落叶归根,回家生活是迟早的事,趁现在我还没老,还能为家乡做点事,回去应当正是时候。先表个态:通村公路加上连户路修筑和半边街的游客接待中心建设及附属设施等所需资金由本人负责出资了!只有一个要求,就是希望村两委同意我把住房修在半边街的游客接待中心旁边。"

童小溪扫视了一眼村支书葛同飞和村主任文在春,然后都点头同意。他赓即上前激动地拥抱着罗奎祥说:"谢谢罗总,我们代表全村的父老乡亲感谢你,欢迎你回庙壳里村和乡亲们一道共创幸福生活!你的要求在合情合理的范围内,村两委会同意的,你放心吧。"

罗奎祥说:"村里的工作忙,回程的机票明早我让女儿给你们买好,你们先回去开工吧。三天内,我把五百万元启动资金先转回来。"

童小溪和村支书葛同飞、村主任文在春三人感动得差点泪水夺眶而出,都一时找不到合适的语言来表达了。童小溪说:"罗总,我们三个代表全村的父老乡亲向你表示诚挚的谢意!同时,还要拜托你一件事,以你在外务工人员联络会会长的名义,做做大家的思想工作,动员他们回乡创业,庙壳里村的乡村振兴需要他们返乡啊!"

"好吧,我不敢说这件事的结果如何,但我会尽力去说服他们的!"罗奎祥说。

那一夜,在秦淮河边酒店里的三

位庙壳里村人，既激动又兴奋，整整一夜，没有哪一个人能够入眠。

五、返乡创业

从南京回来，有了罗奎祥返乡的决定和资金支持，庙壳里村就有了底气。说干就干，全村村民齐上阵，开始修筑从庙壳里村接通桐子坝村的通村公路，开挖路基，砌堡坎。开山的炮声、挖掘机和推土机的轰鸣声、号子声、说笑声、敲打石头的叮当声，伴随着让水河的流水声欢快地流淌。

村民们正在修筑通村公路的工地上挥汗如雨，从村口走来了一队人马。村支书葛同飞和村主任文在春跑来对童小溪说："童书记，你看是谁回来了？"

正在弯腰低头砌堡坎的童小溪抬头一看，见是罗奎祥和他的妻子走在一队人的前面，每个人都是背上背着手里提着沉甸甸的行李。他们三个跑上前去，热情拥抱了罗奎祥，童小溪大声地喊："乡亲们，热烈欢迎罗总回来！"

乡亲们都丢下了手中的活，跑上前去接过他们的行李，簇拥着往村子里走。童小溪还有葛同飞和文在春三人分散在队伍中间，不断地招呼着大家："乡亲们，你们一下子整整齐齐回来了这么多人，天大的困难我们都不怕了！"

跟在罗奎祥后面的返乡村民们亲切地说："我们是落叶归根、倦鸟归林啦！外面再好，庙壳里村才是自己的巢！"

童小溪问罗奎祥："今天返乡回来的村民不止五十人吧？"

"七十三人。我本来想组织一百人一起返乡的，但还有一些人的工程没完工，还有一些这样那样的牵连，暂时回不来。"罗奎祥说。

"已经是我们没有想到的惊喜了！你组织了这么多人一齐返乡，为庙壳里村的乡村振兴立了大功。更重要的是，返乡创业的村民给村里带回来了新观念、新思想，这是宝贵的精神财富，是乡村振兴不可或缺的力量源泉！"童小溪说得有些激动。

罗奎祥说："在外务工村民的这次集体返乡，给村里增加了一大股强劳力，同时也带回了几十家村民后期农房改造和发展产业所需的自筹资金。乡村振兴是我们村民自己的事，不能单靠政府的扶持，也不是你一个驻村第一书记一个人能扛得起来的事，大家的事大家干，众人拾柴火焰高嘛。"

当天晚上，全村的村民集中在山脚下让水河边的大院子，每家端来三个菜，各户自备一瓶酒，搭了一个二百米的长桌，大家围坐在一起，欢迎在外务工返乡归来的村民。这是童小溪和村支书葛同飞、村主任文在春、罗奎祥商量后开的一个欢迎会，让大家一起交流，相互鼓劲，为庙壳里村的乡村振兴献计献策，展望庙壳里村的美好前景。

开席了，童小溪低声说："开始三杯酒，第一杯葛同飞代表村党支部敬返乡归来的罗总一行，第二杯酒文在春代表村委会敬他们，第三杯酒我敬全村的村民。说好了，开始吧！"

葛同飞举起酒杯说："我代表村党支部，敬今天返乡回来的乡亲，热烈欢迎罗总和返乡回来的乡亲们投入乡村振兴大决战！"

在一片欢呼声中，文在春把酒杯举过头顶："我代表村委会敬返乡回来的罗总和在外务工回来的乡亲，欢迎大家在乡村振兴的关键时刻回来和我们一起流汗，一道大干！"

童小溪记得他当时由于激动，说话的声音好像有点颤抖："这杯酒，我敬罗总和今天返乡回来的乡亲，还有全村的父老兄弟姐妹，感谢大家心往一处想，劲往一处使，支持我这个第一书记的工作！"

在欢迎晚宴上，葛同飞接下来说："今晚，我们以宴代会，大家敞开胸怀，尽情交流，有什么想说的话都说出来，团结一致，拧成一股绳，奋战三年，让全村人过上幸福富裕的美好生活。下面，大家欢迎第一书记讲话！"

童小溪站起来说："乡亲们，我带着党和政府的关心来到了庙壳里村，在外务工的人从四面八方回来了，大家为一个共同的目标聚到一起了，我深受感动。有你们这样的村民，我这个第一书记的工作如鱼得水，我庆幸来到了庙壳里村，我们这也是千年修来的缘分，我相信，庙壳里村美好的明天指日可待！"

村主任文在春把话筒递给罗奎祥说："大家欢迎今天刚回来的返乡创业的乡亲代表罗奎祥讲话！"

罗奎祥接过话筒说："三十五年漂泊在外，风雨兼程，日夜操劳，虽然也成就了一番事业，但我们的根永远在庙壳里村。千里万里，我们都将归来，守候这块生我们养我们的土地。我们过去离开这里，是为了生存，我们现在返乡归来，是为了把这里建设得更美好，让我们自己过上幸福美好的生活，这是我们自己的事。党和政府的关怀来了，像阳光一样照在了我们老百姓的头上，温暖着我们。我们第一批七十三人今天就整队回来了。我们回来就是要把庙壳里村的乡村振兴当作自己的事来干，为党和政府争口气，为自己争口气，全力支持和配合驻村第一书记把我们的事干好，出自己的力，流自己的汗，自己的事情自己干！明天，我们立马投入这场乡村振兴大战，争分夺秒，哪怕掉几斤肉、脱几层皮，我们也要按时完成乡村振兴任务！"

村民们一阵又一阵如雷般的掌声此起彼伏，回音在山谷中久久回荡。

讲话结束后，村委会主任文在春主持村民代表大会："乡亲们，去年村委会换届时，因为村里大量人员外出务工，未能选出村委会副主任。通过清点人数，今晚到会的具有选举资格的人数已经超过全村选民的一半，我们研究决定召开一次村民代表选举大会,补选一位村委会副主任。现提名村委会副主任候选人罗奎祥。请村支书助理文雨霏把选票发给选民,请到会的全体村民代表本着自己的真实意愿,实施选民权力,认真填写选票。"

统计选票结果后,文在春宣布:"罗奎祥全票当选村委会副主任!从明天起,他分管负责今后所有的工程施工技术、质量、安全等工作。现在,欢迎新当选的村委会副主任罗奎祥同志讲话!"

罗奎祥接过话筒说:"没想到,给我来了个突然袭击。现在没啥话讲了,前面把话都讲完了,就是那些话,就当成是我的就职演说了。一句话,大家同心协力一起干,把庙壳里村建设好,幸福都是奋斗出来的!"

又是一阵热烈的掌声,同让水河的流水声在山谷中回荡。

六、意外事故

在修筑通村公路和架设让水河桥梁的工程时,童小溪和村民们同吃同住同劳动,哪里有困难,哪里最危险,他就出现在哪里。他说:"我们要保护好庙壳里村的原生态,这里的一草一木都不能被损坏。在所有施工中,要做到尽量少放炮,科学取用石材,减少对谷地的山体损伤。"实际上,他这是给自己出了一道难题。二十五公里的通村公路,让水河上的三座桥梁,需要的石材是一个庞大的立方数。

一天,雨后天晴,工地上有些湿滑。几个村民在开挖的路基上方准备用长钢钎撬下约两吨重的一块大石头,童小溪说:"你们的位置不对,那样会很危险的。你们都到下面去,给我观察动静,我一个人撬!"他接过村民手中的长钢钎,不一会儿就撬动了那块大石头。石头滚下来的时候把他立脚处的新路基压垮了,他连人带石摔下了悬崖。他醒来时已经躺在了县人民医院的病床上,村支书葛同飞和罗奎祥在病床前俯身对他说:"童书记,你腿受伤了。"

"那腿不会锯掉吧?"他那时想的是,要是腿没了,怎么去完成庙壳里村的乡村振兴任务呢?

"医生说了,是小腿骨折,不会有大碍的。"他听了村支书葛同飞和罗奎祥的话,心里稍稍放心了一些。

就在还躺在医院病床上的时候,他接到了妻子朱葵的一个电话。朱葵在电话那头,焦急地对他说:"小溪,你能不能回来一趟呢?"

"葵,啥事?我在工地上忙得不可开交,抽不了身啊。"他是不想让朱葵知道他受伤的事,以免让她担心焦急。

朱葵说:"你走后半年来,学校食堂看起来人来人往,生意兴隆的样子,但实际上就只是赚了个人气,现在已欠下货款二十多万元了。没办法,你要想法贷款把前面的货款还了,我后面赚钱了就负责把贷款还上。"

童小溪在病床上用假装轻松的口气说:"葵,我相信学校食堂在你的辛勤经营下,过段时间肯定会赚钱的。过几天等我能抽身了,我就去办贷款。"

"谢谢老公了,又让你操心了。"朱葵在电话里给了他一个响吻。

童小溪想,这做生意哪有一开始就赚钱的呢,凡事都得有个过程,贷款周转是再正常不过的了。等他能下床走路了,就去银行给朱葵贷款。

银行的人告诉他:"你还有银行贷款没还清呢,现在不能从银行贷款了。"

童小溪想:"学校食堂欠下的货款总得还上才行,不然就没法经营了。"

他用了两天时间,找到了四家小额贷款公司。利信小额贷款公司六万元,宜信小额贷款公司六万元,东方银谷小额贷款公司四万元,正合普惠小额贷款公司四万元,把三年期的小额贷款二十万元转给了朱葵。

童小溪在电话里对妻子朱葵说:"我们前面的贷款还没还上,银行不给我们贷了,没办法,我是在四家小额贷款公司贷够这笔款的。辛苦你,好好经营食堂吧,盈利了好把贷款还上。庙壳里村的路桥施工正在节骨眼上,我没时间回来看你,请你理解我,亲爱的。"

朱葵说:"你忙你的吧,只要把欠下的货款支付了,学校食堂的经营你尽管放心,盈利是迟早的事!你把乡村振兴的事干好干漂亮了,我们脸上都有光!"

他那时候想:朱葵这样通情达理,善解人意,尽心尽力地支持我的工作,给了我莫大的鼓舞和信心,一定要在三年内把庙壳里村建设成为富裕美丽的新农村。

童小溪没等腿伤痊愈,就回到了庙壳里村修筑通村公路的工地上,拄着拐杖,一瘸一拐地指点、查看,与村两委班子成员一同和村民们交流,做指导,提建议,严格按照施工设计要求,为每一道环节的质量把关。

村民们心疼地说:"童书记,你还是伤好了再上工地吧。"

他说:"工期紧,任务重,时间不等人啊!"

七、中流砥柱

母亲在隔壁屋里咳嗽得厉害,明显是怕咳嗽声吵醒了儿子,她把头深深地埋进被窝里,让咳嗽声不那么强烈刺耳。她知道儿子在庙壳里村的三年,流够了劳累的汗水,脱去了一层层的皮,晒黑了皮肤,累坏了身子,到头来还莫名其妙地遭受了这场难以接受的婚姻打击,再不能好好地睡上一觉还得了?但她哪知道儿子躺在床上根本就没怎么眨眼。童小溪还是听见了母亲藏在被窝里的咳嗽声,像来自三年前的某个夜晚。

也是这样一个夜晚,好像在梦中被母亲遥远的咳嗽声吵醒,他一跟头从床上翻起来,瓢泼大雨铺天盖地而来。他慌忙中抓了件雨衣穿上,向让水河上刚架设的三座新桥跑去。三座新桥,像刚出生的婴儿,哪能经受得起狂风暴雨的袭击?他刚跑到让水河边,村两委班子成员们也都不约而同地来到了三座新桥旁。顷刻间,洪水暴涨,山洪呼啸,浊浪翻滚,像千万头雄狮猛兽般扑向刚撤除桥架的三座新桥。他和葛同飞、罗奎祥来到了最上游的那座新桥,他们知道如果说有什么凶险,最先遭遇不测的应该是上游的第一座新桥了。

他们正在为新桥担忧的时候,翻滚的山洪冲卷着一棵连根大树向新桥冲来。这棵连根的大树如果被洪水横挡在刚撤除桥架的新桥桥墩上,洪水水位上涨,冲击力加大,就有可能冲毁刚架设的新桥。上游这座桥被冲毁的话,下游的两座新桥也将面临被冲毁的危险。眼看洪水冲卷着那棵大树离新桥越来越近了,作为第一书记,他没有丝毫的犹豫,果断地跳入了奔涌咆哮的洪水中,抱住横冲直撞的连根大树,用尽全身力气,把连根大树搬顺,让大树树根向前顺着桥孔通过,不至于横挡在桥墩上。葛同飞和罗奎祥还有几个村民也跳下来支援。六七个人齐心协力将通过新桥的那棵连根树推到了岸边,在罗奎祥的指挥下,村民们用铁丝绳将其拴在了岸边的大树上。正在这时,童小溪由于体力透支过度,脚下一滑,被一个浪头卷走了。葛同飞、罗奎祥,还有几个村民奋不顾身地扑向前去,在冲出一百米远的洪水中救出了童小溪,但他已经昏迷不醒了。葛同飞俯下身子抚摸着躺在担架上的第一书记大声喊:"童书记!童书记!你不要吓人!"

幸好有了刚通车的公路,县人民医院的救护人员来了。

村支书葛同飞问医务人员:"医院那头都准备好了吗?"

医务人员回答:"放心,我们医院的医生已经等在那里了!"

罗奎祥对葛同飞说:"这里你不能离开,我送童书记去医院。"

"好吧,有什么情况,随时给我打电话。"葛同飞说。

救护车鸣着长笛,在暴雨中疾驶而去。

县委书记林志远来到童小溪的病床前,他还没有醒来。罗奎祥说:"洪水来得很突然,为保住新桥,第一书记跳下洪水抱住连根的大树,不顾生命危险排除了险情,后来处置隐患时,被洪水冲走了,就……"

朱葵赶到了县人民医院,坐在病床边正在轻抚童小溪的脸,门开了,一篮鲜花迎面而来。那篮鲜花的后面是一张比朱葵年轻的脸,也像鲜花一样鲜活灿烂。那张脸见到病床上两人的亲密,感觉那篮花和自己都很多余,很抱歉地笑了笑。

童小溪清楚地记得自己头上手上都缠着纱布,他想坐起来,鲜花后面的人摆摆手,示意他别动。朱葵坐在病床的一边,稍稍侧了一下身子,表情有些疑惑。

花篮放在了桌上。童小溪向朱葵介绍说:"这是大学生村官、村支书助理文雨霏。"

"你好。"朱葵的招呼明显有点僵硬。

"小文,这是朱葵姐。"童小溪在说这话时脖子有些僵硬。

文雨霏轻呼了一声:"朱姐你好。童书记,你好好养伤,村里的事有我们呢!"说完转身走了。

庙壳里村有关乡村振兴的事一大堆,童小溪这次出院后还是没顾得上回家,便心急火燎地回到了村里。让水河不紧不慢地流淌着,两面的青山映衬着绿水,清静得像一幅无声的画。一条平坦宽敞的水泥公路蜿蜒在小河畔,三座水泥桥每六公里一处均匀地横架在让水河上,路桥上来来往往的村民,像穿行在一幅山水画中。

在童小溪印象里,这一幕幕像是在昨天的画面里。就在那拱桥边,他吞下随身携带的药片后,脸上浮现出难得的轻松和笑意。他对身旁的一位老人说:"老哥,您今天心情如何?"

老人说:"心情好极了,像喝了一罐蜂蜜一样!"

他说:"老哥,来一首山歌吧,听说庙壳里村是川北山歌的发源地。"

清风,流水,他们所依的那座拱桥,像轻摇着他们的一只小船。老人的山歌声婉转嘹亮,一种悠远绵长生生不息:

姐家门前一条梁,
芹菜韭菜栽两行。
郎吃芹菜芹(勤)想姐,
姐吃韭菜韭(久)想郎。

老人刚一唱完,对面山上的树林里响起了女声对唱的山歌声:

郎想姐(来)姐想郎,
二人想得面皮黄。
郎想姐的心肠好,
姐想郎的好心肠。

女高音婉转悠扬,山歌声在山谷小河间久久荡漾……

八、一把流血的月光

担任庙壳里村第一书记的三年,像一本厚厚的书,再翻动有些章节时,童小溪感到沉重得难以翻过了。

远处有隐隐约约的狗叫声,像是深夜里农家小院的一只小狗被夜行人惊扰了,急促而沉闷,如隔着岁月的繁杂,但又被寂静如水的夜过滤得清晰而尖锐。

童小溪生怕狗叫声把母亲吵醒了,这时候才意识到他已经回到了母亲的

身边。那狗叫声也许来自不远处街头巷尾的一只流浪犬,像他一样,回不到原来的窝里了,但他却又回到了庙壳里村:

他到庙壳里村的第二年,村民们家家户户的农房改造正在紧要关头,一百一十多户新房散落在让水河的两边树林里,新建的大多数房屋正在封顶和浇筑庭院,一部分已经开始建设农家乐的设施。他和村委会副主任罗奎祥一道挨家挨户地去检查指导和督促,白天半夜都没闲过。正当他手忙脚乱的时候,朱葵打来电话:"童小溪,这次你再忙也要回来一下,有重要的事要和你商量。"

他当时和罗奎祥在村民的建房现场,接电话的时候,他正在房顶上帮村民封盖房顶,他问朱葵:"能不能等几天回去?村里一大摊子事,抽不开身呢。"

"家里的事也火烧眉毛了,你要是这次不回来的话,恐怕就很不好收拾了!"朱葵在电话里说得火烧火燎的。

看来他是得回去一趟了。

回到家里已是晚上。朱葵说:"请你回来,就是为了商量一下学校食堂的事。"

他说:"学校食堂不是好好地经营着吗?"

朱葵说:"经营是经营着的,但就这一年多的经营情况看,根本赚不到钱。除了交学校的承包费、税费,还要给员工开工资。货款还了前面的又欠下后面的,那些贷款现在根本就无力偿还。"

"怎么会是这样呢?"他听了朱葵说的这些情况,有些疑惑不解。

"事实上就是这样啊,我也没办法。"朱葵显得无可奈何。

"那要不就把食堂转让出去或者退回给学校算了,不然越做越亏。"他说。

"现在转让出去或者退还给学校,也是亏下一大坨,谁偿还得起这笔债务?"朱葵说,"食堂转让了,我又做啥呢?"

"越做越亏,不如不做。"他不想让朱葵做学校食堂了。

朱葵却说:"我是这样想的,食堂再上两个项目,增加快餐和外卖,说不定能弥补亏损,还能扭亏为盈。"说完望着一脸凝重的童小溪。

他想了一会儿,底气不足地说:"你说行就行吧,那就再上快餐和外卖嘛。"

"上快餐和外卖项目,拿什么上?一句话就上了?那我千呼万唤让你回来做啥?"朱葵这时像是有点生气了。

他记得当时说:"那要我怎样呢?我不去庙壳里村了,在家做你的下手,一起打理学校食堂?工作不要了?"

"你想想看,再上两个项目,要新添置设施设备,要增加食材,增加人员,当然就要增加人员工资,等等,要不要钱?详细算了一下,最少也得二十万元啦!"

"我听到钱就头疼,前面的四十五万元贷款,除了小额贷款公司的还了几个月外,其余的至今一分钱的本金没还上不说,利息已经积累到好几万了吧。我可没办法也没那个胆量再贷款了!"他那时多少有点气愤了。

"银行不能贷了,小额贷款公司利息太高且要按月偿还,那就办理几张信用卡吧,灵活方便,这次的问题就解决了。"朱葵说得十分轻松,看来早在心里盘算好了。

"你要办信用卡你就办,我没法办了!"他当时是有些生气了。

"实话跟你说吧,以我的名义也贷几次款了。"朱葵的意思是自己也不能贷款了。

"我也贷,你也贷,贷到何时是个头?"他更气愤了。

"那你叫我咋办?我只能不活了!"说话的时候,朱葵正拿着水果刀在削苹果,她用水果刀在左手腕上划了一刀,血立马就流出来了。

他夺下刀子,一把捏住朱葵流血的左手腕,拉过她搭在背上冲下楼去。月色清亮,那晚的月光像有毒的水银一样,灌进了他喘着粗气张大的口腔,进入他的心和肺,他感觉自己没救了。上了一辆出租车,直奔医院而去,一把月光被他捏得血流不止。

九、神奇的药引

朱葵出院后,童小溪很不情愿地去办了三张信用卡。中国银行六万元,工商银行六万元,光大银行九万元,总共二十一万元的信用卡交到朱葵手里时,他心里已经疑虑重重了。

他想:这个朱葵,采用割腕的极端方式来逼我办信用卡,一般的女人是做不出来的,她竟然做出来了,让人真有点害怕了。

他回到庙壳里村,一头扎进繁忙的农房建设扫尾工作中,想用汗水洗去他满身的疲惫和内心的沉重。按照规划的时间进度,必须在第三年的春天,全村的农家乐开门迎客。他没日没夜地奔忙在工地上,很多时候,忘了喝水,忘了休息,可说是夜以继日,废寝忘食。不多久,他病倒了。头痛发热,浑身酸软,大汗淋漓。村民们要把他往县人民医院送,他怎么也不离开庙壳里村。他说:"农房建设正在无法眨眼的扫尾阶段,这时候,我们谁也离不开庙壳里村!"

"童书记,你去医病吧,村里有我们呢,这次是不去不行了。"村支书葛同飞焦急地说。

"我没事的,休息一下就会好的。"

他不去医院,大家急得没办法。村主任急出一身汗来。

围在他床边的一个村民说:"山上二壑垭有一位民间老中医,医术了得,疑难杂症,伤风感冒,药到病除,可以请来给童书记诊治。"

村主任文在春说:"老中医是位

名医，但都晓得是过了八十岁的人了，行动不方便，好多年都没有下山出诊了。"

"背也要把老中医背下山来！"罗奎祥随即安排了三位村民上山接老中医。

三位村民轮换着把老中医从山上二壑垭背下来了。老中医听说童书记是市里派来帮助庙壳里实现乡村振兴的，他感动地说："这样的好干部，就算你们不背我下山，我爬也要爬下来把他医好。"

老中医虽然已经八十一岁，但腰身笔直，童颜鹤发，耳聪目明。迅疾，望闻问切，拿脉把诊，开出药方说："劳累过度，加之外感风寒，外寒内热，高烧头疼，大汗淋漓，周身关节肌肉酸痛，咽部干痛，是寒包火的感冒。"

村支书葛同飞接过处方单，对一位村民说："骑上你的摩托去县城抓药，如果中医院抓不全，就多找几家中药铺，一味也不能少。注意安全，快去快回！"

抓回中药，老中医认真检查了，吩咐道："这服中药，全靠用好药引。第一次加药引浮小麦六十克慢火温煮。"

"浮小麦是什么？"村支书葛同飞问。

老中医说："哦，那是药名，实际就是蛀小麦。"

"蛀小麦，我知道村里杜阿姨家就有，我去找。"大学生村官、村支书助理文雨霏话音未落就跑出去了。

很快，文雨霏找回了浮小麦，在老中医的指导下熬了中药给童小溪喝下。

四个小时后，老中医说："第二次需要加药引鲜活蒲公英六十克。"

"蒲公英我去挖，很快的！"还是文雨霏抢先去了。

不大一会儿，文雨霏挖回了一大把鲜活的蒲公英，还洗得干干净净的，问老中医："大爷，应该有六十克吧？"

老中医用手掂量了一下说："好，应该有六十克，加上蒲公英还是慢火温煮。"

至今，他清楚地记得第二次喝下中药后，浑身的大汗慢慢地少了。

八个小时后，老中医说："第三次需要加上三十克野生米百合。听清楚了，必须是野生的，米百合就是瓣小色白的那种，不是野生的红百合，也不是野生的黄百合。"

这次文雨霏拿不准了，村主任文在春说："这个米百合我认得，我去山上应该能找到。"

文雨霏好奇，也想增加一点对米百合的了解，她说："文主任，我也要跟你去认识认识米百合。"

文雨霏跟着文在春回来时，像捧着宝贝一样，两手合成盘子的形状捧着洁白如玉的米百合。微微弯曲的齿瓣，真像玉琢而成的精美艺术品。

文雨霏捧着米百合来到老中医面前，老中医看后说："对头，这就是正宗的野生米百合。"

八个小时过后，第三次喝下中药，童小溪身上就不再出汗了。他洗了个热水澡，感觉一下子轻松舒服多了。

他走到老中医面前，拉住他的手说："神奇啊，真是药到病除！即使到医院输液也没有这么快吧，这就是中医药的神奇所在。大爷，您的医疗技艺这么高超，往后给庙壳里村教一个徒弟吧，让您的医术能得到传承，是一种特殊的贡献啊。"

老中医说："这中医啊，博大精深，医术再好的师傅也很难教出医术同等的徒弟。因为即使全面掌握了医和药的基础理论知识，还有一个天生的悟性问题，特别重要的还有临床经验，这是师傅教不会的，临床经验是要靠自己在医和药的临床实践中总结和积累，没有一点捷径可走啊。所以，一个地方，几十年，甚至几百年都难出现一个百姓称赞的所谓'神医'。"

"是啊，名医不是现在的明星，是吹不出来的，是捧不出来的。"旁边一位七十岁左右的村民很有感慨地说。

文雨霏在童小溪病重的那几天，煎药，熬汤，端汤递水，把他照顾得无微不至。村支书葛同飞说："雨霏，这几天把你也累坏了，跑前跑后，替我们做了很多事。"

文雨霏说："我是村支书的助理，这是我的职责所在，不然，我怎么助你呢？"

"村两委班子成员都对你的工作很满意，你尽职尽责了。"葛同飞称赞说。

"再说了，童书记来我们庙壳里村，肩负着乡村振兴的重任，想办法，出主意，找资金，和我们同吃同住同劳动，废寝忘食，为的是我们庙壳里村的人民。把他累倒了，把他累病了，我们理所当然地要照顾好他。"文雨霏的一番话是发自肺腑的。

在老中医下山的第二天，一大早，文雨霏从山坡上采回来一大束野花。她邀请了葛同飞、文在春和罗奎祥，四人一同来到童小溪的床前。她示意村支书讲话，葛同飞心领神会，便说："童书记，我们四个代表村两委班子和全体村民，祝你早日康复！"

童小溪看着文雨霏把鲜花端端正正地放在他床前的桌上，他眼睛里充盈着忍住没有流出来的泪水。后来，葛同飞、文在春和罗奎祥都走了，文雨霏坐在他的床沿上，那种找不到话说的场面，让人有一种难以言表的羞涩。窗外只有此起彼伏的蝉声，把人的思绪搅成一团乱麻。他那时怎么也找不到合适的话说。当天夜里，他做了一个梦，梦见在一大片紫荆花盛开的林中有一条清澈的小河，就像是庙壳里村的二十里紫荆花林，就像是欢快流淌的让水河。梦中，文雨霏牵着他的手，纤细的手指划过他的手背，像让水河中的小鱼儿划过，让他心里痒痒的。他清楚地听到文雨霏小声而略带忧伤的歌声："人的一生有多少个缘，相遇以后又彼此擦肩，总是有些画面，让自己伤感，可是我还是坚定爱的信念……"听着文雨霏的歌声，他记起了这首歌的歌名是《下辈子不一定遇见》。后来，在一棵盛开的紫荆花树下的靠背长椅上，他和文雨霏相依而坐,她靠在他的肩头。花香扑鼻,暖暖的阳光从紫荆花树枝的缝隙间洒下来,像镀金的花瓣,阳光也像有着沁人肺腑的香,在一片蝉声中,他们睡着了……

童小溪记得,就是老中医的那一服中药,加了三次药引,三天喝了七次,那么严重的病,就神奇般的彻底治愈了。他很快回到了乡村振兴的现场。

十、蜂蜇

在前两年的乡村振兴中,童小溪和村两委班子成员一道,破解了一道道难题,攻克了一道道难关,爬坡上坎,负重前行,所有的规划都如期实施。

在紫荆花盛开的阳春四月,庙壳里村的乡村振兴进入第三年,也就是发展产业变输血为造血的最后一年。按计划,必须在紫荆花初开时期,如期完成全村每户村民五十箱中华蜜蜂的引进投放。因为这时正赶上紫荆花盛开,新来乍到的蜜蜂才好有足够的花源采花酿蜜,拥有舒适良好的环境,安居乐业。

童小溪带领村两委班子成员,分九批次,从饲养中华蜜蜂九十二万群的广东省引进蜜蜂近一万群,在紫荆花初开的时候已经投放完毕。紧接着就请来专家办起了庙壳里村中华蜜蜂饲养培训班,用四十五天的时间培训了全村村民。在培训班的结业典礼上,童小溪讲:"在培训班结业的时候,我代表庙壳里村党支部和村民委员会宣布,成立庙壳里村紫荆花甜蜜产业有限责任公司,任命文在春为公司董事长、罗奎祥为公司总经理。公司全权负责今后全村的蜜蜂饲养、产品销售等工作,把庙壳里村的这一事关村民幸福的甜蜜事业做好、做大、做强!"

紫荆花从初开到盛开,蜜蜂飞舞,全村老少洋溢着一张张幸福的笑脸。

夏天,甜蜜的丰收季节来临。摇蜜机把一箱箱蜂蜜摇出来,汇成了一条甜蜜的小河,仿佛欢快流淌的让水河,也流淌成了一条蜜糖河,流淌在乡亲们的心里,流淌在乡亲们的梦里。成千上万吨的蜂蜜罐瓶包装,忙坏了线上线下的销售人员。"庙壳里村紫荆花野生蜂蜜"商标注册成功,同时获得国家地理标志保护产品认证,销售一炮打响,全国各大中城市的超市订单蜂拥而来,村民像蜜蜂一样繁忙,像吃了蜜糖一样甜蜜。

童小溪已经忘掉了所有的烦恼与苦闷,整天像一只工蜂一样穿行在蜜蜂中。

由于花源丰富,进入初秋,庙壳里村的蜜蜂还要取第二次蜂蜜。此时,可爱的蜜蜂却遭遇到了天敌,有大量的蜜蜂在蜂箱边死去。文在春和罗奎祥经过仔细观察,发现不远处的一棵高大的桤木树上有一个硕大的马蜂包,出出进进的成千上万的黄褐色马蜂,正是最凶猛的"枣儿红"马蜂。它的体积大小和颜色堪比红枣,就是这些凶猛的马蜂咬死了蜜蜂,每天都有成百上千的蜜蜂死去。为了保护好蜜蜂,必须马上消灭掉马蜂。要爬上树去摘除或者用火烧掉马蜂包,不太可能,因为树太高,要是被这种毒性最大的马蜂蜇了,弄不好会有生命危险。没办法,只能采取在夜晚砍树火灭的办法了。

入夜,一小组人员穿好雨衣和长筒布袜,戴上口罩和塑料手套,扎好袖口和袜口。明确了分工:童小溪和罗奎祥负责砍树,树一倒,葛同飞就立马往倒地的马蜂包上浇汽油,文在春点燃马蜂包,其他手持泡沫灭火器的六人围成一圈,严阵以待,如有蔓延开来的火苗和未烧完的零散马蜂,就立即使用灭火器扑灭。

哪知正在点燃马蜂包的时刻,一束火光照亮了童小溪已被汗水湿透的脸,一小群零散马蜂顺火光扑来,几只马蜂蜇了他的脸。他急忙乱跑,想找个地方躲起来。罗奎祥急着喊:"童书记,跑不得!"然后飞步上前,一把拉住他说:"快,我们跳到河水中!"

他们跳入河里后,将身子淹没进水中,避免了那一小群马蜂继续蜇伤他们。

马蜂包烧掉了,也没有蔓延的火苗,六个手持泡沫灭火器的村民急忙上前来用灭火器赶跑了零散的马蜂。罗奎祥从河水中扶出童小溪一看,他额头、左眼角边、右脸颊上、右耳根处、靠近左边的喉管处,一共五处遭到了马蜂的蜇刺,整个脸和脖子都肿起来了。

十万火急,文雨霏打了120,请求救护车火速救援;葛同飞急忙拿来衣服给他换上,收拾了简单的洗漱用品,大家焦急成一团。

救护车来了,将童小溪抬上车,葛同飞、文在春、罗奎祥、文雨霏跟车陪护,警笛带着沉痛和焦虑,还有全村父老乡亲们的不安,疾驶而去。救护车闪亮的车灯,把深夜的宁静活生生地划出一道口子。

经过县人民医院紧急抢救后,童小溪又被送进了重症监护室。医生说:"头部和喉管五处被马蜂蜇刺,深度中毒,且伤及脑神经。幸好你们送医院及时,在最佳抢救时间内。"

"医生,请你们尽全力抢救,一定要让他脱离危险,他是来帮我们实现乡村振兴的第一书记啊!"葛同飞恳求医生。

医生说:"医院已经组织了优秀的医疗团队,制定了严密的医治方案,放心吧。"

童小溪在重症监护室抢救的那几天,村两委班子成员轮流守候着。大家拿不准要不要告诉他的妻子朱葵,只能等到他醒来征求意见,他说:"还是不让她知道的好!"

童小溪好不容易熬到出院。那天,村两委班子成员都到医院接他,文雨霏怀抱着医院和村两委代表全体村民献给他的鲜花,跟在他的身旁,像一对新人一样被乡亲们迎接回村里。

十一、紫荆花节

庙壳里村提前三个月胜利完成三年乡村振兴任务，等待着第四年四月份的验收。那时候，正好是童小溪到庙壳里村任第一书记的第三年，也正好是又一年紫荆花盛开的时候，他想来一个漂亮的收官。他和村两委班子成员讨论后，决定在迎接上级验收的时候，举办"首届庙壳里村紫荆花节"，活动内容包括"紫荆花开幸福来"散文诗歌征文大赛、紫荆花仙子形象大使选拔赛、以"紫荆花开幸福来"为主题的文艺晚会、"庙壳里村紫荆花野生蜂蜜"产品销售交易会和以"紫荆花开幸福来"为主题的有奖摄影大赛。晚会的十多个节目，有歌舞《紫荆花仙子》、女声独唱《紫荆花下等你来》、诗歌朗诵《庙壳里村紫荆花》、小话剧《第一书记》、男声独唱《让水河畔紫荆开》、情景剧《返乡归来看紫荆》等，都穿插在散文诗歌大赛、有奖摄影大赛的颁奖和紫荆花仙子形象大使总决赛之间。

"首届庙壳里村紫荆花节"，从筹备和文稿编创到排练、演出，只有三个月时间，无疑又是一场攻坚战。童小溪对罗奎祥说："文稿编创就由你这个诗人和文学青年文雨霏负责了，我和葛同飞还有文在春做好对外联络宣传和后勤保障，文雨霏同时兼任总导演。"

在村两委班子工作会议上讨论时，大家都同意他的意见，并决定春节不放假，紧锣密鼓地筹办"首届庙壳里村紫荆花节"。

时间风一样过去了，在紧张繁忙而有序的工作中，迎来了又一年紫荆花盛开的季节。

来自全国各地的游客、蜂蜜采购客商、新闻记者、摄影爱好者、作家、诗人，蜂拥而至，云集到庙壳里村，家家户户的农家乐住宿爆满，二十里繁花盛开的紫荆花树下，游人如织。

"首届庙壳里村紫荆花节"和"紫荆花开幸福来"主题文艺晚会如期举行。市委、市政府高度重视，市长和市委宣传部部长到会指导并上台颁奖。市委宣传部部长在讲话中说："'首届庙壳里村紫荆花节'成功举办，庙壳里村同时迎来了验收合格，并且在这次'庙壳里村紫荆花野生蜂蜜'交易会上，成功签约产品销售订单的金额超过一亿元。庙壳里村人民从此过上了富裕美好的幸福生活！你们，为乡村振兴树立了榜样，为党和人民交了一份满意的答卷！还有一大喜讯：驻村第一书记童小溪被省委、省政府表彰为'优秀第一书记'，三天后，他将出席省委、省政府的表彰大会。罗奎祥同志也被省委、省政府表彰为'返乡创业优秀共产党员'，他将一同出席省委、省政府的表彰大会。现在，请以上两位同志上台讲几句。"

童小溪和罗奎祥在雷鸣般的掌声中，走上台来，村民代表给他们佩戴了大红花。

童小溪饱含热泪地讲："在这一千多个日日夜夜里，全体村民与我们一同流汗，一同承担，一同苦干，给了我和村两委班子极大的支持与鼓励。村民们几次从危难中把我抢救回来，恩重如山，情深似海，你们，是我的再生爹娘！我，永远感激不尽，报答不完！今后，我不管走到哪里都不会忘记你们！愿你们的美好生活，像让水河的流水一样幸福万年长！"

罗奎祥接着讲："我是庙壳里村这块土地养育的儿子，返乡回来，如同回到了爹娘的怀抱，有一种脚踏大地的踏实感。根，才能扎进沃土；梦，才能有泥土的芳香。我将永远在这片土地上同父老乡亲一道耕耘自己的梦想！"

十二、顾不得纠缠

夜深人静。实际上，这个夜晚是不平静的。小区院内大树上的一只孤独的夏蝉不知是遭遇了什么意外，惨痛嘶哑的叫声像刺入静夜内心的尖刀，乘着流星滑落般的余音，从夜的深处飞进了夜的更深处。

童小溪的心在这个不眠的深夜被这一声蝉叫刺得万般疼痛和酸楚。万万没想到的是三年乡村振兴，三年的庙壳里村第一书记，把庙壳里村建设成了一个富裕美丽的新农村，婚姻和家庭却成了一纸离婚调解书。想到这里，他忍不住轻轻扭开了床头柜上的台灯，再细细地读了一遍这份令人无比心酸的调解书：

××市××区人民法院
民事调解书

原告：朱葵，女，汉族，生于1977年1月9日，××省××市××区人，住××省××市××区水莲路146号城市花园3区1栋1单元15楼3号，身份证号码：510822197701099626X。

被告：童小溪，男，汉族，生于1978年3月11日，××省××市××区人，住××省××市××区水莲路146号城市花园3区1栋1单元15楼3号，身份证号码：510822197803110013。

委托诉讼代理人：陈萍，××万胜律师事务所律师，代理权限为一般代理。

原告朱葵与被告童小溪离婚纠纷一案，本院于20××年4月3日立案后，依法适用简易程序公开开庭进行了审理。

原告朱葵向本院提出诉讼请求：请求依法判令原、被告离婚。

事实与理由：原、被告双方于20××年2月3日在××市××区民政局登记办理结婚证。原、被告双方均属于离婚后再婚，婚后感情渐渐变淡。近两年来，被告与原告一直分居。原告认为，双方除了在法律上是夫妻外，实质上的夫妻关系早已名存实亡，夫妻感情确已破裂，无法再继续一起生活。故向法院提起诉讼，请求离婚。

审理过程中，经本院主持调解，双方当事人自愿达成如下协议：

一、原告朱葵提出离婚，被告童小溪同意离婚。

二、共同财产坐落于××市××区水莲路146号城市花园3区1栋1单元15楼3号房产及该房产按揭贷款、海棠信息学院学校食堂的经营权及收益、亏损归原告朱葵所有。

三、共同债务××县××镇农村信用社借款25万元、××市××区工商银行借款12万元由被告童小溪负责偿还。××市××区贵商村镇银行借款15万元、××市××区农商银行借款25万元、××市商业银行股份有限公司借款25万元、××市农业银行营业部贷款20万元由原告朱葵负责偿还。

四、被告童小溪个人名下的信用卡借款、小贷公司借款以及其他个人名义的借款由被告童小溪负责偿还。原告朱葵个人名下信用卡借款、小贷公司借款以及其他个人名义的借款由原告朱葵负责偿还。

上述协议，不违反法律规定，本院予以确认。

案件受理费260元，由原告朱葵和被告童小溪各负担130元。

本调解协议经双方当事人在笔录上签名或盖章，本院予以确认后即具法律效力。

审判员　雍力
××市××区人民法院
20××年4月29日
书记员　方飞燕

人心难测。前妻朱葵怎么转眼间就变得这么不可理喻了？这人生的灾难像晴天霹雳般就突然降临在了童小溪的头上。

头脑昏沉沉的，如一片乱麻，一时理不出个头绪来。但有一点是非常明确的，那就是前妻朱葵在法庭上出具的各类银行贷款、信用卡借款、小贷公司借贷的总共九十七万元的近十笔合同、单据、票证等证据，百分之九十是假证据。账是算得很明白，而且不服还不行。

这时候，童小溪突然记起了，朱葵和他结婚时就说过："你母亲过去是一位县处级领导，给我找份工作是肯定没问题的，给她说说，还是有份工作好。"

"说得轻巧，一是过了年龄，二是你不满足招考的条件，母亲即使在位，她也不会违规给你找个什么工作的。"

没达到找工作的目的，朱葵一直耿耿于怀。

朱葵那次割腕时，还甩出一句话来："有一天我们过不下去了，我肯定不会让你好过的！"现在想起来，他明白了：朱葵最先是奔着让母亲给她找工作才和他结婚的，后来目的达不到就下圈套在他这里大赚一把，捞够了就转身离开。原来，她是有目的而来，达成目标而去的。三年前朱葵曾经多次提起过她去给他算过命，说他命中注定有三次婚姻。哪是什么命中注定呢？原来是她早就有了不想过下去的准备。说什么呢？现在才明白，一切都晚了。

这份调解书的背后，是一片狼藉，一片寒酸，一片惨景：妻子没了，房子没了，学校食堂没了，只剩下了这一大坨债务。而前妻朱葵，房子成了她的个人资产，学校食堂成了她一人所有……他现在像一个失败者躲瘟神一样躲在深夜的这个角落里，最终没有让辛辣的泪水流出眼眶。

为了不吵醒年迈的母亲，他轻轻地熄灭了床头柜上的台灯。

辗转反侧，童小溪反复想着一个问题：究竟要不要起诉前妻朱葵诈骗？他咨询过律师，律师根据他提供的情况分析，认为朱葵存在诈骗的嫌疑。

天要亮了，童小溪想，这个世界上，不是所有的事情都弄得清楚或者需要弄清楚的。更重要的是，当下自己根本没有时间和精力耗在这些个人的烦心事上，顾不得纠缠。其实比弄清楚更重要的是能承担，能行动，能扭转，能改变，这才是一种大智慧。能承受人生的天灾人祸，也是一种人生的境界。

他还想起了《菜根谭》这本书中的一句话："对小人不恶，待君子有礼。"这是正心修身、养性育德的至理名言。

房子没了，就当洪水冲毁了，就当特大地震震垮了；背上的巨额债务，就当贷款捐给特困病人换肾了，就当做善事了。

再说，如果起诉前妻朱葵，搅进一场官司之中，没得三五个月甚至半年、一年的时间，是绝对脱不了身的。

因为在乡村振兴中做出的显著成绩，他已被评选为优秀第一书记，两天后将赴省城出席优秀第一书记表彰大会。

走过来的这三年，像电影一样，用整整一个夜晚，一幕一幕地又回放了一遍，历历在目，有喜悦也有心酸。但个人的恩恩怨怨，顾不得纠缠，顾不得悲伤，根本没有疗伤的时间。只能整理好心情，收拾行装，把自己交给前行的路。

手机提醒他有微信来了，他打开微信，是远在庙壳里村的文雨霏给他发来的文字："童书记，你在庙壳里村的乡村振兴中，干出了漂亮的成绩，村民们永远不会忘记你。"

他回了文雨霏的微信："谢谢你。"后面加了一个笑脸。

文雨霏微信："在今后的日子里，你一定要照顾好自己。"

"谢谢关心。"再加了一个笑脸。

文雨霏微信："在没有我的日子里，你要好好照顾你自己。"后面是三个拥抱。

他回了三个拥抱并献了九朵玫瑰。

像一梦醒来，窗外天已大亮。

这座现代化园林城市有山有水，一条由北而南的嘉陵江和一条由东而南的汉寿河在城的西南边汇合。一江一河从城中穿过，四周空气流畅，开阔明朗，蓝天白云下的青山绿水，给人一种生机勃勃、祥和万里的感觉。东边的天空，已霞光满天，一轮红日已冉冉升起。

在家庭、婚姻方面遭到了挫败和打击，人生又遭遇了一次不幸，但毕竟太阳每天都是新的。

童小溪又接受了新的任务，在参加完省里的表彰会后，他即将奔赴新的乡村振兴战场。与母亲离别的日子越来越近了，他要好好给老妈做几顿饭菜，陪陪老妈。

洗漱之后，他进了厨房。

李先钺，中国作家协会会员，中国自然资源作家协会会员。在《中国作家》《江南》《青年作家》《诗刊》等报刊发表作品300余万字，出版诗集《阳光潮》、散文集《浅丘陵》、长篇小说《妹是天上伴月星》等。

芝镇说（节选）

逢春阶

> 子曰：礼失而求诸野……
>
> ——题记

楔 子

我生下来就懂鸟语。能跟树杈上的鸟儿对话，也能与幽冥界的不死鸟弗尼思神交。一睁眼，就听见弗尼思在喊我："公冶德鸿！公冶德鸿！"

弗尼思是公冶家祠里供奉的鸟，紫檀木的，透着一抹幽蓝。有一年失火，俺嬷嬷从火堆里把它抢了出来。

明代学者方以智在《物理小识》中说："弗尼思，寿四五百岁。将终，聚香木，发火自焚。灰变虫，虫又变鸟。"天启三年，意大利人艾儒略编译的书中也曾用中文对弗尼思有过生动描述。我也没想到，穿越时空、超越国度、富有永恒魅力的弗尼思，成了我与生俱来的伴侣。

应该是弗尼思喊醒了我。东屋窗下的石榴花，残红犹在，像一簇簇火苗。两只喜鹊蹬着干枝子，硬爪子把石榴花儿蹬散了，花瓣儿散到咸菜瓮的秫秸秆穿起的圆盖垫上。"公冶德鸿！公冶德鸿！"那喜鹊喳喳叫着，扑棱一声飞了。

爷爷公冶祥仁弯下腰，趴在炕沿上，目不转睛地瞅我，他也叫："德鸿！德鸿！"他叫得不如喜鹊清脆，嗓子有点儿沙哑。爷爷的白胡子梢儿扫到了我的肚皮，扫得我想笑。他先摸摸我的小鸡，我的小鸡撅起来，从我的肚皮上，飞出一道银弧，送到爷爷张着的嘴里，爷爷"哎哟哟""哎哟哟"叫着，笑着，一缩脖子，那道弧线滋过爷爷的头顶，冲到了火炕下。爷爷说："可了不得，了不得，我孙子找媳妇一定近不了，你看他尿得，这么高，这么远，这么有劲儿！"爷爷呷巴着嘴，尝着淡咸甘苦。在他眼里，童子尿，是一味药。

爷爷说我找媳妇一定很远，让他说准了。我媳妇是西北边城的，离芝镇七千多里。三十多年前，陪媳妇回娘家,从潍州到边城,坐绿皮火车得六天六夜,再坐驴车一天,才到达鹅卵石垒筑的小院子。

我和媳妇的姻缘,是爷爷和他骑的毛驴在七十多年前的一个傍晚给牵的线。奇怪吧?

爷爷干手抹脸,皱纹抹乱了。他再次趴到炕沿上,瞅着我的肚子。俺嫲嫲做的肚兜一起一伏,肚兜上的两只喜鹊还在动呢。嫲嫲的针线真好。

爷爷从嫲嫲手里拿过老花镜戴上,一寸一寸地考察,像帝王巡视国土,像考古学家研究甲骨。他这个妇科老中医发现我肚皮上有一条黑线,其实是小黑痣。他说这叫玉带,这孩子将来能当个大官。爷爷的皱纹,如核桃皮的纹路,核桃缝里,有了纵横的湿。那一线晶莹,是老人家的泪。

让爷爷想不到的是,我没当大官儿,倒是见了不少官儿,县长、市长、省长、部长等。没当官儿,却当了个记者。大爷公冶令枢说,记者是无冕之王,也算个官儿,还摇头晃脑,煞有介事地用毛笔一笔一画添在了《公冶氏家谱》上。记者算啥无冕之王,是无眠之王,为了写稿,彻夜无眠啊!后来,利群日报社开文艺晚会,我扮演了一会儿皇上,皇上的龙袍是我同事从京剧院里借的,黄袍加身,喜形于色,我长黑痣的腰间有了一条玉带,也算过了五分钟官瘾。

谁料想,第二天发烧,眼疼,头也疼,疼得直撞墙,喊了一夜娘。打针吃药,折腾了一周,吃了四大爷公冶令棋的三服汤药,也没管用,有时还烧得说胡话,背文艺演出台词:"朕以为普天之下……"总觉得媳妇不如舞台上的皇后漂亮,她给我端茶的姿势都不标准。

娘打听到芝镇有个神婆叫藐姑爷,会看蹊跷病。不妨去看看。

藐姑爷在芝镇的一个四合院里住,那幽静小院紧靠着芝镇酒厂。我闻到了一股酒香。脑海里立时浮现出小时候到芝镇酒厂换酒的情景。

说也怪,到了芝镇,我的病就好了一半。芝镇酒厂是太熟悉了,即便腿脚不熟悉,我的胃也熟悉,可以说,我是喝芝镇酒长大的。有一年我去海边出差,看到"芝镇号"高铁,泪一下子滚出来了。我给芝镇酒厂的冯同学发了条微信:"眼触'芝镇'二字,就像没娘的孩子看见了乳房。"冯同学说:"别光说,你得写啊!"

藐姑爷不是爷们,不知为何叫爷。她盘腿坐在炕头上,也不问我,只是盯着,盯着……过了一会儿,她头也摇,发也晃,黑眼珠滴溜溜转。她身后窗台上,有个高脚杯,杯里满满的是白酒。摇一回头,喝一口,再摇头,一会儿一杯酒就干了。

让我纳闷的是,她喝了酒,身上并没酒腥气,倒有一股清香味。她再发声时,变得像个男人的破锣嗓,瓮声瓮气地说:"公冶德鸿,你真大胆,怎么敢演皇上?"

藐姑爷剜了我一眼说:"皇帝是你这穷小子演的吗?那是真龙天子啊。

你是大不敬，遭天谴了。"我看到藐姑爷左眉心有个红痣，那红痣像老头儿黑夜里抽的烟头，一明一灭、一明一灭地对着屋笆闪亮。

我正纳闷，一下被蒙住了头。我大喊："这是咋了？"妻子说："别喊，治病呢。"仿佛在放警匪片，警车鸣叫，铐上手铐，戴上黑色头套，容不得我争辩，就被押上了车。正纳闷着，砰——头上又套了个东西，耳朵被夹得疼，感觉头上又长了个头。我听到了霍霍磨刀声。

我好像进了个无底洞，眼也睁不开。忽觉脖子那里一阵风扫过，咔嚓一下，我的头顶像有一块厚冰贴着滑过，不，是一道寒光贴着我的头皮。一摸，头顶光光的。我听到滴答滴答响，一摊血。完了，我完了。在戈壁滩，在沙漠里，我成了匹老马，咀嚼着荒凉。

藐姑爷拍了拍我的肩。

我睁眼低头看，头上的那个头，滚落在脚下，边上是我那被削掉的头发。藐姑爷嘴里叽叽喳喳，啾啾唧唧，无主题变奏，我侧耳细听，听出了她的鸟语："遵通衢之大道兮，求捷径欲从谁？……"

回家蒙头大睡。第二天醒来，被子被汗水浇湿了，扒了娘手擀的一大海碗黄豆面条，吃得满头大汗。娘一摸我的额头，对妻子说："藐姑爷真灵，你摸摸德鸿的头，像井拔凉水呢。"

跟冯同学在微信里说起这怪事。他竟毫不在意地说："德鸿，你就是换衣裳感冒了，报社的礼堂空旷，没有暖风，能不感冒吗？那龙袍是单衣单裙，的确良的吧？你就是不让神婆看，也会好的。"

冯同学又开玩笑："我还不知道你那德行，藐姑爷俊啊！见了美女，有病你也就没病了，美女也治感冒。当然，祭如在，祭神如神在。有敬畏心，总不是坏事。"

我肚皮上的黑痣随着年龄长，越长越黑，皮上还有毛，像一块猪皮糊在肚皮上。我小时候，不敢下河，怕人家笑话。上了大学，我想去医院做手术切掉，娘听说了，吓得赶紧坐火车跑到我求学的孔子故里，气喘吁吁地在校门前的大槐树底下对我说："千万别动刀啊，你爷爷说了，福痣腰里藏呀！"

我陪着娘逛了孔庙、孔府、孔林。在孔子墓前，我听不清娘念叨的啥，就问了一句。她说："我念叨祖先公冶长娶的祖奶奶，多保佑她的子孙啊。"送娘到车站回来，我翻开《论语·公冶长第五》："子谓公冶长：'可妻也，虽在缧绁之中，非其罪也！'以其子妻之。"原来，我的祖先公冶长还因贪嘴独享了因乌鸦提供线索而得到的大肥羊，遭到乌鸦报复性暗算，深陷一桩人命案坐过牢。好在孔子深明是非，非但没有怪罪，反倒将自己的女儿嫁给了他，延续了我们公冶家族两千多年的香火。

五十六年前，我出生三日，公冶家族的近亲，都吃上了嬷嬷领着大娘、婶子手擀的金丝面。年轻人都到我家围着锅台，自己盛着吃，老人们都是爹端着饭盒子送到炕头上。金丝面，也就是鸡蛋面，是芝镇名吃。色黄丝细，犹如金丝。嬷嬷为给我做生日金丝面，收集了大半个村子的鸡蛋。先把鸡蛋打入大泥盆内调匀，再加面粉、盐，和为硬面，擀成圆圆的透明薄饼，然后切成细丝，出锅后放进鸡汤盆，添上醋、芝麻油、海米、胡椒面、香椿末、香菜梗、嫩韭菜等作料。金丝面软硬适度，清香可口，是爷爷的最爱。

这天，爷爷还有个要事，就是"喂我"。他抱着我，用一双筷子把煮熟的鸡、鱼、肉、豆腐、葱、年糕等点一点，点到我的嘴唇那儿，点一下说"金鸡报晓"，点一下说"年年有余"，再依次是"有食有禄""大福大贵""聪明伶俐""步步高升"……把最美好的词儿都"喂"给了我。我朝爷爷一笑，爷爷也朝我笑。

做完这一切，老人家开始筹划去拜祭高密侯公冶长墓的事儿。

我出满月那天是乙巳年八月初三，早晨，天阴。爷爷喝了一壶白干酒，晕乎乎地闲翻《周易》，他看书前爱喝两口。他常说："不喝点儿，容易看偏，晕乎乎的，看得更准。"爷爷翻到了贲卦，映入眼帘的卦辞是："贲：亨，小利有攸往。"他想到宋朝学者程颐的解释："物有饰而后能亨，故曰无本不立，无文不行，有实而加饰，则可以亨矣。文饰之道，可增其光彩，故能小利于进也。"放下几乎翻烂了的书，爷爷站在门前，端着烟袋，望着浯河，不知想的啥。

牵出毛驴，爷爷执意要走。瞅瞅天，再瞅瞅天，俺嬷嬷在他头上扣了一顶苇笠。他一直往南，骑了六十里，还没到公冶长村呢，就隐隐约约地看到了那堆"海大海高"的红坟。

我一直弄不明白，爷爷翻出贲卦，却望着浯河沉思，他到底想了些什么呢？

弗尼思说："想夫子，也想他和你的命运。"

爷爷说的"海大海高"的红坟，是公冶长墓。芝镇人说大说高说长，就搬出海来。说一口锅大，那锅"海大"；说一个盆大，那盆"海大"；说那座楼高，那楼"海高海高"；说老人的寿眉不短，叫"海长海长"。芝镇人不靠海，心里装着海。有时说碗大，直接说"海碗"。

公冶长墓其实并不"海大海高"，是密密麻麻的枸杞红，让墓显得大和高。远远看去，那墓像个大火炬、大火球被簇拥在那里，大风一刮，枸杞都动，像火，毕毕剥剥响着，嗵的一下，风卷着火舌朝天烧，映红了远处的锡山。

在芝镇，人们叫枸杞为狗奶子，但爷爷不那样叫，就像婆婆丁，他叫蒲公英；金银花，他叫忍冬花；老牛涎涎，他叫车前子，或苤苢。

鸟儿见了那枸杞红就兴奋，奇怪的是，公冶长墓上却没有一只鸟儿。墓周围喜鹊虽不少，在银杏树、杨树、柳树上做了窝，飞来飞去，但就是不飞到墓上，不啄枸杞。

在墓南面，立着公冶祠堂，后来毁了，墙垛子还在。一个戴眼镜的老者摇着蒲扇，跟几个同龄人聊天。爷爷把毛驴拴在墓前那棵碗口粗的白果树上，去跟老者打了个招呼。老者一听爷爷是公冶家族的人，就笑道："俺们说的正是你们家的事儿呢。"

眼镜老者说的是，宋神宗熙宁年间，苏东坡任密州太守，曾骑着毛驴踏青，快要到达公冶村时，见有一年轻貌美的少妇正撑着个胡子花白的老人打。那拐杖抡过来抡过去。苏东坡忙派随从上前责问："你何故这般打骂老人？"那少妇道："我训自己的重孙子。""你重孙子？"苏东坡大吃一惊。原来，少妇已有小二百岁了，老汉也已小八十了。他受责打是因嘴馋，弄得皮松牙掉，没了人形。东坡倒头下拜，向老嬷嬷讨教。老嬷嬷见来人仙风道骨，便说四季服用狗奶子。这老嬷嬷和她的重孙，就是公冶家族的人。

爷爷纠正眼镜老者："是——枸——杞。"

眼镜老者继续道："自从听了那老嬷嬷的话，东坡常来拜谒公冶长墓，后来被贬到惠州，也不忘这里的枸杞。五十多岁时，爱妾朝云还为他生了个孩儿。年过半百，一骨碌一跌的，还能有生育能力，靠的是什么？是狗奶子，不，是——枸——杞。嘿嘿！"眼镜老者说到爱妾时，一脸的猥亵。俺爷爷长叹了一口气说："您说的也不一定对。"

眼镜老者也犟，脖子一梗："苏轼爱吃枸杞，还写过关于枸杞的诗呢。"爷爷又笑着重复了一句："他说的也不一定对。"

爷爷有个口头禅，动不动就来一句："也不一定。"

弗尼思笑着对我说："你爷爷有个鬼名字，叫'也不一定'。"后来成了右派，人家就叫他"公冶腚"，在芝镇，管外号叫鬼名字。

爷爷对眼镜老者突然有了生理上的厌恶，但依然笑着。他本想问问公冶祠堂里弗尼思的下落，竟收了嘴。

墓碑是民国六年岁次丁巳年清明立的，碑上写有"始祖先贤高密侯公冶子长暨德配圣门孔孺人之墓"字样。墓碑顶上有一个蜘蛛在结网，爷爷怕惊动它，后退了半步。

爷爷在墓前点上三炷香，发了纸钱，跪下磕了头。爷爷的感觉应该是这样的吧：把额头叩向那堆黄土，总有一种特别的安全感，一种与天地神灵达成默契的欣慰从黄土涌向心底，再升腾起来渗透全身。

祭完，默立片刻，又慢慢绕墓一周瞻仰。临别，从墓上采了十几颗枸杞子，装在兜里。

天上云黑黑的，像虫子爬动一样一直往南蛄蛹。坟前的老者远远地喊："还是避避雨再走吧。"爷爷说："也不一定能下。"骑着驴踢踏踢踏往回走。

半道上，忽一阵凉风过来，唰唰地落下来一阵急雨。前不着村，后不着店，爷爷跟毛驴在雨中淋着，苇笠也被风吹歪了。快要到芝镇界了，前面来了辆马车，那驴受了惊吓，前蹄没站稳，爷爷被摔下驴背，赶马车的赶紧停下来问，爷爷走了两步，觉得无大碍，就摆摆手让马车走了。可是，他好容易爬到驴背上，却再也下不来，那腿好像没了一般。

等回到家爷爷就发高烧，躺在炕上。他掏出从先祖墓上采来的红彤彤的枸杞，嫲嫲捏到他嘴里一颗，说："这狗奶子真鲜亮。"爷爷咳嗽一声，说："是——枸——杞！"嫲嫲撇撇嘴，用小手巾包了，交给俺娘，叮嘱放在我的枕头底下。后来，爷爷的腿脚还是疼，去芝镇医院治，说是左脚骨折，年纪大了，不好恢复。来年五月初二，爷爷去世了，享年八十有一。

爷爷临终前要酒喝。大爷端过来烫好了的芝镇白干，踌躇着。爷爷笑着说："拿过来吧！"他竭尽全力夺过去，一仰脖而尽。突然急促地重复着："景……景……"撒手而去。

景？什么景？哪里的景？

弗尼思说："他想娘了。"

第一章　芝镇醉景

（一）他靠什么造了辆吉普

我出生的渠邱县芝镇大有庄，在芝镇的西南角，离镇区五里路。如果刮北风，芝镇酒厂的酒香就飘满了大有庄。十年前，我写过一篇小说《遍地酒香》，开头是这样的："一生独爱酒，就像鸟爱飞；人没有翅膀，酒就是翅膀；酒盅一端，翅膀就往外钻，想往哪飞就往哪飞！"

芝镇以芝酒闻名，全镇上的人都嗜饮，有"芝镇狗四两酒，芝镇猫喝一瓢，芝镇老鼠喝一燎壶，芝镇老家鹳喝一盆"之说。

我一直以为"芝镇狗四两酒"只是个形象说法。辛丑暮春，冯同学说："你且见见杨老就知道究竟了。"

冯同学说的杨老，大名杨富骏，典型的芝镇人，大高个，大嗓门，九十二岁了，还身轻如燕，健步如飞，看上去也就七十多岁。问他有啥长寿秘诀，他哈哈一笑："一天一斤芝镇酒！"

老人与冯同学的父亲是好友，也是酒友。冯同学说过，杨大爷十四岁参加八路军，亲历了孟良崮、莱芜、南麻、临朐战役，身负重伤。我看到，他参加1959年全国群英会时的照片还挂在自家的客厅里呢。

一场大酒，让渠邱县诞生了第一辆吉普车。造车者谁？不是别人，正是杨富骏。

解放初，渠邱县委书记出行乘坐的是专人驾驶的二轮摩托，中层干部下乡能骑辆自行车就相当有气派了。

有一天，给县委书记开二轮摩托的小李，懊悔地来跟老朋友杨富骏抱怨，说自己开摩托拉着书记下乡，遇到路滑，摩托车下了沟，书记的脚崴了。

杨富骏担任着渠邱县机械厂的厂长，厂里主要生产犁耧耙锄，还有锨镢二齿子等小玩意儿。听罢说："要不，我给你改装辆三轮摩托，跑起来比二轮稳当些。"

小李惊喜地说："那可太好了，我也能睡个安稳觉了。要不光做些开摩托出事故的噩梦。"

厂长杨富骏的单身宿舍兼做办公室，很简陋，一个桌子一张床，床底下有两瓶芝镇白干，窗台上有咸菜疙瘩。

二人就着咸菜疙瘩喝酒，你一盅，我一盅，喝着喝着喝高兴了。小李说："要是能开辆吉普车，那多威风。"杨富骏说："吉普车我也不是没见过。打下孟良崮战役后，我还坐过张灵甫七十四师的军用吉普呢。"

"你这机械厂的厂长，能造辆吉普车吗？"

"按说，也不难。"

"能造吗？"

"能！"

已经半醉的小李师傅高兴地握住也已经半醉的杨富骏的手，说："此话当真？"杨富骏端起酒盅，一碰，干了，大声肯定地说："当真！当真！"

小李师傅次日直接跟县委书记汇报了，还添油加醋地说："杨富骏说能造——是瞎汉擤鼻涕，把里攥着的事儿。"书记一拍大腿："嘿！叫富骏干。"

小李师傅兴冲冲地给杨富骏打电话报喜，杨富骏说："我有啥喜？"小李师傅就把书记支持造吉普车的事儿说了。

杨富骏说："啊呀！那是酒后的大话啊！怎么可以当真呢？"小李说："军中无戏言。"

硬着头皮，杨富骏完成了一件根本不可能完成的大事。他先是去青岛拜师求教，又到上海买零部件。正苦于无法弄到发动机时，战友给他一个线索，说他们当年的老团长王奎利当了温州军分区司令，可以找他求助。

杨富骏忐忑着找到老团长，不好意思地说自己喝酒喝多了，说了大话。老团长快言快语："嘿！说了就做！造吉普难道比懂号语、旗语、灯语还难吗？"

杨富骏心灵通透，是当年鲁中军区警备四团全团唯一懂号语、旗语、灯语的战士，他就像团长王奎利的一个器官，四团没有电台，王团长就靠杨富骏"翻译"各种命令。

晚上住在老团长家里，他拿出从老家带去的芝镇白干，没喝多。老团长见了老战友，见了过去在沂蒙山喝过的老白干，一高兴喝大了，抱住老部下不松手。那个亲哪！

军分区提供了一台废旧的发动机。杨富骏去结账，老团长说："倒下来的旧部件，算是支援革命老区吧！按说该给老区提供一台新的。"

组装的细节很多很烦琐，容后叙述。

杨富骏造的土吉普车轰动了全县。

车停到渠邱县委招待所,司机们轮流上去过把瘾,开车的、坐车的、看车的都恣得合不拢嘴。

芝镇酒厂为庆祝渠邱县第一辆吉普车诞生,专门送来了几瓶好酒。

厂里开了庆功宴,渠邱县的书记、县长也来了,轮番敬杨富骏,一杯一杯,把杨富骏灌得飘飘然。席间有个领导问他:"你靠啥?花费不到一千元就把吉普车造出来了。"

杨富骏趴在他耳朵上欲言又止,笑而不答。

(二)"芝镇狗四两酒"

弗尼思笑着对我说:"杨老靠的是一口酒!"

让我惊讶的是,杨老八十岁高龄时,天天带着酒,走村串巷实地考察,绘制了《清末民初芝镇古镇图》。杨老制图有根有据,一是以壬子年(1912)陆测五万分之一的军用地图为基础,二是以丁未年(1967)航摄五万分之一的军用地图为参考。方位、高程都按测绘专业标准。

在这张密密麻麻、花花绿绿的地图上,芝镇百年前的繁荣景象尽收眼底,塘湾、沟渠、祠堂、牌坊、烧锅、教堂、寺庙、堂号、古木、酒楼……蚂蚁大小的名称浸润着老人的心血。

老人家说,骑自行车累了,就喝口酒解乏。我闻到了地图上的酒香。

采访还没结束,我大爷公冶令枢拿着马扎来了,大爷常年在黑龙江住,今年突然回来了,他想家想老朋友。大爷比杨富骏老人大六岁,他们早年是酒友。

在芝镇,人人都知道我大爷是个瞎话篓子。

弗尼思说:"我们知道大爷是个瞎话篓子,大爷也知道我们知道他是瞎话篓子,我们也知道大爷知道我们知道他是瞎话篓子,可他仍然是瞎话篓子。"

大爷是活宝,他一来,好话歹话都令人爽快。以下的话,主要是我大爷说的。杨富骏老人呢,在一旁听,光笑。

八十二年前,芝镇的裕顺烧锅不景气,烧锅掌柜乔方斋召集股东开会,商量自救。裕顺股东占了半个芝镇,一股是二斗麦子。按现在的价格,一斤麦子两块钱,两斗麦子五十斤,相当于一百块钱。有大股东,有小股东。小股东就二斗麦子。那次股东大会,除了乔方斋,一个股东也没来,为啥不来呢?芝镇人说就是怕摊上"饥荒"。谁料一年后,乔方斋多种经营,上了柴油机磨面,又上了榨油机榨油,裕顺烧锅一下子烧得"滚沸"了。伙计们过了一个舒心的年。正月十五那一天,乔方斋召集伙计们开会,说:"咱年也过了,节也过了,从明天起,各就各位,该干什么就干什么。"没等讲完,就听门嘭地被踢开,股东们冲进来,要封账、查账。

查账,那就查吧。一天不行,两天,天天要吃要喝啊,乔方斋到麻山市街的醉仙居订菜,醉仙居的菜在芝镇最有名。股东们哪是查账，分明就是来吃吃喝喝地闹腾，喝上酒耍酒疯。其中有个姓汪的小股东，只入了一股。他喝了酒，站在凳子上指着乔方斋的鼻子吼叫："乔方斋，我就是两个泥钱，也是你的股东，你瞧不起我。"啥叫"泥钱"？小孩子将两个铜钱和泥夹着用秫秸秆穿起来，等泥干了，那泥片就像铜钱，也就叫了泥钱。这个"泥钱"股东感觉自己受了轻视，表达不满。

伙计们看不过去了，都私下里嘟囔："不景气的时候，股东在哪里呢？你们还不如狗呢，狗还能趴咱脸前给咱看大门呢。你们股东吃，咱们的狗也得吃。"裕兴烧锅养着九只狗。有个伙计添油加醋地说："咱伺候这些股东，也得伺候伺候咱们的狗。"

叫了五桌菜，里面的三桌是股东们吃喝，外面两桌给狗们吃。说也怪了，裕顺的狗也很文明，老黄狗坐主陪，把长尾巴翘在椅子背上，比老黄狗稍微年轻点的老黑狗坐副陪，把长尾巴垫在屁股底下。花母狗是三陪，两只耳朵激动地扇动着。其他的狗互相谦让着坐下，不会使筷子就用爪子，那狗爪子都到脸盆里洗了。主陪老黄狗正要下爪，副陪老黑狗直朝主陪使眼色，用爪子指了指股东们桌上的酒盅。老黄狗恍然大悟："汪！汪！汪！"八条狗也朝着股东"汪汪汪"。

我当时在裕顺当伙计，赶紧抱过一坛子酒来，给每一只狗都倒上。主陪老黄狗举起爪子带了三盅，带酒前，把酒朝地上洒一点，那叫敬天地。洒完，才把酒盅凑到狗嘴边，仰起狗头一饮而尽。狗们开始伸爪子吃肉，吧唧吧唧，边吃边喝，狗头摇晃着，蒙眬着狗眼。老黑狗是副陪，它不超过主陪，带了两盅。小花母狗三陪，带了一盅。我真是长见识了。九只狗把两桌菜全部吃完，还把一坛子酒喝去了大半。狗用爪子你拍我的狗肩，我拍你的狗背，真是勾肩搭背。

老黄狗喝得站不起来，花母狗把它架着，老黄狗摆着左爪子，右爪子端着酒盅，后面跟着老黑狗。一个跟着一个，站到股东桌前来敬酒。股东们回头一看，九只狗头，闪着狗眼，爪子端着酒盅，围住了圆桌，股东们吓得两股战战。

我指一指说"泥钱"的股东，老黄狗心领神会，端着酒盅就举到了"泥钱"股东嘴边，"泥钱"吓得往后躲，贴着墙，手捏酒盅把酒都哆嗦着洒了。"泥钱"看着狗眼，把酒盅伸过来碰。老黄狗不理，我明白，老黄狗嫌酒盅不满。我给"泥钱"倒满，老黄狗才笑着碰了盅，干了。连干十八盅。"泥钱"醉成了一摊泥。老黄狗抱住"泥钱"一阵猛亲。

弗尼思说："原来'芝镇狗四两酒'是真的呀！"

（三）等酒肴

待大爷把话讲完，杨富骏老人对我说："公冶先生说得有点夸张，但是芝镇狗上宴席是真的。裕顺烧锅，后来改成了至诚商店，牌匾是你爷爷公冶祥仁题写的。"

爷爷在芝镇开着芝谦药铺。芝镇地处高密、密州、渠邱三县交界处,爷爷三县有医名。向东三十里,他去过高密的晏婴故里;向南八十里,他去过密州的苏轼超然台;向西四十里,他去过渠邱公冶长书院;向北七十里,他去过潍县集中营。去看病兼喝酒,或者是喝酒兼看病。他一生贪杯,但从来没误过诊,喝上酒看得更准。他常说:"我从没有因为喝酒而耽误看病,关键是,也从没有因为看病而耽误喝酒。"

芝镇最热闹的时节是过年的正月里,那简直就是芝镇的狂欢节。家家户户都贴了红彤彤的对联,花花绿绿的过门钱在乍暖还寒的风里飘着,菜香、酒香四处飘散,不时还有各种划拳吆喝。走亲访友,都会有酒。不是夸张,要是有仪器测量,芝镇的每个胡同里,每个小巷子里,每道屋檐下,包括猪圈里,都会有超标酒精散布。有人会问:"臭烘烘的猪圈里咋还有酒气?"看官有所不知,客人喝醉了,到哪里去吐酒?

对了,猪圈里。猪圈里能掩饰,也严实,呕啊呕啊呕啊地弯腰大吐,脖子往前一伸一缩一梗,那姿势好像是给猪鞠躬。人头碰着猪头,猪头抵着人头。猪毛扎着人毛,人哼哼,猪哼哼,人猪都哼哼。有喝醉了搂着猪头大哭的,有抱着猪要当马骑的,有扳着猪蹄子划拳的,也有跟猪亲嘴的。

更有一个奇葩的醉汉——我的大哥公冶德乐,在猪圈里,用烧红的烟头烙猪身上的毛,烙得猪咴咴地叫着转圈,猪圈里充斥着一股焦煳的臭味。闹腾完了,大哥被架出来,浑身猪屎。但醉酒不醉心,大哥还知道要干净,非要擦掉身上的猪屎,洗把手才上席。而且格外客气,伸着手,呼着酒气,扳着脖子搂着腰,拉拉扯扯谦让半天,才上炕。猪圈里的猪呢,让大哥折腾得也烦了,低头吃了客人吐出的酒肴,猪眼迷离,也便晕晕乎乎地醉了。这是大哥去相州走丈人家出过的洋相。他晃晃悠悠回来,急着要水喝,大嫂正抱着孩子生闷气,赶巧孩子要撒尿,就顺手让孩子哗啦哗啦尿到茶缸里,叫一声:"德乐,张嘴。"大哥一张嘴,温乎乎地灌进去了。大哥直喊:"这是啥酒?"大嫂嘿嘿一笑说:"你儿子给你酿的。"

有人说,芝镇猪,排山倒海酒呼噜;芝镇猪,打个滚儿浑身是醭土。芝镇人念醭土为"布土",就是灰尘。这说的是人,也是猪,一点儿也不夸张。

一般人家,喝的是去芝镇酒厂换的散装酒。我记得很清楚,二十世纪七十年代,三斤地瓜干,外加两毛七分钱,可换一斤芝香白酒。

我头一次去芝镇换酒是七岁,跟爹去的,是个冬天,小北风呼呼刮着。那年冬天特别冷,爹不让我去,我哭喊着非要去,坚持去,就去了。去的时候,爹把我放在独轮车上,我使劲抱着鱼鳞酒坛子。可是走到半路上,冻麻了脚,我咧嘴大哭。爹就干脆让我下来,跟着独轮车跑。不一会儿,我头上就冒了汗,我又嚷着喊脚痛。我头上跑出了汗,又结成了白白的汗冰碴子。爹还打趣我,成了一个小老头呢。那年真冷!

换酒回来,要过浯河。浯河结了冰,厚厚的冰,爹推着独轮车在冰上过,冰太滑,胶皮车轮像醉了一样,不走直线。爹小心地驾驶着,一边还招呼我别跌倒,但招呼归招呼,我却感觉跌倒在冰上很好玩。我走两步故意跌倒一次。爹就大骂我,大概是怕我跌伤了,还不停地回头命令我,不停地回头,驾驶难免分心。我正玩跌倒呢,只见爹的车子咣当倒了。爹往前一伸,也滑倒在冰面上。那酒坛子在冰上如巨大的陀螺一样打转转,不料塞儿开了,酒洒在冰上。爹立即趴下,两手支着身子,下巴贴着冰面,屁股撅撅着,在冰上吸溜吸溜地舔。从远处看,是爹在舔冰,像是蛙泳比赛,头一抬一低、一抬一低的,下颌贴着冰面。靠近了看,爹是在喝冰上的酒,那酒溜子散着涟漪,如鱼鳞漫延着,朝着爹张开的大嘴方向集中。那酒坛子咕噜咕噜滚着,滚着,越滚越快。爹的头一拱一拱的,越喝越慢,就跟游泳比赛一样,跟着那滚动的酒坛子。酒流出来呈一个扇面,流动速度比爹喝的速度快多了,爹整个身子都泡在酒里了。满冰面上,飘着酒香,我看到爹整个像一把大大的酒勺子,在一点点地收着酒。爹趴着撵酒坛子喝,终于撵累了。他气恼地站起来,朝着我喊:"你这个小死尸,还不快趴下喝,还等酒肴啊!"

(四)酒糟能当药引子

我赶紧趴下,但我不敢喝,我就趴在冰上,一动不动,像个青蛙。不一会儿,就觉得肚皮底下冰凉刺骨。后来岁数大了,回忆到这里,就想起王祥卧冰求鲤的典故。我的体会是,卧冰求鲤是不可能的,冰厚了,你卧不开;冰薄了,不等卧完,就掉下去了。

卧在冰上的我,浑身也沾上了酒,浑身的酒气,我想呕吐,但看看爹锥子一样的目光,我忍住了。爹一次次起来,又一次次趴下,使劲喝着,他喝得是那么投入,那么自如,那么舒服,那么带劲儿,那么忘我。我有点羡慕他了,直到我当了爸爸,端起酒杯来,还经常想起爹在冰面上的有点滑稽,有点夸张,甚至有点过分表演色彩的姿势,那个"游泳"的姿势永远镌刻在我脑海中。当时,我还看到了他哈出的热气,看到他的脸一点点变红,看到他的头发一根根竖着,是真正的怒发冲冠。我爹是犯了哪门子怒呢,竟然怒发冲冠。对对,没有冠,没有冠,是怒发冲天啊。他是恨我,还是恨自己酒量小呢?听到他的骂声越来越高、越来越高,后来,我看到他不再匍匐向前,他就固定在那里,一颠一颠的,不再前进,他在伸出舌头舔,舔啊舔,冰被舔出一个凹坑……然后,嘴巴就不听使唤了,爹醉了,头扎到刚舔出的凹坑里,打起呼噜。

过了好多年,大有村的人还记得

我们爷俩在冰上趴着撵酒坛子的事，也就流传着爹的话："你这个小死尸，还不快趴下喝，还等酒肴啊！"后来那句"还等酒肴啊"就成了我们村的名言，再后来村里人干脆给我起了个鬼名字叫"等酒肴"，我也默认了，别人喊我"等酒肴"，有时也就答应着。当了记者，有一次我还用"等酒肴"的名字写了篇谈酒的杂文，发在《华夏酒报》上，杂文获了一等奖，没有奖金，奖了我两瓶75度的芝酒。

那次爹喝了多少酒，我没有准数，但喝了半坛子是没问题。爹和我的衣服上泡了酒，娘端到浯河里冲洗了几遍，都冲不掉酒腥气，冲洗一次，就骂一次，冲洗一次，就骂一次。我原来以为爹要怪罪我，但他没有。他只是说："天意啊，天意，反正是酒，早喝晚喝一个样，早喝早享受，晚喝晚享受。在烙得烫腚的炕头上喝，是一个滋味，在冰上浑身颤抖着喝，是另一个滋味。反正喝酒得选个地方，选个好地方。"娘却对爹贪杯怀恨在心。

我打九岁起给爹换酒，一气换了七八年。头一回跟着大哥公冶德乐去，在回来的路上，偷着喝酒，竟然上了瘾，把手推车放在路边的树荫里，把坛子的软木塞子拽开，用白杨叶子当勺儿舀着喝，一口觉得辣舌尖，二口觉得舌尖麻，三口就是晕乎乎，天旋地转。原来，酒是个好东西。我的爱喝酒，就是去芝镇换酒换出来的。跟白水一样的酒，竟然那么厉害，藏着无穷的力量，藏着火，藏着刀，藏着剑啊。

弗尼思跟我说，我爷爷这老头怪，给人开药方，十有八九会把酒糟当药引子。知道酒糟吗？就是烧酒糠。有时候，看到健壮的病人，会写上老白干二两送服。更怪的是，病人服了他的药，十有八九就好了。为答谢我爷爷呀，在芝镇冯家酒楼摆上了。我爷爷会笑着说："兄弟啊，菜好不好不要紧，关键是酒别孬了！"

哈哈，这老头。活得自在。

芝镇有正月初二灌新女婿的风俗，新女婿到老泰山家里"磕新头"。"磕新头"就是认新亲戚，新女婿带着新媳妇大包小包的，在媳妇的娘家近亲里走动。有的新女婿要在岳父的家族里轮番地喝，喝不醉，不放他走。而有的呢，走完亲戚，最后在岳父家里喝，近亲的人都来作陪。岳父家族小还好应付，要是家族大了，人口多，又有爱喝的平辈儿、爱闹的主儿，又正好是挽起袖子大喝酒的年纪，那就有些麻烦。

小时候爱在浯河边上看女婿过河。准确地说，是看新女婿过桥。冬天没有热闹可看，看女婿过桥居然成了一个好节目。

男女老少在桥头上待着。一般是下半晌，日头西斜了，酒足饭饱的女婿们晕晕乎乎骑着自行车过桥，那时浯河的小桥很窄，是在几个木床子上面铺着秫秸秆，也就有一米宽吧。秫秸秆上的沙土垫得不均匀，又加上正月里客流量大，走上去需要小心，自行车骑上去打逛。沾酒了的新女婿，骑着自行车，有的车后面带着新娘子。就听西岸的孩子们喊："歪了！歪了！歪了！"

（五）"咦？还知道脸红啊"

听到"歪了！歪了！"的喊声，新女婿更紧张了，先是前轮左右摆，后是两脚不听使唤，三摆两摆，扑通摆到浯河冰面上。大笸子、小笸子、红包袱、鼓鼓囊囊的提兜，哗啦掉到冰面上，花花绿绿。

新媳妇站在岸上，急得直跺脚。正低头瞅着呢，又听到扑通一声，别人家的女婿也掉下去了，方抬起头来，也跟着扑哧笑了。

爷爷灌女婿的故事流传了好多年。把女婿灌醉了，让女婿陪着撒尿。女婿不好意思脱裤子，爷爷说："脱了，我看看长短、粗细……"女婿羞红了脸。爷爷一看："咦，还知道脸红啊？上炕，继续喝！"女婿就是我大姑父，那天让我爷爷灌成了一摊泥。

二大爷跟爷爷脾气不一样，他不灌女婿。

新婚头一年，正月初二，大姐夫跟大姐来了，给二大爷"磕新头"。

他们先去公冶家的近亲家里送礼物，五服以里的，一家一家送。家家还给了大姐磕头钱，三毛五毛、三块两块的，就是一点心意。

傍晌天，回家喝酒。

那天中午，二大爷做的菜有芫荽小炒肉、鸡脯丸子、菠菜饼、凉拌芝泮烧肉、韭菜炒鸡蛋、干炸马口鱼、浯河咸鸭蛋，还有从鱼鳞坛子里捞出来的辣丝子。吃饭呢，四个碗，分别是松茸粉皮炖肉、鸡渣咸菜、炒白菜，还有放在后窗上的皮冻。

二大爷忙活得脸上都有了汗，看到大哥找我，叽叽咕咕，他就不放心。二大爷说："你姐夫，酒量小，别灌他。"

大哥点头应着。

天井里头天的雪还没扫，又一场雪沸沸扬扬地下了起来，石榴树上、杏树上、鸡屋子上，都一片白。屋檐上的冰锥，让饭屋里的热气熏蒸着，有似滴不滴的水珠，朝屋里走，滴到脖子里，震骨凉，凉得我打哆嗦。

大姐围着一条红头巾，使劲拉着风箱，火苗呼呼地舔出了灶口，像老牛的舌头，那火舌都快卷着大姐的刘海儿了，大姐的脸被映红了。

我叫了声大姐，说："来娘家了，还干活儿。"蹲下来想替她。

大姐出嫁了，嗓门还是那么大："老九，不用你干。你就盯着大哥点儿不要劝酒，你姐夫不能喝酒。"边说边续一把豆秸，毕毕剥剥在灶口燃起来。可巧大哥进屋，马上说："才几天啊，就胳膊肘儿向外拐了？"

大姐拿起一根秫秸拍到了大哥背上。大哥一闪，跑进了里屋。

里屋的火炕上，大姐夫坐上首，边上是大哥，以下是二哥、三哥、四哥，我这老九，就站在炕下，燎酒、斟酒。

大哥昨晚喝大了，黑眼圈，脸发

黄，捂着头，让二哥帮着揉揉。他的鼻梁上贴着一块白胶布，我问："大哥，咋了？"大哥低声道："骑车子摔到沟里，磕破了鼻梁。"大姐还是听到了，就笑着说："车上摔下来，磕不到鼻梁沟，只能磕鼻子尖儿。一定是喝醉了，让大嫂指甲抓的。"

大哥红着脸摇头。

我先倒上一锡壶酒，再倒一盅，撕块窗户纸放酒盅上面，划火柴点上，剩下的火柴梗也放酒上助燃。用酒燎酒，这火苗是青的，真正是炉火纯青的青，锡酒壶就在酒盅上面吱吱啦啦地燎热了。

酒燎热了，要暂时灭火，再燎时再点。灭火不是用嘴吹，而是将壶底轻轻放到酒盅上，把火闷死。

大哥看到舔着锡酒壶底的火苗时，眼睛大放光芒。听到酒壶里吱吱响，大哥的腰背挺直了，顿时气宇轩昂，精神抖擞，像要上场的斗士，手也灵活了，头也不疼了，提高了嗓门喊："倒上，倒满！"

大姐夫不懂芝镇人喝酒的规矩。大哥好为人师，现场教学。主陪第一杯酒端起来，要倒在地上，这是敬天地。苏轼《念奴娇·赤壁怀古》中的"一尊还酹江月"，毛泽东的《菩萨蛮·黄鹤楼》中"把酒酹滔滔"，说的"酹"，就是这个意思。后来，芝镇人心疼一杯酒倒到地上，酹酒时，就耍滑了，象征性地把酒杯一歪，滴到地上几滴。

大哥给大姐夫示范，大姐夫也把酒杯一歪，倒出一滴，滴到了炕下。二哥、三哥也依次歪酒盅。大哥突然一声咳嗽，二哥的手哆嗦了一下，歪的幅度大了，歪出半盅酒。大哥抽了口气，咂了咂嘴唇。

我急忙圆场道："二哥，我再给你倒满。"

大哥开始敬酒，第一盅，我们都端起来，滋啦干了。大哥盯着大姐夫，监督着干得一滴不剩。放下小酒盅，大哥又盯着大姐夫，盯得他发毛，觉得脸上哪儿不对，摸摸鼻子。大哥说："老九，再给大姐夫倒满。"

对着大姐夫的脸，大哥提高了嗓门："大姐夫，你不会喝酒?！"

大姐夫不明白。大哥又问："你跟酒有仇？"

大姐夫摇头："没仇啊。"

大哥说："没仇，你怎么龇牙咧嘴的？"

（六）"站着喝了不算"

大姐夫是西乡人，不明白芝镇喝酒的规矩。

大哥说："你看我喝。"他端起酒盅，嘴唇往两边一抻，眉头舒展，微笑着，抿一口，咂咂嘴，仰脖而尽。

大哥是一脸享受。

"一抿，一咂，一仰脖。咱那酒从舌尖一路下去，爽啊！怎么能皱眉头？怎么能龇牙咧嘴？这是对酒的大不敬！大姐夫，奖励您一杯。倒上酒。"

大姐夫也学着大哥的样子，可还是不由自主地皱眉头。不合格，连着被大哥"奖励"了三盅，才过关。

大哥说："我喝酒是俺爷爷培养的。大概两岁，爷爷抱着我，在浯河边上，他拿着酒葫芦，一口抿悠了。把葫芦嘴放到我嘴里，我辣得哭啊，爷爷笑着说：'哈，你以为是奶水甜啊，不要轻信，对爷爷也别信！'嬷嬷就骂爷爷：'你这个死畜类。'爷爷不急不慢地说：'我是老畜类，孙子就是小畜类，有酒，就从畜类变成了人类。猴子修了一万年没变成人，一壶酒，就变了。倒过来一样。'"

我们叔伯兄弟五个，都随爷爷的脾气，爱喝，但酒量不大。我们没有把大姐夫灌倒。但他也沾酒了，到猪圈里去给猪作揖，也去了三次。

弗尼思说："养儿望贵，喝酒望醉。"

喝醉酒，在芝镇绝对不是件丑事。喝醉酒能喝出故事，那就成了津津乐道的谈资。好多人爱把自己的酒后糗事自己抖搂出来，大哥就是，有时他还爱添油加醋，把别人的事安在自己身上。

某年腊月二十五，大哥领着我去赶芝镇大集，腊月二十五的芝镇大集，那可是人山人海，方圆几十里的人都来采买年货。男孩子们爱到鞭炮市里听响声，女孩子们渴望能在衣裳店里买几尺花布做个花褂子。如果长辈高兴，还能给到烧饼铺里买俩五个瓣儿的硬面火烧。

那天，大哥在集上碰上了好朋友，被这朋友拉扯到小酒馆灌驴一样猛灌了一顿，我跟着也顺了两盅。大哥有点醉意了，去上厕所，晕晕乎乎，没想到误进了女厕所。一个女子正蹲在里面方便。大哥推门进去，那女子惊叫着站起来。大哥一看，脑子嗡的一下蒙了。但他反应很快，装着酩酊大醉，闭着眼大喊："坐下，坐下，站着喝了不算。"

一边喊，一边满头大汗地往外跑。没想到，一句话竟成就了一段姻缘。

那芝镇女子也是刚性子，从厕所出来，挨个房间找，找到大哥时，大哥正绘声绘色地说给朋友听呢。那女子冲着大哥就来了："在你娘那儿没看够啊！闭上你的臭嘴，你说站着喝了不算，就不算了？！"大哥吓得站起来，赶紧道歉。女子不依不饶，逼着大哥站着喝了三杯酒，说："站着喝了算不算？"大哥说："算！算！"芝镇女子可真不好招惹，她说："光你喝，不给你娘敬一杯。"大哥腆着笑脸，端杯酒给那姑娘，姑娘仰脖一干而尽，扔下一句："找媒人去吧。"这个女子后来就成了我的大嫂。

大嫂嫁到大有庄，我问她："你看上大哥啥了？"大嫂笑着说："喝醉了还会狡辩，看来不缺心眼儿。"

从此，大哥也就有了"站着喝了不算"的鬼名字，叫着叫着就成了"公冶德乐不算"，再后来，直接喊他"不算"，大哥也答应。侄子大了，村里人就叫他"小算"。

那年代缺粮食，将客人灌醉，可以节约几个饽饽。在芝镇人眼里，饽饽比酒金贵。

有的人呢，酒后反倒饭量增大，大姐夫就是这类型的。见大姐夫越吃越多，吃了一个，又吃一个，眼见饭笸箩里的饽饽不多了，大哥笑着掰了一块，说："姐夫就是撑坏了肚子，你也要把这一块吃了。"半块饽饽伸过来，很热情，其实是挡住了姐夫的嘴。听这样一说，姐夫赶紧说："饱了，饱了。"摆手下炕。

要过桥了。二大爷说，别骑车子过，推着过吧。可大姐夫不服气，连连说，这么个小桥，一眨眼就过去了。上了犟脾气，大姐夫非要骑着自行车过桥不可，仗着好车技，骑上车子就飞跑。孩子们大喊："歪了！歪了！歪了！"居然没歪，过去了。恰这个空，大姐说："咱娘给的笸子还没拿来，等等我去拿。"大姐夫当时有点迷糊，以为让他骑回来呢，他又骑车过桥，一阵风过，车轮到了桥中间，被露出来的两根秫秸夹住了。他一抬屁股，自行车扑通就跌到了水里，而他的头戳到了桥中间凸出的木床子上，戳了个血盆大脸。到医院缝了五个锔子。

我陪着去了医院，我问大姐夫："会喝酒了吧？"

大姐夫本来疼得龇牙咧嘴，听我问话，一下子眉头舒展，一副皮笑肉不笑的样子。

弗尼思对我说："学喝酒，是学习微笑。"

（七）三张百年老照片

就在大姐夫从医院出来的那天傍晚，二大爷把我们叔伯兄弟五个从各自的家里拽过来，站在他家天井里。小北风柳叶刀儿一样刮得腮帮子疼。二大爷用铜烟袋锅子梆一下敲了敲大哥的头："你这个头，怎么带的？"

大哥脖子上落了二大爷烟袋锅子里的烟灰，他一缩，嘀咕了一声："二叔，你的烟袋锅子烫头。"

二大爷不听还好，一听大哥插嘴，又梆梆梆三下。

"你这个头怎么带的？傻喝！神喝！死喝！这口猫尿就这么好喝！这么诱人！使劲喝！朝死里喝！醉死拉倒！公冶家族怎么出了你们这几块货！酒鬼！酒篓！酒晕子！丢人现眼，辱没先人！书香门第啥时候改成酒香门第、酒鬼门第、酒徒门第了?! 不读书不看报，一天到晚瞎胡闹，我看你们闹腾到啥时候！斯文扫地，猪狗不如，浑浑噩噩，狗还知道看门，猪还能攒粪沤肥。你们呢？你们老爷爷是清末的邑庠生，也就是秀才。有句谚语'秀才学医，笼中捉鸡'，你们对得起祖先吗？……"

弗尼思对我掩口胡卢而笑："要是爷爷公冶祥仁活着，得用烟袋锅子敲二大爷的头。酒有罪吗？不在正月里乐和乐和，什么时候乐和？不喝醉，算喝酒吗？当然酒分量饮。可整天皱着眉头，苦大仇深的，啥时是个头?! "

一只鸡踱步过来啄二大爷左脚上的一块芹菜梗，二大爷一脚把鸡踢出一丈远，厉声呵斥："吃你娘的，就知道吃喝！"一只斑鸠被二大爷的高嗓门惊着了，一爪蹬着石榴树枝振飞，蹬下的雪，落在了二大爷的脖子和棉帽子上，他缩着脖子，一把将棉帽子撕下来照着棉裤抽打。

二大爷朝我喊："老九你过来。"

二大爷叫我搬着竹梯过来，他仰头指挥我，从门楼上搬下一摞书，书页上都落满了灰尘。二大爷用鸡毛掸子一点点扑打，嘴里噗噗地吹着。二大爷嘟囔："老九，按说啊，正月里是不搬动东西的，这是咱公冶家的规矩，出了正月才动物、动土、动人。正月正月，正月要正，要规规矩矩。可是，你们这帮小子，把我气糊涂了。"

拿过一本纸页已经黏在一起的书翻着，一股霉味钻进我的鼻孔，我打了个喷嚏。忽然就掉下一个布包，方方正正，拿在手里，打开一看，是三张发黄的黑白老照片。一张的边角还去了一块，照片正中坐着留白胡子的中年人，头戴黑缎便帽，身穿马褂、长衫，脚蹬厚底布鞋，左手捏杆长烟袋，右手拿着根像是筷子的东西，应该是点烟用的吧。老人两边分别站着一个孩子。两个孩子也戴着黑缎便帽，左边的孩子一只手握着两个筒的玩具，像是望远镜，右边的孩子手里拿着一支钢笔。第二张照片是老妇人抱着个小女孩。最后一张是一个青年人站着，圆脸。照片背面写的是"公冶先生留念陈珂"。

眼一眨一眨，灯影里的二大爷有了泪光，他自言自语："老了老了，眼窝浅了，你爷爷说爱掉眼泪的人啊，是尿罐眼。如今，我也是尿罐眼了。"

乱了的满脸皱纹把二大爷拉回到了过去。他嗫嚅着："这张我知道，这是你老爷爷，左边是你三爷爷，右边是你六爷爷。这一张娘俩的，不知是谁了。站着的这张，是解放前渠邱县委书记陈珂被捕前送给你爷爷的。"

我把老照片装在信封里，带回省城，拿给我的报社同事、摄影记者老徐看。

老徐洗了手，戴上高度近视镜，又戴上白手套，把老照片用银镊子夹着一角左端详了右端详。他惊讶道："太珍贵了，太珍贵了。"又补充说："当时照相室内采用自然光，遇到强光时则用白布遮挡，阴天时曝光时间很长，修版也全部采用自然光。那时照一张相需要很长时间，因为自然光很难掌握火候。老照片一点不能动，但可以弄一个电子版。"

临别，老徐帮我把照片放大，洗了几张。

丁亥年秋，我拿着电子版冲洗的老照片到黑龙江去看大爷公冶令枢。九十八岁的大爷，耳不聋眼不花，看完，激动地说："这第一张，是你老爷爷领着你三爷爷、六爷爷照的。左边是你三爷爷，右边是你六爷爷，你六爷爷的生日我记得，是一八九〇年八月初十。夫人抱孩子的这张，是咱老亲戚相州王家的。抱着的这个女孩，叫王辫，我见过一回，那可是个风云人物！三张相片少说也有一百年了。陈珂烈士给你爷爷相片的时候是傍晚，我在场。"

我听得目瞪口呆。

弗尼思对我说:"公冶德鸿,你可放仔细了,老物件都有灵性。"

逢春阶,中国作家协会会员,山东省散文学会、报告文学学会副会长,大众报业集团培训委总监,高级记者。在全国各类报刊发表作品600多万字。有《人间星话》等书出版。散文《坟上葵花开》获得老舍散文奖。

首个自然生态文学创作基地在四川省兴文县揭牌

2023年3月18日,中国自然资源作家协会在四川省兴文县建设的首个自然生态文学创作基地揭牌。中国作家协会办公厅、中国作家协会社会联络部、《小说选刊》杂志社、中国青年出版总社、中国报告文学学会、《长篇小说选刊》杂志、四川省自然资源厅、中国大地出版传媒集团有限公司、中国青年报社、《文汇报》、《世界侨报》、《中外通讯社》、四川省作家协会、宜宾市文联、宜宾市作家协会,以及兴文县人大、县政府、县政协、县委宣传部、县自然资源规划局、县文广旅游局等单位领导、作家、新闻记者出席了揭牌仪式并交流了自然生态文学创作的体会,对自然生态文学创作基地的建设运行提出了建议。揭牌仪式上,中国自然资源作家协会发布了《自然生态文学创作指南》。

兴文县是四川省最大的苗族聚居县、四川省革命老区,文化特色鲜明,人文底蕴深厚。近年来,兴文县重视文化发展,以文兴文,大力发展兴文县地方特色文化,深入实施"文旅富县"发展战略,坚定文化自信自强,有建设自然生态文学创作基地的基础条件,经多方研究论证,确定首个自然生态文学创作基地在兴文落地。

发布的《自然生态文学创作指南》强调,要坚持以习近平生态文明思想为指导,贯彻"绿水青山就是金山银山"理念,围绕山水林田湖草沙一体化保护和系统治理、人与自然和谐共生的现代化目标,以耕地保护、地质找矿、海洋、河流、林草、国家公园、湿地等为创作主题,倡导以文学的姿态直面大自然,以人性的、自然的、审美的、思考的、历史的思想与情怀,表达中国式现代化进程中的人类与自然的关系,推动自然生态文学创作上高原、攀高峰。

院子长不开梧桐树

董增文

一

多嫚儿娘一连生下大嫚儿、二嫚儿、三嫚儿，到生下四嫚儿时，多嫚儿爹对躺在炕上坐月子的多嫚儿娘说，我看咱就是绝户命，不再要了。

多嫚儿娘望着身边躺着的小四嫚儿幽幽地说，四朵金花也不是谁都能养出来的。为了"不再要了"，多嫚儿爹自己单到西间炕上睡，东间炕上母女五个一群，晚上睡觉摆了满满一炕，多嫚儿爹看看就憋不住笑。他对多嫚儿娘哂笑说，你就是咱大队的第二妇女主任。多嫚儿娘把嘴一撇，心里酸了一下。

一旦分开睡，便不好意思再合铺。大嫚儿都快二十了，多嫚儿娘多次想抱着四嫚儿到西间炕睡，一想再想，终是怕闺女们琢磨，便打消了这个念头。然而，夫妻都才四十多岁，不想那事简直不可能。这样一来，多嫚儿爹娘的关系就变得非常滑稽，本来名正言顺的两口子，却让自己搞得办个好事还得鬼鬼祟祟，偷鸡摸狗似的。有时是在刚吃完晚饭后，大嫚儿、二嫚儿刚领着三嫚儿上街耍，这两个半老东西就在家炕上下了手。有时候还在白天，实际上在白天干的时候越来越多。这种阴差阳错的欢愉，使两人倒像是偷情，竟逐渐产生了新的刺激。这么一来，三刺激两刺激，到两年后的春天，多嫚儿娘的肚子又盛不住了，生下来一看，还是个女孩。这时的两口子才真正感到了失望。多嫚儿娘讪着脸坐月子。多嫚儿爹整天耷拉着个驴脸，不时从嘴里挤出两个字：多余。

到出了月子了，也没人给这个小五嫚儿起个名字。多嫚儿娘叹一口气说，就叫多嫚儿吧。

小时候还看不出来，到了多嫚儿能坐在饭桌前，需要个位置吃饭的时候，真的显出来她的多余。每当支下饭桌，都是北头朝向中堂，那是神位，不可坐人，剩下的三边，正好满满的，严丝合缝，也就没了多嫚儿的位置。多嫚儿只能站到灶口那儿，把饭碗放在黄土打的锅台上吃。灶口周围都是黑灰，她需小心着才蹭不到衣服上去，这样就得撑个架子够饭碗。要是靠北了，二姐便马上叫起来，小死多嫚儿，你往那儿挪挪，挡着我光了。多嫚儿便快挪，不然就要让凶凶的二姐拐一下屁股。

那年月穷，人口多的人家，都吃不大饱。往往是大人们一离开饭桌，多嫚儿就再坐到饭桌前的小板凳上，从干粮笸箩里拣几点地瓜干把或一星点玉米饼子头填进嘴里。瓦盆里如果还有些菜汤，她就抱起来一气喝光，再舔舔。有时觉得咸，快奔水缸那儿摸起水瓢，咕咚咕咚灌下几口凉水。

饭后，家人该干活儿的干活儿，该上学的上学去了，多嫚儿收拾好饭桌，就独自在院子里转悠。几只土鸡早就跑到大街上打野食去了，院子里只有猪圈里那头瘦猪需要去看一下。多嫚儿跷着脚趴在石板猪栏门上往里瞅瞅，猪食槽里干干净净的，连滴水都没有。瘦猪瞅见了多嫚儿，仰着脸直哼哼。多嫚儿恨恨地说，哼什么哼，俺全家七口人早晨都早起来拉屎给你吃，知足吧，你还哼！提起猪吃屎，多嫚儿扭头吐了几口唾沫，似乎觉得自己口里泛上来一股异味。

多嫚儿转身舀了一瓢凉水倒进猪食槽，瘦猪插进嘴巴子吧唧起来。

院内的墙根处，都栽了梧桐树。多嫚儿数了数，大大小小的一共四棵，细的像碗口，粗的像尿罐的肚子。多嫚儿走过去，一棵一棵挨着摸，梧桐树青灰色的树皮上，布满了密密麻麻的白点子，摸上去疙里疙瘩的。听娘说，这些梧桐树，都是给姐姐们做嫁妆准备的，每人一棵，做一对大木箱，盛着大花褥子、大花被，再做一张抽屉桌子，放炕前面，桌面上放镜子、花瓶什么的。另外，还得做一对小守箱，放在窗台边，藏着女人的纯私用品。这时的多嫚儿数了数三面墙根的梧桐树，四棵。她算了算，每个姐姐每人一棵，轮到自己做嫁妆时不就没有了？多嫚儿心里发起恨来，真是就多了我？这事必须找爹娘争究。

多嫚儿照一棵梧桐踢了一脚，心里感到十分冤屈，眼睛里顿时雨蒙蒙的了。

二

一直没人叫多嫚儿上学。自从娘当上妇女队长，家里做饭、洗衣、喂猪、喂鸡、种园、打猪草等等，似乎天生就应该是她的活儿。一年一年，这么恍惚走过，多嫚儿也习惯了，除了家人，她基本不和外人打交道，只有一个同街的巧嫚儿和她一般大，也没上学，两人偶有交往。

多嫚儿发现了问题，她觉得娘不大正常。娘白天去生产队干活儿应该不在家，那么晚上不干活儿应该在家吧？可娘晚上经常三更半夜的才进院门。怎么了？多嫚儿用目光询问爹，老实巴交的爹总是躲开她的目光而言他，或叹一口轻飘飘的气。

多嫚儿不服。这一晚，多嫚儿跟

在娘的身后出了院门。

多嫚儿贴墙根走,步子轻抬轻落,目光咬住娘的影子。穿过几条胡同,娘的身边又冒出一个影子,若即若离,并开始窃窃私语。多嫚儿紧赶了几步,伸脖子捉着风梢听。错不了,是个男的。

多嫚儿既紧张又兴奋。他们要干什么?到哪里去?那个男影子是谁?多嫚儿被一块石头绊了一下,弄出一点声响。她倏地蹲下,那两个影子也一下贴到墙上,听了听,没有什么,又并起来,匆匆前行。

两个影子出了村口,朝本队的场院而去。

有一阵小风溜过来报信,多嫚儿一下听出来,那个男影子是本队的生产队长。没有月亮,星星们都不停地眨着好奇的眼睛。多嫚儿想,队长是不是要害娘?我是不是得大声喊叫?多嫚儿前思后想,拿不定主意。看来也不像啊,娘和队长有时伸手搂一下,说话的口气都很柔软。她忽然感到夜风中飘荡着一股热气。

到了队部场院屋前,队长掏钥匙敞开了一间屋门。娘竟然从背后抱着队长的腰急切切拥了进去。进去就关了门,一直没点灯。多嫚儿吓坏了,刚要喊,又一下捂住了自己的嘴巴。娘太不像话了,我是不是要快跑回家告诉爹?让爹快来救娘?不行,那事情就闹大了……多嫚儿不知所措地面对黑乎乎的屋子站着,眼泪唰唰流下来。她的一只脚尖在潮湿的土地上钻了个洞,这个洞要是突然变大变深就好了。她真想把身子往下一缩,一下子消失在这个深洞里。

多嫚儿从地上摸起一块瓦碴,瞄了瞄准,照那间黑屋子的木窗子扔过去。

叭一声响,也不知打到了哪里。多嫚儿抬脚径向村内窜去。多嫚儿找不到自己了,她觉得自己化成了一团滚烫的气体,茫然地飞行在夜色里。

三

当琢磨明白了那晚的事情,多嫚儿看母亲的目光就变了,由柔软变得坚硬,有时鼻子里莫名其妙地哼一声。

母亲被多嫚儿的目光扫射得有些心虚,有些不敢正视多嫚儿的眼眸。

多嫚儿说,娘,你别当那个妇女队长了,怪累人的。

多嫚儿娘一惊,问,咋了?

多嫚儿鼻子哼了两声,表情意味深长。

娘望着多嫚儿看向一边的脸,好久。

多嫚儿鼻子又哼了一声,嘴缝里挤出一小声,丢人。

娘恼羞成怒地一把抓住了多嫚儿的肩膀,骂道,你个小劈叉子,谁丢人,你说清楚。

多嫚儿把身子一扭,滑出娘的手掌,跑出院外。

娘的事情,好像大姐二姐也都知道。有一天吃晚饭的时候,大姐对娘说，娘，这个妇女队长你就辞了吧。我们也都大了，以后队里的活儿少干点，拾掇好家就行了。

这时的大姐二姐都能挣工分了，说话就硬，娘不能不听。娘说，好，谁稀罕这破官。

多嫚儿说，娘，你守家，我去挣工分吧。

娘久久地看着多嫚儿说，你得正正经经地上几年学了。这个家，就亏了你。你起码得把小学念完，别连自己的大号也不会写。

多嫚儿不好意思了，说我也不愿上学。

二姐说，是啊，上不上一样。我上完了初中，不也得上队里干活。

爹说，连个小学都不念，就是个睁眼瞎哩。

娘一锤定音地说，好了，多嫚儿必须上几年。啧啧，多嫚儿都十几了，连个大号还没有。

多嫚儿当了插班生，一下插进二年级。根据她的年龄该上四年级了。四年级跟不上，二年级还凑合。

这时的多嫚儿才有了大名，是她自己起的，叫吴桐花。这个名字在她心里藏了好多年。本来，她的姐妹叫吴家丽、吴家凤、吴家红、吴家香，是"家"字辈。她就不使这个"家"，别人也没办法。

日子渐渐好起来，吴桐花在村小学上得有一搭无一搭的。这么一转眼，她的小学也就念完了。在这个村，没见哪个女孩因为上学改变了命运。吴桐花对念书也不感兴趣，所以，小学一毕业，她就把所有的书背回家，对爹娘说，干活儿吧，和你们一起挣工分吧。

娘想让她多上几年，起码念下来初中。吴桐花却死活就是上够了，没办法，只能依了她。

那年冬天，院子里杀倒一棵梧桐树，是像尿罐的肚子那么粗的那棵。那棵梧桐树山摇地动地横倒在院子里，几乎把个四方小院填满了。那些横七竖八的枝杈、干巴叶子，还有一串串铜铃铛样的种子，都被震到院落里。铜铃铛到处乱滚，哗啦啦直响。吴桐花把这些铃铛堆到窗外的阳光里，宛如一堆金子在那儿闪闪发光，晒出一股股清香气息。

冬天杀树，是为了让树干燥着，便于过了年做家具时就不用再烘晒。梧桐木是这里做家具的首选木料，木质虽然松软，但从不会因泛潮而变曲走形。

过了年，刚一出正月，邻村的雷木匠和他儿子雷正亮被吴桐花的爹请到家里来了。

那棵高大的梧桐树，先是被截成了三大轱轮，再逐一绑到当院支起的架木上，由雷氏父子扯着大锯，吱嘎吱嘎地解成板子。然后，把解好的木板一张一张抱到堂屋窗前倚墙晾起来，让阳光赶走最后的一点水分。这个活儿经雷正亮一指导，就由吴桐花包下了。

吴桐花抱着一张张比自己的身体还宽的木板，有些吃力地往墙根搬运。她鼻翼翕动着，嘴唇微张，吮吸着木板里荡漾出的新鲜气息。这气息里流淌着紫色梧桐花的幽香，流淌着昔日翠绿枝叶的丝丝甜腻。还有，日久天长储藏的阳光酿制的醇酒，带着一种流动的温暖，一波一波浸润着这农家小院。吴桐花陶醉了，两腮绯红，黑色的眸子里蓄满了美好的憧憬。

最高兴的当数大姐了，为她做嫁妆嘛。大姐和娘在灶间忙着择菜、洗鱼、切肉，屋里不时传出叮叮当当的响声。大姐攥着几棵水淋淋的芹菜，走出来看看，看看拉着大锯的那爷俩，嘱咐渴了就住下喝水，再喊一嗓子吴桐花，让她把燎壶看好，别蹿出水来。吴桐花看到，大姐就像一股春风，屋里屋外地飘荡。吴桐花撇撇嘴，对大姐的身影斜一眼，又斜一眼，讨厌她的喜形于色。但这院落里，飞动着幸福的翅膀。吴桐花眼斜归斜，嘴角还是跳动着藏不住的笑意。

老木匠五十多岁，个头不高，但很结实，拉锯的胳膊里，仿佛嵌上了钢筋，一拉一送，一拉一送，节奏明快，力度均匀，眼前的木屑飘飘扬扬，如雪似霜，如云似雾，覆盖了爷俩满头满身，乍一看，分不出谁是老木匠，谁是小木匠。吴桐花瞅着，心想，反正是两个木匠。

中午停工，准备吃饭。大姐拿着笤帚从堂屋门口跑出来，给木匠爷俩扑打身上的木屑。二姐直奔小木匠身边，小木匠说我自己来吧。二姐显着涩状，身子扭了下，望了望小木匠雷正亮的眼睛，嘴角隐着笑，不容置疑地过去扑打起来。吴桐花把这一切看在眼里，心里颤动了一下，赶忙转身提起燎壶，往暖瓶里倒水。

扑打净了木屑，老木匠是老木匠，小木匠是小木匠。小木匠二十多岁，不大的圆脸，面皮白净，剑眉如漆，眼窝稍深，目光闪闪，很有精气神。吴桐花从侧面狠狠地看了几眼小木匠，心里又是一颤，第一次觉得男人与女人不同。

小木匠要到水缸那儿洗手，吴桐花跟过去，手里提着暖瓶，先倒进脸盆里一些开水，再从水缸里舀上半瓢凉水，说，好了，洗洗吧。

小木匠把两只袖子一撸，看了吴桐花一眼说，好，就埋头噗噜噜洗起来。吴桐花站一边发呆，二姐手里拿着毛巾把吴桐花挤一边说，把暖瓶拿屋去，泡上茶。

四

木匠爷俩给大姐做嫁妆，一干就是半个月。一天三顿饭管着，每顿必须四个菜，这"必须"是约定俗成的。人家也没规定。

这一天中午，爹陪木匠爷俩在外间炕上已开始喝酒。娘和大姐还在锅灶那儿忙活。里间炕上坐着吴桐花和二姐，随时听候娘的指派。

二姐小声对吴桐花说，多嫚儿，多嫚儿，你……

吴桐花柳眉倒竖，用手指着二姐，压低声音说，住嘴，你！

二姐眼一闭，张嘴说，啊，对，吴桐花，吴桐花妹妹。你看，我麻烦你个事。

说。吴桐花顺炕沿往二姐那儿一靠。

二姐附在吴桐花耳朵上说，你爬过去把小木匠的鞋给我摸过来一只。

吴桐花不解其意，眼睛眨着看二姐。二姐神秘兮兮地把她一推。

吴桐花明白又不明白地又眨了眨眼，弓腰伏地往外间爬，摸过一只小木匠的鞋，再倒回来。

二姐早准备了一根红绒线绳。她把那只鞋放在炕沿上，两手扯了那绳两头快量了量那只黄胶鞋的长度。鞋里面垫着洁白的玉米棒子包皮，没有一点脚臭味，还散发着玉米粒的淡香。吴桐花闻着这种气息，深深地吸了两口气。二姐量完，又小声说，你再把鞋送回去吧。

吴桐花又弓着腰，爬着把那只鞋送回外间炕前，和另一只并齐了。她迟疑了一下，忽然又把手伸进那只鞋里，用指头肚触了触那柔软的玉米皮，然后迅速缩手，退回里间。

这年秋后，吴桐花的大姐出嫁了。

二姐在下了工后偷偷纳起了鞋垫，用的都是五彩细绒线，一个小球一个小球地放在柳条笸箩里，那么鲜艳夺目。吴桐花拿起一个看看，再拿起另一个看看，却被二姐一把夺下。吴桐花十分轻蔑地一撇嘴，呸一声，走人。

二姐把鞋垫纳起来，得从中间割开，才能成为一双。割鞋垫需要两个人，二姐叫吴桐花帮忙。吴桐花想起二姐不让她看绒线球，报仇的机会终于来了。她看着二姐手里的鞋垫直哼哼，唱着小曲玩去了。二姐只好等三姐放了学回家帮她割。

二姐把几双不同图样的花鞋垫摆在炕席上欣赏，竟没察觉小妹进来。吴桐花仰脸长叹一声，吓二姐一抖擞。吴桐花大喊，嗳，想女婿想疯了吧！

二姐回过神来，把吴桐花追打到院子里去。

时间过得好快。院子里，三月的春风像二姐的身体那样娇气蓬勃。

吴桐花把那些梧桐种子种到空闲的墙根处，浇上水，再插上一些刺槐枝子，这样可避免鸡爪子的破坏。

四月初上，那刺槐枝子的下面就撑开了一把把小绿伞。这梧桐芽子一鼓开地皮就有茶碗那么大，两大片，披一身白茸毛，憨憨厚厚、大里大气的样子。吴桐花快找水瓢——浇足水，再瞅上半天。

五

二姐要和小木匠定亲了。二姐偷偷托人去小木匠家求亲。吴桐花想不到二姐这么泼实，连娘都不知道，这出乎全家人的意料。娘说，小死二嫚儿也不害羞，人家不笑话咱倒贴？

二姐说，都八十年代了，还那么

封建？

吴桐花觉得，二姐的作为，乍看出乎意料，想想也在意料之中。她不是早量了小木匠的鞋样子吗？她不是照小木匠的鞋纳了那么多花鞋垫子吗？

小木匠家很同意，所以，二姐呼吁，亲该定。什么倒贴？人家的彩礼不会比谁家少。

定亲的时候，吴桐花看见，木匠家给二姐割了八身衣服布料，凡尼丁、的确良、涤卡、条绒，红黄蓝绿的，一块一块，叠得方方正正摞在炕席上。

吴桐花看着看着，眼里就冒出了火光。她很严肃地对二姐说，二姐你定亲归定亲，三年之内不许出嫁。

为啥？二姐不明白。

吴桐花说，咱这个家，你再一走，我不就成了整劳力了？我三姐四姐还上着学，我看，咱这个家里的人，就数我吃亏。二姐一笑说，也不是不叫你上，是你自己愿意早下来的。

二姐又说，这么着吧，我今年不走，明年不走，后年人家木匠要人可就由不得我了吧！

吴桐花看着炕席上的布料，哼一声说，是你巴不得穿这些好衣裳了吧，抖起来了。

二姐说，这布料给你一身，尽你挑哪块，过几天和你一起去镇上做件喇叭裤，现在不是兴穿喇叭裤吗。我不敢穿，你小点，就洋摆一把吧。

吴桐花嗷地叫一声，扑到炕上，挑选起布料来。

这时的吴桐花个子已经长到一米六，虽然瘦瘦的，皮肤却逐渐白净起来。双眉细长，眼睛亮闪闪，眼角还有些吊梢。

已初现少女风情的吴桐花，在1981年夏天的某一个上午，穿着海蓝色的一尺二寸裤脚的喇叭裤，仙女下凡一样，突然出现在吴村的大街上，以一种孔雀开屏的美丽，照亮了一双双好奇的眼睛。

二姐定亲时，男方还陪送了一辆"海燕"牌平把自行车。这一天下午，二姐对吴桐花说，雷木匠村里今晚放电影《庐山恋》。待会儿我使车子带你去看，人家还让咱去吃晚饭呢，刚才让人捎来了口信。

吴桐花哼哼一笑说，是捎信叫你去看吧。我去也不和你一块儿，别碍了你们的好事。

二姐说，别瞎说，不坐算完。

到木匠那个村，有十几里路。吴桐花没坐二姐的自行车，二姐也没再问她。还没到黑天，二姐就匆匆走了。吴桐花早通知了巧嫚儿，在太阳刚落山时，都在家里啃了几口玉米饼子，一起上了路。村里去看电影的人很多，三个一簇两个一伙，都是步行着摸黑往村外走。有的人边走边吃着东西，喊喊喳喳，兴高采烈的样子。全村没有几辆自行车，人们步行在青纱帐里的小土路上，都打着闹着。有那么几个浪里浪气的男女，还突然唱几句《采蘑菇的小姑娘》《小城故事》什么的。

吴桐花和巧嫚儿跟在几个中年妇女身后，有十几步距离的样子。她俩不敢离人群太远，怕庄稼地里突然蹿出个什么野物或什么坏人。听说邻村有个姑娘到外村去看电影，被坏男人拖到玉米地里强奸了。吴桐花和巧嫚儿手拉着手，说着闲话，眼睛紧盯着前面的妇女。她们快走，她俩就快走。她们慢下来，她俩就悠闲些。前面的妇女似乎说着哪个男人，有时浪声浪气地尖叫一声，或两人相互追打一气。

穿着喇叭裤的吴桐花和穿着筒裤的巧嫚儿，都满怀着看新电影的兴奋心情行走在植物气息四处流荡的夏夜里，四周是绿叶里叽叽吱吱的虫鸣，天上的星星闪着秋波直眨眼睛。吴桐花有时抬头望望深邃的夜空，脚下就虚飘起来。很舒畅很流荡的虚飘，像踩着浮动的云。

吴桐花心里热热的，心里想着今晚要看的电影。听说电影里的画面和人物都很漂亮，还有最吸引人的是里面的爱情故事，男女可以自由恋爱，那该是多么美好的事情啊。

快到木匠那个村了，前面已经传来人山人海的喧嚷声，还有点点灯光在远处闪动。

到了近前，吴桐花和巧嫚儿俩人看了看，人真是多啊。接近幕布的地方坐了一片，都是小板凳、马扎之类的矮坐。再往后，是一片杌子、椅子之类的高坐。更往后大多是外村来的，全部站着，像树林一样黑压压一片。最后面，是一些远路来的自行车，还有几辆拖拉机，车斗里站着的，大概有外村的村干部和他们的亲友。车斗里还站着一些举止暧昧的男女，没把心放在看电影上。

吴桐花和巧嫚儿在自行车和拖拉机的空隙里转来转去，找个缝隙跷脚朝前望，也只能看到白幕布的上半截。巧嫚儿说，走，看反面吧。吴桐花说，好。怕被人冲开，两人的手紧紧牵住往后转，这样还是被人群拥到一条小水沟里去。多亏没歪倒，反正都穿着凉鞋，水不深，只湿了一块裤角。吴桐花把裤脚拧了拧，拧出一些水滴。她觉得水很混浊，心疼把喇叭裤弄脏了，心想今晚回去就得把裤子洗出来。

反面的人也很多，但看全幕没问题，只是幕布上的字是反着的。

反面的观众就没秩序了。坐凳子的，站着的，坐在自行车上的，都松散交叉着占地，也不管谁挡着谁了。

电影开演，吴桐花和巧嫚儿并肩站着，两双饥渴的黑眼睛望着风光旖旎的庐山美景，眼皮眨都不眨。看着看着，人群拥挤起来。看来，四邻八村的人还在源源不断地往这边聚集。巧嫚儿用手拧了一下吴桐花的手背。吴桐花转头用目光询问，没发现异常，又快转头看幕布上那个浓眉大眼的男主角郭凯敏。

巧嫚儿又拧了吴桐花一下，眼睛往后使劲。吴桐花回了下头，还是没看出什么，便快抬头看幕布，羡慕女主角咋穿着那么漂亮的衣服啊，居然一身比一身好看。

巧嫚儿一直在那儿挪动身子。吴桐花感到讨厌，闪出一点距离，继续看。吴桐花慢慢觉得身后那个男人紧往自己后背上贴，吴桐花往前挤挤，后面又跟着戳上来，吴桐花越来越觉得后边不大对劲，她感到了一种高温的辐射，同时，基本猜到了那是个什么东西。一股怒火一下顶上了她的心头。真是太欺负人了，这不是耍流氓吗？吴桐花的右手探进了右裤兜里。她的手本来就在裤兜口的下边，手稍微往上一挪就探了进去，里面有一把中指那么长的不锈钢刀子，装在一个猪皮套里。这把小刀是二姐夫给她的，她很喜欢，经常用它雕刻一些小木质玩意儿。家里有很多梧桐木头头儿，是大姐做家具时的下脚料。自从有了这把小刀子，她就常抽空挑选小木头乱刻起来。梧桐木松软，刀尖很容易划进。开始她刻麻雀，麻雀很丑，怎么看也不顺眼。她又刻青蛙，青蛙也难看。最后沉下心来雕刻木蝉，蝉小更不好雕，但看着舒服。她一边刻着一边想着它的鸣叫，就好像在雕一件乐器了，兴趣也就越来越浓。她到村外的树林里捡几个死蝉照着雕刻，逐渐就有了真蝉的模样，一个比一个逼真，一个比一个生动了。她向二姐夫要了些黑油漆，把那些好看的都上了黑色，乍一看和真的没啥区别。吴桐花觉得可以拿出门去了，就揣一褂兜子木蝉上街分给小孩子玩。有些大人看了也喜欢，便问她要一个，拿回家使针钻个眼，挂在自己的烟袋包上，俨然是个艺术品了。这把小刀不大离开吴桐花的手，宛如她的第六根手指头，所以这时几乎是下意识地被她捏在了右手的食指和拇指之中。她想用这第六根手指头反击一下身后的这个臭流氓。她的第六根指头向后带有警告性地戳了一下，只听腔后那个男人呀了一小声，就朝后挤出人群去了。吴桐花收刀入套，一把扯起巧嫚儿的手就往人群外钻。并没费多大事，她俩很快就钻到了人群外边。待站定了，两颗心都咕咚咕咚直跳，过了一大会儿才平静下来。

巧嫚儿附在吴桐花耳朵上问，你叫人家摸了吧？

吴桐花吓蒙了，倚在一棵杨树上一大会儿说不出话。巧嫚儿把脸凑到她脸上看，见吴桐花眼中有泪光闪动。巧嫚儿两手抓着她的两个肩头晃了晃，问，你怎么了？吴桐花深深地缓过一口气，说，操他娘。

《庐山恋》放完，又换上一个老片子，人们大多都看过，吴桐花和巧嫚儿也不例外。放映场乱起来，外村的都开始往外走。吴桐花和巧嫚儿抓紧向正面冲，直至挤到来时的路口。

俩人开始勾着手往回走。人少了些，就再松开。

俩人竟然一下无话可说，在沙沙的脚步声中，各人想着各人的心事。

吴桐花忽然感到下身热了一下，她猛地把心收回，知道那"好事"真的来临了。她没有思想准备，不知道怎样处理。那么，爱怎么淌就怎么淌吧。看来，今晚上最倒霉的就是这条的确良喇叭裤了。

此刻，吴桐花的心里涌动着一条涨水的河流，里面游动着一些迷茫的鱼。

六

转眼两年过去了，土地已分到各户耕种。

民谚曰：三春不如一秋忙。吴桐花家的地不算少，二姐传过信去，让小木匠过来帮忙。小木匠不敢怠慢，第二天就来了，还拉着地排车。地排车不是谁家都有的，但木匠家一般都有。

收完花生再收玉米。吴桐花和爹娘先到地里把棒子掰下来，二姐和小木匠二姐夫紧跟着割玉米秸。快到晌午的时候，娘先回家做饭。吴桐花和爹又干了一会儿，一起回家吃饭。饭后，爹娘先休息，吴桐花把饭捎到地里去，让二姐和二姐夫吃。

玉米地在一条宽阔的凹地里，吴桐花拎着盛饭的白包袱走到沟崖时，没有看见二姐和二姐夫。割倒的地块一览无余，没割倒的地块也没传来收割的声音。吴桐花走下去，再往四周望望，竟没有人影。她把包袱放在割倒的玉米秸上，忽然听到了一种声音，兴奋、急促，而又模糊的纠缠。吴桐花仔细倾听，是从站着的玉米地里发出的。她朝那边走了走，猫一下腰，又蹲下去，顺着一垄玉米沟往里看。她只看到了那辆槐木地排车，车前把落在地上，后面翘起来，二姐夫的头在上面晃动。声音是下面的二姐发出的，像笑，像哭，像呻吟，像歌唱。吴桐花不敢再看，转身找着白包袱，把它放在一堆最高的玉米秸上，慌慌溜出了玉米地，向村子方向跑去。

居然找不到路，吴桐花踏过一块地瓜地时，几次险些被地瓜秧子绊倒。她的脸庞发热，宛如自己做了丢人的事。到了村头时，她才让脚步慢下来。她不想回家，回家怎么对娘说？没法提。所以，先到巧嫚儿家坐一会儿。

巧嫚儿在院子里拾掇玉米棒子，一个一个把棒子上的白皮撸到后面，再辫起来，一串一串挂到墙根的木架上。

吴桐花有一搭无一搭地给她扒了几个玉米棒子，对巧嫚儿说的话一句也没听清。她的脑海里是一片飘摇不定的玉米地，一辆颤抖不已的地排车，一个有力的起伏晃动的头影，还有骚动了玉米叶子的呻吟。

吴桐花发了会儿呆，从巧嫚儿家出来，梦游一样朝村东走去。

村东半里地有一条南北走向的自然河道，流水清浅却长流不止。河床里芦苇丛生，绵延数里。白绒样的芦缨一簇簇，一团团，在秋风中搔首弄姿，摇曳着风情。吴桐花走进河堤，眯眼注视着一片片被阳光照亮的芦缨……越看越像一群群展翅欲飞的白鹭，似乎随时都会哗一声飞向辽远的碧空。

河堤下面，传来一声汽车喇叭的鸣叫。吴桐花从梦中惊醒。她顺着河堤的沙土路往下走，不久就看到河堤上停着一辆大解放牌汽车。

河堤的西面是一片十几亩的梧桐林。梧桐林原先属于集体，大包干后，就让几家农户承包了。

汽车有两辆，河堤上那辆已装满了梧桐圆木，还有一辆停在梧桐林里，有人正在往上面装木头。

吴桐花走近河堤上那辆车，车跟前没人，只见汽车驾驶门上印着"潍坊星海木器厂"字样。

吴桐花走下河堤，走进梧桐林地。映入眼帘的是一个个紧贴地皮的树墩，圆圆的，像落了一地太阳。太阳与太阳之间零落了一层一簇簇的紫蓝色梧桐花，都是倒下去的梧桐树震落的。

紫花的幽香，泥土的腥甜，新鲜木桩散发出甜瓜香味的木质气息，在空气中飘动。吴桐花坐在一个树墩上，一下想起了木匠在自家院子里做家具时的味道。

这时，从装车的人群那儿走过来一个小伙子，手里摇着一串钥匙。他走过来和吴桐花搭话。吴桐花见不是本村的人，起身要走。小伙子说，喂，你是这个村的吗？

清正的普通话，非常入耳。吴桐花看他一眼，突然觉得他极像小木匠。不，他比二姐夫多了几分英气和雅气，且个子也高些。

吴桐花偏着身子说，嗯。

那人说，我是木器厂的，来拉木头的司机。

吴桐花不大敢正眼看他，又要走。那人说，坐下说会儿话吧，主要是有个事想问问你，俺厂要招几个工人，你给帮个忙好吗？

吴桐花的眼睛一下亮起来，目光认真地落到小伙子的脸上，问，真的？我够你们的条件吗？

小伙子说，你恐怕不够我们的条件。

吴桐花说，这儿太热，到河堤上的柳树下说吧。

小伙子把手中的车钥匙一扬说，好的。

两个人同向坐在河堤的柳树下，小伙子一时没有话说，认真地思索着什么。只一会儿，便一转头，歉然地对吴桐花说，其实呢，是招两个木工。俺厂的厂长是我姐夫，那天，我听他说想招几个木匠。你肯定不是。

吴桐花的眼里亮了一下，问，会用小刀雕刻物件的行不行啊？

小伙子眼睛也亮了一下说，那最好了，就需要这样的人。

吴桐花呼地站起来，用手拍打了两把屁股，说，你等等。转身沿河堤往上跑去。

小伙子有些莫名其妙，站起身扶着柳树望着吴桐花跑去的背影发呆。

不多久，吴桐花呼哧呼哧顺原路跑回来了，明亮的阳光从柳树空里一闪一闪划过她跑动的身体，像一道一道彩绦往她身上披挂。她跑到小伙子跟前，一下没停住脚步，差点撞到小伙子身上。

吴桐花喘着粗气，把右手伸到小伙子眼前张开。两个玲珑活现的木蝉伏在她的手心里，泛着黑光。

小伙子看着问，给我炒了吃吗？就两个？

吴桐花嗤地一笑说，吃？你就知

道吃。这是我用木头使小刀刻的。

小伙子说,是吗?抓过去看,翻来覆去地看。又说,真的是你雕刻的?

吴桐花把裤兜里那把小刀摸出来,晃了晃,说,嗯,我就是使它刻的。吴桐花的眼里写满了真诚,小伙子接着问,你还会雕刻什么?

吴桐花说,别的我还刻过麻雀、青蛙什么的,没刻好,怪丑。

小伙子斯文地说,你很灵巧,有艺术细胞呢。艺术是相通的,别的你一学也就会了。俺厂里的雕刻活儿,也就是些床头椅背的大线条,你去了,搭眼一过就是技术员。

吴桐花怔怔地看着他,目光里荡漾着期待。她说,那你就让我去干吧,还有我二姐夫,他是个真正的木匠,大衣柜他都会打。

小伙子问,你二姐和他结婚了吗?

吴桐花说,没有,明年结婚吧。

小伙子鬼鬼地一笑说,你二姐夫上城当了工人,还能要你二姐吗?

吴桐花眨了几下眼说,那我先去,等他们结了婚再让他们一块儿去吧。

小伙子说你稍等一下,就朝他的汽车走去。他从车头里拿过来一个小本子和一支钢笔,问着吴桐花,记下了吴桐花的详细地址。他说,三天之内给你消息,你这三天最好在村部电话室待着。这两个木蝉,我拿回厂里,给我姐夫看看,他要是同意了,我马上给你打电话。这样好不好?

吴桐花听了,高兴得快要站不住了,只是一个劲地点头。她好歹想起了一句话,你到俺家吃水饺吧!

小伙子说,我的车已经装好了,现在就走。你回家和你父母商量商量,家人必须愿意。哪会儿去,让你爹把你送去。说完,很信任地看了一眼吴桐花,朝下边的汽车走去。

吴桐花沿河堤往上走,脚下轻飘飘的,像踩着云彩一样。她觉得刚才发生的一切都是梦中的事情。

过了一天,又过了一天。在第三天的中午,吴桐花等到了小伙子的电话,说他姐夫同意了,让她明天早起来坐车往潍坊市赶,下午就可到达。他在长途汽车站等她。

吴桐花放下电话,高兴得一步三跳地往家跑。消息很快传遍了全村,大家都为这个多嫚儿高兴,都说这个多嫚儿有福。特别是那些知道她出生时她爹说她"多余"的人,现在更加地啧啧有声,看看,人家多嫚儿,从小我就看她心气高,有出息。这不,人家当上大城市的工人了,给咱全村争脸啦。

整个吴村的下午,街头巷尾人影攒动,都在传递着这个喜人的消息。其中的议论,大多贯穿着这样的感叹,多嫚儿啊,真是不多。

董增文,中国自然资源作协会员、山东省作协会员,在《山东文学》《时代文学》《当代小说》《作品》《大地文学》等刊物发表小说若干。

多 莱

韦汉华

二十年后,他再次来到花湖县搞土地测量。

这天老爷疯了,脸一沉,背过身用黑袍子把剩下的半个太阳拢了进去,立马又拿出关公刀用力劈下一道。接着又砍又剁,电光火石好不热闹,这时暴雨就从刚被砍下头的脖子里涌了出来,从山上往山脚下流,那血液倒不是大红色,是黄的,裹着泥沙,裹着还没来得及长大的树苗和幼兽,以及硕大的蚁穴,连半山腰的那棵百年老树也不自觉地用根须使劲抠紧地面。这天气是要吃人吗?

他拄着一根弯树枝,深一脚浅一脚地向项目驻地前进,黄色的雨衣外面和里面都一样黏黏糊糊。

他终于回到驻地,扔下拐杖掀帘而入,只想赶紧拿个油布把樟木箱盖起来。这一掀帘子迎面撞上一人,眼睛透过滴水的头发约莫看到来人个子很是矮小,土黄色的外套,头顶上似乎还有些黄白相间的毛发,仿佛是上了些年纪。他再想仔细端详一番,从头发上滴下的雨水偏偏糊了眼,不让他如愿。而且他们擦身而过的速度极快,唯有瞬间的交集,碰撞中炙热的呼吸散发着一种腥热,这种感觉似曾相识却又无迹可寻。

木箱早已被一张脏兮兮、皱巴巴的油布盖上了,正面沾着许多不规则的黄泥印。打开木箱,图纸好端端就在那里,他松了一大口气。可除了自己,还有谁会把这个破木箱和过期的图纸当宝贝?

他换上干衣服,生起了火,营房里开始温暖起来,待米淘好放进锅里,就有了得闲的时候。他仔细端详着这张已经泛黄变脆的图纸,外面黄昏已近。雨似乎小了些,他摩挲着上面手绘的一个个高程点和一条条等高线,手写的仿宋体字漂亮极了,刚柔并济,清隽有力,像语文书上的印刷体。图上这几个小格子,曾不止一次夺去过他同事的生命,他们当中,包括自己最好的朋友张海。蹿起的火烟顿时熏红了他的眼睛,他在心里数道:"一二三四五……"

"一二三四五……"他忍不住揉了揉眼睛,又数了好几遍。可明明张海当时就只画了四格,还没来得及画最后一格啊。毕竟半年才回家一次，他熟悉这张图纸胜过熟悉自己的媳妇。大概是年纪大眼花了吧，连个位数都数不清了。他连忙安慰自己。

2002年7月17日，花湖县也像今天一样大雨滂沱，只是为了图上那么几个小小的格子，他们被洪水活吞了。也是那次回来后，他变了，天天出野外，抢着干别人不愿意干的活儿，无论走到哪里，都要带着这张旧图纸，还不允许任何人去碰，更不允许任何人提起张海。旁人只知道那次是俩人一起去的，最后却只有他回来了。

如果张海还在的话，孩子今年应该也十六了，和自己的儿子同岁，肯定会延续这份过命的兄弟情。可惜，张海的孩子永远都不可能出生了。

他和张海从参加工作的第一天起就分到了一个组，是好朋友，尽管他们性格迥异。除了跟张海有说有笑，他从不主动和人打招呼，怪得很。单位一个女同事约莫是对他有点意思，三番五次给他送好吃的，结果他都垮起个脸，气得女同事直骂"假把式装清高"，还免费送他个外号"怪噜"，这一喊直接喊出名了。

张海爱笑，连酒窝里都盛满了笑意，人缘也极好，同事们都很喜欢喊他帮忙。"海啊，来帮姐把柜子顶上的台账拿下来……""小张，王师父让你过去给他搭把手……"

不出野外的日子，他们总是拿着一根大棒骨扔来扔去，在驻地营房前的空地上逗那条名叫多莱的土狗。

多莱三岁，正值壮年，它拥有众多优点，年轻、敏捷、强壮、聪明。耳朵总是立得高高的，但凡听到来自主人的指令，它都立刻响应。张海说渴了，它立马拿来水壶；张海抱怨饿了，它就用嘴叼来铁锅；张海一哆嗦，它赶紧拖来军用毯子。多莱对驻地的同事都是友好的，从不乱吼乱叫。张海疼多莱，见不得它像其他狗那样流着哈喇子到处溜达，情愿自己省着口粮也要让它吃饱。多莱在张海的特殊"照顾"下茁壮成长，活泼得不得了，连皮毛都显得格外油光水滑。

活泼虽活泼，但奇怪的是多莱却只护着张海一个人，无论谁同张海打闹，它都立刻收起原本和善的面目，露出尖尖的獠牙，眼里寒光逼人。

张海工作的时候，多莱就是一个称职的守卫。那时候，他常常抽着烟坐在临时借住的马棚外，一边用捡来的石块刮着旁边的马粪，一边远远地看着张海和多莱。那时候，安静得只能听见沙沙的风。探照灯的橘色光晕照着张海三七开的头发，漆画的眉，那张铜黑色的脸散发着金属光泽，除了时而忽闪的睫毛，偶尔动作的泥黄色的工作服，以及缓缓流动的笔尖，这幅工作场景几乎是静止的。连方形橡皮也切成了各种规格的条状，再仔细地收起来，要用的时候一字排开，每个动作都极其轻柔，张海怎么会允许图纸上出现任何瑕疵呢？多莱歪着头，眼睛也钉在了张海的绘图板上，但凡有多余的响动，它都会马上立起身来，四下张望。

白天，驻地马棚里的人都出野外去了，偷鸡摸狗的事情自然少不了，唯独张海他们组至今没丢过东西。张海在的时候，多莱追鸡撵狗不说，驻地前面被它刨了不知道多少土坑，连不知道哪里飞来挂在芦苇上的一盏孔明灯也能让它稀罕半天……可是张海一出野外，多莱完全就是另一副模样，它似乎知道自己的责任，马上打起精神，一步也不离开营房，连吃饭喝水也保持警惕，眼睛四处扫视。驻地周围满树麻雀，或是四处溜达的野兔无一不撩拨着多莱的心。

往常只要听见张海回来，多莱一定是撒着欢儿以火箭的速度飞奔过来。仅有一回，张海回来不见多莱来迎，一看，原来是抓住了小偷，一只老鼠在啃装仪器的樟木箱子时被多莱就地正法。

测图仪器都是德国进口的，钱多赔不起不说，退一万步，就算你有票子能赔得起，那也没地儿买去，耽搁了公家的活儿才是天大的事。但凡出野外回来，张海衣服不换倒先把手洗干净，拿起多莱叼来的金丝绒布把仪器擦拭几遍，直到锃亮得连手指头印都看不见。

花湖县因狗肉而出名，俗称："十月有个小阳春，花湖狗肉胜人参。"多莱很快就吸引了四处踩点的盗狗贼的目光，这狗膘肥体壮铁定能卖个好价钱。

他们在林子里蹲了好几天，发现测量队员白天都不在，于是开始行动。先是拿肉引，多莱不吃；拿棍子打，多莱四处躲闪；后来他们丧心病狂用电棍击打。很快，多莱浑身是伤，却没有想过要跑，只是一步都不离开樟木箱子。兴许箱子里有更值钱的物件呢？于是盗狗贼临时起意，就想去搬箱子，说时迟那时快，原本已倒下的多莱却用尽浑身力气用力一咬，把偷狗贼的大腿肉咬掉一大块。

张海回来看见多莱只有出气没有进气，仍然守在樟木箱子边，他那宝贝测图仪器完整无缺。张海搂着它，鼻涕和眼泪哗哗地流下来，大喊道："以后你就是我亲儿子，我们永远在一块儿。"

出事的头一天，驻地怎么也收不到天气预报，只是听见收音机嘶嘶叫唤。出发前，张海如往常一样摸着多莱的头说："你要好好看屋，守好图纸和仪器，晚上我回来给你弄骨头吃！"这次多莱对他的态度却一百八十度转变，不停地狂吠着，走一步它跟一步，还死命撕扯张海的裤腿，就是不让他出门。

"你这狗儿子舍不得你啊，要不咱今天就不出野外了吧！"看狗不愿让张海走，平时不苟言笑的他也忍不住扑哧笑出声来。

"工作是工作，哪有拉稀摆带的，只剩下那最后一个点，干完回家。"张海说。张海上半年结婚，媳妇怀上了，催着赶快回去办准生证。

"哟，我怕不晓得。"他说。

张海拧不过多莱，只得把它拴在驻地旁边的一棵树上，两人这才背上标尺出发。

花湖花湖，名字好听，工作难干。这地方山高林密，常有毒蛇出没，遇到暴雨天气还会发生山体滑坡，山下更有一条上窄下宽的大河，混浊的河水喊着冲锋号奔腾而下，深不深的不知道，只是张海路过忍不住扔了块石头下去，竟然都不带响的。

才到半山腰，天就有点阴了，为了不耽误进度，两人商量后还是决定上山。从早上六点出发，步行到下午三点，差不多九个小时，一路刀劈手砍，他们终于爬上山顶，打算测完最后一个点后收工。

"看呐，这峰峦之巅，这墨绿苍翠尽收眼底，祖国真是山河壮美啊！"张海忍不住赞道。

"少废话，要下雨了，快干活吧！"

天越来越黑，云压了下来，树上的叶子也开始乱哄哄地摇着，起先是玻璃弹子大小的雨砸在脸上，像是给他们提个醒，好在最后一个点很顺利完成了，两人迅速收好东西下山。

才开始下山，耳朵被几阵炸雷震得嗡嗡直响，霹雳火闪，雨突然大了，先是像泼，像倒，再是顷刻间咆哮而来，头顶暴雨，脚踏山洪，眼看不见，脚也被泥沙紧紧包裹，背上的仪器早早就护在胸前，衣服越来越重，双手不断寻找四周细小的藤蔓，不间断的冷雨一刀一刀砍向两个人的身体，同时也啃噬着他们的意志。不仅如此，他的腿也在一路向下滑行时被削尖的竹子扎了个窟窿，此时正汩汩往外冒着血。顾不得那许多了，他们顺着泥水连滚带滑，不知过了多久才到山脚下，路却又被大水冲没了，更糟糕的是他们迷路了。

山上是万不能再去了，雨也不见小，连个躲避的地方都没有。俩人对视后有了结果，还是决定过河，因为他们都清楚再不过河，大面积山体滑坡将意味着什么。河对岸依稀有几株柳树，兴许会有人家。

"要不，雨小点再过吧。"虽然识得水性，但看着呼啸的河水他有些发怵。

"你腿伤了，不能耽搁，我先背着仪器过吧，探探河水深浅，你捡两样轻省东西随后来，要注意安全啊。"张海说着背上三脚架直接下了河。

很快，张海顺利地游到了河对面，正准备上岸，猛然看见旁边一块大石正好卡住了一截被雷劈断的浮木。这可是好东西，张海赶紧捞起来找根绳子系上，一端拴在大石头上，一端扔给他，还对他打个OK的手势。他忍着腿痛下了河，水很急，他借着绳子顺利走到河中间。

此时山上却碎石乱飞，一块饭碗大小的石头砸中了张海，他脚下一滑，头撞上旁边的大石……

"张海，小心……"

他的喊声瞬间被雷声、雨声、风声、河水汹涌声淹没。

除了加紧过河，别无他法，他抱

着浮木拼命游拼命游，离河岸越来越近……

等他再次醒来，已是三天后，这三天里，他一直做着同一个梦，自己离岸边越来越近、越来越近，他很累，可多莱就在河对岸迎他们呢，它两声两声叫着，汪汪，汪汪……听不清是喊着张海、张海，还是喊怪噜、怪噜……

十五天以后，在离花湖县200公里的旮旯河水库里，大家找到了张海，因为身体腐坏得厉害，没法送回家，只能就地安葬。他终没能完成那张仅剩一格的图稿，也是从那天起，张海的媳妇终止了妊娠，他的儿子没了，而多莱再也没出现过。

在把图纸放回去之前，他忍不住再次拉起油布，上面的黄泥点子，分明就是狗手的形状，他心里一惊，又使劲揉了揉眼睛，拿起图开始从数起来："一二三四五……"没错。他冲出营房，朝大雨里跑去，雨依然下着，一露头他浑身又被浇了个透。模糊中，他看见一高一矮两个黄色的背影，一动不动地望向远方，他的热泪从眼眶涌到了头顶，他们仨又在一起了。

韦汉华，布依族，贵州纳雍人，工作于贵州省地矿局测绘院。中国自然资源作协会员、贵州省作协会员，在《中国自然资源报》《中国矿业报》《贵州作家》《劳动时报》等报刊发表诗歌、散文等作品。

随笔天下

125～190

山花帖

张海峰

桃　花

山里的桃花开了。红桃花，粉桃花，像云锦，像彩霞。

法云禅林的白桃花半个月前就开得如雪如云了，可惜我没赶上。

冀西北的春天，来得迟，走得快，像冬天跨入夏天的一道门槛，抬脚落脚的工夫，就完成了季节的交替。及至立夏，杜鹃和丁香相继进入尾声，蔷薇科桃属的桃花才接力绽放。山中花事以草木固有的节奏进行着，不需要昭告天下，也不用理会外面高速运转的文明秩序。

两山夹缝的半坡上，闪出几棵桃树。褪了色的桃花挂在枝头，稀疏，散乱，不成气候。山路上花瓣零落，感觉秋天提前来到。我顿时变得失落，像泄气的皮球，从天空跌落尘埃。

这，就是让我心心念念的三十里桃花？

"正经桃花都在山里头，哪能轻易让你看到？这才走了几步，还在前头呢。相信我，绝对没错。"响马说。今年气候偏冷，他先后四次进山，确认桃花盛开的时间。对于我的质疑，他的态度坚决，嘎巴利落脆。

去年登南台时，响马曾说，我会喜欢上大山。一开始，我没放在心上。随着他口中的三十里桃花在聊天时高频次出现，我的心跟着一阵阵悸动，探望桃花的意愿遂升腾起来，像中了邪。

果然，转过几道岭，成片的桃花在山坡、峁梁、陡崖上盛放，红彤彤，粉嘟嘟，千重浪卷，万堆云涌，俨然就是桃花源。很久没来瞧桃花了，甚是想念。我与山槐山桃山榛山丁子、谷子黍子玉米山药蛋，无不生长在同一个大山圈圈子，它们依土而生，地养我长大，皆以土地为根，怎能忘记？

山桃树生长随意，或密或疏，或繁或寡。桃花开得洒脱、自在，不矫揉，不造作，野而不娇，艳而不妖。巨石边的桃树半荣半枯，如人到暮年。那棵崖头的桃树倾斜着身子，树根盘错、虬曲，裸露风尘，依然向天开出满树红花。

没有庄严的山寺，也没有映面红

的婵娟,只有桃花,漫山红遍的桃花。不敢想象,大南山的褶皱里,少了这些桃花的恣意绚烂,是否就会变得单调和呆板?

空气里飘荡着浅浅的花香。小蜜蜂嗡嗡嗡地飞走了,像战斗机。一只赤蛱蝶开启静音模式,倏然落在粉红色的桃花上,翕动着翅膀,不停地吮吸黄色的花粉,贪婪,忘情,钻头不顾屁股。那样子,像极了无意间发现宝藏的人类。

我从城北的水泥丛林来到绵延的大南山瞧桃花,吮蜜的蝶凑巧出现在我的视线。于是,桃花和赤蛱蝶一起成为眼中的风景。或许,远处正有悠闲的牧羊人发现了正看桃花的我,也像我看花看蝶那样,不吱声。

山桃树更像低矮的灌木丛,远没有乔木高大茂盛的样子。花朵率真、纯朴,充满野性,让人很容易亲近。站在花前,就像和孩童时一起摘欧李、烤麦穗的臭巧、东子、二蛋拉瞎话,可胡扯,可戏谑,有啥说啥,毫不拘束。山林瞬间热闹起来,像尕雀聚会,喊喊喳喳。小时候,母亲常嗔怪我:看看巷里的谁谁,还天天和人家耍来,你要再不好好学习,将来就等着挖二垄子,扛上个锄欺负土坷垃吧;再不了,就扎个粪筐,提溜上个粪叉子到街上拾粪去;实在不行,就给你买上几只羊,看看是绵羊来,还是山羊猴子来,抱上个鞭杆子,到大野地里放羊去吧。如今,玩伴们早已各奔东西。会念书的,鱼跃龙门,中专、大专、大学,深造,跳槽,海阔天空。脑袋瓜子稍笨的,得一寻常单位如牛般按部就班。留村务农的,先后成为候鸟,在城市与乡村间不知疲倦地飞翔,寻找身心的安放之所。桃之夭夭,人面桃花,桃花仙人,桃花扇,桃花潭,桃花水,桃花雨,桃花酒……事先准备的一众美好意象,竟无一可用。

在桃林里,在沟崖边,在山路旁,许多枯枝横陈,黑黢黢,干巴巴,毫无章法。干旱气候带来的死亡,或许是拜高傲人类的双手所赐。鲜花与枯树相映,我的心里陡然生出些许悲凉。人说桃木能辟邪,可桃树终是不可以把握自己的命运,如同松桦杨柳不能逃脱做梁柱做椽檩的命运。桃林只负责生成大南山里绚丽的风景,或者清瘦的寒烟。至于能不能辟邪,辟什么邪,怎样辟邪,谁来辟邪,变身精美的桃木制品还是成为灶膛里噼啪燃烧的柴火,就由不得桃树了。

桃花环绕着孤山西麓的长江村,以节气和物候为主风向标的农人,站在晨昏的院子,抑或莜麦地、荞麦地、山药地,就着炊烟的味道,听着清脆的鸟鸣虫唱,瞅着如云如霞的桃花,定是无比惬意。

这,只是我的想象。

我的大脑皮层,大多时候是浮现美好的意象,而自动屏蔽掉那些糟糕、苦难、贫瘠甚或丑陋的东西,或者选择性遗忘。我也喜欢在生活中无数次这样臆想,乐此不疲。乡间俚语说,做梦娶媳妇,尽想好事。于我而言,这大概是病，得治。

干沙圪梁子上的房屋，写下近二百年的山村史话后，从某个桃花烂漫或黄叶飘零的日子开始，寂然，落寞，荒草如烟。老弱山民们挥挥刻砍土坷垃的粗手，拍拍身上的黄沙土，与桃花作别。他们迎着风吹来的方向，相继走出生命初始的大南山，进入熙来攘往的现代世界。社区闪动的人影中，没准就有一个人的小名唤作春桃、桃红或桃花。从此，桃花开在山野，也开在街衢。

青山如黛，桃花依旧。

我循着盛开的桃花，兜一个三十多里的圆圈，回到出发的地方。

金莲花

不同于小区的黄花槐、榆叶梅、紫叶李，也不同于田野的车前草、蒲公英、辣辣菜，野生金莲花生于高山之巅，非辛苦跋涉，不可得见。而在我的潜意识里，金莲花当与荷莲一样，生长在水泽之乡，大小相仿，风姿绰约。

雨水常年冲刷形成的水槽隐在草木间，顺着山势通到两千多米高的山顶，崎岖，蜿蜒，扶摇直上。水槽多巨石、软泥、枯枝和草末，又湿又滑，爬山速度缓慢，极耗体力。一个出溜，立马就摔个狗啃泥，跌个屁股墩。

先前，县城前进路的医生给我开了两盒金莲花口服液。药柜上还摆着蓝芩口服液、蒲地蓝消炎口服液、金银花口服液。金莲花、黄芩、蒲公英、栀子、板蓝根、金银花、连翘、黄檗……美丽的名字印在各色包装盒上，让人暂时忽略了背后的苦。花叶或根茎的精华，则以流动的状态呈现在小小的玻璃瓶中，一支支、一盒盒，安静地躺在药架子上。这些经过特殊处理的液体药剂，时不时被同个医生开给不同需求的患者。

众多的花木溶液里，那个个头和我相当、身体微胖的医生，为我选择了金莲花口服液，态度亲和，动作利索。他从医学专业的角度出发，认为金莲花更适合我。其他的花木，适合其他的人。见我疑虑，他又说："你把这两盒药喝完应该就好了，要是不好再过来。"

这类草木溶液，我并不陌生，蛇胆川贝液、鲜竹沥液、枇杷止咳糖浆等，都曾出现在生命运行的某个特定时刻。当混合着其他化学成分的棕红色的透明液体，顺着吸管从张开的口腔流淌进我的身体时，草木的灵魂也一同抵达血与肉。微苦的味道，正是来自金莲花的恩赐。在人世间，苦和甜如同贫和富、恶和善、死和生、黑暗和光明，如影随形，从不曾缺失，也不会消亡。

其实，我大可不必费劲巴拉地爬上这种筒子沟式的高山，专程来致谢一种多年生草本植物。作为治疗人体疾病的商品，药盒上的金莲花图片，咋也没有方便面包装袋的美图来得夸张。可是，我还是远道而来，以爬山的形式来拜访神奇的金莲花。

请相信我，要不是小疾在寥寥数次微苦微凉的味觉体验下很快痊愈，我绝对会咒骂路南那个有点发胖的男医生是个破医生，或者嘟囔着说，什么金莲花，肯定是假冒伪劣的。再去？等着去吧！

时值小暑，水槽两边草木葳蕤，遮住强光和暑气。前两天刚下过雨，空气憋闷，海拔逐渐升高，脚步愈发沉重，我感觉透不过气，汗水滴滴答答从额头往下流。好在，坚持是精神世界的不二良药。想一睹金莲花的真容，累点也无妨。倘若肉体生出毛病，就不是顽强意志能够解决的问题了。

问题是，有史以来，人类的肉体始终处于健康和疾病相互拉锯的状态，很多时候，并不是细胞的自身修复和人体的自我疗愈功能能够化解的。人类多聪明，这不，诸如金莲花们——与人类共生的草本植物，就被赋予另一种生长和生存的意义。当然，治病要趁轻，发展到割剜截摘，甚至更换器官的程度，草木易得，亦无能为力。

爬上山顶，天空豁然开朗。我有种冲出藩篱，重获自由的感觉。如同，拉磨的毛驴褪下黑眼罩，看到了晴空。阳光，空气，白云，山峦，松林，花草，赏花人，造物主的安排适时而合理。

一朵金莲花。一片金莲花。一坡金莲花。金顶，光明顶，云蒙顶，玉皇顶，这里该叫金莲顶。

雨水濯净纤尘，毛茛科金莲花属的金莲花亭亭玉立，以阳光的颜色辉映着满目青山，微风徐来，轻轻低语，像燕子在春天呢喃。金莲花是太阳的信使。一朵金莲花是一朵阳光，一片金莲花是一片阳光，一坡金莲花就是满山的阳光。橙黄或金黄的萼片薄如蝉翼，像一枚枚倒置的卵。花瓣呈狭线形，拢着点点花蕊，印证着药盒图片的可信度。经由花木加工而成的那些液体、粉末、片剂，以及烘干的草药，来不得假。小小的金莲花以鲜活的实物形态出现在面前，我的心里升起阵阵暖意。在那次微苦体验之前，我与金莲花的相遇是不可想象的。常言说，种瓜得瓜，种豆得豆。我不否认偶然，但似乎更相信因缘。

金莲花聚在身边，随手就可掐掉，或者轻抬腿脚，就能踩个稀烂。倘能独享这满山的金莲花，该是一件多么美妙的事情。花海熔金，泛着阳光的气味，是恩赐，也是诱惑。眼前第N次浮现出东山红景天被滥挖后遍地疮痍的景象。人在花草树木、鸟兽鱼虫面前，往往表现出高等动物的优越感和占有欲。

事实上，我走进高山的金莲花丛，试图寻求和重构一种与草木更为契合的关系。显然，金莲花治没治好我的小疾，我来不来瞧金莲花，金莲花都会如期抽芽、展叶、开花，吸纳日月精华，将纯粹、天然的花性展现给大自然，春来秋去，周而复始。如同，我小学勤工俭学时刨的知母、割的麻黄。

像阳光普照大地一样，金莲花的江湖很简单，远没有人类的复杂和人性的善变。金莲花不管男女老少，不管尊卑美丑，也不管善恶忠奸，只是同等对待每一个观赏或患疾的人。在美丽和实用并存的金莲花面前，人类都是平等的，不论远近亲疏。决定亲疏好恶的是人，决定融洽与否的是人，甚至决定彼此关系永续还是短暂的也是人，而不是花草。

苦口的，大多是良药。味苦、性寒的金莲花，在人、机器等的外部作用下华丽转身，从固态的药草变为液体的中药。金莲花的苦，改变着我身体的某些状态，也不曾改变某些状态，让我忆起一些东西，也忘掉一些东西。

要知道，思想和精神上的疾患，远比肉体的疾患难医得多。

大花杓兰

遇见大花杓兰，纯属意外。说得佛性点，叫机缘。

我的心里老想着那个牧羊人的话。他说，这些年山里的植被越来越好，野猪也多起来，不光拱地吃庄稼，还混入羊群，逍遥自在。当时，他圪蹴在古寺遗址下方的山井旁侃侃而谈，面部肌肉随着嘴唇的蠕动而抽动着。松涛阵阵，枯柏匍地，井水泛起粼粼波纹。他的衣着整洁，眼睛看上去明澈、热情，如同那口照人的山井。

已是芒种时节，走在羊肠小道上，两侧毛桃如豆，榛苞若钟，鸟鸣啁啾，像穿过古镇幽深的小巷。灌木丛遮蔽道路，挡住燥热，山风吹过，清新凉爽。树丛里会不会突然蹿出一只满嘴獠牙、吱哇乱叫的野猪？

思忖着，忽地眼前一亮，大花杓兰与我不期而遇。三棵，呈三足鼎立之势。

稍一愣怔，时间凝固不动。无名山谷里，这神性的遇见。

大花杓兰的出现，我完全没有料到。我不是专门来拜望大花杓兰的，只是以一名闯入者的身份出现在这里。山谷里本是绿荫蔽日，霎时，仿佛天空变得异常明亮。环顾周围，地势空旷，草丛稀疏，没有花葱、蕨麻、毛茛、胭脂、狼毒，也不见草芍药、碎米荠、耧斗菜、唐松草、白苞筋骨草，独有这深粉色的兰花，赫然盛开在绿意中，清雅，高洁，神韵优美。

面对偶遇的我，大花杓兰静静地开着，表情依然，姿态依旧，没有喜悦，没有悲伤，没有惊慌，没有恐惧。想必，杓兰的根须牢牢扎入泥土深处，故而宠辱不惊，云淡风轻。这些词语，在拥有多重面具的闯入者身上，最能体现出来，且淋漓尽致。就像此刻的我，望着那兰，满脸惊喜，心存的对野猪的恐惧，早忘到后脑勺，扔到了爪哇国。

设若，相遇的是蝴蝶、雄鹰，抑或是云朵、风雨、星光，兰该是怎样的表情？

迎着花朵走上前，脚步轻迈，生怕惊扰了大花杓兰的清修。我圪蹴下，以近似那个牧羊人的姿势圪蹴下，近距离地观察一种兰科杓兰属的单子叶草本植物。

大花杓兰的叶子呈椭圆形，平行叶脉清晰可见，和深具毒性的藜芦的叶子有几分相似。密布细茸毛的花葶从叶鞘抽出，顶端的花朵楚楚盛开。最大的那朵，三片披针形的花瓣，围着唇瓣和柱蕊，如伞撑开。花瓣深粉色，纵向脉络清晰，间有白纹，外壁光滑，内壁分布有细绒毛，根部纷纭，越到瓣尖越少。唇瓣像一枚镶着白边的玉环，粉色的底子，白色的水头，温润、通透，让人不忍亵渎。蕊柱呈白粉色，根部和顶部微黄。另外两朵花稍小，唇瓣呈椭圆形囊状，像吊篮，像中华攀雀的窝。三朵花优雅，清澈，恬淡，不染烟尘，让人的眸子不忍拒绝和游离。

此时，我反倒由最初的惊诧到满是喜悦，继而变得拘谨起来，生怕我世俗的手一碰，一摸，哪怕是轻轻一触，那花瓣便黯然失色，甚或枯萎凋谢。于是，我行个注目礼，然后痴痴地瞅。

盯得愈久，感觉自己的眼神愈贪婪。没错，就是贪婪。请大花杓兰到家里做客的闪念，几次三番，情愫难平。我的手，几欲挨着杓兰茸茸的花葶。坦诚地讲，我不是完美主义者，也不追求完美和极致。任何事情，讲究个尺度即可。忖量再三，终归还是作罢，就拈一缕兰香入怀，化作行走的兰花吧。

兰花是群芳谱中的脱俗者。梅兰竹菊，花中四君子，兰占得一席。惭愧得很，纵观兰花庞大的家族，除去家养的蝴蝶兰属的蝴蝶兰，大花杓兰是我遇见的第一种野生兰花。我寡闻少见，连大花杓兰何时进入国家重点保护野生植物名录都不清楚。于我而言，越是品格高洁的花草越不易见到，只是偶尔在书香中相遇。我知道，这些杓兰并不是在迎接我，也不是在等待其他的造访者、闯入者。我的出现纯属偶然，在偶然经过的地方，偶然邂逅了大花杓兰。

不需要开口寒暄，所有交流在静默中开始，又在静默中结束。大花杓兰娴静地绽放，我安静地聆听，连空气也变得清新起来。那一刻，树林消失了，草丛消失了，鸟鸣消失了。天地间，唯有兰。

大花杓兰首先以花色吸引我，然后才是香气。那香气，淡淡的，幽幽的，像春风夜雨潜入心灵深处，使人的内心变得愈发沉静而澄明。不细嗅，很难嗅得到。晋人傅玄以颜色喻环境说"近朱者赤，近墨者黑"，和桃李遍天下的孔子语"与善人居，如入芝兰之室，久闻而不知其香"相较，毕竟晚了六七百年的光景。自然孕育万物，岁月悠扬生命，不同的人和多样性的花草树木相生相息，耳濡目染，修养自是大不同。所谓春兰秋菊，中国兰的清香早就在华夏大地上萦绕，从先秦时期一路飘来，浸淫着时光，沁人心脾，从不曾散去。芝兰之室，秋兰为佩，庭前兰，井冈兰……最初，兰仅仅是孔子、屈子的亲戚。渐渐地，兰成为愈来愈多人的亲戚、知交和知己。或者，正在成为亲戚、知交和知己。甚至，有的人活着活着，就把自己活成了一株兰，清雅的兰，高洁的兰。时光流转，肉体离去，思想却在新生中长青，一如兰深埋大地的根须。

抬眼，才发现草地上还生长着许多尚未开放的大花杓兰。原来，盛开的三朵杓兰并不孤单，它们是先行者，是探路者。抽叶的杓兰是在等风雨，等光露，等星月，等一个适合的节令，时间一到，渐次开放。山谷的一隅，将是属于大花杓兰的花季。

"兰花谷"，脑海里突然蹦出三个字。

杓兰花丛里刨痕遍布，不像山羊啃过，更不像野猪拱过。我听说过野猪拱白菜，野猪拱山药、红薯和棒子，从没听说过野猪还拱兰花。"山里的苦臧菜都叫那些外地寻药的人刨完了，连根都撅光了。"想起牧羊人的话，他如井的眸子，有怜惜和无奈闪过。

深谷，幽兰，长路，阒然无声。

张海峰，中国自然资源作家协会会员。作品散见于《人民日报海外版》《大地文学》《当代人》《散文选刊》《牡丹》等。曾获中华宝石文学奖新人奖、徐霞客诗歌散文奖。散文入选各种文集、阅读题和中央广播电视总台文化教育节目。

一棵梦想飞翔的树

提云积

这世上的万物,不管是动物还是植物,造物主在创立世界之处就想到要万物互为依存。作为这个世界上居于生物链最顶端的人类,也不能逃避与其他生物的关联。如果单从外表上来看,好像与人类相关的物种多一些,比如动物界的类人猿、大猩猩、狒狒、猴子等,植物界也有类人的,比如人参、何首乌、人参果等。

从这些关系中不难发现,动物与植物虽是两个不同的种属,但都心怀对彼此的羡慕。传说中,有低等动物经过多年修行成人,植物也有修为成人的。不管是低等动物,还是植物,在这世间行走,感受天地日月精气之养育,都在悄悄地发生着改变。先是外形,再是心智,都在加倍努力修为,想成为自己想象的样子。

《三字经》说"人不学,不如物",这是文本给予人类的需要不断学习、不断自我完善的教义。人虽是高等动物,但也不能满足于自身的现状,也需时时学习修行,努力成为更好的自己。有一棵树也不例外,它想飞翔,这是它的梦想。飞翔必须有一双坚硬的翅膀,只有鸟儿才有一双翅膀。如果想飞得更高更远,就得有一双更大更宽厚的翅膀。这棵树想成为一只大鹏鸟,如北冥里那条叫作鲲的鱼那样,可以化为一只大鹏鸟。它想一飞冲天,它想一鸣惊人。它就这么努力着,有梦想,便有坚韧的努力。

这棵树长在淳于村,淳于村在莱州市平里店镇。淳于村比较古老,我去淳于村的那天正是辛丑年农历节气立夏。已过午时,出市区一路向北,沿旧206国道到丁字路口后转向西,沿新206国道行不远,路北有一村碑,上有红色的楷书"淳于村"。由此转向北的村路,我停了车看村碑后的文字介绍,载明:战国时期,周赧王五十八年,赵姓自青州府迁此立村,因该地有齐国大臣淳于髡之墓,故取村名淳于村。

关于淳于髡,《史记》是这样记载的:"淳于髡者,齐之赘婿也。长不满七尺,滑稽多辩,数使诸侯,未尝屈辱。齐威王之时喜隐,好为淫乐长夜之饮,沉湎不治,委政卿大夫。百官荒乱,诸侯并侵,国且危亡,在于旦暮,左右莫敢谏。淳于髡说之以隐曰:

'国中有大鸟,止王之庭,三年不蜚又不鸣,王知此鸟何也?'王曰:'此鸟不飞则已,一飞冲天;不鸣则已,一鸣惊人。'于是乃朝诸县令长七十二人,赏一人,诛一人,奋兵而出。诸侯振惊,皆还齐侵地。威行三十六年。语在《田完世家》中。"

尝试用现代的文辞做一个说明:淳于髡是齐国的一位入赘女婿,身高不足七尺,头脑灵活,反应机敏,能言善辩,屡次受齐王委派出使其他诸侯国,从未受过屈辱。齐威王有智慧,对一切既存的事物与现象看破不说破,随事物的发展规律自我更新。他喜欢饮酒寻欢,便彻夜沉湎陶醉于酒宴,不理朝政,将国家大事委托卿大夫管理。文武百官效仿,也终日荒淫放纵,各诸侯国都觊觎齐国广袤肥沃的泥土,频频来犯,国家危在旦夕。身边近臣不敢进谏。淳于髡给齐威王讲了一个故事进行劝谏,说:"国中有大鸟,落在大王庭院里,三年不飞又不叫,大王猜这是什么鸟?"齐威王明白淳于髡故事中隐含的意思,说:"这只鸟不飞则已,一飞就直冲云霄;不鸣则已,一鸣惊人。"齐威王此后便像换了一个人,杜绝宴乐,对于国政亲力亲为。同时诏令全国七十二县长官来朝奏事,奖赏一人,诛杀一人;又发兵御敌,诸侯十分惊恐,都把侵占的土地归还齐国。齐国的强盛与威势维持三十六年之久。这个故事收录在《田完世家》里。

因为淳于髡,或者是因为"淳于"这个姓氏,这天底下叫作"淳于"的村子颇多,仅胶东半岛不下六处:莱州有一处;蓬莱有一处;淳于髡的桑梓地——黄县(现为龙口)有两处,一为淳于,一为城后淳于;莱阳有两处,分前、后淳于。这六处,只有莱州的村庄是因为有淳于髡的墓命名。至于淳于髡墓的具体位置早已无从寻找,此地官方市志没有详细记载,也没有半个文字的指向,只是民间还有这样口口相传的说法。

根据史料记载,淳于髡大约生活在公元前386年到公元前310年之间。周赧王的主政时间大约在公元前314年到公元前256年之间。根据这些已知的时间条件推算,赵姓应该是在淳于髡死后53年迁此立村,也就是公元前257年,周赧王在位的倒数第二年。淳于村的历史已有两千多年。

如果前面的推算成立,淳于村的历史相较于莱州地域范围内其他的村庄还是比较古老的。不知淳于村的先人选择此处是不是因为看中了这里的上佳风水,毕竟,上古时代,人们对神灵,以及大地上的隐秘事情都心怀敬仰之情。淳于髡墓选择此地,肯定也是看中了此地的风水,它为淳于村的创建者们做了指引。

之前村子的南面有一座叫作"金钟埠"的丘陵,类似于一个倒扣的金钟。这个埠子的成型应该是遵循了自然的运转规律,人们根据自然的运转规律选择栖息地。埠子的初始时间不得而知,消失的时间是知晓的。2006年206国道重新规划后,人们将金钟埠贯通，新的206国道直接向西，不再向南，金钟埠彻底从世间消失。

前面说这么多，只是为了给这棵古树做一个铺垫。毕竟，今天写的这篇文章，古树才是主角。严格来说，村里有两棵古树，一棵是古槐树，一棵是古酸枣树。酸枣树在二十世纪五十年代末、六十年初被人为毁坏，同时毁掉的还有与酸枣树互为依靠的土地庙。淳于村的所世强兄给我介绍说，那棵酸枣树胸径有六七十厘米粗，高四米有余。在走访的过程中，其他的老人印证了他的说法，每一个人说到酸枣树的时候都带着惋惜的神情。

酸枣树不知生于何年，单从树的胸径维度推算，至少长了千年以上。一粒种子，或者一个偶然经过此处的细微根系落到此地，便自顾自地生长了。岁月的长流不息，带动它的生命力向更深的历史空间延伸，直到它从这个世间消失。这是很无奈的事情，作为后来的听客，我也能感受到人们在说起它时的遗憾之情。

另一棵古树是槐树，在村子东侧靠南的位置。村庄早已规划好，横平竖直，完全没有了早年依据风水走向设置住宅的样子。古树所处的位置比较开敞，南侧有一株高大的榆树，北侧是两户人家，西侧还保留着老式的格局，应该有百年以上的历史，东侧的房子是现代的，外表新崭。人们给古树划定了一个保护范围，依照它的粗大的根部向外扩充后垒了一个圆台。

再来说说古树给我呈现的样子吧，这是最重要的部分。立夏日的阳光明媚，说动人也不为过，节气的转换给古树带来的生机是肉眼可见的。古树的树叶稀疏，好在有阳光，那些叶片呈现出绿黄的嫩色，每一条光线都可以穿透其柔嫩的肌肤。后生发的树叶如水样，阳光打在上面，几乎看不到叶片的纹理。

古树应该有三条主枝，这合乎传统文化的理念，想必在此栽下它的人颇用心，严格遵循了"三叉九顶"的格局。可惜的是现在独留了伸向东北方向的主枝，伸向东侧和南侧的主枝都已朽掉，主干上残留了主枝朽掉后的疤痕，两个疤痕形成了空洞。从空洞看进去，树的内腔已经中空，是那种塌陷的空，似是一段消失的历史，根本无迹可寻。古树的树干主体向北倾斜下去，人们在它倾斜的主干下侧堆放了一些砖块加以支撑。树皮只在东北侧残留了极少部分，西侧和南侧应是在很早之前就露出了树的木质部，因为常年曝晒，木质灰白。

所世强兄介绍说，古树早年繁茂，他们年少时，可以爬到树上玩耍。古树向西南方斜伸而出的主枝极粗，孩子们可以在这条树枝上走来走去。这条主枝像一只雄鹰的头部，伸向东北侧的树枝如同雄鹰的尾巴，后来因为尾巴过于庞大影响到北侧东户人家房子的采光被割掉。

这棵树有多少年了呢？人们没有一个明确的时间概念，只是说，早年这里有庙，有了庙后便有了树，树生长于此应该比淳于村的创建时间晚了很多年。庙拆除后,树一直在。它是幸存者,自长成一棵大树的样貌后,在很长的岁月里,都是村子里的活动中心,老人摆古,孩童玩耍。

古树或许在老人们口口相传的故事里知道了村庄的来历,也在老人们讲述的故事里知道了淳于髡的传奇故事。这些故事与史料相互交织,一个有血有肉更加丰满的历史人物便鲜活起来。

淳于髡出身卑贱,其貌不扬。《史记》记载:"淳于髡者,齐之赘婿也,长不满七尺……""髡"是先秦时侮辱性极强的一种刑法。古人信奉"身体发肤受之父母",父母在,发肤须保持完整,这种刑罚是把头顶部周围的头发剃光,露出白晃晃的头皮,让世人都能看到,相信那时候人们讥讽的眼光既能诛心,也能杀人。淳于髡却以此为名,不知他的名字来自父母,还是自己所取。也不知淳于髡是怎样面对世人看向他的那些捉摸不定的眼光,甚至是发出声音的讥笑。"赘婿",也就是现在的倒插门女婿,这个名词源自春秋时齐国的风俗。当时在齐国,家中的长女不能出嫁,要在家里主持祭祀,否则不利于家运。这些在家主持祭祀的长女,被称作"巫儿",巫儿要结婚,只能招婿入门,于是就有了"赘婿"。这种风俗在齐地由来已久,一直到汉代还很流行。如果不是经济贫困,无力娶妻,一般人是不会入赘的。淳于髡身为赘婿,可以确定一点,他当时出身于社会的底层。

尽管淳于髡出身卑微,身材矮小又其貌不扬,却通过自身的努力得到了齐国几代君主的器重。或许是古树早已有了灵性,或许是淳于髡墓地的灵气给予了它某种暗示。古树不以自身的弱小而卑微,它早已从淳于髡的经历中得到启示。它想到了飞翔,它想一鸣惊人,它想成为一只大鹏鸟直冲天际,翱翔于更广阔的虚空。土地禁锢了它太久太久,它一直为飞翔做准备。

或许它早已经懂得了飞翔的意义,那些鸟儿,那些流云,那些逝去的岁月都给了它启示。这尘世间发生的故事,来来往往的风雨于它都已是过眼云烟。淳于髡的经历影响到了它的心智,它在某一个时刻,突然醒了。它不因为自己居于乡野、出身卑微而放弃飞翔的梦想,直到有一天,它真的腾飞了。

古树在这凡世多年,它飞翔的意义可以进行多重解读。现在,古树的形体还在,村子里的人、过客,以及这世间与它有缘的人带着冥冥之中的牵引纷至沓来。

它还在,就很好。

提云积,山东省作家协会会员,中国自然资源作家协会散文委员会委员。作品发表于《中国校园文学》《天涯》《山花》《山东文学》《时代文学》《散文海外版》《散文百家》《胶东文学》《大地文学》等刊物。

跟着走

——若尔盖野外踏勘笔记

马半丁

一

记得车过叠溪海子附近，正是中午，我们下车休息，恰有一辆拖拉机突突突开过来，车上装的是新砍的木头。车头坐着两个小女孩，八九岁的样子。靠近我们，车停下来，两个小女孩跳下车，有一个手里拿着一束枯花，花朵上长满了白绒绒。

司机看看我们，笑笑，又突突突开走了。

两个小女孩想跑到马路对面去。可是路上车多，她们就站在那里等，有时看着我们，有时看着远方。我走过去搭话，问："车上拉的是什么木头呀？"

其中一个说："烧的。"另一个瞥瞥我，又瞥瞥手里的花。

我问："是什么树的？"

"啥？"她睁大眼睛，脸蛋上的几个黑色斑点要跳起来。

我说："是什么树的木头？"

"花椒树。"她说。过了一会儿车少了，她们逮住机会，飞快地跑过去，跑到马路对面。那个小女孩拿着的枯花，白绒绒乱飞。

不一会儿，我们也走过去了。不知小女孩钻进了哪个房间。靠近路边有一家，地基是石头砌成的，高出路面。家门旁边垒着一大排木柴，有的看起来已发黑。

这家门前放着两把竹编的座椅，家门大张，看不到人，电视机隐约在响。座椅前方摆着一个桌子、两个泡沫箱——箱子里栽着几根葱，蔫嗒嗒的。那时中午刚过，太阳正好，当时想：坐在这两把椅子上晒太阳，什么事都不想，也好！

约是傍晚时分，我们到达一个叫求吉的小城。

求吉的夜仿佛很静，静到什么程度呢？走到街上，仿佛有人打个哈欠，也能听到。

街边齐整地种着一排柳树，一阵风来，柳枝摇摆不停。

不知什么时候，天上已长出几颗

星星。团墨状的远山轮廓映照在白蓝的天空下，看起来很像一幅水墨画。

天还不够黑，这样正好，可以到街上走走。穿着绛红色衣服的喇嘛，一搭走着，扬声说笑。这条街足够长，说笑声与远处的水流声、风声合在一起，悠远、空灵。一切显得安静极了。

我们住在求吉一个叫旺达酒店的地方。推开窗户，对面即是深山，星星点点的白色斑点镶嵌其中，让人生出一股寒意。旺达酒店下面，当地人经营着一家小饭馆，我们接下来的几天，吃饭主要就在这里。

按说从成都到求吉，海拔变化，会让人稍有高原反应。可能是空气清新，当晚没一点感觉，反倒睡得很香甜。早晨起来，冲到楼下，又沿街走了一圈。求吉给我最大的感觉是：静。九点已过，街上行人稀疏，店铺还没有开门。

有的房子，屋檐下摆着一截圆木，看起来滑溜溜的。早晨的太阳照在上面，圆木闪闪发光。

看街上的标示牌，知道这里有个烈士陵园。现在环境不熟悉，等有一日野外归来早，我想去看看。

在那里待了几天，根据进度，又要搬到另一个地方去了。某个傍晚，吃罢晚饭，我一个人出来走走。沿着标示牌指示的方向，看到一个开着窗户的小卖部，我跑过去问："这里可以上去吗？"答说可以，但是不能开车。

我怎么会开车呢？沿着一陡坡，我慢慢往上走。那里家门大关，静悄悄的，门口的瓷砖上，贴着绿狮子，样子狰狞。

我有点想折回了。有家却听不到人声，真让人瘆得慌。说服自己，再往上走走。只走了四五分钟的路，又看到一个指示牌，上面写着：烈士陵园、中共西北局求吉寺会议会址等。

先循着箭头指示方向，往烈士陵园去，门锁着，进不去。

上面还有路。又往上走，看到了"中共西北局求吉寺会议会址"：夕阳残照，几堵土墙竖立；外围，铁丝网横拦。残墙隐约围成一个建筑，即求吉寺。如今求吉寺搬离原址，移到别处去了。院子里空落落的。

我站在这里看了一会儿，这时走上来一个人，手拿念珠，反戴口罩，穿着一件警察的衣服。我向他打听红军首次汇聚在什么地方，他指指山上，说，还在上面。那里有个雕像。

那个雕像我知道。初来求吉，我便看到了，有个同事说那是关公。我好奇，在山顶上，怎么会无端塑一个关公的雕像呢？据他说，那是一个红军战士。走到那座山底下，雕像反倒看不到。

他说那里有上山的路，不过现在很冷，上去会很吃力。风确实刮得大，隐约听到有人念经的声音。"夏天我们这里很舒服，草长出来了，花开了，树绿了。不冷也不热。"他说。

他还说，山上原先是碉堡，后来塌了，就修了雕像。那里还有地道，他们小时候常去玩，不过现在大多数都塌了，钻不了。

还有这样的事？不过碉堡修在山顶，易守难攻，应是可能的。他说他吃完饭，出来走走。于是和他一道。他指着"中共西北局求吉寺会议会址"旁的两块地，对我说："这是我的。"我问："里面一般种什么呢？"他说承包给别人了，主要种蔬菜。以前这里也是寺庙——求吉寺。

"有汉人把这个地方叫成救济寺。听说毛主席来过。"

这一段历史我一点不知，只静静地听他说。他却没有再说下去，可能是因为与我还不熟悉，或者他自己也所知不多。

在这一处断墙中，有人用个隔板，将其堵起来，有头羊在里面叫。和他沿山底走了一圈，东拉西扯，所聊无非是当地的一些风俗，我知道将过藏历年，问他："这里过藏历年吗？"

他说："要过。"

又说到藏历。他说今年冷，就是汉历中有闰月的原因；要是没有，就不会这么冷了。"往年的这个时候，天气都暖和了。藏历就没有闰月。"

沿山脚绕了一圈，将返回，在山脚下看到一块石头，被专门供奉起来。他说这是近几年才发现的，以前有个喇嘛，曾预言过这件事。这块石头上面，隐约能看到一个藏文的"德"字。这个石头的发现，在求吉被当成一件吉祥的事。他走过去，在那块石头下鞠躬，我也跟着鞠躬。他又绕了一圈，我跟在他的后面，也绕了一圈。那块石头四周缠满了各色的哈达。

我不知道他叫什么名字，与他返回街上，他指着一栋气派的大房子对我说："那是我家。"

二

一来二去，逐渐与楼下这家饭馆的主人熟悉了，知道她是附近然安寨人。记得来之前，我在《若尔盖县志》上看过，在求吉乡然安寨北500米处，曾发现过一段残墙，长550米，里面挖出过陶片等，由专家鉴定，那里确定为明代驿站。向她打听，她说："不知道呢。"

她叫尕让措，头戴一顶小圆帽，看起来像是从很久之前走来的。她喜欢笑，笑容里有时带着一点"狡黠"——可是太不容易捕捉到了。有一晚，她凉拌了一碟蕨菜，我说味道好，她说："你们来得不是时候。"

我问为何。

她说："这些蕨菜是去年采来晒干的。如果你们五月来，山上都是野菜，上去随便采一大把，吃不完。"听她这么说，我都为自己这么早来后悔了。

有时我们完成野外工作早，下午回来，她看到我们采的样品，走过来问："看看你们偷采了我们的什么宝贝呀？"不经我们同意，已经蹲下来，打开样品袋，仔细翻检一通。看了一会儿，似乎寡味，说："我们山上，这种宝贝多得是。"

等她看完"样品"，我随口问："今天忙啥去了？"她说今天寨子上有人结婚，她跑去帮忙了。我说："现在我回来了，能不能带我去？"我一直想参加一个藏区的婚礼，这么多年常在藏区工作，一直没遇到过，现在好不容易碰着了，我可不想错过。

她说："你是成都来的，我带你去可以，怕人家……"哦，我明白了，这两天成都出现疫情，见到成都来的，都要多看两眼。

与她聊到当地结婚的风俗，她说："假如你看上了一个女孩，在我们当地，就由男孩的家人提上一瓶酒，这瓶酒上缠着哈达，送到女方家里。如果人家同意，会收了你的酒；如果没收，就是不同意——就这么简单。"她扑闪一双大眼睛，露出天真的表情。

听说今天结婚的这家，还举办盛大的晚会，到时若在现场，可以讨到红包。参加婚礼的人，可以玩耍到天亮。她说，她结婚时17岁，是家里人同意的，"泼出去了"，嫁之前没见过自己的老公。我故作惊奇，她跟着惊奇。聊了一会儿，尕让措说："我要做饭去了，看你们人好，今晚给你们加一个花生米。"

才来几天，她常说的一句话是"看你们人好"。

有一日早上，我们要出去，她站在门口，显得有些迟疑。她说："你们昨晚有一队回来晚哦。"昨天有一队任务重，回来时天已黑。顿了一会儿，她又说："你们今天要早点回来。回来晚，我们这边很危险哦。天黑了看不到路。我们这里的人不杀生，还有野猪。"

她好像比我们更着急！

三

在求吉休整了一日，当天开会，讨论该怎么干，以及可能遇到的一些问题。

他们年前都干过，自然一点不担心，可这个活路我还很陌生，因此问这问那，都说："你怎么这么好奇，不就干个活么？说得再多，不如实打实干一回。"

第二日上山——似乎并不用爬很高的山——布样的点，前人曾上来过。只是通往山上的路上铺着一层厚厚的冰，车在上面打滑，为安全计，就没有上去。我们走了其中的大部分。

这个"大部分"，若以地质工作衡量，少到简直可以忽略不计。

到指定的点后，先用森林罗盘标示出具体的位置，后在四个方位选定四个固定的点，以这四个点为中心，框一大正方形，其中包括一个小正方形。在这个小正方形里，用随身携带的工具，依次捡取灌木、小檗、落叶、枯木、腐殖质等，分别装袋，是为样品。

今早出去，特意戴了帽子。可是森林里的山实在不好爬，老是有枯枝伸出来，挂在帽子上，像有人拽你，不让你走一样。这一带山上，林木垂直分带性极明显，主要生长着桦木、冷杉等，到路边几乎一眼就能够看出两者的分界线。两人手拉手才能围住的粗木被砍倒，根系像在冰面上生长一样。这里的桦木有些像北方常见的杨树。有时两棵桦树搭在一起，一阵风来，两树咯吱作响，很像挠痒痒。

头顶一直有鸟在叫，抬头，看不到它们在什么地方。

又一日出去，样点布设在阴面，积雪很厚，踩在上面，直达膝盖。红军长征要"爬雪山、过草地"，据说主要就在这一带。同事在前面气喘吁吁地爬，我跟在后面，有一阵子想到邓小平的话——有记者问，长征那么苦，他是怎么坚持下来的，他说："跟着走！"

到指定的样点地，前几日主要协助采样，今日换作"打边"，多一个人，没人絮叨，我反倒觉得轻松；偶尔还要砍树枝，也不觉得太吃力。

在森林里干活，抬头一看，除了树枝，就是巴掌大的天。人插在中间，低成一棵草，这时不再觉得树是多余的，反倒是行走的草，着实有点多事了，多事到让人无聊！树木还是干枯着的。

我自己仿佛也枯着一般，等待在雪地里发芽。

在林地，看到一种颇让人奇怪的现象，即一棵很大的树跌倒了。原先以为其受到什么外力冲击，后来特意观察了一下，发现上面并没有滚落的山石，因此推断，可能只是它长得太高、太大了。这棵树长在陡峭的山坡上，已经高大到连自己都没法支撑自己，只能轰然一声倒下。

干完活往回返，起初他们几个跟着我，后来可能嫌我带的路绕，就自己冲下去了。留我一个（我们的距离不超过五米），我有些害怕。一树搭着一树，直往下闯，我能听到同事的声音，就是看不到他们。是按上来的路走的，有一段我看不到上来的脚印（后来知道，太阳出来，雪消了，踩在上面的脚印自然看不到了），心里更是越发地害怕。蒙头一个劲往下冲，上山足够吃力，下山按说还好，怎么感觉就是下不去呢？直到看到对面山上的几头牛，同事恍然出现在面前，心里才踏实些。

突然眼前有一只野鸡扑腾腾飞起来，吓人一跳！原来到路边了。

马半丁，甘肃会宁人。2013年毕业于中国地质大学（武汉）地球科学学院。中国自然资源作家协会会员。现就职于四川某地勘单位。有少量文字见诸《西部》等刊物。

沙子的丰碑

李易农

一

那年，我当兵退伍回来后，一度窝在家里找不到事干，整日在田地里忙碌终究不是办法，母亲决定带着我去洛阳找一个亲戚，帮我找工作。

那是个冬天，我和母亲凌晨三点带着一些土特产，坐上去洛阳的班车。亲戚是一个单位的领导，母亲觉得凭着自己的脸面求情，是可以帮我找到工作的。一路颠簸七八个小时，快到中午了才来到繁华的洛阳城。走在大街上，我们不知所措，不要说母亲没有来过大城市，就连我除了在当兵时接触过驻地的小城之外，对于城市的概念也是模糊的。高楼林立，车水马龙，来来往往的行人，到处是豪华的店铺……这样的城市，让我和母亲自惭于形，我们穿着自认为最好的衣服，在洛阳也是丑陋的、土气的。我们提着重重的行囊，不认识路，也无从打听，在一个路口茫然起来。

此时是正午，稀薄的阳光从快落尽叶子的树杈间传过来，裹着我和母亲微小的身体。不远处，有一队建筑工人正在修建一栋房子，他们把一些沙子和水泥加入水后混在一起，不停地搅拌着……

"你看，人家的沙子黄亮亮的，恁干净……"母亲喃喃地说。

我也看到了。那些沙子，细细的沙子，被建筑工人用铁锹使劲铲起来抛到另一边。当铁器穿过沙堆的刹那，发出刺耳的声响，像是尖锐的刀子划破了沙子的肉体，让人莫名地揪着。那些建筑工人，身上布满尘埃，满头满脸的汗渍和疲惫。

看到沙子，看到干活的他们，我本就迷茫的心越沉越低，低到一条河流里，成了一粒沙子，任由水流冲洗，但不知会被冲到哪里去。

这么多年，我都深深记住了那个场景。沙子的影子在阳光下晃，被人搬运，被人用它和水泥混合，然后又塞进砖缝，把城市空缺的那一个小口子，填充起来。有的沙子因为命运安排，在底层成了铺垫，而有的沙子来到了高处，距离天空和太阳更近了一步。但不论在哪里，它们都是沙子，一个时光的微粒，逃不出宿命的轮回。

二

我是知道那些沙子的作用的，因为前不久我家刚刚新盖了砖瓦房子。

盖房子是需要沙子的，全家人为了省钱，就齐上阵到村边的河滩里去挖沙子。那也是我第一次觉得，村里的小河滩是那么富足和仁慈。

小河的河水不大，但每年都有汛期来临，从远山奔流而下的洪水，经过沟沟坎坎，弯弯曲曲，不断冲刷。洪水过后，一些沙子就停留在了河边。那些沙子成了乡亲们的抢手货，有的挖沙子卖钱，有的自家盖房使用，每隔一段距离，就会有乡亲们挖沙的劳作场面出现。那些坑，像夜空中的星星，只不过星星闪烁的是光芒，它们流露的是渴望。

父亲和大哥、二哥，几乎整个夏天都在挖沙子。他们守在河边，用镢头，用铁锨，用手指，一点点地往河床的底下挖，捡去大石头，又拾去小石头，剩下的细小沙子从深坑里撂出来，然后再用河水冲洗干净堆起来。由于地理环境因素，这些沙子并不是淡黄的亮，开始是土灰色，经过冲洗成了灰绿色，湿漉漉的倒也新鲜。

我很喜欢这么湿润的感觉，用手一抓，凉丝丝又爽滑，它们从指缝里落下，最后手心也会沾满更为细小的颗粒。我握着它们，像是握紧了我的命运和我的梦，有它们在，我的心便是深重的。沙子固有用处，而我一个拥有青春年华的小伙子，却难以找到人生的突破口。山峰起伏连绵，不仅我的脚步走不出，就连我的目光也望不过山峰。

这时候的我，还不如沙子。一条微弱的命，一个彷徨又无奈、自卑又自命不凡的人。

坐在沙堆旁，我因为劳累大口地喘气，汗水早已湿透了脊背。我受不了这样的苦，父亲和两位哥哥都心疼我，让我干一些轻活，捡捡石子啥的，但我的指头经不起磨砺，很快指甲秃了，指头肿了……我的父亲和哥哥们，丝毫没有觉得困乏，低着头弯着腰，将沙子一锨一锨抛出来，沙子在空中飞，刮出美丽的弧线，落在地上，"哗啦啦"有力地歌唱……他们赤裸着上身，瘦骨嶙峋，黝黑黝黑的，由于太阳的毒烈暴晒，身上脱了一层皮，白色的皮卷着边儿……晚上回去挨着床板，直喊疼。

多么可怜的我的亲人，他们为了省一点点钱，竟然遭受了这么多的苦。因为我们家二十多年来的盖房梦，终于要实现，谁还会因为这点苦喊累。

经过一个夏天，我们挖的沙子，已经堆在盖房子的场所边上，成了几座小山。要下雨时，母亲和大嫂就拿些破塑料纸去遮盖保护那沙堆，以防止雨水冲跑了。但尽管再用心操心，有些沙子还是被雨水冲走，让家人心疼，可也无济于事。

不属于我们的，终究是挽留不住。沙子也懂人情世故。

很多人看到这几堆沙子，都夸沙子干净、漂亮，都夸沙子值钱……我听着赞美，想到它们在河床上的样子，又想到全家人是如何用汗水和劳动来善待它们的，心酸异常，但因此节省了一些开支，我们也是心甘情愿的。

感谢这条河，感谢它的宽厚和仁爱，它孕育了沙子，解决了可怜人家的需求。哪怕这些需求也要凭借着劳动才能满足，但作为在苦难中挣扎的农村人，不缺的就是汗水，不缺的就是力气和坚韧的品格。

在等待亲戚信息的时候，我心里那种焦急难耐，谁也不能体会。我不愿意碌碌无为，也不愿意得过且过。我身体是属于乡村山坳的，可我的心是属于远方的，远方是哪里，我还不清楚。

做一粒沙子也好。在属于自己的地方，求索一生。

三

经过商议，大哥二哥要和我一起制作空心砖卖。当时在农村，空心砖是新的事物，用水泥、沙子和水搅拌后，放入一个机器的磨具里压制成为空心砖胚，搬运到场地上暴晒两天……空心砖用来盖鸡窝猪舍，甚至用来盖房子都是很不错的选择。

我加入了哥哥的队伍，开始和沙子一起度过日月。

早晨天蒙蒙亮，我惺忪的眼睛睁都睁不开，迷迷糊糊爬起床来，步行二里地，来到制作空心砖的现场。那时候，大哥二哥已经在场地上准备着一天工作的所需。大哥和我搅拌泥沙，二哥在收拾机器，我们不作声，只有干活的声响在四处碰撞，清晰而有质感。

"你洒水吧！"

大哥指挥我打开水龙头，用桶盛水，用瓢一下下洒水。大哥则手下不停，一下紧一下地翻动泥沙，他瘦小的个头，爆发出无穷的力量，没有疲倦。我想去帮大哥，大哥则又指挥我去拿东西，就这样，每一次搅拌泥沙，都是大哥一个人完成。他在默默地呵护着我，让我尽量少干活。

我不是傻子，也不是沙子，我懂得大哥举动里的那份关心。其实，即便我是沙子，也能理解大哥的情怀。

两位哥哥都是爱沙子的。

沙子是制作空心砖的重要材料，哥哥们没有空闲时间去亲自挖沙子，就花钱买沙子。一车沙子十八元，可以说每一粒沙子都是钱，都是汗水凝聚的成果。场子上的沙子，哥哥总是利用点滴时间加以收集，用水冲洗干净放到沙堆上。有时候是一捧，有时候是一把,一捧一把的,零星的沙子被哥哥们利用起来。

因为常年劳动,哥哥们的手变得粗糙皴裂,指甲缝隙里总有抠不干净的污渍。但这并不影响沙子在他们心中的形象,干净的沙子,细润的沙子,微小的沙子……沙子在中年汉子心里是可亲可敬的,对它们有着儿女般的情怀。它们让人珍爱,让人怜惜,让人寄予厚望。

这个时间里,我认识了沙子,理解了沙子的用途和担当。空心砖需要凝固后再暴晒,才可以售卖。但暴晒并不是放任不管,还要浇水,以防止干裂。遇到突然降下暴雨,刚制作的空心砖要用塑料布遮盖,如果被雨水打了,会被冲得豁豁牙牙,质量下降,没有人要。制作空心砖是个体力活,也是个功夫布袋,稍有疏忽,就辛辛苦苦白干一天。

售卖空心砖是一件喜事,可同时带来的是繁重的体力劳动,让人难以招架。这砖有三十厘米长,十五厘米宽,十五厘米高,虽然是空心,可一块重达三十多斤。如果有人要几百块砖,那就是几千斤的总重,搬来搬去,我的胳膊总是累得酸困。

但我们仍喜欢有人来买,买走了,重新制作,如此反复,收入也就不会中断。虽然一块砖挣个两毛多,可千万块下来,也算有了可观收入。我们每个月除去开支等会分一些账。我拿过沾满汗水的一叠钱,心里百感交集。用它买书看,买稿纸写作……两位哥哥,还要用它来供养各自家庭的开支。

我常常在想,幸好村边的小河里有沙子,可以让我们制作空心砖时,不必去远处求购,这就无形中减少了开支;幸好有沙子,能制作空心砖,让我们的生活有了依靠;幸好有沙子,让我度过了那段艰辛又迷茫的岁月……

可好景不长,半年之后,方圆十里之内,又出现了两家制作空心砖的,他们铁了心要争抢生意,四处招揽客户。我们无言以对,只能眼睁睁地看着拉着空心砖的车辆,从我们眼前驶过……大哥说:"咱不怕,咱们以质量取胜!"他紧握着一把沙子,仿佛要把那些细碎的沙子握出一把力气,握出一片前景,握出一条路子!二哥说:"不怕,我们可以降价,每块降个五分钱,都有人来拉砖……"二哥目光掠过那高高的沙堆,原先愤怒的目光顿时柔和起来,那些沙子,在阳光下闪烁着它们并不耀眼的光芒,但再微小的光,在我们对抗贫困生活的时光里,也是庞大的鼓励和安慰。我坐在沙堆上,看着两位哥哥,心里升起来了希望和信心,我相信哥哥们的决心是会为我们带来好运的,也相信这些沙子不会永远是沙子,会在汗水的洗涤下变成空心砖,变成钱的。

沙里含金。我的哥哥就是两粒沙子,他们的质朴勤劳,就是他们的金矿,为他们后来的幸福生活,做了深远的铺垫。

四

亲戚来了电话，我有了工作。

这是一个迟来的喜讯，尽管距离我和母亲上次去洛阳已经有一年光景，但终究是有了结果。我和母亲被吊起的心，落了下来。

离家的前一天，我又来到了空心砖场地。大哥二哥正在机器声中制作空心砖，他们看见我走来，赶忙停下机器，说："你回去歇歇，不用干活，把你衣服弄脏了！"

我听了这句话，眼泪就在眼窝里打转了。我的哥哥们没有文化，也没有特长，他们有的是勤劳善良的品性，有的是吃苦耐劳的品格，有的是追求幸福生活的愿望，不论前方的希望多么渺茫，他们依旧不减不弃那种对梦想的追求。

我的哥哥都身穿陈旧衣服，被太阳光晒掉了颜色，一身泥浆，满脸灰尘，汗水流下来，冲出一道道痕迹，特别是他们的头发，乱糟糟的，让人觉得他们头顶着鸟窝，滑稽又可笑。

这样的两位哥哥，自然会被人瞧不起，会被人欺负，会被人当成沙子一样，轻而易举踩在脚下。可我的哥哥，他们就是沙子，是不会轻易碎掉的沙子，坚强的沙子，勇敢的战士！

我不作声，看着两位哥哥继续忙碌。不算宽大的场地，突然辽阔起来，把精瘦的哥哥衬托得更加渺小了。他们走动，像是两粒沙子在走动；他们弯腰，像是两粒沙子在弯腰；他们低头，也像是两粒沙子在低头……他们以沙子的形象行走在人间。

在我的身边，也有很多沙子，有的沙子在沙堆上，被隆起来像座山；有的沙子在旁边的草丛，被柔软的草木遮掩；有的沙子在场地上散落，被哥哥的汗水打湿……沙子，亲亲的沙子，我的眼睛里虽然容不得沙子，可沙子的大小形状，深深地印在了我的脑海里。

我爱沙子，因为我们都是沙子，都是生活里默默无闻又勤奋不屈的沙子。

晚上，我们一家人坐在屋子里，商议着明天的行程。母亲早已准备好了路上吃的喝的，父亲则掏出车费，两位哥哥说："家里的活不用惦记，你好好干！"

我突然有点不舍得离开家，突然觉得这样窝在乡村也很踏实。经过这段时间的劳动，我已经锻炼得拥有了强健的臂力和体力，可以和两位哥哥并肩而战，什么苦什么累什么罪，我都可以承受。可我没法改变初衷，我踏上了大都市的班车。

五

这样一别家乡就是十几年，十几年间，我到过河南的好几座城市，在高楼间穿梭，在人流中奔走，在辗转中寻找我的生活。为了生活，我做了很多工作，保安、导游、业务员、售货员，还摆过地摊，开过米线店……在生活低迷时，我还推着三轮车走上街头叫卖干米线……

这期间，我也认识了很多和我一样的"沙子"，他们没有背景没有优势，在自己的远方奔波着追求着。他们和我一样，穿着廉价的衣服，吃着简单的饭菜，过着最为朴素的生活。想家了，会在月夜辗转难眠；受委屈了，会一个人躲在暗处默默流泪；有了成绩，会兴奋地把喜讯传给父母……这是一群真实的"沙子"，是鲜活的沙子。

十年前，我开始拿起笔写文章，继续着我高中时的文学梦。高中时的我，酷爱写作，日日梦想当作家。甚至这个梦，影响了我的学习，最后高中没有上完就退学回了家。为了这个作家梦，我携笔从戎，在部队训练间隙继续写作；为了这个梦，不论我走到哪里，都带着书带着写作本子……这个梦起起浮浮很长一段时间，而在我有相对安稳的生活时，它又从藏身的暗处冲过来，揪着我的心思，让我做了文学的奴隶。

十年的苦心探索，十年的专心写作，我终于迎来了胜利的曙光。我加入了中国作家协会，我出版了六本"梦想"系列作品集，我发表文章数千篇，获得全国各地征文奖项二百余项……现在的我，以写作为生，以文字来获取生活的阳光和营养，虽然清苦，但苦中有乐，因为这就是我的生活价值。

这时候的我，有了相对多的空闲时间，去品味生活。我常常一个人去往城外的河边散步，去聆听水声，去接触草木，去追寻另外一个自己。

所以，我就遇到了沙子，一片河沙。

那是我所在的小城边的一条河流，近年来的环境保护，使这条河越发显得青绿可爱。清澈的水波，充沛的水量，新鲜的空气……生活在这样的环境里，你的身心都是舒适的。而我一次又一次行走在河边，享受着阳光的抚摸和风的问候。

那天我顺着街道，迎着金秋的风向城外出发。街道上人流车流秩序井然，各家商铺前挂着鲜艳的红旗，各种音乐飘扬，路边正在播放中共二十大召开的消息……所有的事物，都处于盛世太平、和谐幸福的荣光里。

我来到了河边，在那里发现了一片沙子，干净得没有一丝杂质的沙子。它们呈灰色，平铺在河水的一侧，旁边还有水流和杂草，和谐共处着。

看见沙子，我很兴奋，上前去抓了一把。沙子在我的手心里落下，它们一粒粒又堆积在一起，和手指相遇时的那种清晰感觉，让我和沙子的往事，又一幕幕卷土重来……

我沉浸在往事里不可自拔，那久远的岁月里，沙子和我惺惺相惜，沙子让我时时劝勉自己。我哭的时候，沙子给我勇气；我累的时候，沙子给我安慰；我迷茫的时候，沙子给我暗示……沙子是我记忆里最为贴心的事物。

但我已经有十多年不曾见到沙子了，确切地说，我的手指十几年没有接触到真实的沙子了。现在的我，手指细嫩，没有了那时候的茧子，没有了那时候的力量，我只能搬运文字，让文字的沙子和着我的虔诚，构建成文学的宫殿。

我看着眼前的沙子，突然感动了，仿佛在这野外遇到的是当初的我，一个不谙世事又满心梦想的我。我捧起一捧，将它带到我的住所去。这下我的住所有了不一样的气息，是水、草、土地等混合在一起的幸福味道。阳台上，我让它接受阳光亲吻，接受风的爱恋，接受我的凝望。写作累了的时候，我俯身和它们亲昵交谈。

这时，我想到了我的哥哥。

六

前几日，大哥说他家沙土地里种的药材正在收获，估计今年能卖三千多块。说这话时，大哥正在自己的田地里挖药，那些药材在沙土地里被大哥祝福过，所以长得不错。我为大哥高兴，年近六十岁的大哥，还是当初的性情，勤劳能干，不肯让自己休息一会儿。他每天在自己的沙土地里劳动，期待从沙土地里挖出金子来。

二哥的消息也传来了。他说，他当初做空心砖的场地整理好了，现在种的是蒲公英。种一次蒲公英，可以收获多年……不知为什么，那块地很适合蒲公英生长呢！

我知道那是为什么，因为那片土地上，有沙子的情绪，有哥哥的汗水，有我们对生活那么多的付出和热情……因为有所托付，所以有所收获。

那日父母听说我从河边拿回来一捧沙子，笑着说："想要沙子，咱家墙角还有一口袋呢！那是当初咱家盖房子时剩下的，一直不舍得丢掉呢！"

听了父母的话，我的思绪又从小城回到了老家，在那一堆沙子里，我重新审视这个世界。是的，我们都曾是岁月河流里的沙子，不论我们落脚到哪里，只要我们守着沙子的心胸，行着沙子的路径，那我们的生活都会有一份恒久的精神财富。这份财富会在你世界里，一粒粒堆积起来，成为一座丰碑。

李易农，中国作家协会会员，中国自然资源作协会员。在《人民日报》《检察日报》《诗刊》《诗林》《星星》《绿风》《延河》等报刊发表作品。出版"梦想"系列作品集六部。

阆中记

邹安音

在蜀地西望秦岭，它就像一道中华脊梁，挺立在华夏大地之上，成天然屏障护佑着山河。秦岭之谷，嘉陵江悄悄孕育，自陕西凤县奔涌而出后，像一条五线谱的音符，在中国西部的琴键上跃动，直奔长江而去。谁知这浩浩江水穿峡谷、斩险滩，一路滚滚东来后，竟然在四川阆中停下了脚步，与之温柔地相拥和亲吻，留下阆苑仙境无尽的芳华。

古　城

阆中的主色调有三种：灰白、灰黑、青绿。

我时常把自己想象成一只鸟儿，静伏于锦屏山云端，悄悄打量心中的阆中，看它像一个天然的太极图，永远盘卧在嘉陵江边。灰白色的一面是高楼，灰黑色的一面是古城，青绿色的便是围绕着它们踯躅徘徊的嘉陵江，以及四面逶迤连绵的山峦。

"千水成垣，天造地设。"阆中四面山形如高门，因名阆山；嘉陵江流经阆山下，因名阆水；城在阆山阆水之中，故名阆中。传统和现代于此交融，动态和静态展露无遗。

念想巍巍秦岭，江山是如此多娇，嘉陵江出自它心怀，难道不像一位怀春的少女吗？她颔首低眉，羞赧沉静，欲走还绕，不舍阆中，仿佛一生只为一个人！

我时常漫步于嘉陵江边，聆听着她的心跳，仰望着古城阆中，想要仔细勾勒出古城的一片灰瓦，或者一条小巷、一个院落……

在我的面前，三面临水、四面环山的阆中古城，绝对是一位硬汉子，沐浴过几千年的风雨，看过世事的沧桑和繁华，却依然像一座丰碑，铁骨铮铮地立于天地之中，砥柱中流。

我最喜欢在某一个晴朗的清晨，去登临古城原点的中天楼，一望古城的全貌。脚步声轻轻的、轻轻的，踩过漆黑铮亮的木质楼梯，想要唤醒他，却又不敢打扰他。

但是古城就那么质朴，沿着四条

中轴线铺陈，檐顶一字排开，像鲫鱼脊般有力而雄壮地叠加，像一个中式的棋盘，等着一场东方智慧博弈的开启。

那些院落也不只是川北造势，更胜于江南风情，如同"半珠式""品字型""多字型"，风格迥异，南北交融。"秦砖汉瓦魂，唐宋格局明清貌；京院苏园韵，渝川灵性巴阆风。"古城一览无遗，仿佛裸露出他的心脏，他应该是想与人沟通和交流的。

凭依雕栏，精美的窗花是最能感受古城的心跳的，那是他的眼睛，也是他2300多年的守望。阆中至今流传巴渝舞和巴象鼓，人们学着古人的样子，像当年巴人骁勇上战场的姿势，舞之蹈之。还有什么比这更让人折服？战国时他为巴国别都；公元前314年，他置阆中县；后历代王朝都在这里设置郡、州、府、道、治所……

每当这个时候，目及灰黑色的古城紧紧依偎着那一座灰白色的高楼，在太极之中，我便收回想象的翅膀，以人的虔诚和敬畏，在天时与地利之和的古城之心，倾听他的诉说。

古城之外，碧波暗涌，舟楫渔歌，青山对峙。真道是三面江光抱城郭，四围山势锁烟霞。恍若红尘一梦，念那旷世幽幽的远古，传说中的人祖母亲华胥单单钟情于此处风水福地，在阆中南池边孕育生下伏羲。所以每次走过气势恢宏的华胥广场，看见一个被无数中国人想象还原的人母雕像，看见她那般慈祥的母亲式微笑，我都在想：她究竟温暖过多少人的心怀？

古城的夜是温情的，缘于一盏盏大红的灯笼，它们被高高地挂在瓦廊檐下，仿佛从汉唐一直照耀到现在。

灯火阑珊的时候，便是古城最神秘的时刻。快跟着我的脚步，只要穿过门廊，沐着星辉，赤脚踏过青石板，走过长长的街道，走过满是绿痕的街沿，就会走进阆中的文脉根须，浸染先贤圣哲的翰墨书香。

为何不去贡院？虽然有高高的门槛把持，但只要跨过去，便是另一番人生天地。川北贡院遗存的每一间考室，每一张试卷，甚至考生作弊的每一件器物，都一一再现着中国古代科举考试的场景，使之成为中国古代科举考试的活化石。

贡院毗邻汉桓侯祠。它是镇守阆中长达七年的张飞衣冢庙，是阆中古城的一个景点，也是阆中一段历史和文化的传承者。张飞庙只是阆中张飞文化的一个元素，在这里随处可见与张飞有关的事物，还有阆中人民口口相传的那一段段关于张飞的精彩传说。快看，实景节目《张飞巡城》就要开始啦。"众将官，给老子巡城去！"这一声地道的阆中话，是不是仿佛已经让你成了张飞的一员猛将？

"张飞"走过之处，一个个院子宁静而安详。有房便有院，有院便有家，中国的每一个院子都装满了故事和传奇。阆中古城的内蕴和情感，是通过风格迥异的一个个院落来抒发的。它们以姓氏为别，分为杜家大院、秦家大院、王家大院以及张家小院、胡家小院等。

汉桓侯祠边,胡家小院里曲廊翠竹又开始抽芽,我曾陪同央视《走遍中国》栏目组在小院中取景拍摄。院子里铡刀起起落落中,又一服良草药备好。此乃医药世家,有"妙手回春"之锦挂于堂前,中国传统文化的气息渗透到了每一个角落。

院子里已经不再是那年的人和事,但那时镂刻的各种精美窗花还在,能照出人影的古井还在,祖先们留下的各种故事还在。

这不,杜家客栈的道琴开始弹唱了,新嫁娘的绣球也抛出来了。我曾亲手把我带领考察古城的外国客人推上舞台,让他骄傲地成为阆中古城的女婿。

最先报春的是中天楼下的张家小院,一株火红的海棠树从天井中央探出头,呼唤着钟情于它的人。近几年春天,一位加拿大小伙子每年都要如期前来品茶、赏花、寻幽。每当我把这个故事在我的话筒中讲述时,从台下人们的眼睛中就可以看出:世界是大同的,没有分界线。

你方唱罢我登台,江边王家大院的皮影戏开演……

朦胧的灯光中,醋香若有若无,飘散在这座千年不老的古城。人群熙熙攘攘,美食正争夺着他们舌尖上的味蕾。

夜色中的阆中仿佛是一本泛黄的诗集,正和着《阆中之恋》的歌词,吟诵着那美妙的音律:天地合欢的神奇,天人合一的美丽,告诉你这千年古城不老的秘密。青龙白虎相伴左右,朱雀玄武福佑前后,嘉陵梦绕渔火晚舟,一壶老酒涛声依旧,好汉张飞在等候。

杜甫言:"阆中胜事可肠断,阆州城南天下稀。"千百年来,每一扇窗花、每一面墙石、每一棵花木……不动声色之间,演绎着"阆苑仙境"的传奇,每一个细节都必不可少,每一个章节都醉人心魂。

落下闳

阆中传说是华胥的故乡,美丽的地方衍生出人们美好的祈愿,像月华辉映了现实的星空。在华胥广场之上,看着嘉陵江边不断摇曳的水草,水草之上四围绵延的青山,青山之上一个古代伟人宏大的雕像,我常常陷入巨大的想象空间,去打捞一段历史的记忆。

古代伟人的名字叫落下闳,联合国教科文组织为使这位了不起的阆中古人名字与日月同辉,将其发现的国际永久编号为16757的小行星,命名为"落下闳星"。

英国李约瑟博士梳理了落下闳所处时代东西方天文的十大成就,其中落下闳就占其三,因此在《中国科学技术史》一书中,李约瑟博士盛赞落下闳是世界天文学领域最灿烂的那一颗。

这位天文学大师是世界级的，至今欧洲一些国家每年都要举行一次仪式纪念他；而在他的家乡四川阆中，人们以各种方式来纪念他，以表达对这位民间天文学家的敬仰。

落下闳是有福气的，他的家乡素有"阆苑仙境"之称，四围青山相对出，人们称其阆山，也有"嘉陵第一江山"之誉。青山状若锦屏，其中的滕王阁飞檐翘角，宋代白塔千年不倒，阅尽人间多少事！

从海棠溪拾级而上，但见"嘉陵第一江山"巨碑屹立于"阆风之苑"亭阁。过碑林，进杜少陵祠堂、放翁祠、纯阳洞、飞仙阁……中华民族的家园情感，被一个天文学家牵连，被一条嘉陵江水传承，就像此刻我来到他的身边。

又从八仙洞下，步幽径，过荷花池，至落下闳观星楼。"春雨惊春清谷天，夏满芒夏暑相连。秋处露秋寒霜降，冬雪雪冬小大寒。"《二十四节气歌》这铿锵有力的音律，似乎响彻云霄。

面前这位神清气定的老人，虬髯铜须，目光如炬，仿佛正穿越历史的长河，从西汉飘然走来。如此一来，我的想象力就无限被延伸了。

时光逆回到公元前110年（元封元年）的一天上午，长安古都，汉武帝正焦灼不安：秦以来的轩辕历一直被沿用，但它却不能准确地反映四时交替和天象之变。谁能助我改革历法，造福子民？

在这样的情况下，太史令司马迁等人上书建议改历，汉武帝准奏。落下闳得益于同乡谯隆的推荐，诏命在肩，星夜起程直赴长安，从此三年，潜心钻研。

他结合半生的观天实践，从观测数据出发，并根据观测天象的需要，研制出了我国历史上的第一台天文仪器——浑天仪。又借助该仪器准确地观测出了日食周期，科学地提出一个月等于 29 又 43/81 日的观点，故又将其称为"八十一分法"。落下闳还竖竿观日，以竿影长短确定出"夏至""冬至"，又根据一年中昼夜的长短变化确定出"春分""秋分"。

在此基础上，落下闳进一步确定了立春、雨水、惊蛰等二十四个节气。二十四节气明确了一年中播种、收获的时间，预测了雨水的多少及霜期的长短，农民们可依此规律有序地安排农事。

汉武帝锁紧的眉头终于舒展了！他亲自审查，最后决定采用落下闳与邓平提出的"八十一分律历"方案，由落下闳、邓平等 20 余人负责新历的制订。

从公元前 110 年到公元前 104 年，经过约七年时间，新历方告完成。汉武帝对新历十分满意，改年号为"太初"，定名为《太初历》，到泰山行封禅大典庆贺新历制成。

五千年相承的中华文明，既包含《诗经》里"舞之蹈之"的诗意生活，也"坎坎伐檀兮"的农事稼穑。农事与诗意交融，民族的气节得以滋养。而二十四节气的确定，让天人合一的时令节气恒远久长。

《太初历》问世，福泽后人，中国人民据此春播秋收，其乐融融，而落下闳却辞官归隐故里，被乡亲们誉为"春节老人"。至今，每年岁首，当地百姓们过春节时，都要焚香设酒祭拜他，并在锦屏山上修建观星楼和铸造青铜塑像以示纪念。

这位两千多年前的智者，屹立在嘉陵江边，那瘦削的身形，清癯的面容，深邃的目光，深深地感动着每一个来到他身边的人。

循着岁月的遗迹，落下闳隐居落亭。其中的"落亭"究竟是指阆中何处？今阆中民间传言在桥楼乡，据说山顶有一平台，相传是落下闳观天象之处。

当地人为纪念这位伟大的天文学家，在落阳山顶建一庙宇，名曰"长公殿"，正中塑落下闳金身大像一尊。庙前两旁先后建房数十间，形成场镇，名曰洛阳山场。每逢集日，剑、南、苍三县边境数千人集聚一市，亦是思依区境内最古老的场镇。

青山逶迤的落阳村，初阳山、高阳山、落阳山、双阳山、赶阳山……山山合围，气势昂然。天气晴好，走进洛阳村的落阳旮，身子似乎也被青山包围了，不知世事为何物。

于此仰望，传说落下闳当年曾观天测地的高阳山神秘莫测。洛阳山下，那掩映在古树中的蜀道和365步石阶年梯，以及青烟袅袅的长公殿，勾起了我前往的欲望。

我一步步走过古驿道，走过365级年梯，走过长公坪和长公殿，攀上高阳山，居然从废墟上拾起一片瓦。"春节老人落下闳，天文巨星在阆中，翻开你的太初历，春夏秋冬在转动……"只听见歌唱落下闳的声音响起，它是那样轻快而明亮。

阆中春节文化凸显"春""年"和"农耕"文化元素，至今保留煮腊八饭、吃年夜饭、祭灶神、祭祖、鞭春牛、舞草龙等年俗。那些被当地人心手相传的春节习俗和文化，像落阳山下桥楼滩河的水一样，流进了嘉陵江和长江，滋养了阆中的每一个角落。

黄剑夫

黄剑夫，为黄埔军校五期生，曾任国民党第16军师长、第76军副军长等。将军之子黄济人，现为重庆市作协名誉主席。

"我父亲率部在阆中起义，并释放了当时在押的数百名地下党员，阆中因此而和平解放。"他告诉我。

1950年1月，黄剑夫在阆中古城墙上挂出白旗，宣布起义。黄济人一次又一次提起古城阆中，在他眼里沉淀着一种很复杂的感情，一种很深的渴望：四川一个叫阆中的地方，应该在他心底沉睡了数十年。阆中，该是他怎样的一个生命驿站？

"我曾经周游列国，其实这是我最想来的一个地方，却总觉得是要留在心里最晚来的一个地方。"古城里的人来来往往，他们来自天南海北，谁都没有注意到身边这个人的情怀和心思。

黄济人祖籍重庆江津，在北京出生。"但我很小就知道阆中，父亲告诉我的，全家人也都知道这个地方。我和身边这些人不一样，他们也许都是来看风景的⋯⋯"

千水成垣、天造地设的阆中，四面山形如高门，城却在阆山与阆水之中。今天，古城是不是也有感应，等来了一位远方游子呢？

这位游子爬上华光楼，此时夕阳正好从对面锦屏山上照过来，我看见他的眼神变得明亮而透彻，双手不停地抚摸着栏杆。古城之外，绿波涌动，青山对峙，是一幅秀美的江山图；古城之内，青瓦房一片一片连缀开去，是一幅宁静的家园图。

"真不敢想象，如果当初这里发生了战争，会有什么样的后果。"他感喟道。人们登上华光楼，欣赏古城的秀美，享受古城的宁静，却很少了解这一段潜藏的历史，了解这样一位将军。能够如此深明大义的将军，是舍不得让炮火的轰鸣惊扰古城的宁静的，那会烧毁它延续了上千年的文化基因和根脉。

据《阆中县志》：1949年冬，胡宗南部黄剑夫师退至阆中，师部驻原道台衙门，全师分驻苍溪、阆中、南部三县。师长黄剑夫于北平解放时弃职回四川江津县。胡宗南入川后，逼其出任师长。他不愿为蒋介石卖命，以养病为由，将部队留驻阆、苍、南三县。当年12月，黄剑夫率部起义。

自古以来，中华民族逐水而居。二十世纪五十年代初，生于重庆江津的黄剑夫将军溯水而上，在嘉陵江畔的阆中古城成就一篇有意义的历史篇章。

千百年来，古城里的人熙熙攘攘，来了，又走了。他们就像绕城而过的嘉陵江水，逝者如斯夫。千百年来，古城的街道依旧，小院依旧，楼阁依旧⋯⋯一扇窗花，一块墙石，一棵花木⋯⋯不动声色之间，它们仿佛都有倾诉的欲望，讲述当年的那些故事和传奇，每一个细节都必不可少，每一个故事都惊心动魄。

这样的惊心动魄，不同于重庆谈判时的惊心动魄，不同于战场上的厮杀拼搏，影响了古城文化的传承和起落，古城历史的更迭和转换。多年以后将军之子走进这片土地，也许他更在意的便是这样的结果。

而此刻的嘉陵江碧波涌动，像一位母亲，亲昵地拥吻着古城。山、水、城、人⋯⋯在那一刻完美交融。"阆中古城，完全超出我的想象。"站在中天楼的最高点，黄济人很动情地说。

不知道他曾经的想象是什么，或许他想象的古城就是父亲的模样。"父亲在这里起义，保护了古城。"他喃喃地说。

夕阳收尽了最后的余晖，山和水渐渐交融于暮色。古城的脚步声稀少了，它开始迎接夜的来临，给予每一个远方游子家的安宁。

王皮影

又一个清晨来临，古城从酣睡中醒来，嘉陵江上升腾起雾岚，像一层层莹洁的白纱，笼罩了那山和那水，环列对峙的锦屏山隐隐约约地呈现出山与水、水与城的大致轮廓。

这里是古城大东街96号。阳光照在一栋恢宏的木建筑楼里，此时，王彪坐在办公室里，正发着呆。古街上熙熙攘攘的人们并不知道此时的他正在思考着些什么，他的心事又是什么。

楼下的大门敞开着，门楣上方几个鎏金大字赫然入目：川北王皮影民俗文化园。如果说阆中古城是这方山水的血肉之躯，那么"川北王皮影"就是阆中古城精神气质的外在显现。

古城里，新建的文化园与其毗邻的建筑物风格不同，体现在它的每一面窗户、每一扇大门，甚至每一个镂刻的木雕上都镌刻了皮影。它们仿佛是"影"的活化石，却又真实地演绎着人世间的爱恨情仇，无声地把情感和思想传达给每一个第一眼看到它们的人。

想要看一场真正的皮影表演，得屏心敛息，等待舞台幕布的开启。穿过时空的隧道，回到皮影表演的初期，通常就在喧闹的锣鼓声中，一个个"影"人在幕帘上轮番出场，或唱或跳，或追或打，满足各自的愿望。

古城中天楼下，在那些闪着青色光芒的石板路上，条条小巷子被切割成岁月的经纬线，穿过两千三百多年的历史，向着古城的更深处延伸。

在那一方小小的舞台，如何把川东北的世界非物质文化遗产"王皮影"以及代表阆中本土民俗文化的春节文化、红色文化、三国文化等糅合进去，让巴渝舞、竹马、牛灯和傩戏等文化形态得以展现，成了王彪心头的忧虑。

身为"王皮影"的第七代传承人，王彪和兄弟王访身怀家传绝技，赢来世人无数喝彩，看似风光无限。但他们所经历的辛酸和苦难，付出的心血和汗水，又有几人知晓呢？

小小舞台，方寸之间，尽容天下之事。家事、国事……王彪告诉我，他最自豪的是：把川北皮影艺术带到国际舞台上的，是他爷爷王文坤。

1988年6月，以表演"王皮影"为主的四川省皮影艺术访问团一行6人，到世界音乐之都维也纳等城市，进行了为期12天的访问演出。奥地利总统看了"王皮影"第五代传承人王文坤的表演后，称赞："这才是真正的东方艺术！"

但是随着时代的发展，皮影戏渐渐从人们的视野里消失，曾经辉煌灿烂的"王皮影"身处这种险境。1991年，王彪含泪告别爷爷，只身一人到了深圳，进了一个集团打工。在城市的高楼里，这个来自川北阆中的中年男人开始了自己的梦想之旅。

"一个偶然的机会，我到北京出差，到琉璃厂参观时，看见一个男子在品鉴皮影，手里拿着的报纸正好有当年爷爷在奥地利维也纳金色大厅演出的照片。我当时无地自容，心想自己祖祖辈辈都是搞皮影的，现在却这样没名堂，没守住传统的技艺。"

"我怎么能轻易丢失安家立命的家业呢？"自幼跟着戏班演出的王彪，在爷爷的手把手教导下，从敲锣打鼓，到唱川剧，再到演皮影戏、雕皮影……王彪的每一步都走得不容易。

"幸好集团的董事长是一个有文化有情怀的人。他给我的工资是12万年薪，吃住都由单位负担，但是只准我干3年。3年时间满了，为了让我回家传承皮影文化，他把我辞掉了。"

鞠躬辞别深圳，王彪的心早飞回了故乡。他打破皮影戏传男不传女、传亲不传外的行规，在全国广招学徒，只为传承这一门古老的中华技艺。

今天，一次可容纳200人的阆中古城皮影剧场，凝固了中华民族的珍贵记忆，珍藏了阆中古城悠久的自然和人文历史，在古城的一隅发出灿烂的光芒。

天宫院

追寻着"前圣"的足迹，中国历史上在天文和术数等方面有着重大影响的两位人物也先后在阆中天宫院自选墓地，他们就是李淳风和袁天罡。

李淳风在贞观年间先后制成六合仪、三辰仪、四游仪、黄道浑天仪等当时世界上最先进的天文观测仪器，后又学习术数等。袁天罡是中国历史上著名的天文历算学家。如今，天宫院村的村民们日夜守护着两位深埋于此的"圣人"，在世人惊羡的目光中，过着恬淡闲适的生活，固守着美丽的家园，该村成了远近闻名的长寿村。

天宫院五龙村，单单是这地名，便叫人神往。

早春二月，春色悄然而至。沿途植被丰茂，山势清奇。路很宽，小河水很清……村民们的房屋被涂抹成白色，古韵悠悠，也给冬末枯寂的大地增添了一抹光亮。越往里走，心灵越是清净，这仿佛是一场时空的跨越，从现代到古代，从人间到天堂。

一座圆形的大茅草屋，凝练成乡愁，在石龙河边静默远望；一条红色的骑游道，在官家山下向前延伸，通向五龙村深处；一个个五彩的花卉园，红绿黄橙青蓝紫，装点着山村的香色。

菜地、鱼塘、稻田、果园……好一个有特色的旅游小山村，在五龙村深处闪放光芒。不管何时，就餐于天宫院天林乡五龙村"大革命食堂",都像回到故乡,回到了家。

此时,在大茅草房内,我正陪同央视摄制组拍摄一组乡村团圆的盛宴。这一桌丰盛的乡村宴席,名"五龙村蒸笼宴"。其食材几乎全部是本村土地所长,散发出它们本来的清香。

这第一道菜,绝不能没有阆中先民流传下来的"阆苑三绝",它们由张飞牛肉、保宁醋和蒸馍组成。眼看厨师们把漆黑的张飞牛肉煮熟了,再把盖章的蒸馍掰碎,和在醋面汤里,一道奇特的美味,便在舌尖上缠绕。

还有一道菜也不能缺少,那便是流传于阆中、南部一带的卧龙鲊,那是祖辈们对过去苦难日子的特殊纪念:又长又宽的肥肉粉蒸后,肥而不腻,又香又糯,入口即化。

除此之外,还有水磨豆花、香肠腊肉、辣子土鸡、时令蔬菜……这一下子唤醒了每个人童年的味蕾记忆。且看,那一壶老酒正是古城桂花酿造的,它摆在餐桌上,还散发着悠远绵长的味道呢。

此时此刻,那些关于远古的、现代的、先贤的、亲人的记忆袭来。阆中构成了一部丰满的大书,在菜里发酵,在酒里酝酿。山为屏,水为环,城市的喧嚣浮躁不再,仿佛人生的际遇得失也随风而逝,天人合一,就这样静静地与山水草木虫鸟相拥而眠。

邹安音,中国作家协会会员。作品发表于《人民文学》《人民日报》《文艺报》《散文选刊》等。获得第八届冰心散文奖、第六届中华宝石文学奖提名奖、第三十届"东丽杯"孙散文奖、第二届金沙书院两岸散文奖等。出版散文集多部。

山谷的诗意表达

路 军

一

故乡小村庄之南的一条山谷，茵茵绿草里形态各异的石头颇为奇巧，凝固的诗意表达，需要明心静气的阅读与想象。

这里的河水长流在我童年的记忆中，河滩内巨大的石头不少。躺在沙窝晒着太阳，一头扎进泥土，余半个身子，隐没在蔓草丛。我最初以为在草木稀疏的洪荒年代，疾风骤雨后，浊浪飞奔，硬生生摧毁了河岸边际的山体，裹挟它们离开山之母体，滚入河滩。然后年年如是，下移、反转、冲刷，风剥雨蚀，日晒冬寒，成了今天河滩石头各具风姿的模样。

现在，溪水已经没有那么足的力气挪移、打磨、塑造这些石头，它们安静下来，而那些自由生长的大小不一的蔓草成为这些石头的亲密伙伴，赋予石头诗意一样的存在。如果说，石头符号记录着生态变迁的历史，那环绕身边的众多草木则装饰了石头的形象与表达。

当我时隔多年再次见到那块石头，问身边随我同行的孩子，你看，它像什么？他脱口而出，金蟾。我夸他有想象力，他毫不掩饰地说，我这还看不出来，在辽河源，不就有一块金蟾望月石吗？

辽河源的那块金蟾石个头比这个大出好几倍，周围落叶松遮天蔽日。石头望天，羽化成仙的渴望姿态永久地固化了。或许，因为那高山之巅常常涌来装饰仙境的云雾，它才生出如此虚幻的样子了。

前几天的好雨将金蟾石周围装扮得绿意欲滴，草茂花开，草木香气氤氲满谷。这金蟾石自然兴致勃勃，一跃而起，留下了千古一瞬。它的脑子里，记录着日渐繁盛的历史，我从它斑驳的古色中看到了沧桑与厚重。

走了几步，两块石头令人忍俊不禁：一块石头如小象般侧卧在草丛间，周围草木静谧无言。不远处的另一块大石头，像极了一头老象，正仰头伏在土坎上向外眺望，它的眼里不再是荒芜，而是绿意葱茏。

一条沟壑,若多了草木的蓄积,各种生灵都活跃起来。就在我凝神于绿色的景色中时,一个影子突然蹦跳出草丛,斑纹大耳,是一只野兔。

这些石头,也是动物变化的。只要草木深,每一块石头都玲珑若诗。

二

在这条山谷,那一棵棵绿树宛如乐曲流淌着动人心灵的音符,从里到外汇聚成了绿海涛声。

一些榆树寻常见,故乡镇子名"榆树林子",可以想象名字与榆树的渊源,追忆年华,这是枯寂之地与苦瘠之地常栽的一种树木。

先秦无名氏吟咏出"宁得一斤地榆,不用明月宝珠",道出了饥馑之年榆树济人的美德;唐张九龄"橘柚南中暖,桑榆北地阴"之句可见北方榆树的绿树成荫与寻常广布。

《辽史·地理志》记载,本地属辽朝榆州和众县管辖。起名"榆"与故乡所在地冀东北、辽西、赤峰南等地生长众多的榆树有关。

不过,即使曾经那么繁茂的草木,也禁不住岁月更迭中的肆意戕害。公元1068年11月,北宋使辽使者苏颂来到了塞外古道,眼中已是"日日西风起塞尘"之状,他越往北越苦寒,行走在崎岖不平的山路上,晚夕大风,沙尘蔽日。其时,一隅之地的故乡草木稀疏可见一斑。

草木兴衰与朝代更迭紧紧相系。

往事如云烟。今天我在行走的这条沟壑所见之榆皆有一个相同的姿态——柔婉而奇崛。这像极了边塞诗歌,豪迈不失柔情。那边三棵榆,枝干或如苍戟刺天,凌霄直上;或蜿蜒枝干走如虬龙,不惧北风摧新枝。远看,远天长榆、深山如黛;近看,榆枝披风,榆叶攒头,浓淡参差,与树下草丛顽石构成好看的一幅画。

这几棵榆长在河谷东侧的台地上,西北风翻过山坡,卷过河滩,直扑榆树。久而久之,它们不折服的姿态便成了一律向西歪斜身子,一幅迎风沐霜的图景。我甚至看见中间那棵榆,好像一位蓄势待发的勇士,它的内心深处储存了几十年的绿色精神足可以支撑它面对岁月的风霜雨雪。

在一棵粗壮的大榆树下,我停留了许久,它的枝干有的盘曲,有的俯地,树皮苍颜皴裂,宛若一条条褶皱堆挤的沟壑,装得下千万河山。

一文友见我发到微信圈里的各种榆树的图片后,有感而发:疾风骤雨亦展枝,横逸侧卧各有姿。

绿色满谷,经过几十年持续不断地绿化,白杨、旱柳、胡枝子、油松等到处都是。这个季节,一场痛快淋漓的雨后,草木尤其新鲜,新得醉人,新得人不想离开,只想安安静静坐在草木间,享受绿意满怀的惬意。

东山坡的油松栽于1958年。父

亲讲起，祖先最早迁徙到这里时，草木亦曾繁盛过，南山曾松林成荫，后荒年寒月，离乱纷争，山匪横行，草木不幸。阳坡只长小白草，阴坡光秃秃。我爷爷在二十世纪五十年代当队长，开始领着老少爷们在阴坡栽油松，在阳坡栽杏树，在山腰栽果树，"喇嘛沟"被一个诗意洋溢的名字"果树园"所取代。

眼前的这条绿色沟壑不过是故乡、塞北大地草木葱茏的一个缩影。

三

我第一次见到紫红色的石竹花，簪在油松林如刘海儿一样的披针薹草间，楚楚动人，点亮了幽深寂静的时空。它们是草地上的一枚枚星子，闪烁秋的深沉神色。

我的童年没少跟在母亲的身后，踩着淡淡的晨光，来一人多高的油松林捡蘑菇。

小池塘畔有一株亭亭玉立的飞鹤一样的金色花，它的独立风姿，清宁纯净的性情，直到现在我还记得。那是我在油松林见到的唯一一种在心里的美丽花儿，虽然我不知道它的名字。

可是，那时有没有这些匍匐于披针薹草间的石竹花？它们怎么来到了这里？是我童年的一些记忆在时光的河流中被冲刷走了，还是那些爬上山坡的羊儿、牛儿啃食掉了这些石竹花？我无从忆起。

我笑着对身边的孩子说，它们是飞鸟衔来的。他也笑了，应和道，太有可能了，从前，人们不懂得保护飞鸟，那时这林子里还有鸟吗？

不过，当俯下身看那楚楚动人的石竹时，我相信，这处沟壑一定早已有之，远得你的悠悠思绪难以抵达。那是"中国石竹"，也叫"中国沼竹"。你细细品味，头脑中不难浮现从前祖先第一眼看见它们的样子：一片片流水、蔓草、鸟儿自在生长的沼泽地，水中的沙土滩上，茂密的草木间，紫红的小花耀人眼目。

不过令我意外的是神农尝百草，后世记录的《神农本草经》里可见车前子、远志、沙参等草木的身影，独不见石竹花。原来，石竹生于北方，神农尝百草，未曾有机会一睹其颜。后世的《别医名录》《食疗本草》等著作也不见其形。这毫不奇怪，草木在古代迁徙的脚步不慌不忙，它自有其定力。直到1406年朱橚组织编写出《救荒本草》一书，石竹花才在典籍中第一次现身。这个朱橚从年轻时就迷恋草木，后封周王于中原凤阳，得以目睹与南方不同的草木，在他的笔下，石竹长这样：

本草名瞿麦，一名巨句麦，一名大菊，一名大兰，又名杜母草、燕麦、蕎麦。生太山川谷，今处处有之。苗高一尺已来。叶似独扫叶而尖小，又似小竹叶而细窄。茎亦有节。梢间开红白花而结萌，内有小黑子。味苦、辛，性寒，无毒。蓑草、牡丹为之使，恶螺蛸。

以今天的眼光看，石竹与瞿麦为石竹属里的两种花。瞿麦花瓣宛如流苏，石竹则边缘多锯齿状。

明代李时珍1552年历时二十七年编写成《本草纲目》，他对于石竹的描述比朱橚细致得多：

> 石竹叶似地肤叶而尖小，又似初生小竹叶而细窄，其茎纤细有节，高尺余，梢间开花。田野生者，花大如钱，红紫色。人家栽者，花稍小而妩媚，有细白粉，红紫赤斑烂数色，俗呼为洛阳花。结实如燕麦，内有小黑子。其嫩苗炸熟水淘过，可食。

你看，石竹花已经从北方来到了中原大地，在饥馑的年代成了百姓的"粮食"。

我听母亲讲过，三年困难期间，为了填饱肚子，大家上山捋树叶，剥榆树皮晒干碾成面，如石竹一样的嫩草脆茎煮成菜粥，度过荒年。

我童年时，这条山谷溪流泠泠欢歌。石竹花在默默地复苏自己的生命本色。几十年光阴，现在真是一幅"山花插宝髻，石竹绣罗衣"的秀美画卷。

飞来的野花不只有石竹，还有一朵朵喜欢仰天笑盈盈的山菊花、陆英花等花儿。

我要回城了，母亲又一次劝我常喝一些蜂蜜："秋天的杂花蜜里，山里的各种花都有，草药草药，这蜜滋养人的。"我答应的时候，心里一动，那里面也有石竹花的身影。

四

山谷东坡是一片一直蔓延至山顶的油松林，粗粗算起，我至少也有四十余年未到这林子里了。

每年十月与之近在咫尺，我就站立在河岸西侧的玉米地里收玉米或者站在梨树上摘梨，一抬头就看见了松林，想起我提篮跟在母亲身后去松林捡蘑菇的情景。

如今，蓬头稚子已人至中年。

山坡上到处是贴伏于地的山菊、车前子、蒲公英等有名字的无名字的山草。泥土松软，似乎再一使劲儿，便踩出山泉了。

入夏以来，雨水频频光顾，慷慨淋漓。松针松干如洗，在树下一墩墩披针薹草的缝隙里，一个白里透着微红如奶酪色泽的蘑菇映入眼帘，我兴奋地连喊了几声："蘑菇，快看，蘑菇。"

很快，在这片油松林足不盈三五米的土坡，我陆陆续续发现了好多蘑菇。隐居者遗世独立于毛榛柴丛里，靠着一堵石墙边儿，安安静静；顽皮嬉戏者几人围在一起，或歪或立，笑容可掬，周围草木清新令人心醉。

蘑菇小的只看见蘑菇头，已长多日的，咧嘴呵呵笑，而再年长的似乎已到人生暮年，旁边还有幼者相伴，呈含饴弄孙之态。我还看见了一些还未完全腐烂掉的蘑菇，一半凋残，很快就烂如泥，那些新鲜的菌子落入泥土，不久后冒出新的生命。

整个油松林，除了我和孩子外，只听得见不知隐匿何处的布谷鸟"布谷——布谷——"的鸣叫。我不认得的一种尾巴短而类似斑鸠的小鸟从林梢飞过，丢下一地的清脆音符后便是寂静。

没有人来捡蘑菇。多年前，我和小伙伴常常在林子里碰面，转大半天采一筐底松蘑的景象不复再现。

我喊在一旁发呆看草木景色的孩子捡几个蘑菇回去，他没有吱声，沉默不语的表情在告诉我，他不感兴趣。我无言以对，只得自己继续在草丛里看那些隔了太远的蘑菇。

人都到哪里去了？很好理解，村子里年轻人并不多见，上学、工作、打工，中年人在外的也不少，老年人留守村子。松林里的蘑菇偶尔会成为一个话题，那不过是一种回忆，青春在蘑菇影子里偶尔灿然。

再一次在这片油松林见到蘑菇已隔了太久，久得我站立林间寻寻觅觅它们的存在。

回村子前，我还是拾起两个蘑菇留作纪念。

路军，河北省作家协会会员。在《福建文学》《四川文学》《山东文学》等报刊发表作品130多万字，著有散文集《一树阳光》。曾获《人民文学》美丽中国征文奖等荣誉。

秋天的原野

戴舒生

一、秋色

秋天的空阔和悠远，置身于大地之上就能感触得到。究其原因，也许是因为相比于春夏季节，秋天气候干燥，空气中水分较少，能清晰地瞭望更远的景色。

故乡六安市舒城县张母桥镇大地上，大多为丘陵和平原，因此无论从哪里远眺，天空似乎永远是主角。此时，正是看云的时候，蓝天上朵朵的云，或堆积在一起，或独自飘移，明暗由白、浅青、淡乌自然过渡，再庞大的体积也显轻巧柔和。无论天上有多少云，它们之间总有缝隙透出湛蓝的天色，又反衬了云的洁白。

云朵飘来，淡淡的云影由远及近，铺过白墙或红砖房屋的村庄，连绵、耀眼的黄、绿色稻田。近处路上的云影重一些，那么快速地一路向前方飘移，顷刻间消失了踪迹。云影之外，阳光照耀的万物，依然泛着光芒。

秋天的颜色中总有些发黄的影子，湛蓝的天空就好像兑了一点点淡黄，虽然很轻微，细心观察还是能看到。地上的栎树叶子、银杏叶子、豆荚叶子、稻子、野草，已由绿向黄渐变，色彩透明发亮。稻叶从叶尖变黄，稻穗从顶端变黄，牛筋草是从花一样的果实开始的。这种现象不禁让我疑惑，人过中年后从头发开始变白是否和植物的变化类似呢？这不禁让人感慨，世间生物都要经历从新生到成熟的成长过程。

水边，空旷的原野上，芦苇长在成片的竹叶草中，这是属于芦苇的季节，盛开的芦花在修长芦秆上泛着淡紫色，似乎在静默中等谁；有风拂过，轻盈摇曳，又似乎在应答谁的呼唤。倾耳聆听，似乎有隐约的笛声在芦丛中飞扬远去。

自然风光的搭配总是完美和相称。秋天长有芦花，长有茭白，长有香蓼和草血竭。是什么情况，让正在默想的鹭鸶一只、两只、成群地翩翩飞起，又在不远处悠悠落下？无论是农田背景还是蓝天背景下，鹭鸶洁白的身影都清晰而又优雅。

路边，有整株茅草绿得正欢，池塘水边的那棵乌桕树叶呈饱满的墨绿色，近岸处大块李氏禾的叶子还嫩绿如初。它们自己知道吗，要不了多久，这些树叶也要顺应自然变得干枯？路边、村庄边、山顶山脚山洼里，有的是板栗、泡桐、桂花、大叶柳、枫香、毛竹、桑、榆、椿、柏，它们或单株独棵，或成林成片，增添了原野的幽深清凉。

银杏、枫树、乌桕、柿树、楝树的树叶，正在度过一年中最艳丽的时光。秋天每个阶段都有植物在绿、黄和红的色序里变化，简直如鲜花盛开，色彩缤纷炫目，见到的人谁不感叹。

山岗那棵棵马尾松，绿得稳定、肃穆，每当有白云飘过的时候，形象越发庄重、高古，犹如一群高士默默无言，在远望尘世。而茶园里的油茶的叶子绿得醇厚，正是开花的时候，花色如白玉，只不过四周杂草被打理得干干净净，没有草色的衬托略显单调。

长在蓝天背景下的白杨树很特别，银白色树干直立挺拔，叶子翠绿、嫩黄相间，阳光抚慰着这些叶子，仿佛能穿透过来。只是整棵树的叶子稀薄了些，遮蔽不了枝丫上的鸟巢，让它们清晰地暴露在枝丫上，带了些孤寒的意味。

河岸和小溪边的杂树，构树、乌桕树、楝树、栾树，它们一丛丛沿河溪岸的走向回环蜿蜒，即使离得很远，依着这些树就知道哪里有河、有溪。小溪边只要有一棵杂树生长在岸草间，那片风光里就有了轻音乐般的韵味，如果卧一座古石桥，还会萌生天长地久的怀想，再遇着戴草帽的人从桥上行走，目光会不由得一直追随他过桥后沿乡路转过那片小树林远去。

二、秋声

那天下午，阳光很好，顺着一个山脚乡道的转弯处向前走着，左边是平原和不远处面积广阔的塘堰，前方和右边有低矮的山岗。一阵风来，让我和秋天的风在这里不期而遇。秋风呼呼地在身旁吹过，不由得想知道它来自哪里，好像是远方，又好像在周围生发。突然间，我认定风声是原野上最动听的声音。于是放轻脚步，真怕走路产生的声响被掺杂了进去，后又干脆立在那里，看塘堰前的岸树、衰草、稻田里的稻子被风吹拂得一阵阵弯下腰的样子，它们弯腰时发出的声音和水面被吹拂时发出的声音汇聚在一起，传到我的耳畔。此时，我彻底忘却了平生心中积藏的所有遗憾、忧郁和愤懑，只剩有充满内心的喜悦，和感觉里回到童年时特有的幸福和温情了。

那些去冬留下，正在风中起起伏伏的衰草中有一片大白茅。原先，我总觉得这个季节的风声是原上成片的大白茅被风吹拂时发出的声响，现在才知道，那是我对秋天诗意的想象，是一厢情愿的自以为。只是我想，自然的杂草正在被种植的绿草、粉红草代替，名曰美化，但失去大白茅的土地，还有秋意吗？

右边山岗的那排白杨树，叶子被风吹得脆响，哗啦啦的，枯叶不停飘落，似乎带着翅膀在轻巧翻飞，和树枝分离，真想走过去伸手接住它，感触那轻飘飘几乎可以忽略的重量。

小路两旁的林间，百鸟鸣声婉转，各不相同，丰富、热闹，还有不明的神秘。一路细细听来，有的鸟声又尖又脆，大多发出噜噜、嘟嘟或唧唧声，有的不紧不慢，有的拖得老长，好长时间不会停歇。有的嗓门大，却显嘶哑，突然听到会吓人一跳。还有的像人的狂笑声，像打招呼声，像呼呼的喘气声，像哗哗雨水声，像一阵碎石子沙沙落下的声音。经历了炎热后，又要面对寒冷，鸟儿们在这段温暖时光里生活得很自在。

斑鸠叫声像青春期男孩的歌声，浑厚慵懒，突然来到高音部，那是一个停歇的前奏。这声音又好似能催眠，让人有瞌睡的感觉，也会唤起我对青山绿水间农民在稻田插秧的景象的回忆和怀想。其实，真正能催眠的，应该算午后时分公鸡站在树枝或墙垛高处时的打鸣声，鸣声传来，总觉得心中空荡荡的，听着听着，睡意袭来。

不能忽视的还有秋虫，它们正躲在哪片草叶或土块下用细致文雅的歌声透露存在的信息，它们是在快乐吟唱，还是忧伤而鸣，或是在传递消息？只是要不了多长时间，都会销声匿迹。它们一生过于短暂，想远了，就会不自觉联想到生命的轮回，让人心生怜悯和叹息。

乡下的狗这时候喜欢聚在门前阴凉处，肚皮朝上躺着睡懒觉。只要陌生人走来，它们就一跃而起，竖起耳朵。如果其中一条吠起，就会引来另几条漫无边际的狂吠，声音传得好远。有时，它们默默无声快步跑到你的跟前，人和狗近在咫尺，默默对望。此刻，不可慌张，你只须慢慢退着离开，直到它们离开了你的视野，心就可放下来。遇狗的过程，除了紧张，你还会感觉到秋阳、秋山、庄稼地、村路都在默默注视着你，什么声响都消失了，四周那么安静。

夜晚，草叶上的露水里能看到星光和月光。从树上滴落露水的声音突然、沉重，有些惊心动魄，遮蔽了所有的虫鸣，在深蓝夜色里犹如在静谧的水中投下石子而泛起的涟漪，只是没有摇晃起那些伸向天空的树枝和房檐剪影。秋夜渐深了。

三、秋味

秋天是收获的季节，原野上处处感觉到成熟庄稼的气味。

枣子、柿子、板栗、扁豆、玉米、山芋、黄豆、花脸豆，要么已成熟，要么离成熟不远。只要见到，它们各自的口感和芳香立刻在心中涌现。从小到大，吃了二十多年的食物，滋味早已深入记忆，忘不了、抹不去。

也许是小时候味觉的影响，总认为故乡的山芋最香甜，面兜兜地噎人。用这些山芋粉做成的粉丝，有我甜美的回忆。幼时，一个秋日，父母带上我，去一处村庄的作坊购买山芋粉丝，只记得从阳光照耀、微风吹拂的田坎、田埂走过，看到了成熟的黄澄澄的稻子。回家后吃粉丝的香味让我回味至今，总觉得当时远方灰蓝色的群山和阳光还在带着丝丝甜味注视着我。

田埂上长着大片黄豆，多数还没有成熟，叶色尚绿，剥开一个豆荚，豆粒青绿色，饭锅里青黄豆蒸熟后的味道立刻从记忆里唤回。这道普通的菜肴，做法简单，只需要放上从自家菜园里摘下切成丁的秋辣椒，加上豆瓣酱、香油、猪油各一汤勺就可做成。

六谷锤子、烀山芋、炒板栗，靠着门口晒的芝麻秸，此时成为回忆的资料，哪怕见到几节剥了麻后的麻秆，也会愣好长时间。这些回味如饮甘饴，可以忘忧，可以疗伤。

一川一川收割了稻子的稻田，虽然失去了阳光下闪亮的浅黄、深黄、橘黄和浅绿、深绿、橄榄绿，可稻田露出新鲜的深赭色，配上各种鲜亮的草色，无论怎样取景，都是一幅光彩浓重的画，稻茬和稻秆散发出的青草般的清甜香味醇厚扑鼻，弥漫在村庄的周围，弥漫在河溪、原野上，让人恍惚以为呼吸的是温暖阳光的原味。不知不觉，遗憾袭上心头，小时候上学时走在充满稻香、麦香的田埂上是怎样的一种享受，终因是日常，被年少无知忽略了，到而今已成为一种奢侈的妄想。

其实，秋天也是崭新的开始，新米、新豆开始端上饭桌，明春的花草已在地下萌发，地里开始种油菜。翻一块菜地，撒一把小白菜籽，几天的时间就浅绿一层，洗净一大捧，放少许盐清炒熟后只有一小撮，菜汤里似乎泛着油花，青绿柔嫩，入口即化。

水面上寻找到的秋天滋味，只可意会。此时，真正透明的是秋水，阳光下，静静的，似乎泛着凛冽之光。眼前没有无际的大江大河和广阔的湖泊，无法欣赏它们在这个季节里特有的磅礴气势。面对一条小河、一条小溪、一片水塘，哪怕一条田间沟渠、一泓井泉，只要有清水流淌，你就能从秋水中寻找到秋天特殊的气息。

惜别的思绪会随着鸟雀的身影匆匆穿塘而过，会循着秋水的连绵和寒凉漫上心头。背着阳光，波光粼粼，两只野鸭一前一后，顺着风的方向，在水的波纹里随意飘荡，看似无忧无虑，却惹起人在天地间渺小无助的伤感。眼前的小小水面，仿佛是它们出没的万里风波。

回头看看走过的一处山岗上的村庄，能看到其背着阳光，阴影里有一户正敞开大门。暗想,这时,他家客厅的方桌前一定有人在聊天,应该有人看到了我在路上渐行渐远的背影。如果真是这样,我应该成了那人眼中风景的一部分,不知道在他的眼里我的背影是否孤寂,他是否想探究我身上发生的故事。

如果不是这样,我可以肯定地说,眼前这片秋原肯定在亲切、温情地注视着我。真想就这么永远在尽染秋色、生机盎然的故乡走着,顺着风的方向,让蓝天白云把愁绪洗净,让心情和秋野一样辽远空阔。这种滋味很美,很美。

戴舒生,中国自然资源作协会员、安徽省作协会员,今日国土·生态文学委员会特聘作家。作品发表于《大地文学》等报刊。

中国自然资源作家协会
"文学助力沂蒙山生态建设与恢复志愿服务活动"项目
入选中国作家协会2023年度文学志愿服务示范性重点扶持项目

中国作家协会社会联络部公布的2023年度文学志愿服务示范性重点扶持项目名单中,由中国自然资源作家协会报送的"文学助力沂蒙山生态建设与恢复志愿服务活动"项目,经文学志愿服务示范性重点扶持项目评审小组论证,确定入选2023年度文学志愿服务示范性重点扶持项目。

用红色的"沂蒙精神",打造出了绿色的"沂蒙生态",是"文学助力沂蒙山生态建设与恢复志愿服务活动"的宗旨。

在沂蒙山生态建设与恢复中,充分发挥沂蒙精神在新时代的作用,坚持"两山"理念,推动生态建设与恢复,精准有效推进沂蒙山区域山水林田湖草沙一体化保护和修复工程高质量建设,积极打造生态保护修复系统治理的"沂蒙样板"。

林间漫步

高立鹏

我喜欢在家附近的林间小路上漫步。

炎炎夏日，正是花木繁茂时节。

我邀约朋友来到这里，随意选择一条小路，一边走，一边聊些与路相关的话题，想些与路相关的事情。

一

这是一片很大的森林，其中很多地方我还没有涉足。从西面进入，沿着一条笔直的马路前行。正值三伏天，路边的杨树高大挺拔，微风在树干间穿梭，带来丝丝凉意。我们慢慢前行，道路似乎没有尽头，路边的景色也少有变化。

"我们走林间小路吧！"朋友提议。脚下的路是宽的，也是直的，而小路迂回曲折，需要多走一些距离。我有些犹疑，但最后还是响应了朋友的提议。

一拐进小路，就见到一条小河，沿着小河前行，可以看到弯弯的小桥，还有一个美丽的湖泊。湖边长着几株柳树，看上去像一幅美丽的风景画。

"好美啊！"我禁不住赞叹。

"如果不走弯路，就看不到这么多景致。"朋友悠悠地说。

"美丽总在弯路上。"我表示赞同。

"其实，人生也是如此，没有捷径。走一些弯路，表面上看来是坏事，实际上，却能看到更多美丽的风景。"朋友补充说。

二

我们继续前行。过了一片林，又是一片林。林间小路弯弯曲曲，时隐时现。

关于路，有说不完的话题。

人世间的道路形形色色，多种多样。

海陆空，远中近……

有的新，有的旧；有的宽，有的窄；

有的直，有的弯。新路走着走着就旧了，窄路走着走着就宽了。

人不可能只走旧路，不走新路；只走宽路，不走窄路；只走直路，不走弯路。

没有路可以开辟出来，有了路也可能湮没无痕。

无路可走，这是没有的事。常言说，天无绝人之路。鲁迅说，其实地上本没有路，走的人多了，也便成了路。

行路的目的各有不同：一些人走路只为欣赏风景，一些人则是前往某个特定地点，还有一些人兼而有之。

不过，有些人走着走着，就含糊了，忘了自己的初心。也许本是赏景的，后来只想着某个特定目标；本来打算去某个目的地，后来只顾赏景；本来两者兼顾的，结果两者俱亡。

走路的心态十分重要，如果只重目的，轻视过程，那么步履匆匆可能就会妨碍你欣赏沿途的风景。如果漫无目的，过于留恋美景秀色，那么就可能迷失方向。

走路还应该保持一定的节奏。节奏太快，失去后劲，可能欲速则不达。听说泰国有句俗语，叫"慢慢就是快"，意思是说，慢慢前行，持之以恒，能够收到行稳致远的效果；但是，慢也是相对的，节奏太慢可能丧失时机。

我很欣赏那些人：既看了风景，也到达了目的地。有时为了邂逅更多更美的风景，他们宁愿走些弯路，多耗费一些时日，却又不失心中的目标。

三

我们走走停停、时徐时疾，有时聊些闲天，有时沉默不语，任思绪天马行空，自由翱翔……

人们常说，独行快，众行远。

历史上很多著名人物都喜欢独行，他们在独行中静静思索，并因此留下许多经典之作。

想起梭罗的《湖滨漫步》。

《湖滨散记》又译《瓦尔登湖》，是我喜欢的绿色经典著作之一。十多年间，我陆续读完了一套绿色经典文库丛书，其中有《沙乡年鉴》《增长的极限》《多少算够》《伐木者，醒来！》等，梭罗的《湖滨散记》也在其中。

梭罗1817年出生于美国马萨诸塞州康科德，20岁毕业于哈佛大学，史料上评价他是个"品学兼优的学生"。

后来，他回到家乡教书，四年后辞去教职。他早期曾从事诗歌写作，后来转向散文创作。

1845年7月—1847年9月，他在瓦尔登湖畔搭建了一个简陋的棚屋，并独自居住了两年之久。《湖滨散记》就是这段时期漫步与思考的结晶。

在《湖滨散记》中，梭罗写下18篇散文，记录了自己两年来在瓦尔登湖畔的所见所闻、所思所想。瓦尔登湖的四季，像一条清澈的小溪，在作者的笔下潺潺流淌。

这是一本需要静下心来慢慢阅读的散文集。在夏日宁静的早晨，在起床之后、上班之前的那段宝贵的时光里，只要有空，我就会翻开《湖滨散记》随意读上几页，大约两周后，我的目光已经掠过了全书的最后一章——《后记》，完成了一次愉快的阅读之旅。

书在我的指间一页页滑过，那里充斥着作者思想绽放出的美丽小花。

梭罗在书中描述自己在瓦尔登湖自给自足的生活、与农夫和邻里的交往。正是在这种亲身体验与交往中，他了解到农民生计的艰难，批判了那些富人奢侈的生活，认为"大多数的奢侈品，大部分的所谓生活的舒适，非但没有必要，而且对人类进步大有妨碍"。

梭罗居住的环境，自然过滤了很多接触者。他崇尚农耕，说："耕种是一件神圣的事，农民是一种伟大的职业。可惜，现在的农民成了屈辱的象征。"他倡导简朴，并感叹说："如果每个人都像我一样简朴生活，又哪来的偷盗和抢劫？"

长期与自然为家，梭罗当然看到了自然的价值。他热爱野生动物，倾注极大的热情记录赤鼠、兔子等动物的故事。他把猫头鹰称为猫的长翅膀的哥哥，并进行了仔细观察。关于森林，他说，即便在这个时代，这新大陆上的森林，仍然具有极大的价值，比黄金更永久、更普遍。

《湖滨散记》通篇贯穿着一个主题：人们如何才能好好地生活？在书中，梭罗提倡俭朴生活，追求人生的自由、自主、自在。他主张人应兼收并蓄、心平气和。在书的结尾，作者呼吁：把你的视线转向内心吧，你会发现心中还有一千个区域尚未发现。到这些地方旅行吧，并成为这内在宇宙的专家。

梭罗于1847年9月6日离开瓦尔登湖，重新和住在康科德城的朋友兼导师拉尔夫·沃尔多·爱默生一家生活在一起。

1862年5月6日，梭罗因肺病医治无效病逝，仅四十多岁。在同时代人的眼中，他只不过是一个思想偏执、行为怪异的人，一个爱默生的追随者而已。直到19世纪末20世纪初，他和他的著作才得到了广泛和深刻的认识。

他说他的腿所走过的每一步路，都是他要走的。照例路走得越长，所写的作品也更长。如果把他关在家里，他就完全不写了。

四

我们的漫步还在继续，就这样走啊走，夏日的酷热、外界的喧嚣，似乎都与我们无关。我们谈论梭罗的《湖滨散记》，自然会联想到卢梭的《一个孤独漫步者的遐思》。

卢梭出生于日内瓦，是法国伟大

的哲学家、教育家、思想家、文学家，18世纪法国大革命的思想先驱，启蒙运动的代表人物之一。

他曾因化学实验双眼受伤，到宁静的乡村养病，后在巴黎科学院提出《新乐谱记谱法》，并写成歌剧《风雅的缪斯》，以教音乐、抄乐谱为生。1750年因论文《论科学与艺术》而声名鹊起。1778年7月2日在巴黎逝世。卢梭一生颠沛流离，因发表《科学与艺术的进步是否有助敦风化俗》而闻名，主要著作有《社会契约论》《论人类不平等的起源和基础》等。

《一个孤独漫步者的遐思》记录了卢梭在瑞士一个湖中小岛上两个月的宁静时光，他在那里散步、荡舟、放养兔子、研究植物。

除了他，岛上只有一对税务官夫妇和他们的仆人。

这宁静的时光让他如此痴迷，以至于他希望在小岛上度过余生。

在《一个孤独漫步者的遐想》中，我们看到的是一个更加自由、坦荡和平静的卢梭。他说，他的遐想录只写给自己。一翻开这些记录，他便会想起当初下笔书写时的美好，让已经流逝的时光重现。这样的卢梭，不会再因为世人的误解和偏见而满腔怒火。他曾说，大地上的一切都处于持续不断的流变之中，任何事物都无法维持始终如一的形态。他还说："灵魂是人们唯一无法从我身上剥夺的事物。"他认为在瞬息万变的世界中，我们或许什么都改变不了，但是始终应该关注自己的灵魂，守护自己的初心。这样的卢梭，不会再因命运的大起大落而大悲大喜。他变得坦然而平静，无论是回首往事还是审视当下，都能够以一种冷静而不冷漠的心境泰然处之。

《一个孤独漫步者的遐想》是卢梭最后的作品。这十篇漫步遐想录，是卢梭"为自己而作"，它跟梭罗的《湖滨散记》一样，讲述的是一个孤独隐者与大自然对话的故事。这种推崇感情、赞扬自我，与大自然相融无间、息息相通的思想，是西方文化史上的绝响。今天读来，依然有种清新脱俗、震撼心灵之感。

五

过了一片林，又是一片林。翻过一座山，又是一座山。林间的道路不断延伸，我们的话题还在继续。

想到一个问题：是路成全了人，还是人成全了路？

很多寂寂无闻的小路，因为一些人走过而名噪一时。

江西省南昌市新建县就有这样一条小路——邓小平小道。

"文革"期间，邓小平曾经被下放到江西省南昌市新建县拖拉机场劳动，那时他已经是六七十岁的老人，经历了革命和建设的漫长岁月，彼时在"文革"的惊涛骇浪中失去了人身自由。

在新建县的三年时间里,他每天来往于住地和工作的拖拉机厂之间,这段约两公里的僻径留下了他沉重的脚印。在这段上下班的路途中,邓小平总是一言不发,若有所思。没有人知道他在想些什么。久而久之,这里留下了一条小路,人们称它为邓小平小道。后来,邓小平恢复了中央领导职务,从此离开了新建县,在耄耋之年以惊人的意志和决心开启了中国的改革开放事业。人们猜测,他的很多治国方略,发端于这条原本普通的小路上。

这条小路,因为与伟人邂逅,变得尽人皆知。我们是否由此可以得出结论:人是可以成全路的?

六

人可以成全路,那么路是否可以成全人?

那年春游去国家植物园,到了一棵歪脖子树附近,人们说这里是曹雪芹故居。故居的后面有条小径,叫曹雪芹小道。据说《红楼梦》就是曹雪芹在这条小道上构思成型的。

小道上有块巨石兀立,传说是《红楼梦》里女娲补天余下的那块巨石。此外,还有一块石头上长着一棵古树。人们说那是宝黛木石前盟的灵感来源。

曹雪芹祖上是清朝皇帝的家奴,跟随主人入关到达北京,因为与皇帝的亲密关系,他的家族日渐兴旺发达,曾祖父、祖父、父亲都担任过江宁织造要职,前后长达六十余年。康熙六下江南,四次住在曹家。皇帝对曹家恩宠到了登峰造极的地步。但水满则溢,月圆则亏,等到新皇帝登基,曹家逐渐失宠,乃至被抄没家产,举家押往北京监视居住,从此湮没无闻。曹雪芹亲眼看见了家族兴衰,历经世间冷暖,在北京西山的一个地方,即今日的国家植物园里居住,写下了那部旷世奇著《红楼梦》,它是世界文学宝库中最璀璨的明珠之一。

曹雪芹搬到北京西山一带居住后,曹雪芹小道就成了他创作构思的地方。他经常在小路上逡巡,一遍遍回望自己多舛的人生:他是汉族人,却与满族有着密切的联系;出生在江南,却在北方长大;儿时锦衣玉食,晚年却举家食粥、穷困潦倒。巨大的生活反差,让他对人生有了刻骨铭心的体验。

曹雪芹小道,这条坎坷路,造就了一个天才作家;这条寻常路,催生了一部旷世奇著。

七

有那么一条路,深处中国中西部的偏僻之地,曾经少人问津。二十世纪三十年代,一群人从这里走过,他们出发时8.6万人,到达目的地时只剩下数千人。这条路起于江西省于都县,终于陕西省吴起县,全程二万五千里。

这就是长征的道路。

这是一个路与人互相成全的生动例子。长征的道路举世闻名,那是因为一批优秀的中华儿女曾经从它上面踏过。实际上,长征的道路就是用这群人的鲜血浇筑而成。同时,这条路也锻炼了那群虔诚的男女战士,他们中的幸存者都有着铁一般的理想和信念。这成为日后夺取中国革命胜利的坚强保障,也成为新中国建设源源不断的精神动力。

这难道不是人与路彼此成全的生动写照吗?

……

就这样,我们一边走,一边想,一边聊。过了一片林,又是一片林。翻过一座山,又是一座山。

不知不觉,天光暗淡下来,一层薄雾缭绕在山间的湖泊周边。我们的思绪,就像湖上的那层薄雾,似有若无,不绝如缕。

高立鹏,中国自然资源作家协会会员,《今日国土》杂志社生态文学作家。博士、副编审,在报刊发表作品500余篇,著有自然文学作品集《罗平时光》。

"书香自然,让读书成为生活的一部分"
征文活动获奖名单

春风催新绿,书韵伴花香,为迎接第28个"世界读书日",倡导全民阅读,近日由中国自然资源作家协会举办的以"书香自然,让读书成为生活的一部分"为主题的征文活动落下帷幕。

(获奖名单见二维码)

给你一条江

文　猛

江边，孩子生下来，大人们会抱着孩子面朝大江拜祭。

拜江，是江边孩子一生中的第一件大事。

"江神爷！我们和孩子给你磕头啦！请收下你的孩子！"

拜江，喊江，孩子。这是天地给我们的一条江。

一个人有一个人的人生，一汪湖有一汪湖的湖生，一棵树有一棵树的树生，一条江有一条江的江生。拜祭在江边，跟着大江走向远方，心就特别敞亮。

江河是长在大地上的一棵大树，这是关于江河最走心最贴切的比喻。门前的大江从哪里来？这是我们血脉中永远抹不去的悬念。如果说长江是中国大地上最长最大的一棵树，嘉陵江、岷江、赤水、沱江、乌江、雅砻江、汉江就是这棵大树上最长最粗壮的枝丫。我拜问过长江上游的岷江、乌江、雅砻江、赤水。

嘉陵江一直在等着我。

嘉陵江从哪里出发，开始一条江的江生，大地和史书记着。一说陕西省凤县代王山东峪河，一说甘肃省天水市齐寿山西汉水。我不知道该拜问哪方源头。直到2011年，国家长江水利委员会在西安召开嘉陵江、汉江河源考证会，考证研究的结果表明，嘉陵江发源于陕西省凤县代王山东峪河。

我们知道嘉陵江从哪里来了。

逆流而上，我是在四川省南充市跟上了嘉陵江入川的脚步，顺流而下，跟着嘉陵江走向长江，我知道嘉陵江往哪里去。

"嘉陵江色何所似，石黛碧玉相因依。"这是诗圣杜甫笔下的嘉陵江风光。嘉陵江从陇源、秦岭深处踏波而来，在川东北画出上千里弧线，南充人说"嘉陵江把最柔美的身段给了南充"。嘉陵江一路走来，流过城市，流过村庄，大家总用最美好的词语描绘流过家乡的江段，总强调嘉陵江最美的江段在自己家乡，这是心中的河流，这是母亲河。

拜问嘉陵江，从南充出发。

我静静地伫立在江边，这种静，是仰望唐古拉山格拉丹东的静，是仰望珠穆朗玛雪峰的静,是仰望祠堂里祖辈们牌位的静。静静地想自己,想河流。一阵风过,江鸥翻飞,汽笛长鸣。多少次流淌在梦幻里的嘉陵江,如今就在我的身边,就在我的脚下,从三秦大地而来,跨过战国的动荡,见惯汉魏的风云,奔流在唐宋的诗篇中。

"看,百牛渡江!群牛归巢!"慕名而来的游客早已在岸边摩肩接踵,相机、手机、笑声、吆喝在江风中飞扬。我不知道我是不是人群中等待百牛过江的那一个,但是百牛过江的壮景刚好让我赶上。长江三斗坪还没有高筑大坝之前,我在大宁河上就赶上过"白龙过江"的壮景,江水从江上走过去,千载难逢。走过一条大江,走向对岸,人在走,水在走,风在走,船在走,桥在走,江在走,牛自然也要走。

这是嘉陵江上唯一的"百牛过江"的地方,四川省南充市蓬安县相如镇油房沟村嘉陵江段。嘉陵江流过蓬安县城,江水的冲刷,泥沙的沉积,形成了两个巨大的江中岛屿:太阳岛和月亮岛。暮春到初秋,清晨,数百头水牛分别从嘉陵江岸边成群结队游上岛去,啃食青草。黄昏,牛又下水游回上岸,被称为"百牛渡江"。

天地给了牛一条江,给了牛一方草,就给了牛走过一条江的理由。

夕阳西下,头牛一声长哞,水牛们奔着声音和身影而来,一支浩浩荡荡的水牛大军很快形成,争先恐后冲向嘉陵江对岸,如百米冲刺的选手游弋江中,兴尽而归。

这一幕,刚好让我们赶上。如果有充足的时间,我们可以天天赶上这幅"百牛渡江"的壮景,这就是嘉陵江。

可惜特别喜欢画牛的画家李可染先生没有看到这一幕。

逐水而居,这是人们不假思索的选择。靠水吃水,城市在嘉陵江滋养下迅速长大,嘉陵江曾经绕城而过,如今嘉陵江穿城而过。城市长大了,江水受苦了,很长的时光格上,人们随意让污水直排入江,随意在江上捕鱼,随意让垃圾倾倒入江,它柔美的身段变成柔弱的身段。

嘉陵江病啦!

"小的时候,河水很清澈,我们经常去摸鱼。前些年河水一下子臭得不得了,大家宁愿绕道都不想从河边走过。"

南充市营山县,南门河穿城而过,汇入渠江,最终注入嘉陵江。向河边的老人们问河,清澈是大家共同的记忆,河臭也是大家伤心的记忆。无法开窗,无法看景,无法看河,南门河成为大家口中戏说的"三无之河"。

营山人痛定思痛,向自己宣战,壮士断腕般改造县城7个街区、68个小区,收集、处理所有的城市污水。投入大量资金将所有乡镇污水集中处理,整治河岸,在河边建起滨河公园,不让一滴污水进入河流。

漫步南门河畔,河边杨柳依依,绿草茵茵。散步,跑步,骑自行车,投食白鹭，闲来垂钓，人们脸上洋溢着从心底发出的笑容，展现出自脚底升起的力量。

南门河回来啦，流进渠江的所有河流都回来啦！

走向西充县城外的一处公园，三面山丘合围，有绿树、草坪、步道、木椅、秋千。

西充人笑着问我们："这里是什么地方？"

"这里是公园啊！"

西充人大笑，显然这不是答案。在南充，这样的问题我们经常回答错误。沧海桑田的巨变，我们刚好赶上，我们处处赶上。

西充人告诉我们，这下面前几年埋的全是垃圾，三面山丘刚好围成一个垃圾场，这里成了苍蝇的集散地。

过去，不管是西充，还是南充其他区县，垃圾的处理方式只有一种——填埋。我们机械地填埋，我们看不到垃圾裸露，就以为我们完成了垃圾的处理，总是忽略填埋之后的除臭措施。更为严重的是渗滤液处理设施工艺落后，垃圾场的垃圾臭味依然，渗滤液积存，新的更大的环境污染无法预测。

嘉陵江流入四川盆地，南充是封面，是第一站，是嘉陵江和长江清河、护岸、净水、保水接力赛中的第一棒。给下游一条最美最清的江，这是南充人的上游意识、上游责任。

南充人果断收回所有原垃圾填埋场的经营权，交国有投资公司负责，分片区建设垃圾焚烧发电厂3座，让垃圾走进火炉，让垃圾发电。曾经在黑暗中躲藏的垃圾涅槃成为我们夜空的光芒，实现了垃圾资源化处置全覆盖，将垃圾转化为再生资源。同时建成废机油、废铅蓄电池等危险废物收集处置中心5处，建成医疗处置中心3座、污泥处置中心4处，建成川东北第一家大型危险废物综合处置中心，围绕嘉陵江岸线打造10多处城市滨水公园，让"最柔美的身段"水清、岸绿、景美，不让一点垃圾进入河流。

之前是人在高处，江在低处。如今是江在高处，人也在高处，让人类的生命和江的生命共存。

陈志德祖祖辈辈都在嘉陵江上小龙到青居一段捕鱼，江就是他们的庄稼地，只是这片地上的庄稼就是鱼，鱼不是渔民种下的，是江种下的，是大地种下的，渔民只是收庄稼的人，收庄稼的人多了，江种不赢，水长不赢，渔民自然就不会有好的收成。大地要歇气，江也要歇气，鱼也要歇气。对于禁渔，陈志德知道这一天早晚会来，嘉陵江经不住人们的疯狂捕捞，这条种鱼的江要歇气啦。

2019年12月，南充市顺庆区正式启动"退捕转产"，早在年初陈志德就和朋友联手开了打捞公司，从最开始的5个人、6艘打捞船，发展到今天25人、13艘打捞船，每天在30公里的嘉陵江上，来回巡逻打捞漂浮物，从

"靠江吃江"的渔民成为"江河卫士"，每一天都在保护着自己的"母亲河"。陈志德告诉我们，随着打捞业务的扩大，他向相关部门申请造几艘自动化垃圾打捞船，开展更广阔水域的漂浮物打捞，给下游一江干净的清水。

站在嘉陵江边。和清漂人站在一起。定格。微笑。朋友圈。他们也清除了我们心上的漂浮物。

浩波淼淼，碧蓝清秀，曾经的鱼腥味、污水味、腐臭味、柴油味荡然无存。江清，风清，天清，澄澈之气荡涤人心。

在嘉陵江守望着最后一丝晚霞隐去，大江两岸，灯火次第绽放，横跨大江的大桥在江面上隐约可见。夜空的繁星在水里，水里的月在摇曳，一江灯火，一江清水。

"千里嘉陵，武胜最长。"这句话，武胜人说了几千年，这是武胜人的底气。武胜，以武取胜，一个很阳刚的县名，嘉陵江流经武胜117公里，县内还有长滩寺河、兴隆河、复兴河、吉安河，还有74条小溪，"一江四河74溪"，山环水绕，"嘉陵明珠"，阳刚的武胜更似江南水乡的秀美。

"千里嘉陵，武胜最美。"这句话，是86万武胜人最近几年庄严宣告的，这也是武胜人的底气。谁不说俺家乡好，美丽的嘉陵江流过的每一座城市，都说自己是嘉陵江上最美的城市。英雄的武胜人敢于大气地树标杆，他们感恩天地给他们一条江，让江水更清，让江岸更绿，让村庄更富，让城市更美，只有自己让山川河流服气，才能让江上所有城市对自己服气，对自己仰望。千里嘉陵，武胜敢于最美，就必然最美。

"靠山吃山，靠水吃水。"这是人们心中固存了几千年的生存法则，天地给了武胜人丰富的江河，他们在江河上用网箱养鱼，驾渔船打鱼，在江河岸边养猪、养蚕，让武胜成为著名养鱼大县、捕鱼大县、养猪大县、养蚕大县。当温饱不再成为揪心的事情后，对富裕的渴求，让他们忘记了天地给予的江河，他们关注兜里的钱袋，忽视大地上的水带。各人自扫门前雪，连门前的水也不去多望一眼。污水随意排入江河，垃圾随意倒入江河。后来嘉陵江上建起东西关、桐子壕两座中型电站后，江水自净能力更加脆弱，"千里嘉陵，武胜最臭"，武胜大地上的江河水质一下下降为三类水质，江河上污水东流，垃圾漂浮，"一江四河74溪"成为武胜人最为揪心的痛。

江清保卫战打响啦！

拆除江河上的养鱼网箱。武胜人以秋风扫落叶的气势做通养鱼人的工作，对每个养鱼网箱补助三千到五千的资金，让他们从江河上拆除，引导他们生产转型，选择陆上合适的地方养鱼并完善污水处理设施。武胜所有江河上见不到一处网箱养鱼，江河水面一下子清爽了。

渔民上岸。武胜县有劳动力的退捕渔民为424人，他们祖祖辈辈就在江上捕鱼。武胜历史悠久的龙舟文化，优美动听的船工号子，传承着武胜渔民历史上的辉煌，武胜人血脉里总有龙舟竞渡的豪气和船工号子的激荡。武胜人最理解这些渔民的心情，县水产渔政局一条船一条船地走访，根据渔民自身情况和所在地条件，一船一策，帮助转产转业，助力渔民告别"水上漂"，实现"陆上安"，去过上一种不同于祖辈的全新生活。

中心镇狮子口村的陈林看着自家几条渔船被拉上岸，心里空荡荡的，以前在江上一网下去几百斤鱼，鱼挂在网上满满当当，那是一个渔民的收获。后来尽管一网下去只有几十斤，甚至几斤，但是大江总不会让自己空手回家。水产渔政局和陈林一起想今后新的"活路"，帮助他申请政策资金，派出工程师赵江手把手指导他搞养殖业，承包村里51亩水田，发展稻虾综合种养，陈林在岸上找到了自己的"活路"。

走进陈林的养殖基地，和他一起上岸的渔民正在池子里打捞龙虾，按照品质称重分装。陈林说，这是客户预定的龙虾，将送到各个餐馆。上岸第一年，他家的养殖场就收获两批小龙虾5000斤，产值近20万元。陈林请我们吃小龙虾，笑着说自己最拿手的是煮嘉陵江鱼，但是养小龙虾让自己发了虾财，比捕鱼强多啦，他将扩大养殖规模，让更多和自己一道上岸的渔民参与进来，江上能够搏风斗浪，岸上就能够战天斗地。

在陈林家的墙上我们见到好几条船桨，陈林说是特意从自家船上留下来的。

我们理解一个渔民对江河的感情。

四川、重庆11万艘渔船、28万渔民上岸，每一个渔民在岸上都有自己新的职业和生活，沿江每个市区县都成立了自己的清漂队、护渔队，曾经的"打鱼人"成为今天的"清漂人""护渔人"。

人心改版，江河改版，大地改版。江河之上，我们暂时见不到渔歌唱晚，听不到船工号子。渔民在华丽转身，江河在华丽转身，大地在华丽转身，嘉陵江全流域流入长江的水全在二类水质以上。

清清的嘉陵江回来啦！

武胜人在江清上大气魄，在岸绿上更是大手笔。

嘉陵江上没有高筑大坝修建水电站的漫长时光，嘉陵江就像一座没有缰绳的野马，在大地上狂奔乱跳，随时把岸边的树、庄稼、田园、房屋踏在自己波浪之下。除了顽强的芭茅草，嘉陵江消落带上伤痕累累，成为江边长长的疤痕。

庄稼提心吊胆。家园提心吊胆。

嘉陵江两岸不是风景，是痛到心底的疤。

嘉陵江上筑起大坝，建起水电站，就像给嘉陵江系上两道缰绳，水涨到哪里，水落到哪里，完全在人们的掌控之中。

让两岸变得更美，让一江清水流淌在大地上的画框中，成为沿江人民最热切的期盼，成为乡村振兴最大的主题。

树是要种的。

看着两岸光秃秃的消落带，就像一个人有一双明亮的眼睛，却没有眼睫毛和眉毛，就像一个人没了头发。现抽调嘉陵江乡村振兴专班的田昌金，他之前的职务是武胜县林业局局长。江边无树无绿，他这个局长脸上无光，心中无底，林业局局长必须给嘉陵江造林。

植树造林从绿化嘉陵江开始，这就是武胜人开始的"江绿工程"。

"绿水青山就是金山银山。"这是航标灯，这是行动书。

全县设立县乡村三级林长521名、三级河长427名，最大的中心任务就是植树和护河。每年植树造林的重点区域就在嘉陵江两岸。桃树、李树、柑子树要栽，花开两岸。麻竹、柳树、松树、柏树要栽，绿满两岸。短短两年中24.75万人次履行植树义务，完成营造林1400亩，让嘉陵江两岸除了庄稼地之外的消落带上都种上绿树，水岸线、山脊线、天际线都是生机盎然的绿意。

庄稼是要种的。

乡村振兴专班由原来县上15名各部门退居二线的"一把手"组成，他们对全县嘉陵江流域了如指掌，关键是他们有着巨大的人脉和较高的威望，振臂一呼能够使应者云集。专班每月一次例会，由县委副书记、分管农业副县长主持。每季度一次调度会，由县委书记主持。目的就是要把规划出的武胜乡村振兴图落实到大地之上大江之上，哪里出现问题，专班就针对哪里开专课。

武胜人彩绘嘉陵江是前所未有的大手笔。他们在昔日因洪水而抛弃的撂荒地上，因地制宜，因江而谋，种植8000亩彩色油菜，6000亩向日葵，20万亩大雅柑，20000亩黄精等中药材。

每年举办"油菜花节""向日葵节"时，嘉陵江两岸人头攒动，游客踏波而来，绿了江岸，富了群众。

注目嘉陵江两岸，四季鲜花盛开，四季绿树长青，素雅的，浓艳的，高擎的，低伏的，无不轰轰烈烈。

水在哪里，河道就在哪里，嘉陵江河道多次切割变迁，形成西关、礼安、黄石、华封、中心五大河曲，千回百转，九曲回肠。1995年，东西关电站建成，两大河湾连环紧扣，背靠背，一湾为阳鱼，一湾为阴鱼，壮如太极图。

"烟波浩渺之上，绿树密林之间，春夏是彩画，秋冬湖面水天一色，宛如仙境。"唐明和村民每天都要到太极湖边散步，过上了城市人的生活，享受乡村慢和从容的时光。

紧邻太极湖的烈面镇高峰村三面环水，坡陡，路远，在东西关修电站之前，沿江而居的村民在汛期不时遭受洪峰过境的困扰，种庄稼看天吃饭，没有过上一天踏实日子。武胜县乡村振兴专班利用惠民帮扶政策，修起柏油路，流转土地种大雅柑，让村庄有了自己的滨江湿地公园，让河畔有了一座座标准化钓鱼池,成为垂钓、休闲、康养、旅游的特色风景区。

顺江而下,因水而兴的千年古镇沿口镇坐拥湖面宽阔、气势恢宏、旖旎妩媚的龙女湖,沿岸层峦叠翠,隽秀而平缓。沿岸群众"种庄稼"也"种风景",成为农旅融合的最美乡村。

武胜人去年实现了全域公交,下一步将实现全域天然气,全域自来水,全域污水治理。"休闲江湾城,诗画田园乡。"这是武胜人给自己的名片,这一天一定会很早到来。

拜访了武胜一处处美丽的乡村,走到武胜人打造的游艇上,我还得去拜问下游的嘉陵江。

武胜江面上最初只有一艘游艇,后来客人实在太多,又打造了七艘,武胜人说还得再增加。"千里嘉陵,武胜最美",不是自己在表白,是每一个到过武胜、准备到武胜的人共同的点赞。清风徐来,水波不兴,天蓝蓝,水蓝蓝,江面如镜,再也想不出更精准的比喻。城映水中,村映水中,树映水中,天映水中,白鹭、红嘴鸥追逐着游艇走过的浪花,江水清着他的清,浪着他的浪,蓝着他的蓝,一江清波也荡去了我心中的尘埃和垃圾,让我通体明亮,如一江清水。

在游艇前后,不时有鱼群游动,鱼儿翻飞。同艇的有一位曾经的渔民老徐,他上岸后在一家饭店专门做煮鱼的大厨。

2017年全县取缔网箱养鱼,2021年又全面禁渔,祖祖辈辈在江上打鱼养鱼,老徐却成了"叛逆者",告别嘉陵江,走上江岸。他说他每周都要挤出时间来坐一次游艇,几天不见嘉陵江,心里空落落的。他让我看远处的鱼群,说这才禁渔两年,江中鱼就这么多,十年之后,江中鱼群该是多么让人惊异的景象。

请老徐给我们喊一段嘉陵江船工号子:

嘉陵江水哟,嗨嗨,悠悠哟,嗨嗨

连手推船啰,嗨嗨,到河里走,嗨嗨

龙角山黄葛树,嗨嗨,是又壮又胖,嗨嗨

财神码头哟,嗨嗨,好热闹哟,嗨嗨

锅盔凉粉哟,嗨嗨,味道长哟,嗨嗨

下了船啰,嗨嗨,喝二两哟,嗨嗨……

我从老徐的号子中听出的是欢乐,听不到惊天动地、惊心动魄。风平了,浪静了,水清了,嘉陵江船工号子少了昔日的悲壮和苍凉,少了翻江倒海的生命激荡,我听出的是一种发自内心的欢乐和幸福,一种心底的歌唱。

顺江而下,渠江、涪江和嘉陵江在合川交汇,合川地名由此而来,集结大江大河,地名记着所有的事,地名守望着江河。合川区东城半岛的东北部，钓鱼城遗址控扼三江，自古为"巴蜀要冲"。踏着一字城墙青色的石板，抚摸古代战场的简单兵器投石机，从墙垛口间俯瞰着面前的三江交融口，以及城门口下水军码头遗址，聆听历史的足音，沐浴盛世的阳光，没有了刀光剑影，没有了血雨腥风，大江东去，风和日丽。

抚摸着钓鱼山"独钓中原"几个大字，举目远眺，视野里满目葱郁，良田沃野，古树参天。足下峭壁林立，远处碧波浩荡。走过古城墙，走过将士们浴血奋战的地方，天地给我们一条江，天地给我们一座山，守卫我们江山的，是威武不屈的人心？还是固若金汤的城垣？

钓鱼城下，冬阳暖暖地照着合川赵家渡水生态公园。赵家渡水生态公园坐落于合川城区涪江右岸，起于铜溪镇沙湾河出口，止于涪江三桥，河道治理与水生态保护有机结合，防洪排涝、生态修复、城市景观、休闲游览等多功能集于一体，成为全国首例生态防洪护岸工程，荣获中国水利优质工程"大禹奖"。

湿地这边，花圃竞艳。湿地对岸，城市林立。两两相望，中间江水清澈纯净，白云飘落进梦里。

逆流而上，我们只是拜望嘉陵江的过客，红嘴鸥们也是每年的过客，它们每年冬天都会远离故土，成群结队迁徙到嘉陵江边，在这里过冬。

永远矗立在这里的是大禹石像，目光深邃，看着他的后人们守护大江、花海、草滩、栈桥……

与江水相映成趣的步道上制作了精美的宣传栏，图文并茂地介绍江上的鱼、鸟、花、草、树、船工号子等。一路步道，一路嘉陵江词典，让我们从文字上图片上认识江上的鸟、江中的鱼、江畔的花，去查阅我们心中的那汪水、那片天空。

"备问嘉陵江水湄，百川东去尔西之。但教清浅源流在，天路朝宗会有期。"这是唐代诗人薛逢给嘉陵江的诗。

南充人，广安人，武胜人，阆中人，合川人，潼南人，北碚人，渝北人，江北人，渝中人，大家一路守望着千里嘉陵江，建立起流域共治网络和江河联合巡河网络，"但教清浅源流在，天路朝宗会有期"，共同为嘉陵江书写盛世之诗，把一江清水送入长江。

沿着嘉陵江走下去，走到重庆朝天门，一江清水投入长江，长江的前方是三峡，三峡的前方是大海，大海的前方是天空……

文猛，本名文贤猛，中国作家协会会员，重庆市万州区作家协会主席。在《人民日报》《散文》《北京文学》《山花》等报刊发表作品500多万字。出版有《山梁上的琴声》《远方》《三峡报告》《阴阳乡官》等。

刘家台的红高粱

李文山

皎洁如水的月光下，两个小平顶土丘挺立在我的眼前，状如画扇一样。南朝宋临川王侍郎盛弘之在《荆州记》对此曾有过绘声绘色的描述，载曰"一峰迥然，西映落月，远而望之，如画扇然"，故名画扇峰。

画扇峰就是传说中的"张飞一担土"。相传关羽镇守荆州时与九仙女打赌比赛筑城，关羽在东，仙女在西，以半夜雄鸡打鸣为限，谁先筑成，谁就拥有对荆州的管辖权。仙女有仙法，满口答应，筑城比赛开始，仙女们漫不经心，关羽则发动全体守城将士，巧用芦席代土筑城，很快完毕，并使人到鸡笼边学公鸡叫，引发全城鸡鸣四起。仙女在朦胧夜色中见东城已筑好，知大势已去，便溜之大吉。此时从公安闻讯前来助阵的张飞，双手拎着两筐土行至马河边，得知关羽已胜券在握，喜不自胜，于是双手一松，两筐土倾倒在地，"张飞一担土"因此而成形。

白云苍狗，如今这处土丘旁建有高档小区"护城河畔"。我的家不在这里，而是置于百里之外的潜江小城，人生在世一个甲子也没有离开过那"一亩三分田"。阴差阳错，不想我因身体染疾客居女儿家疗养，竟与"张飞一担土"不期而遇。

"张飞一担土"是名胜，但说到底也就是两个小土丘，而就是这两个小土丘竟成了为我疗伤的良药。好不容易等到病体有了好转，我偕妻挈女赶往车站，迫不及待地向生我养我的那个小村奔去。小村名叫黄岭，不知是不是皇陵的讹传，反正那个被称为"洪水走廊"的地方还算是安全地带，有如"碧玉盘中一青螺"，人丁兴旺，田肥草美。刘家台是它治下的一个村民小组，也许算是沾了一点龙脉吧，离村子几十里外就有一个章华台遗址，据说是楚灵王六年修建的离宫，被誉为当时的"天下第一台"，也为当今国内外考古权威所认可。

几次从客居的荆州回到章华台旁边的那片土地，我都没有见到魂牵梦萦的红高粱，但它依然长在我的记忆里，呼啦啦在我的心田里起伏摇曳。

年幼时，我们兄弟三人是随着父母在外婆身边生活的。每天早饭都喝高粱粥，还掺了胡萝卜，那时节只在年节喜庆的日子里，才能吃上一两顿米饭，那算是最上等的美食了。我的童年是红高粱喂大的，我的血液里永远流动着红高粱的养分。

青纱帐站起来的时候，我们的目光无法超越它的高度，也无力穿透它的密度。

天晴时，高粱秆摇红，铺一片红霞于原野，我们悄悄聚在一块捉迷藏；下雨时，高粱叶承受雨滴击打，老天爷敲响着一种特有的韵律，我们常常歪着脑袋倾听。高粱地也是我儿时的乐园，有两种有毛病的高粱棵大人不喜欢，可孩子们爱不释手。一种是乌穗，吃起来带有清香味，我们往往把嘴唇吃黑了，还在不住地咂嘴；一种是有枝杈的高粱，上面长出几个头，多为秕子，高粱秆表面镀一层粉，有止血功能。这样的高粱秆可以拿来当甘蔗吃，且不比甘蔗逊色多少。至于它的叶子，极像一把长刀，太阳晒人的时候，我们常常用它编顶帽子盖在头上。有一回，我和老弟在地里干活，口渴了，老弟说给我打水喝。没有汲水的工具，我们怎么汲水？只见老弟伸手劈下一些高粱叶子，先搓一条长长的绳子，然后用叶子编成个圆锥形的水桶，放在井桶里慢慢提起来，我小心翼翼地捧着"桶"喝，那水夹杂着高粱叶的清香。我一边喝水一边瞅着水"桶"里映出来的我，尤其是我那充盈笑意的眼睛。红高粱啊，多少次我贪恋着你，忘了回家吃饭，是母亲站在村口大声呼唤我才回去的。

作为外婆抚育大的孩子，我似乎注定了是一个没有多少乡土情结的人。少年时代物质的极度匮乏，高考落榜后异常沉重的劳动生活，还有那条比蜀道还难走的乡村小路，让我对刘家台那片土地没有丝毫好感，反而提起它有着十二分的憎恨，所以我想方设法做了一个土地的背叛者。尽管在小城落户后，刘家台自始至终没有逃出我的视野范围，依然还不时有关于黄岭村或小至刘家台的消息顽强地钻进我的耳朵，但我总会选择懒得理睬。及至前些年常有些文友约我写一写有关乡愁的诗文，我总是嗤之以鼻，觉得这些人先前也和我一样要死要活地想离开乡野，才囫囵吞枣地做了几天城里人，就搞那些酸溜溜的事情太过于矫情。

刘家台至今还有与我骨肉相连的亲人，那就是我那瘸腿讨生活的老弟。改革开放步入深水区，我作为小城的"无冕之王"，当然也断断续续回去过好几次，看到老家的年轻人都外出打工去了，昔日热闹的乡村成了空壳，银发世界里再没有见到过我日思夜想的红高粱。我很纳闷。"如今谁还稀罕那个高粱粥掺胡萝卜哟？"说这话的人眼里放射出欢乐的光彩。是啊，黄岭村早就被规划为新城区中心的所在地，留在这片土地上的父兄们过上了以前连做梦都不敢想的日子，有谁会在意吃起来又苦又涩的红高粱从生活中消失呢？

"我们刘家台恐怕也难保了，又建楼盘又扩马路，听说新城区要有大动作啦。你在城里当记者，应该为我们说一句话，让当官的给我们留一点土地吧！"老弟望定我说，眼神里透出庄稼人的十二分恳切。

土地是人类赖以生存的最基本的资源。作为人口最多的国家，中国土地稀缺程度尤其突出。辛亥革命一百多年以降，重大社会问题大多与土地相关联。凡是具有远见卓识的政党与领袖，无一不将土地问题摆在首要位置。

然而，面对这个城乡一体化加速的今天，我却只能选择流泪。在我和兄长先后逃离刘家台之后，老弟也在大趋势下做了一只候鸟。可就在九年前的秋天，他从广东打工地打来电话，说被确诊患上了鼻咽癌三期，我听到消息后好久说不出话来，因为十年之前我们的父亲就是因为患直肠癌而撒手人寰的。我可怜的老弟时年还不满半百，命运却是如此多舛：出生只有七个月，他就因一场高烧而落下小儿麻痹症，导致他右腿严重萎缩，细得像一把干枯的锹把；初中没有读完，他十三岁就踏入社会，先是老老实实跟着乡村裁缝当了三年学徒，然后斗胆去闯荡自己的天下，以一手裁缝技术博得了多家服装商的青睐。南方潮起时他不到三十岁，做了第一代独自到深圳等地打工的农民工，靠没日没夜给别人踩缝纫机赚几个辛苦钱；正当他做得顺风顺水时，不想病魔却向他伸出了罪恶的爪牙。从打工地返回家乡，他辗转多个大中城市的三甲医院求医，一次次化疗和放疗令他感受到了生不如死的折磨。

比我小两岁零八个月的老弟异常刚强，自始至终与癌症进行着殊死的搏斗。一次次化疗让他掉光头发，一次次放疗让他生不如死，可他还是挺直脊梁誓死坚持。坚持到第二年春天，我没有等到春暖花开，却等到了又一个不幸的消息：老弟做罢化疗痛不欲生，像个死人似的被捆绑在后座上，任由弟媳驾驶电动自行车驮他回家，不想中途遭遇车祸，双双就近住进了另一家医院，正在抢救。

屋漏偏逢连夜雨。我当即赶往医院，熬到次日凌晨才盼到他俩苏醒过来。我还没来得及长舒一口气，就被院方告知，肇事方只交了两千元，便再也没有露面。弟媳说，肯定是碰到了泼皮老赖。她的判断非常准确，肇事方没交车强险，车祸后就失踪了。

好在两人的伤势不算太重，伤筋动骨百日疗伤后，他们又马不停蹄地转院继续化疗。度日如年地过了四百多天，老弟告诉我，他要出院了。负责给他做化疗的主治医生跟他一样，患有鼻咽癌，耗到最后丢掉了性命，而他却奇迹般地活了下来。绝处逢生，千金散尽，我平生第一次为老弟流下了幸福的泪水。虽然农村合作医疗给了适当的补贴，但这场病还是花光了老弟数十年积攒下来的家产。我问他下一步怎么办，他一脸无助地告诉我："叶落归根，我的余生只能留在故土了！"

不再外出奔波，余生留故土！老弟的话再次让我如雷击顶。他没有向命运低头，也没有向死神屈服，却不得不向岁月投降。过了五十岁，他的老花眼非常严重，即使戴上眼镜也看不清布料上的针路，根本无法再操老本行了。

"没有什么大不了的，生活总要继续！"这是老弟对我说得最多的一句话。

种地只能勉强养家糊口，一晃老弟的儿子都满三十二岁了。他儿子也算争气，一跺脚出门到温州做房屋装修去了，先是购置了一辆十几万的小轿车，接着又在城里通过按揭买了近百平方米的商品房。按理说这条件在乡村娶妻应该不难，但恋爱谈得好好的，对方一上门看到他一贫如洗的家境，还有残疾和沉疴难愈的父亲立马就告吹了。

在外承揽工程需要帮手，趁着家里的一亩三分田被新组建的蔬菜专业合作社流转的时机，他儿子提议父亲到温州来给自己打打下手，老弟当即应允，说："我只能你做做饭菜、管管后勤。"

就这样，老弟在他儿子手下做了两年，我们偶尔打打电话相互报报平安。起初还以为老天爷能保佑他健康如意，年逾八旬的母亲却在一次电话视频中发现异常："他怎么近几次通话总是躺在床上，你看他的脸庞突然比以前胖了，我想可能是虚肿得很厉害，八成是身体又出了什么问题。"

不会吧？难道真的是麻绳只往细处断？我还心存侥幸，打过去连声诘问，才总算问出个子丑寅卯。原来老弟在他儿子的施工处帮忙递送物件，没料到他站立的梯子会在顷刻间倒下，把他从两米的高度重重地摔了下来。倘若双腿健全，弹跳一下就可能安然无事，可老弟的身体不争气，严重萎缩的右腿率先着地，"干枯的锹把"当场被摔成两截。

儿子找包工头理论，人家说："这个小项目我是转包给你做的，你又雇佣他人，与我何干？"儿子气得翻白眼，只得自掏腰包为他父亲做了钢板内固定手续，原本的残肢又添新伤，每逢阴天下雨就钻心刺骨地疼痛，可他只能咬紧牙关，心有不甘地拄上双拐回乡疗伤。刘家台那片青纱帐里站起来的红高粱，在瓢泼桶倒的雨瀑下荡然无存。

"归去来兮，田园将芜胡不归？"原因曾经在于"余家贫，耕植不足以自给。幼稚盈室，瓶无储粟，生生所资，未见其术"。可现在我们突然想到了要叶落归根，竟然连我们赖以安葬的土地都将不再。

人类追求发展的需求和地球资源的有限供给是一对永恒的矛盾，只有解决好"天育物有时，地生财有限，而人之欲无极"的矛盾，才能达到"一松一竹真朋友，山鸟山花好兄弟"的意境。可是，由于我们这些年不加节制的物欲和对大自然的过度索取，越来越糟糕的生态环境问题全面显现：

大气污染指数超标，水土流失严重，森林生态系统退化……

加强高标准农田建设，健全长效管护机制，坚决守牢粮食安全。党中央适时打出一套组合拳，明确加强耕地保护和用途管控，而我却逃到了离故乡不远的荆州古城。含饴弄孙之余，我又梦游回到了黄岭村刘家台，几回听到母亲在村头深情地呼唤着我。我心田的伤痛似乎有所减轻，一如希腊神话中英雄安泰脚踩在大地，终于获得了源源不断的无敌的力量。

荆州与潜江水土相连，走高速只需一个小时的车程，但终归是异乡。客居久了，一个从来不知乡愁为何物的人竟然患上了相思病。好在身体之疾如愿慢慢远去，每天早上，我打开电脑，第一动作就是不由自主地点开家乡的网页，看一看家乡每时每刻发生的变化。刘家台的一草一木，仿佛历历在目。

夜里睡不着，披衣又去看传说中的"张飞一担土"，觉得那两个小土丘就是刘家台的一抔黄土，令人倍感亲切。秋夜的天空万里明净，肃穆得仿佛让人一下子断绝尘缘。在宁静的高处，在荆州巍峨的古城墙边，在公安门对岸的九龙渊畔，我用脚底抚摸着两个毫不起眼的小平顶土丘，任凭心声击穿亘古的沉默。

"行其山泽，观其桑麻，计其六畜之产，而贫富之国可知也。"早在两千六百多年前，春秋时期齐国思想家管仲就曾断言，"草木不植成，国之贫也"，如果连草木都不能植成或者干脆无地可植，我们的国家又焉敢言称富强？

久坐"一担土"不忍离去。我想我是在用"张飞一担土"来为自己疗伤，同时何尝不是把自己的思念也熬成一抔黄土。外婆成了一抔黄土，父亲成了一抔黄土，我和老弟不也会成一抔黄土吗？

有人说，一抔黄土在汉语成语中借指坟墓，现在多用来比喻不多的土地或没落、渺小的反动势力。我这个不合时宜的另类，是不是有些逆势而动？我无言以对。

我做了土地的叛徒。女儿却说，刘家台的那片红高粱还在，还在她老爸的心田里疯长。

李文山，湖北省作协会员。在《人民文学》《北京文学》《中国作家》《上海文学》等杂志发表文学作品300余万字，荣获多种奖项，有80多篇作品入选多种选本及年度排行榜。

那棵滇朴树

林 琼

　　清明节，又一个好天气，女人的内心却泛起一种淡淡的忧伤。当看到院子里那棵滇朴树，随着微风轻轻摇曳时，她想起前年清明前夕，与男人一同种下滇朴树的情形，想到刚上大学的女儿，就像这棵滇朴树一样茁壮成长，伤感的情绪才得以稍微平复。

　　她没有像往常那样屋里屋外忙活，而是上上下下精心打扮了一番——梳洗了头发，盘上了发髻，还特地戴上了那枚粉红色的水晶蝴蝶发夹。发夹在阳光的照射下，散发出绚烂璀璨的光芒，远远望去，就像一只蝴蝶，在花间飞舞。发夹是男人送给她的生日礼物，她很少戴它，唯恐一不小心就将其弄脏、弄坏。夜深人静时，她才小心翼翼地将它取出来，置于手心，感受着它的温度，细细咀味与他生活的点点滴滴。

　　她刚想起身去镜子前看看自己打扮后的样子，就听到老人从隔壁屋传来的呻吟声。她急忙跑过去，为老人穿上衣裤，照旧为她揉关节，动作娴熟而自然，像个经验丰富的中医。老人年轻时行事果敢，利索能干，针织、刺绣、烧饭、做菜、农活，样样在行，可偏偏红颜薄命，年轻守寡，一守就是大半辈子，本以为儿子成了家，就可以好好享享清福了，可又落下了类风湿性关节炎的病根。

　　女人嫁进这个家二十年，老人也患病二十年，听老人的唠叨，与为老人穿衣揉腿一样，成为她生活中不可或缺的一部分。她揉捏的力度不重不轻，刚刚好。随着疼痛感的减轻，老人紧锁的眉头渐渐舒展开来，她缓缓睁开双眼，心疼地看着女人，就像端详襁褓中的孩子。

　　看到女人精心装扮，温婉美丽的样子，老人心中莫名地平添了些许酸楚，忍不住开腔道："我儿子在的时候，你不打扮，我儿子走了，反而打扮成这个样子，这是打扮给谁看的？难不成是给我这个糟老婆子看的？"自从女人嫁进这个家，老人像今天这样数落她，用如此刻薄的话语中伤她，还是头一回。她的眼角闪过一丝委屈的泪花，嘴唇微微嗫嚅了一下，想解释点什么，又唯恐一不小心就刺痛老人那根敏感而脆弱的神经，勾起她好不容易才慢慢淡化的伤心记忆，便将到了嘴边的话硬生生咽了回去。最近这几年，老人的身体每况愈下，如若不是巴望着孙女成长成才，老人或许早就撑不下去了。她强忍满心的委屈，继续帮老人揉捏那些饱受病痛折磨的关节，待每个关节都揉完，才起身去厨房烧水做饭。

老人拄着拐杖，挪到灶台前坐下，帮女人择菜。

女人悄悄看了老人一眼，看到老人两鬓的白发、佝偻的脊背和皲裂的双手时，心中不觉泛起一丝疼惜，方才的委屈瞬间消失殆尽。"我儿子已经走了快两年了，你还年轻，可以寻思着再找一个合适的人，不要为我这个糟老婆子耽误了自己。"老人的目光、老人的神情，与老人说这句话的语气一样，出奇地平静，就像风平浪静的海面，没有一丝涟漪。

午饭过后，女人为老人倒了一杯水，然后麻利地收拾好碗筷，悄悄进入里屋，拿起她前两天偷偷置备的纸钱，就迫不及待地出了门。没承想，这一切，都被圪蹴在院门口墙角下晒太阳的老人看在了眼里。"闺女，早去早回呀！"刚刚走出十来米，老人关爱的话语就从身后传来。她边挥手同老人道别，边微笑着应道："妈，放心吧！"当看到老人那双枯木般的老手，在半空中吃力摇摆的样子时，她的鼻子一酸，眼泪禁不住流出来。她唯恐老人因看到她落泪而徒增忧伤，慌忙回身离开。

公公的坟墓坐落于距离村子两里地开外的一个山坡上，这是同村族人的坟山。刚翻过山脚，女人就远远看到公公坟冢旁边的那棵滇朴树上拴着的五色纸钱，像彩色的丝带，迎风飞舞，鹤立在那大大小小几十座坟冢中，显得格外耀眼。这样的景象既在情理之中，又在意料之外。情理之中，缘于虽然男人一生平凡无奇，但群众对他的景仰很深很深，这些年来，因钦佩男人谦虚稳重的处事风格，感激他一心为民的崇高品格，自发为其父上坟，以表达对男人崇仰之情的人越来越多；意料之外，在于男人离世了，人们依旧延续着为其父上坟的惯例，让人为之动容。

特别是当看到滇朴树又被人为修剪得更加齐整好看时，她的内心更是平添了些许欣慰。相较于其他树种，生活在云岭大地的老人、男人和她，以及全村人，都对滇朴树有着不可名状的钟爱之情。公公逝世后，老人特地在他坟冢旁种下了这棵滇朴树，与公公相依相伴。她知道，在老人的心里，这棵滇朴树，不啻是单纯意义上的树，更是为早逝的爱人遮风挡雨的老人的替身。她信步走到坟前，虔诚祭拜，并在滇朴树上拴上纸钱，默默祈求公公的在天之灵庇佑婆婆身体安康，女儿学业有成。

祭拜完公公后，女人起身，细细打量着那些纸钱，一种欣慰而自足的感觉，溢满她的心间，许多往事也情不自禁地浮上心头——那年冬天，男人在丈量一户村民的6亩多旱地时，前前后后丈量了3次，仅来来回回往返征地现场的路程，就多达10余公里。第一次测量结束后，这户被征地村民提出异议,认为少量了0.2亩。男人二话不说,当即进行复测,测量结果与第一次完全一致,可这户村民还是不服气。男人当机立断,请村组干部、村民代表、测量队员和该征地村民一齐复核,与前两次的测量结果分毫不差,村民们都心悦诚服。

那天,男人的双手由于长时间暴露在寒风中,红肿麻木,长满了冻疮,很长一段时间都无法正常伸展。她埋怨他过于较真时,他的那句"做人要对得起良心,工作要经得起检验",不知不觉间也成了她的人生信条。为了兑现这个简单质朴的承诺,男人二十年如一日,不知疲倦地奋战在基层一线,丝毫没有怨言。他就像云岭大地上生长着的滇朴树,无惧风霜,傲然挺立,为这片广袤土地增添一抹盎然的绿意。

看着公公坟头的纸钱,想到男人离世后,乡亲们给予她们一家人的关照,她的脸上露出一丝欣慰的笑容。"他的在天之灵也会为之欣慰吧!"女人边赶路,边想着男人的好,时间在不知不觉中过得飞快。

赶到儿子的坟头,已是正午时分,阳光火辣辣地照在大地上,空气中弥散着一股隐隐的热气。她全然不顾身体的疲倦,轻呷了一口水,便悉心清理坟头上的杂草。由于孩子刚出生就不幸夭折,依习俗不能葬入祖坟,所以葬在距离宗族坟山五里远的这座山坡上——那年春节前夕,正当他们一家人沉浸在又一个孩子即将降生的喜悦中时,一场猝不及防的意外,让这种不可言喻的喜悦之情,被撕心裂肺的痛楚所取代。得知两户村民因宅基地问题引发纠纷,互不相让,纠集了近百人对峙,一场大规模群体性械斗事件一触即发,男人二话没说,就匆匆赶赴事发现场。直到天黑,也不见男人回来,她担心他发生意外,全身的毛毛汗都不由自主地往外冒。当腹部一阵紧似一阵地疼起来时,她意识到可能早产,紧张的情绪更是如狂风暴雨将她裹挟。男人没在家,老人行动不便,漫天飘飞的鹅毛大雪,将通往乡卫生院的五里小路阻断。危急关头,除了在家生产,别无他法。身为乡村医生的她,有为邻近村落危急产妇接生的经验,那天,她在老人的帮助下,克服重重困难,生下了自己的第二个孩子——一个小男孩。可是尽管男人成功调解完纠纷后,及时将孩子送往医院抢救,也没能保住这个刚刚出生的小生命。

自此以后,老人的身体每况愈下,男人和女人也一直生活在自责的阴影下。他们的痛苦与忧郁,从他们相较于同龄人更显苍老憔悴的脸上,清晰可见。这十多年来,他们把对那个刚刚出生就夭折的小生命的爱意和歉意,统统寄托在了女儿身上。一家人相亲相爱,日子虽不十分宽裕,但过得充实丰盈。女儿亦体恤他们的艰辛不易,从小乖巧懂事,从小学到大学,一直在朝着他们期盼的方向努力,就像山顶上那棵茁壮的滇朴树,遒劲挺拔,鲜有弯曲。女儿虽是个女孩子,但性格坚毅果敢,像极了男人，更是让她欣慰。男人留给她的，除了群众的好口碑和那枚美丽的水晶发夹，还有女儿这件贴心的小棉袄。有女儿陪伴，即使日子再难熬，她的心里也阳光满溢。

想着女儿的好，想到最近几年，一切都变得越来越好，稍显崎岖的山路，也变得不那么难走了。她顶着烈日，继续朝着山顶攀行。

登上山顶，那棵葳蕤繁茂的滇朴树，赫然呈现于她的眼帘。前年清明节，男人同她一道为儿子上完坟后，特地带她登上山顶，鸟瞰家乡全貌的情景，情不自禁地在她脑海里辗转飘荡。他告诉她，这棵滇朴树比他还年长十几岁，它目睹了家乡的发展变迁，还将见证家乡新的腾飞巨变。她还从他口中得知，经过反复论证，层层审批，上级决定在他们县兴建一座大型水库，包括他们村在内的几个村，都被划为了淹没区。

"如果可以，哪天我不在了，就把骨灰撒在这里，好好陪陪我们夭折了的孩子，也好好看看这片生养我的土地。"没承想，他半开玩笑的一句话，竟然一语成谶。两个月后，男人在赶往水库征地拆迁现场的路上，突遇车祸，猝不及防地离开了人世，没有留下一句多余的话语。她不顾亲友劝阻，遵照他的意愿，将他的骨灰埋在了山顶这棵滇朴树下。

女人轻轻摸了摸头上戴着的那枚水晶蝴蝶发夹，想起前年生日那天，男人为她戴上发夹的样子，泪水不觉溢满双眼。她轻轻摩挲着滇朴树，把对男人的爱恋与思念之情，寄予无声的祈祷里。

走到山边，环视家乡的山山水水，一种别样的情愫，像一股清泉涌入女人心田。男人那句滇朴树将见证家乡腾飞巨变的话语，不觉又浮上脑际。他对这棵滇朴树、这座山、这片生养他的土地爱得深沉，她亦然……

女人赶回家时，天色已晚。圪蹴在院门口等她的老人，一看到她回来，就迫不及待地唤了一声："孩啊，可回来了！"她应了一句："妈，我回来了，饿了吧，我这就回屋做饭去。"便顺势轻揽老人进屋。

吃晚饭时，老人冷不丁冒出一句："别看我年纪大了，心里可敞亮着呢。清明节，先人要祭奠，我们娘俩，不，是娘仨的日子，还得继续过下去。"霎时，一股暖流情不自禁地在她心头涌动。

她凝望着老人痴痴地笑了。那一刻，老人额头上深陷的皱纹，都在欢快地跳跃着。院里那棵滇朴树，也和着春风的节拍，踏着春天的韵律，欢快地跳跃着。

林琼，中国自然资源作家协会会员，云南省作家协会会员。在《海外文摘》《散文选刊》《中国国土资源报》等刊物发表作品30余万字。

诗行大地

191～220

皖西南诗札（组诗）

孙大顺

青龙湾之书

现在，湖水像我的亲人
原谅了我的急性子
一声轻叹，疏通老旧的星空
掏出蓬松的隐疼
让青龙在我的身体里腾云驾雾

薄雾缭绕的岛屿，要让我吃点苦
鸟鸣铲出一条小道
把我送进另一个空间
在那里，我是一棵不能老去的青竹
让葱翠的词语累坏了

几只白鹭，从水墨之外飞来
趁着阳光还在，风还能掀起衣角
向湖湾，斑驳的木船
向岸边粉墙黛瓦的村庄
向晚一些到来的月亮，深深鞠躬

现在，群山簇拥着青龙湾
与天空赤诚相见。白云在湖面写字
傍晚的光影，挤去寂静的水分
万物都在运动，只有我是静止的
作为人类，那渺小的孤独拍了拍我的肩

红杉林有记

水给红杉林让路，也给皖南留白
晚秋搬空大地的颜色
北风还没套上白色的袍子
像一群修行的隐士
它们把时间的光影借给了谁
让我的身体越来越重

一直站在那里，静穆、精致、汹涌
生命的韧性赋予红杉林
古老而斑斓的内涵。我也站在那里
相隔的距离，干净而恍惚
仿佛我们来自不同的空间
既不说话，也不点头

起风了，我的诗行
跟着红杉林动了一下。我们脉息相通
如果转身，我将变成故人
红杉林被传说谱成歌谣
凝望与对视，羽化成珍贵的礼物

我们相互惦念，相惜
从此放弃隐喻，再也不用替身
我们需要走很远的路
为季节送信，像滴着露水的故交
用美好的消亡，纪念最初的一日

云上蒲居：一个比喻

苍山身披霞光，解开衣袖的葱郁
省下一点笔墨，天空便高一寸
大地也跟着瘦了一小圈

云朵还在去年的位置徘徊,需要把风
拉进手机相册,才能移动蒲居的秋天

一株株菖蒲,像精灵,需要水的礼让
需要石头献出缝隙
需要奔跑的寂静,停下脚步,化成苔藓
坐在朽木的枯心上。一稳再稳
与菖蒲一起,生出茂盛的根须

这注定是一次美好的相遇
与一株菖蒲对话,仿佛余生不再孤独
生命之光,正从幽暗的低处升腾
被时间之手抚摸过的塔畈
从水墨里走下来,赠我一座蒲居

板仓素描:三段插曲
如果石头能弹琴,泉水就是停不下的
音符
一座山谷,就是一根琴弦
莽撞的风,爬上去就再也跳不下来
龙井潭、红河谷、三叠泉、官靴石、
孝子洞
各不相同的声部,合成一段插曲

比喻说龙井潭腾出一片月色,赦免了
爬不上岸的树影。高高在上的官靴石
勉为其难,只能用星光擦鞋
比喻说红河谷,动用笨笨的瓢虫
去捉拿枫叶上的介壳虫
那自然的,惊天动地的小传奇
谱写的乐曲,每天都在看不见的地方
上演

银杏古老舒展,不离不弃

总是在看得见的地方等你,让你学会
珍惜与宽宥。霍山石斛就在你的脚边
唱歌
你要低下身来,连通它的脉息
才能壮筋骨,暖水脏,益智清气
五针松与九月一起清爽通透。香果树
站在
第二段插曲的最后。仿佛等待,仿佛
眺望

在板仓,一只抬头的安徽麝
眼里只有发亮的草叶,清澈的潭水
和它身后被风轻轻拂动的光影
一动不动的大鲵,仿佛来自另一个时空
与我们不在一条谱线上
漂亮的白冠长尾雉,总是耐不住寂寞
喜欢飞到爱情的高音区上调风弄月
如果这山水间,少了喋喋不休的小鸭雀
第三段插曲,就只剩下失声的黑白影像

幸福茶山:四种想象
一座茶山的心思,只有露水猜得透
有人说,神秘的云雾
像一顶诗意的礼帽,要给幸福茶山
留下想象的空间。一条溪水顺势而下
像干净的信使
把茶山的口信,送向远方

山下的村庄,仿佛茶山的鞋子
合脚,温暖,耐穿,连接着古老的地气
那一条半山腰上的茶路
与沿途的树木,一定是茶山
镶嵌着绿宝石的腰带。一棵棵茶树
变成茶山永不褪色的羽衣

一座敞开的茶山，有多少片芽尖
就有多少枚幸福，等着你来采摘
春风来过了，带走伏在叶子上打盹的
星光
和飞起来的茶歌。飞鸟来过了
带走滴水的晨曦，与省下的赞美
我们来过了，抱不动一座茶山
那就带走漫山遍野，怎么也摘不完的
幸福

大桥头：忆旧

一阵风，努力在记忆里站定
一条河，把时间淌成岁月
一片云，捞起天空的倒影
一阵雨，洗亮采茶的黄梅山
一段黄梅调，叫醒入戏的王小六
为花灯换一根喜庆的红烛

一座石桥，在等一个人
眷恋是承重的青石桥墩
我在桥上停停走走
一会儿像少年，一会儿像老年
不知落下的那一步
踩到忧伤的中年

大桥头，一条青石小街
从花腔的尾音穿过
临街的木楼，一块松动的青砖
像一张老中医开出的药方
风俗在乡情里走动
星光在车辙里安身

母亲的口信，被我的胸口

捂出汗。等待的大桥
把我和春风送到对岸
外婆就在不远的村口张望
阳光下，一个羞涩的少年
像一枚刚刚离开草叶的露珠

我要去的地方

我走得很慢，要把二十年的时光
均分在路上。时间像石缝间的小草
在我的记忆里寻找出口。我不能确认
再次成为，这条水泥路的一部分

一切都变了样，又似曾相识
一座拆了一半的老房子，还在苦苦寻找
自己的另一半。一定有隐秘的花草
还认得我，隔着零乱的记忆
我还能找到它们存活的乐园

行人，车辆，借枝条摇动的风
都是虚幻的背景，人间增加了
崭新的磨损。我和一块熟悉的水塘
都在努力，适应新的空缺
突然有些迟疑，我怕在要去的地方
会遇到一个不一样的我

西津渡

此刻，只有柳树与晨光守着渡口
潜水平缓，托起两岸的鸟鸣
不至于沉入水底
昨晚，渡船被银河借上天空
现在，它正航行在一本翻开的新书里

秋风像一个邮差，大地上新到的色彩
都在它微微下陷的邮包里

吴塘堰在不远处招手,我曾用一个外
乡人的
口音与节奏与它交谈。抬头望去
天柱峰还在熟悉的高度等候

在图书馆,我们内心的河流
泥沙俱下。诗歌与回忆并不管控
倒流的河水。波澜不惊
西津渡站在朗读之外,替我们迎接
消失的年代。那时,我们年轻、俊朗
喜欢与月光一起游向对岸

给春天留言

春天很忙。门前的水塘
又将星星接下来,洗了又洗
需要花些时辰,沥干水
再送回天上。山坡上的芽尖
领走一片晨光之后,云朵脱离薄雾
离开山峰,往南移动
迎春花昨晚已开过了
早起的女孩,已有了青春的曲线

雨点不再束腰,长大了
生出脚丫,总是追着你跑
田埂上的青草,忙着给春天留言
忘了重新介绍自己
一只蜗牛,耗尽缓慢的一生
要给重重的壳换一个名字
崭新的水泥路,接通老屋
把阳光送出很远

三月太快了,回巢的燕子
衔着季节的新泥,送给春天一个新家
种子发芽,人世的新叶多了起来
母亲取下围裙
孤单地走进时间的菜园
蚕豆花,豌豆花,青菜花
哪一朵,像是她从未出世的小女儿
今夜,我面向苍山,给春天留言
缺少父亲的手温,一把闪亮的锄头
再也把握不好春耕的劲道

晨昏线(组诗)

张高峰

晨昏线

许多忆念回来了,比影子
更深的寂静,风的太息
如今落在水面,树木的映像丛生

那些出走的人,也回来了
他们正在穿过天空,朝霞绯红
绾织树冠的光华,而拖着终生的劳作

时间悬在落霞的昏黄,一片明净

是什么终是无言地降临，听凭逝去
永在向我们走来，影子与影子重叠

更深的空缺，盈满巨大的悲哀
风用时间之弦，拉响光亮
黎明与黄昏升起，那转动的远眺

风之印迹
静默的草丛，触碰风的脸庞
在消失的天空里，如今重又拉响我们
尚未到来的等待里，鸟翼闪耀

在不可见的透明之中，辽阔的色彩
自远野里升起，秋天清晰，幽蓝。
树木向沉积里缓缓聚合，那些穿风而
过的名字

是什么，也曾于万有之域遥望
在世界的哭泣与赞美间，被回声所
述说，犹如大地负载着昼与夜

月光的命名
风途经芒草的故道，月亮下
万物宁静的影子，有一种声音
在离去后漂流。沿着河流，光洒向
未知里，如此盲目剩余的音符——
当我们来临，那些已消失得无影无踪
的呼吸
仿佛已全然忘记它曾颂赞的时日

犹如一声低叹，远方山峦隐现
那些黑暗之中的交谈，被夜风听见
最初的灯火飘落。在陌生的荍麦之上
一望无遮的月光流注，它将独自前往

丧失
花瓣水间旋转——脱落，风吹动
无边的呼吸，重又路过，隐秘的寂灭

雨的祝福
凌晨的雨飘落，越过山冈
未眠人听到，秋初的蟋蟀跳入
草丛深处，隐入一片黑暗

世界仿佛一艘年久的船
漂移在，无垠的银色海面
我们的一生，也长远地被雨倾听

凌晨的雨飘洒，越过树木
行走的人，在湿漉漉的茅草间
与前世相逢，白色穗花的光晕

秋　风
秋风疾走，一阵紧似一阵
追赶黎明的人，在黑暗里穿行
他将自己遗落在山谷，影子跟随

秋风终日，将骨头鸣响
吹白了故乡的屋顶，茅花飞远
踉跄风中的人，远看到坟墓

秋风留下，更多的人消失
路沿的昔年辙迹更深了，大地发黑
那人的脚步，如今已深埋在泥土里

黄昏远望
风掠过，心象里的一朵野花
将七月沉寂的繁茂勾勒
那些未曾停留的运转，永无止息

当你归来，错失中的词语
已不可挽回，晚霞怀抱着落日
宁静的光，宛若褪色的映像，奔腾而去

唯有此时，随同夜色开始上升的事物
在遥远的回忆里闪烁，微光的音节
渐逝的花瓣，一如预言，给人以安慰

七 月

七月多雨的云团，浅水之间
一切宛若汇入奇迹，而朝向回忆的凝视
也自绿色晶莹滴落，从迷离中起身
那些打捞我们的词语，承受了时间的
冲击

远在原野之上，是燕子透明的穿织
一阵风声的脚步，仿佛天空恒久地描绘
在泥土芬芳的喉咙里，歌声喑哑
而未曾停歇，长向迢遥的山影起伏

在一支古老的歌里，音符移动
如此久远的存在，光亮的珍珠链漂流
雨花旋转，万千低语的所在，借此
被测量的万物，也拥有着海镜般的颜色

雪的幻象

一切被护送的，在落雪时分
清晰起来，田野的马蹄
追逐了一道光，一声回响

有人在天空的冰晶行走
那里宽敞如回忆，深长无边
风如今落在故道边沿的草迹

水边的树，纯净，如同音乐
你眼望着它们，披雪越过了两界
冷却的国度里穿越，去往昔

风穿过田野

> 我在弯垂下来的桦树下面散步，在空中
> 彼此拱起的桦树下面散步。
> ——诗人勃莱《秘密》

没有一种古老，不曾孤独于满月的升起
暮色中霜冻的残茬，映照在青色的水影
泥土回到最初的宁静，深草上悬留的
一片风

田野在月光里伸展，水的音弦上漂流
在明尼阿波利斯，那些触动你的万物，
被词语守护
将鹿角的山影，光亮的白发，灯光的
倾注一一聚集

树木定会于深夜醒来，乃有雪花飘落
光芒与幽暗交织的时刻，仿佛置身在
无垠之中
当音乐降临，脚步停歇，而光于积雪
里涌现

一匹马抖落雪花，重又踏过草色水域
它行走于泥土的巨大缄默，而叩响悲哀
有更深的寂静，此刻的风中走远……

白银之海
——献给诗人阿方斯娜·斯托尔妮

大海的唱诗班，远在晶体的穹苍之上

浪水涌动，复又隐入千云忆念
在风的呼唤来去间，永有永世的观想

太阳转动，它如同回忆，运行于浩瀚
向未知里讲述，那些远于自身，而持续中
寻找并上升的事物，脸庞泪珠般闪现

黄昏将临，听命运的脚步走来
海水也衔着悲哀，它永不抵达荒凉
在此世的孤独里找到我们

巴音布鲁克谣曲
盛夏落在巴音布鲁克　有天鹅飞过
繁花跳动的高山草甸　我们不知该说些什么
守着远山默默　光芒悬垂　万象泊岸
天空在一线蔚蓝里返还寂静千年湖水
姑师人与飞扬的马蹄　诉说幽深而古老的河流
远方吹送太阳部落的风景　明亮催放经年盛开
九曲十八弯　日日流淌在迷醉的天山脚下
骨头碎裂的光芒　吟诉千年的经幡与河花草甸
巴音布鲁克　比日光更古老的躯体葬掉通关文牒
列队的行云　是迎娶七月山峰的仪式
巴音布鲁克　永有时光未解开的传奇
回望雪山湖水微波　指尖舞动天籁不绝

驰向杜尔伯特太阳山
远在杜尔伯特的风
唤来太阳风景盛开　太阳部落围拢而来
划破天空的石头与花朵留下嗓音灼热

宛若奇迹的闪现　大地之上高翔的影子
化身为一片远景　而与万籁倾心交谈往还
草原渴望落日的金黄　融入那磅礴辽源的深红

弯弯驼影将日月的风与盐衔在嘴里
嚼动黄昏　大地裸露炽热的脊背
天空烙铁在草原上　火红夜狐也窜动
草原疯长

燕子剪断云霞的北方　马匹投入赤土灼烧泪的滚烫
密布山岗盘羊睡去　比时间更古老的神秘

侧耳倾听　杜尔伯特
每一片夜幕下花起花落　褪去夜的晚凉

琴影摇曳　弦音呜咽
雪青马归来偎依在乌兰淖尔

草生水长　千年如昔
月光如雪开遍草原

七月，水的歌谣
——献给青海湖

高山草甸，鸟翼闪耀，光芒生长
天空野花摇曳，影子也在向七月飞掠
水滴般透明地盘旋，晶体里徐降

那些湖水巨蓝如谜，涌向牧场
七月的繁花一片，灿若仙子谪居
眺望大地静默千年，无垠之中

云阵长远地翻卷，马匹奔来
水波含烟，多少人，从远方途径
复又去了，只余日月倒影高悬

远风自亘古的白色山峦而来
雪声高洁，湖水光亮，青穗高于七月
海苍色的鹿角上，云涛无声

八月，故乡的远野
风穿过，路沿野花幽朵
寻向我们，犹如赞美抚触存在
是什么在记忆的头顶，无垠地铺展

也如这永恒不息的水，映现
云之脸庞，无尽的远望

我们在八月，起身走向原野

灯盏后，是太阳的光芒一片
那些回来的风，玄凝为
八月的音节，炽热中的冷寂

山 音
秋风刮遍了，白色芒草的山原
海外的天空更蓝，那人却在时光深处
她向一路山景走来，从离散的呼唤
谁人追寻着什么，那风一阵阵
袭向了水浪花，究竟为之奔波了多少年

道路两旁，你唯见幽幽青穗
越过辽远的山脉，云树默默静立
那里定是永生的世界，风落在眉头
连同青石也为日光所照耀，古老时的
样子
此时你定然怀恋着，那古旧的忆念

比花朵更亲近我的，是它散发出来的爱意（组诗）

郭爱华

三色堇
我们是典型的土星主宰植物
冷且黏滑
是的，是的
如果你相信，我又能说什么呢

还想回到那个仲夏之夜，回到

那个颓靡的罗马房间
在两幅相隔千年的油画里，找到你我
花影重叠，是那样迷人

我们的面具艳丽无比
每一张都若即若离

你魅惑的嘴唇吻过酒杯,像亲吻长长
的海岸线
经过酝酿的液体里
隐藏着属于色彩的所有谜团

月　季
古老的潮汐又一次漫过时间和我们的
身体
每一个冲击
都是生命的律动

大地的颤抖,海水的叹息,风的缠绵
顺从神的旨意
打开身体,用鲜血祭奠
金戈铁马的厮杀和温柔销魂的战栗
我们奉献出所有的哀愁

女王和村妇拥有同一个秘境
月光在她们的身体里
痛苦和喜悦在生成和脱落中互相治愈

伊甸园的果实
一次又一次复活
生命,再一次妖娆成种子的模样

合欢花
将时光轴上的时间同时打开
你和你,我和我
在不同的时间里,也能彼此关照

往事,以及我们的身体
洗净,沥干
一段一段放进酿造箴言的酒坛
尔后,醉去

在时光柔软的分蘖上
请允许我们盗取一缕月光,并和万物
赤裸裸纠缠

在醒里醉着
或是,在醉里醒着
所有的秘密都可以秘而不宣

彼岸花
窗外的树花开满枝
比花朵更亲近我的
是它散发出来的爱意

黑猫保存着我前世的秘密
抚摸我的面颊,舔舐我的伤口
试图改变我一世又一世的执念

我的王隐居在山中
盔甲已经锈迹斑斑

我们一杯一杯饮着红尘
时间在身后变得空旷

夕阳落在岸边
河里燃烧起熊熊大火

木槿花
在这个安静的地方
我们坐下来,就会融入其中
不分彼此

远山静默,风声浩大
村落像寂寞的老人

丢失的脚印带走了原野中动人心弦
的故事
盘旋的白云依偎着伫立的山体
静止中风干成记忆

门环响了
那只熟悉的手
是你的，也是我的

每一扇打开的门里
是你和我
年轻的，年老的
或者不存在的
脸庞

雪在匆匆赶路
却不急于落下
好让我们各入其途
安于天命

蓝色妖姬
猫先生打来电话
说属于我的那座小岛被海水淹没了

我正在夜色里游泳
身上披着月光
野蔷薇一朵一朵顶着月亮
我能闻到它们的芬芳

不要哭泣吧，我的猫先生
小岛就在那里等我
像一堆为我燃烧的火焰

我已经不再担心那些来来去去的潮水
也不再留恋金色的马车

你瞧，这动荡的人间
唯有这夜色
才干净得让我们生死相依

风信子
用时间递给我的针刺穿大海
刺穿此刻
用蓝色填补距离之间的空白

在那里，有风和风，云和云
动荡早就开始

悉心培植一个小小的渔村
接纳每一个朴素的事物
我是那个衰老的渔夫
在大海里不断抛撒绝望的网
随便取出一块石头做我的心
把我的躯体租借给风

在隐秘的空间里
我无数次接近那个距离
又在无数次警觉中停下来

触摸需要一个盛大的仪式
在这之前，我将某个夜晚
作为祭品，献给黑夜

风停下来，雨清洗着远方的邮件

银莲花
我坐在菩提树下

等待一枚果实落下

阳光在彼岸诵经
所有的来路都避开悬崖
避开一朵花的退路

在大雾丈量人心的时候
镜子的每一个碎片
都是一个完整的世界

该怎样忘记眼耳鼻舌身意
让置身事外的人
忘了悲苦

含羞草

在一个水瓶里起飞
吹着千里之外的风
真实的山，缥缈的水
在我手中

谷子的悲欢
祖先的味蕾

已在袖子里藏了千年

一生做着飞的姿势
却又不肯摆脱爱的约束

由一个幻想飞向另一个幻想
等待一个飞行者
藏在我的愿望里，偶尔出声

六月雪

这一刻，世界
非黑即白
风在大雪里逃逸
雪花枯寂
在狮子、老鹰和蛇
到来之前
我和我的骆驼相依为命

遗失的影子和那棵救命的稻草
被拾穗的人
藏在了春天

如月的诗（组诗）

如 月

冷不丁

"冷不丁"这个词语
突然闯进我的脑海里
我觉得应该为这个词语
做点什么

赋予它生命，赐予它光芒
让它呻吟
或是让它怦然心动
并给予它伟大的思想

它可以是一片轻舞的叶子
在我行走时
冷不丁落在我的肩上
也可以是一片雪花
在我睡眼惺忪之时
突然发现天地万物浩阔苍茫

再或是突然响起的钟声
让我猛然间
记起一件极其重要的事情
恰如一轮明月穿出云层
让我来不及思考

汽笛的抛锚声冷不丁响起
牵挂和思念层层叠叠
而新生命的啼哭
像是对世界的宣言
点亮星空的灯盏

成长的片段

每年冬天
红薯都被送往很深的地窖里
每次用红薯时
母亲都会用一根绳子
系在我的腰上
把我续进地窖里

地窖里的黑
还有身上掸不尽的泥土
都是我对母亲的怨言
都是我对躺在被窝里弟弟的羡慕

有一次,母亲把系我的那根绳子
放在一边做饭去了
她忘记了我
忘记了那个漆黑的地窖

那个寒冷的冬天
寂静的地窖灌满了各种声音
石臼的捶打声,饥饿的猪叫声
遛乡的吆喝声
每一种声音都高出了我的呼喊

乡 音

"那原是"三个字
从我的生活中走失了很多年
它应属于乡村风俗习惯的常用语
既简单又随意
给人以亲和力
一句"那原是"
拉近彼此的关系

随着生活的改变
和时代的变迁
何时起我说普通话
讲书面用语
"那原是"三个字
在我的生活中销声匿迹

今天无意中听到两个买菜的人
对话中说到"那原是"
让我深感稀奇
回头望了望两个聊天的老人
她们每人手里都拎着一颗大白菜
站在寒冷里
言之所及,意味深长

岁月深耕
"那原是"三个字
从冰封里取出温暖
在不经意的瞬间
隔着重重光阴
带我走进记忆中
展开一段美好的乡村生活画面

小小愿望
安国距离杨屯有多远
我说的是步行
是拉着满满一平板车红薯的步行
为了能吃上几个煎包
我吵闹着
跟父亲去卖红薯

天不亮就装车赶路
冷风将童年的额头吹满汗珠
我确信这汗珠
多了幸福，少了苦难

那个绕在手上
又搭在我肩上的绳子
从直到弯
最后拖到了地上

卖红薯的过程是漫长的
甚至是煎熬
那些熙熙攘攘的人群
对沾着新鲜泥土的红薯
百般挑剔
晌午已过
行人渐渐稀少

不远处飘来煎包的香味
父亲的叹息声
没有遮盖住我腹部的咕咕声
店老板的吆喝很动听
像经典传承的民谣
声声入耳
我听得出神，陷入沉默

彩虹门（组诗）

田浩国

我不如雪
写到雪，雪就化了
我不敢化。它化了明年冬天还来
我化了，好怕病榻上的母亲
也会跟着化了

雪哪里都敢落，从不患得患失，
我不敢，每一步都小心翼翼
有时还是踏在不该踏的地方

雪敢于以冰的方式，对待
那些不喜欢的事物

我不能。母亲当年就是因为这
腿瘸的

雪抬头就能看到云,那是
它的故乡
我也抬起头。一片黑黢黢的
或许夜盲症又犯了

彩虹门
翕动的腹部和远处的地平线
慢慢合拢
睡在皱纹里的光,舒展开来

病榻上永远睡着的母亲
唇角泛起笑意
缠绕许久的霾幻化成一朵莲花
终于有了归途的她,要去哪里

床前的我望向窗外
沙黄的月亮围困着白色的病房
帷幕上布满了黑色的星星
什么也看不见
我来自哪里。几乎忘记了

匆忙穿越潮湿的病例单,
干燥的土坡
和雪地里浅浅深深的脚印

用春天的凤尾竹,拢起我的
小手和脚丫
彩虹门前和母亲汇合

石 碑
山涧的雷声和草丛的虫鸣

将石碑磨得如一面镜子

里面坐着没戴老花镜的母亲
浑浊的眼睛
透出的光,比荷叶上的露珠还明澈

她看着我:头上的白发越来越少
不是变黑,而是稀疏了
四十二码的鞋
现在脚趾处也有点松了

微笑,无论从哪个方向看
她都笑着

咽下胡楂子上的泪
我也笑了

雪
清晨一场雪从西北悄然而至
有的呼呼落,有的慢悠悠地飘

或许真是来自梨花村
到了窗台,它们都静了下来
侧卧在那

我能听到它们的呼吸声
有时匀称,有时急促

如同我正拉着的二胡
拉到梨花村和拉到红纱窗时
不一样的节奏

它们静静地等着,看我拉完后,
是直接将弓子挂上琴把

还是抚着琴弦静坐

雪落哪里
落在神像是神灵,落在烟筒
是日子

落在前楼贾红红的发梢

点缀生活的雪莲

落在捡垃圾的孟青花头上
廉价的漂白剂

雪落哪里,才是小孙女画板上的
小精灵呢

乡村岁月(组诗)

杨玉贵

二月,把冬天的雪埋掉
把绿推出去,在真实与想象的空间
用花开的声音,把冬天的雪埋掉

纷呈异态的情愫,让大地
放弃对惨白美的癖好

用雷叩响天空,吐絮的柔枝
让山河大地,流动、跳跃、舞蹈

三月,人和蝴蝶一样起飞
春节过后,人和蝴蝶一样
开始萌动了,春天的树
有着很多的诗,伴随

季节就是这样晕眩
活着,不仅仅只是生存
只要有精神,就会有很多变幻的梦

飞出去、飞出去
不怕穿越千山万水
只要肯在光明与黑暗的缝隙里辛勤
春天永远和飞翔的翅膀系在一起

四月,有一片陌生的树林
摘光的香椿芽,又冒出顽强
四月的春天,足够温暖了
而此地仍残留冬天的风

树苗们离开苗圃后
欢笑中有了自己的领地
但又渐渐寂寞起来

此时的我,不敢信步
怕在绿色的生长里
遇到不安的呼吸

五月,春与夏之间的律动

油菜花盛开之后,五月
怀揣着碧绿,随温暖的阳光
欢跳蹦跑。或许这是一种裸露之美
麦子们祈盼得太久,在布谷鸟的
不断叫声中,由绿转黄十分惹眼

河水越来越清澈了,高亢的
小蝌蚪,不停地摇头摆尾
鱼和水草开始纷争了
有的深潜、有的若浮
栖息和游戏着五月的温度

乡村像沸腾的水不停开着
人和收割机,全被溢到田野

种瓜、种豆、收割喜悦
奔扑的心,如飞动的候鸟
一股脑儿品味着一种幸福

七月,流萤在草尖上腾飞

虽然有风,但不清凉
小暑过后的炎热
让一些知了,喊哑了嗓子
但百草仍在疯长

草尖上的流萤仍背着黄昏腾飞
没有谁因为死亡而放弃劳作
大地上处匍匐花草、树木、昆虫
是生命,都有一盏生命的灯
哪怕就是一点点光亮,也要不停地闪烁

落叶是你纷纷扬扬的辞呈(外二首)

程杨松

落叶是你纷纷扬扬的辞呈

11月,风不停吹过北方
吹着适时的枯黄
一些时光就这么突然老去
就像我突然想起你
仿佛你突然就离开了人群
而我突然就失去你

是啊!你所呈现的秋天
终将被你决绝带走
假如落叶是你纷纷扬扬的辞呈

我把每一个词都捏得很紧
不让风吹着
而我,想更迟一些再写到你
迟一些抬头看见星空
迟一些被孤独的黑色的海水淹没

在你金色的黄昏里
我知道的,我朝任何一个
方向,都是逆光
除非你的挽留,或者将你挽留
这多么绝望啊

我遇见了最美好的，却注定离开
也不能给出一点暗示

假如我最后不得不给你回信
第一句一定是：
"我回赠予你的，不过是生活
赐我的最小一部分"
而你，却给了我从春到秋的这一生

在三清，雨水会轻易转身
在三清，宜去梦丽的茶室小坐
于不断上升的境界中
更多的俗念被抛开
身体比灵魂更诚实，一杯高红
就把味蕾轻易送上云端

在三清，适合与你虚度时光
让一杯茶将我暂时挽留
唇齿听杯盏中的倒叙
读云雾的肤色，草木的气息
读春天的铺天绿意、秋山灼烧的红
读"只在此山中，云深不知处"
还有那些缓慢发生并消失的

在三清，雨水会轻易转身
从石缝里汲出
但依旧保持柔软和纯粹的本分
鸟鸣被月光洗涤
要把安静的虫嘶豢养在胸膛
一如星宿颤动
要在比夜更深的夜里醒着
用孤悬的一缕微光赎回尘世

我知道的，在三清

我和所有的事物都保持着
落差和时差
是高于想象的部分
那些被反复亲吻过的万物
时过境迁后
于是有了回甘的可能
我在渐渐老去
而你，却芬芳依旧，鲜嫩如初

此时，十月的堤岸是你
此时，十月的堤岸是你
拢围我余生万顷荒芜
被一枚青果填充的胸膛变得
饱满，呼吸甜蜜
目光里涌起幸福的秋意

此时，一年的刻度已完成
所有的落叶都向南
落叶上每一条夜露清洗过的纹路
都是晴朗
你柔嫩的身体晃动着温柔水声
上弦月般明亮，不加修饰
我丢失的清晨和夜晚
从你视频连线的笑脸缓慢找回

此时，我对你虚拟的爱意
会比这落叶更多
也会比你的未来更漫长
仅有的窗户迎风打开
天黑之前
要把思念细细梳理一遍
再把时间都掏空
把两千多里空旷都用上

此时，我最爱的人来自想念
如悬于天穹的一颗星星

指引我急急打马归乡
把一座美丽的花园抱在怀中

春花引

赵道顺

蕴含春的枝头，
绽放出朵朵美丽，
红的似火，
粉的似妃，
深的似霞……
它们迫不及待春的绿意，
便倾情破蕾而出。

彼岸，陌上花开，
引来好"色"的人们，
情侣们用相机记录甜蜜，
老人们推着熟睡的婴儿，
徜徉在充满花香的春风里，
任蕊飘蝶舞，
把自己写入开心词典。

盛开的各种花，
妆染了山坡——
连片的樱花，
构成了一个美丽的"樱花长廊"；
疯长的鸡蛋花，

恣意地献上妩媚的柔情；
还有梨花、桃花、迎春花、月季花、
三色堇……
无不妩弄着美的娇艳。

站在枝繁叶茂的山坡，
与花儿对视，
仿佛穿透了美丽春天
你醒了，
酣睡了一个整整长冬
拽着季节的衣襟而来
献给大自然的美
任诗人尽显苍白的诗句
宣泄灵感的畅想

在惬意的春天里，
伸个懒腰，揉揉惺忪的眼帘，
看满目皆景，
啊，神奇的云岭大地，
新时代的花儿，
已开出滚烫的生活……

来到秋的老家

崔在庆

八点驱车进村
一群老年人坐在街口
他们是送孙子辈坐车上学后闲下来的
故事还没有开讲
只是满脸挂着幸福

来到多年未住的老家
邻家的秋货晒在大门口
似乎挡住了进家的路

门口东边树枝上的石榴咧着大嘴
冲着人一个劲儿地傻笑
黑绿的吊瓜一根根
有的探出墙头,不甘家里的寂寞

收旧薄膜啦!一声吆喝
打破了乡村的宁静
这是蔬菜大棚换茬后的余活
家家户户都有退下来的旧货
街口的老年人问价,然后回家
凳子被一个个晾在街口
一会儿,收旧货的车子心满意足地走了

十点,一辆辆二轮车从菜棚里回来
我问,这么早就不干了
不干了,棚里热,也该玩了,到点就玩
说得是那样坦然

一掐掐小黄瓜,送给他,送给我
还叮嘱别嫌它小,腌咸菜,特好吃
我激动地收下

街口的人陆续多了
有的看手机
有的说新闻
有的嗑瓜子
有的吃花生
你送她苦瓜
她送你南瓜
那个送他芹菜、扁豆、茼蒿
这个送那个菠菜、香菜、萝卜
那家儿媳给婆婆送去刚磨好的豆面、玉米面
这家儿子给父亲送来新买的苹果
娘!我割的豆腐给你,拿回去
爷!给,我割的羊肉啊
说的话是那样地随和
村里的环卫大叔跑过来跟老嫂要瓜子吃
"我天天给你们打扫,给我点儿。"说着就抢
老嫂笑嘻嘻地
去,去,跟你小婶子要去
几个老家伙争争,夺夺
惹得年轻的,都在笑哈哈

癸卯春节歌（外九首）

高 昌

癸卯春节歌
逐流年诗逐人，心头丘壑待重新。
约花红染三千树，把盏香挥十万巡。
散淡襟怀常有梦，平常日子倍堪珍。
撞门玉兔大如福，跃入寒斋送暖春。

喜贺荣宝斋沈鹏诗书研究会成立
2022年12月7日，荣宝斋沈鹏诗书研究会在京成立，忝列副会长。愿竭所能，借效绵薄。聊吟一律为贺。荣宝斋：取荣名为宝之意，前身为"松竹斋"。

大翼扶摇大笔扬，九垓汗漫大鹏翔。
竹深碧岸流觞曲，松偃苍岩驻韵长。
清节自珍诗照雪，荣名为宝墨生光。
临池苦洗三江水，茧纸凝来兰蕙香。

秋山歌·读王立贤先生《秋日风光胜春朝》
秋日风光胜似春，万林如醉一壶醇。
山从迤逦传佳句，云借婆娑扮丽人。
松籁悠悠随梦远，霜葩点点为诗新。
数来吾爱甘泉净，心向沧浪跃锦鳞。

悲歌送杨叔子院士
蓟门挥泪寄江城，难忘依依骚雅情。
雨露长怀杨叔子，弦歌有继大先生。
重吟晚唱心头动，遥送高风天上行。
此去紫毫犹蘸海，银河应是捧潮迎。

咏西府海棠
葩吐丹霞摒俗香，叶垂绿袖掩红妆。
两眸热泪凝晨露，一树欢颜立夕阳。
睡去云轻花正懒，醒来风淡蝶偏忙。
兴酣只恐压工部，为有佳篇酬海棠！

南歌子·春风里的我
日暖如佳句，花香似古人。欣欣草木共良辰，静看秃山新换、绿襦裙。　　牵手岩梅笑，迎眸岸柳新。小虫小雀唤亲亲。陌上翛然一个、老天真。

霜天晓角·昌黎黄金海岸观浪
柔似轻纱，那顽皮浪花。扯地牵天拍岸，轻一滚，笑声："哗……"
风来说个佳，雨来还美些。万顷波涛齐唤："归去也，海天涯。"

鹧鸪天·给诗
壮韵清声远近传，好诗香自百诗先。
分明气象连沧海，端的风流各洞天。
千凛冽，一飘然，今朝逸兴更无前。
行吟岱顶期同步，坐钓星河试并肩。

八声甘州·雨中见山楂树
有闲来一伞入微茫，烟雨踏秋山。探

幽篁梦底，野蒿醉处，雏菊愁边。偶遇山楂略染，小果缀枝弯。楚楚待红也，青涩偏怜。

一任雨梳风卷，立薄凉逝水，滴沥流年。纵争先红透，知味本辛酸。笑长街招摇成串，费冰糖、淬热裹心丹。何如此，山中本色，一树浑圆。

水调歌头·阳光下之"一球悬铃木"

落叶大乔木，树冠阔钟形。涵青凝碧，一任蝉唱与嘤鸣。接引金晖普照，撑起清凉绿影，谓是好心情。光合氧成阵，风举一轻盈。

东西摇，左右顾，四围清。桃楂柿枣，争竞丰硕撷收成。唯此沐阳而舞，秉彼清圆而醉，别有动人听。莫道悬铃默，倾耳岂无声。

注：在怀柔圣泉山见"一球悬铃木"，其上挂树种简介蓝牌，开头为"落叶大乔木，树冠作钟形"，恰合水调歌头开句。一时心动，小立清荫，试足成阕，聊叙情境而已哉。

喜迎党的二十大（外九首）

邵红霞

喜迎党的二十大
华夏裁新曲，雄浑二十章。
低徊曾掩抑，奋发自昂扬。
大吕惊千里，箫韶振八方。
指挥如定处，交响共铿锵。

读《茅屋为秋风所破歌》感怀
竹叶萧萧衾湿愁，个中滋味泛心头。
朱门酒暖篱花紫，茅屋檐低苦泪流。
质朴襟怀家国恨，平安祈愿庶黎求。
梦逢诗圣须相告，已筑神州风雨楼。

中国女排
芳华附丽网和球，中国姑娘绩可讴。
汗雨挥时心酿梦，红旗升处泪盈眸。
几番得失尝荣辱，一较高低鉴喜忧。
响鼓犹须重锤击，欣看十亿铁榔头。

退休感怀四首
一
时逢二九恰芳龄，桃李初培苗圃青。
小试开蒙扶幼志，更须深造裕心灵。
辛勤何惜双重力，凡碌油然三载经。
每值兰台填履历，也曾树木做园丁。

二

案牍器尘终有涯,那年那月尚无邪。
诗香新沁充书吏,稚气犹存是小丫。
醒世见闻惊诧甚,用心学养慧谋加。
天生真率信难改,宛作清泠一碗茶。

三

读倦诗书茶尚温,慵慵对镜洗妆痕。
瓬喧知有枝头雀,闲适因无膝下孙。
聚友弄花当识趣,烹肴学画亦销魂。
已逾天命休违误,尽享人生第二春。

四

依依别绪岂能无?卅八年过风貌殊。
一段青春随往事,三余岁月启新途。
诗敲雅句情难已,友结清儒德不孤。
华丽转身开境界,人间处处有江湖。

浣溪沙·荷塘闻笛

引客沉鱼云步轻,荷风笛韵两相承。
悠扬一曲未知名。
花举高篁遮暑日,柳垂细线钓蜻蜓。
依依吹出好心情。

临江仙·题太极拳表演

气纳丹田禅意,掌盘静动乾坤。柔刚相济稳心神。素襟怀日月,鹤影拂风云。
自可修身怡性,称奇四两千斤。中华精粹悟经纶。英姿知矍铄,健步证青春。

春游桃花源

武陵山深藏酉阳,襟巴带楚轶史长。
桃花溪接大酉洞,涓涓花香酿诗香。
莫道桃源故事老,原生山水别样好。
秦时明月汉时星,离离犹是当年草。
进得桃源梦可猜,迤逦红桃照水开。
四围青山屏翠障,阻断喧嚣与俗埃。
松笼闲云竹绕岚,林间百啭鸟清谈。
吊脚楼头歌声起,一曲听罢皆已酣。
时光恍越两千载,远古风情似未改。
腊肉薏米土家茶,客来直做亲人待。
主情热,宾情真,莫道初心是避秦。
得逢盛世醉屡景,换了人间处处春。
夭夭云紫客忘归,小舟垂钓锦麟肥。
心空已属无尘境,日日晴好照霞晖。

玫瑰(外九首)

王海亮

玫 瑰

琥珀光才满,胭脂影已深。
千般花色好,不若结同心。

壬寅上元与友约赋蜡梅

雪里黄金朵,春风应未知。
枝寒生郁郁,花发故迟迟。
非卜前生愿,为留一念痴。
中宵归寂寂,独看月明时。

文英栽竹节海棠花开
玲珑花一束，颜色近春天。
掬水清如玉，离尘皎若仙。
时光由错落，怀抱自怡然。
深照中宵月，相期寄永年。

仲　夏
长日元无梦，浮云自去来。
田间新麦熟，塘下小荷开。
大疫行难尽，中年事已哀。
今宵风雨定，明月拂青苔。

再访问花草堂
花草安然否，停车一问之。
蔷薇开已淡，菡萏正相宜。
藤蔓青无路，鸡虫息有时。
枝头摘黄杏，先饱小童儿。

壬寅雨水后一日津园聚会
人间无梦久徘徊，想有梅花傲雪开。
高铁驱驰如快马，春风绿透手中杯。

珊瑚夏威夷芍药
珊瑚一树抱新枝，真似丹霞沐日时。
风涤尘烟云涤浪，遥从海底见瑰奇。

三月十六日建强约看油菜花
都市蓝天看不真，浉河直下少行人。
黄花夹岸春波碧，已到桃源懒问津。

问花斋赏白牡丹
一遇东风即暮春，好花开谢不由人。
千般红紫归飞尽，捧出玲珑雪样真。

辛丑暮春大佛寺赏牡丹
海棠谢罢牡丹开，五色春光信手栽。
淡淡云风垂紫苑，离离花木隐青苔。
梵音起处尘心定，日影移时飞鸟回。
多少繁华一弹指，人间破事莫相猜。

铜草花（外一首）

盛胜利

铜草花
荒山乱荆棘，细究乃嘉禾。
药圣香薷饮，诗仙秋浦歌。
昭铜浇重器，解表散烦疴。
始信寻常里，众生皆佛陀。

水　母
身现寰球六亿年，惯看沧海与桑田。
无心无肺萍漂泊，如伞如云舞蹁跹。
自带光环千浪底，能知风暴半天前。
简单未必为低等，也送三人诺奖骈。

航班受阻改签（外一首）

何云春

航班受阻改签
千里寻诗雾断霞，还闻路曲落飞花。
情真不畏天公阻，梦若南山绽九葩。

赴肃州边塞诗会采风
一入肃州逢日暮，疏星伴我远空行。
漫天荒野寒流急，不负边关笔墨情。

登仙居天姥山（外一首）

渠芳慧

登仙居天姥山
九霄风袂下云端，烟势空灵浙海看。
绝弃嚣尘归独隐，并修仙佛见清欢。
梦华一逝天心峻，光影千峰剑气寒。
箫鹤未盟鲸未掣，欲还飞棹问星澜。

武林夜饮同诸君
临安风物共谁游，便效簪花问旧俦。
窗寂炎云成怒起，江浮暮暑到微收。
西泠酒尽慨苏小，南国凉生忆莫愁。
惜是天涯身一聚，须臾又作九区鸥。

夏日偶感（外一首）

彭耀南

夏日偶感
一片红云映碧空，霞飘举水入诗丛。
老怀依旧牵心处，清影勾栏逐梦中。

又逛五脑山
穷览名山秋色好，公门淡出乐逍遥。
今朝偶作登高会，细雨斜风洒半瓢。

声声慢·听雨（外一首）

施玉琴

声声慢·听雨

云生屋角，叶走阶前，风猋电闪长空。一霎光阴暗易，暮雨淙淙。遥看四溟如墨，问寂岑、何似青峰。向影处、怕潇湘竿瘦，不敌秋浓。
卷地飞花未断，任心事、悠悠闲饮谁同。酒罢千樽难醒，醉卧堂东。梦里几回碎玉，和檐声、滴漏无终。倩人去、对芳华新唱，悄引丝桐。

惜秋华·嘉树堂小宴

小苑廊深，掩修篁、玉树青萝云绕。欹枕画栏，庭前叶飞风扫。华堂酒宴情浓，醉里美人松边倒。尖叫。看卿卿、敛黛娇嗔一笑。
戏作短诗调。怪故事如昨，又怕春华恼。奈秋度、已瑟瑟，别愁来抱。东山笛曲萦心，似此间、晴光正好。烟杳。向斜阳、清溪相照。

楚州河下古镇（外一首）

郭文泽

楚州河下古镇

抛光石板照云霞，砖瓦依稀藤本爬。
常日人来如约会，偶然风起似推拿。
前门乌桕重重老，向堰台阶点点花。
里运河中船最静，任他碧水动兼葭。

白马湖畔稻田深秋

无边稻海可巡航，秋味浓浓岸线长。
喜鹊增加一年富，草人没有几天忙。
之前大豆收将净，眼下菜花浇未遑。
路遇温棚车马动，筐筐蔬果趁斜阳。

听雪（外一首）

程良宝

听 雪
阳台落雪最堪亲，洁白教人欲脱尘。
不用梅花来做伴，但求诗句去翻新。
冰心未染半分假，玉面平添一味真。
俗子如能听得懂，何须问佛证缘因。

无 题
一路行来未变形，回眸依旧是曾经。
菜肴可以加调料，情感焉能打补丁。
诱惑面前观骨气，喧嚣界里看魂灵。
无聊圈子懒开口，欲吐心声山水听。

鹧鸪天·乡村春景（外一首）

操太平

鹧鸪天·乡村春景
村润山明竹掩墙，啼莺戏柳过池塘。
桃花照水鱼盈尺，微雨斜风燕一双。
红瓦上，白云旁，炊烟袅袅饭生香。
东阡西陌青相望，横卧耕牛遍插秧。

进城带孙奶奶们的心声
一帮奶奶约遛娃，闲坐长廊说老家。
鸡鸭猪牛三亩地，揪心最是满园茶。

游峨眉遇猴王撕书（外一首）

谭会东

游峨眉遇猴王撕书
峰前丽景看仙楼，腹内贫空面色羞。
自诩闲驴徒远步，偏安此地议春秋。
猴王见我无鲜果，快手撕书泄愤忧。
大圣子孙山中坐，未知市井话西游。

从雷隆隆兄雨游燕山赠别

情游塞下响雷中，伴雨隆隆满壑松。　　思边对酒常怀义，忍泪分巾已动容。
万水千山传啸语，燕丘晚翠罩烟笼。　　快马扬鞭南北去，长风寄友各西东。

南窗景（外一首）

班　颁

南窗景

垂帘半掩南窗景，冬月幽宵向晓明。
檐隙不觉云外冷，一如隔世度阴晴。

醉花间·七彩泪

人憔悴，久憔悴，长叹红尘累。缘迹世相连，多少轮回罪。
一别两情寄，离愁无处慰。枯泪宛留痕，入夜愁难寐。

无题（外一首）

贾志华

无　题

瘴气晓霜苦，腥云子月怜。
悬壶仁爱举，济世岁寒坚。
华夏千般难，乾坤百万贤。
至今多靥雾，何日扫狼烟。

《隐入尘烟》感事

沧海烟波无尽郁，桑田岁月不堪怜。
红尘世事多狂态，幽梦浮生近暮年。
浊水忽遭腥雨至，残云偏见烂柯煎。
天寒衰苇劲风坠，屋漏孤村病草缠。

庭前桐两树（外一首）

任崇轩

庭前桐两树
庭前桐两树，岁岁散花香。
弄月摇清影，闻箫落凤凰。
春风新叶绿，秋雨老枝黄。
四季生情趣，隔帘幽梦长。

盼　春
漫漫冬寒里，坚冰覆榭台。
愁云风厉厉，枯树鸟哀哀。
暮盼桃花绽，朝思柳眼开。
窗前常置酒，翘待燕归来。

齐天乐（外一首）

芮自能

齐天乐
薄寒初觉秋过半，长天雁随云去。老树栖鸦，荒丘废绿，同惹萧然心绪。羁情万缕。看暮柳丝丝，早垂无数。寂寞蓬麻，了无相弃两依附。
风流不堪自许，浅吟深醉里，都是愁句。惨淡功名，星霜白发，愁杀天涯孤旅。如今最苦。怕闷对黄花，又听蛩语。漫想经年，梦醒窗外雨。

隔浦莲近·仲秋湖畔行依清真四声
湖风摇弄倦柳。物近秋时候。鹭影空留处，云衣白、浮苍狗。芦岸停驻久。销残昼，自饮黄昏酒。
几回首，长空雁去，望中乡远如旧。飘零往事，但问绿萍知否。衰草低头艳褪后，花瘦，消愁重试吟手。

高考感怀（外一首）

艾　文

高考感怀

雨丝风片均无视，常伴明灯苦读忙。
何处有花花萼小，此间寻柳柳荫长。
黉门景色携曦月，锦梦春秋付句章。
遥对寒窗时自问，云深何日见霞光。

阮郎归·长夏

东城淫雨未晴空，今朝唤客中。物华窗外韵含风，和诗醉始终。
长夏末，续心通，清闲乐伴同。故情不负翌年红，花开斟满盅。

卜算子·岁暮抒怀（外一首）

郑成美

卜算子·岁暮抒怀

又见雪花飘，檐下冰如柱。纵使芳菲化作尘，自有梅香渡。
望远对寒冬，却把新春赋。寻缕诗魂月色和，苦恼随风去。

醉花阴·初秋忆诗友

曾在故乡秋景聚，谈笑清风雨。菊桂寄心声，碧水云天，寻找诗情处。
至今忆起温馨语，皆是芬芳句。秋月又徘徊，相约平生，重走当年路。

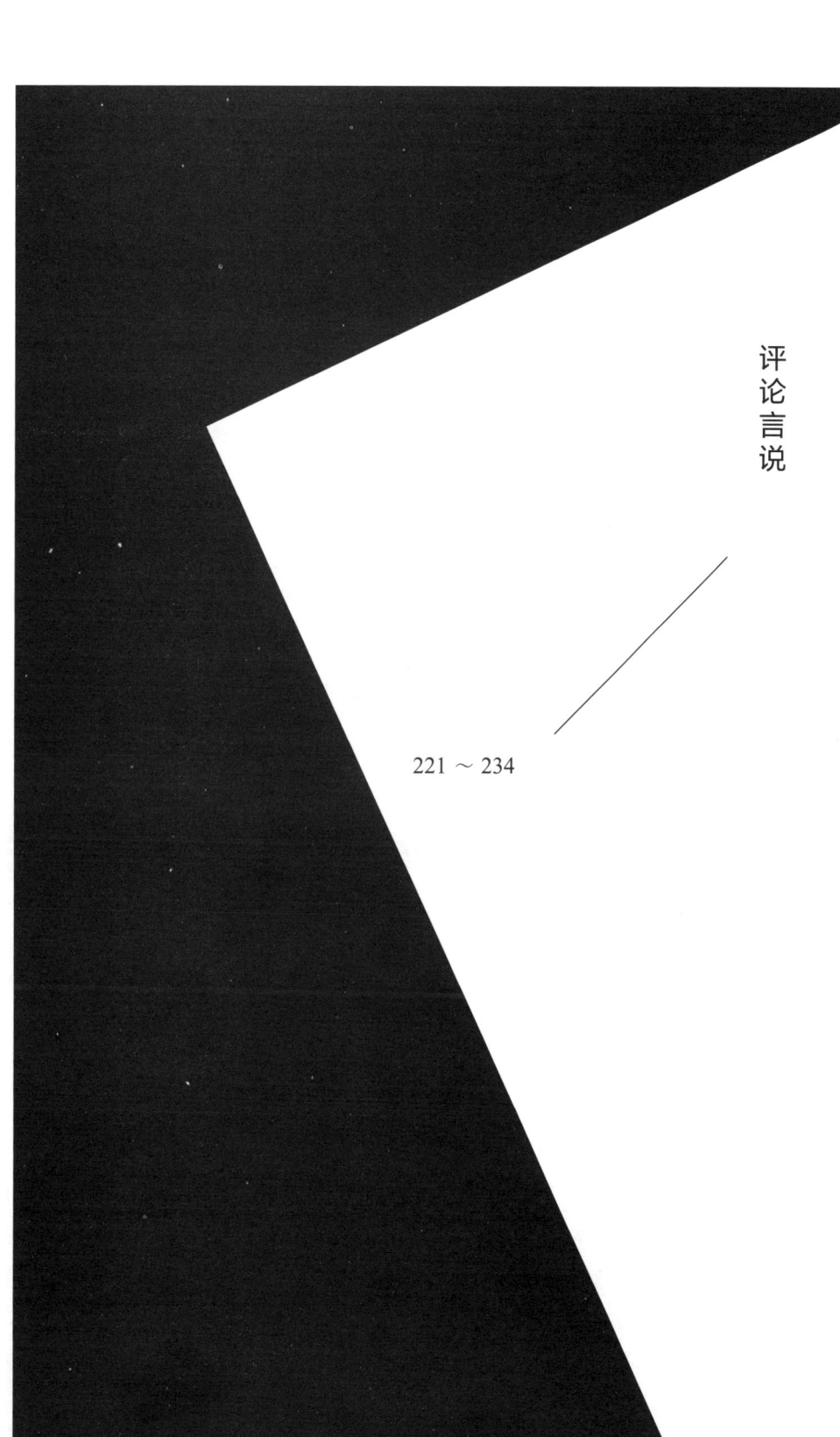

评论言说

221～234

真实的美总会让人感动

——读朱明东的《岭上花儿开》

陈国栋

正值深秋时节，我收到了作家朱明东从北方寄来的新作《岭上花儿开》。

忙完手中的活儿，我开始仔细地阅读这本作家近年来潜心创作的 21 万字的散文集。看到书中所述的地名、山名、河流名、森林中的各种树名，以及大兴安岭建设者在岭上岭下的一个个感人的故事，我爱不释手。《岭上花儿开》中所述的内容，我是既熟悉而又陌生的。熟悉的是大兴安岭的许多地方，包括大兴安岭黑龙江段、内蒙古段的许多地方我都曾去过，书中所写的加漠公路、漠河北极村，在我的脑海中都留下了深刻的印记。而林场扑灭熊熊大火的细节、铁道兵修铁路的艰难等发生在大兴安岭建设开发中的许多故事，我却是第一次从书中知悉。

《岭上花儿开》由六个部分构成，分别是：花儿蓝、花儿白、花儿粉、花儿黄、花儿紫、花儿红。明东对大兴安岭优美的自然生态景色的描述让我有身临其境的感受。茫茫的大兴安岭，从东北方向到西南方向延绵八百多公里，面积相当于浙江一个省。这里生长着繁茂的大森林，据有关资料显示，大兴安岭的森林覆盖率达到 91%。森林中白桦、落叶松、针叶樟子树、栎树、杨树、水曲柳、红柳等随处可见，夏季来到这里，看到和体验到的是林海葱郁、山花烂漫、蓝天如洗、空气清新的景象。

阅读《白桦树》可以体会到明东对白桦树偏爱："白桦树一年四季都充满浪漫，富有朝气。春天，她从沉睡中苏醒，洁白雅致宛如天使，在优美的乐章里跳着欢快的舞，把生机洒向人间；夏天，她枝繁叶茂，郁郁葱葱，装点一片青山绿水；秋天，她心高气爽，美醉天地，披挂一片金黄；冬天，她不畏严寒和肃杀，傲雪迎风，高洁不可冒犯。与落叶松、樟子松、柞木、杨树们在一起，白桦树总是那么耀眼，那么爽目。"在《墓碑前的山杜鹃》中，明东写道："山杜鹃只在春天才绽放。未绽放时，她静静隐没于森林草木中，平凡得不能再平凡。当她绽放时，整个大兴安岭都弥漫着醉人的气息。这气息清新自然，沁人心脾。"谈到秋天的景色时，明东写道："处暑过后，大兴安岭的秋风从岭南吹向岭北，又从岭北吹回岭南，大兴安岭收获了一片金黄。没有南去的大雁，更没有游动的云朵，大兴安岭的天空被秋风洗刷得空旷而高远。疯长如初的草木像层层叠叠的稻浪，在岭上岭下肆意起伏。临窗而立，努力向远处的群岭眺望。秋色正浓秋风正酣，大兴安岭景色美不胜收。"优美的文字，形象的比喻和描述，让我随着明东娓娓道来的文字来到了大兴安岭，并对这里的人与自然和谐共生的生态环境赞不绝口。

我对在大兴安岭的建设中无私奉献的人们怀有崇敬之情。大兴安岭森林覆盖率高，故防火灭火就成为当地政府、单位、居民的一项重要的工作。"自己拢共大大小小参加了10余次。1992年春呼玛火场群众扑火队伍里有我，2006年夏松岭火场群众扑火队伍里有我，2008年春呼中火场群众扑火队伍里有我，2010年夏呼中火场群众扑火队伍里还有我……大家裹紧棉大衣陆续进入梦乡，而我则掏出身上的笔和本，借着手电筒和满天的星光，写起扑火战歌来……"明东通过10余次参加森林灭火的亲身经历，讲述了过去与当下森林防火灭火的情景与形势，让我对森林防火灭火工作的重要性有了更加深入的了解，对参加森林防火灭火战斗的人们心中充满了崇敬之情。

几十年来，一代又一代的大兴安岭人，从内地到大兴安岭工作的知识青年、人民解放军指战员等，是祖国北边疆开发建设的脊梁。无数的脊梁汇聚一起，成为大兴安岭永远不灭的魂。在《一座城市的脊梁》中，明东讲述了当年中国人民解放军铁道兵在祖国北疆修建铁路的故事，当读到他的那句："大兴安岭的铁路，是一条用铁道兵生命铺就的壮烈之路"时，我的眼眶湿了。为了祖国北边疆的安全和经济的发展，为了北疆人民的幸福生活的早日到来，中国人民解放军指战员用自己的实际行动和生命代价，忠诚地履行了"紧紧地和人民站在一起，全心全意为人民服务"的宗旨，是我们最可爱最敬重的人。

明东对故土的眷恋、对亲人的怀念之情让我感动。明东出生于黑龙江省呼兰县。1982年春，年少的他随父母来到大兴安岭安家落户。而后10余年，他在大兴安岭上初中、技校。代干的他当过中学代教老师，任过团县委宣传部部长、县经委企业管理科副科长。1995年秋，他被湖北的一家国企单位以人才引进方式招入，担任厂长助理兼任办公室主任。后因企业转制，考入了当地的税务部门，最终成为一名国家公务员。2003年夏，在湖北工作了8年的朱明东因对故乡的眷恋、对父母的牵挂，回到了大兴安岭。回来后，他又先后在区政府办公室担任秘书，税务局办公室秘书、副主任，教育科科长，机关党委专职副书记。

2021年7月，向组织申请提前退休，专心从事文学创作。阅读《岭上花儿开》后，我对明东少年、中学及成年后的学习、生活和工作的环境及他的家庭、亲人有了较为全面的了解。可以说，他把自己的根牢牢地植入在大兴安岭这片热土中，并用文学的形式将对故乡的情、对亲人的爱呈现给我们。"对故乡，我一直未能从记忆中的故乡走出来。不是我步履踟蹰，是我深沉地热恋着生我养我的地方。在匆忙行走的岁月中，无论走到哪里，我最难以忘却的就是故乡……它是我的最爱，更是我不灭的依恋。即便我走得再远，那颗眷恋故乡的心都与故乡一同跳动。"或许从这段文字中我们可以看到明东对故乡的眷恋。

《伤祭的天空会下雨》是明东对亲情最好的解读："父母对湖北的生活环境很不满意，经常打电话动员我调回大兴安岭，得知加格达奇区人民政府选拔秘书，他们又急不可耐地打电话动员我。我迟疑，不想往回调。父母轮番哄我：'回来吧，你若回来，我们就去加格达奇和你们生活。'我和妻子信以为真，最终从3000多公里外的湖北调回了大兴安岭。我很乐观：加格达奇距离塔河260余公里，来回不远，父母都能够得着，不消说天天在一起，但经常来加格达奇还是能做到的。可是，我想错了。当新家安顿好后，父母却又张罗回塔河。我急了：'说好的和我们住一起，可把我们骗回来了，你们却又要走！'"从这段文字足以看到明东对父母的孝顺之情。当我们小的时候，父母是护身符，是保护伞，所有的喜悦、委屈都可以向父母倾诉，如今父母老了，远方的游子就想着回来陪护他们，正如大家所熟悉的一句话，百善孝为先，父母养我小，我要陪父母到老。

在一个家庭里，母亲不仅管孩子的生活，还要教育孩子学会做人做事。在《霍霍粥记》中，明东讲述母亲在生活极度困难的时候，带着孩子去拾别人家不要的土豆，而当全家人辛苦的劳动有所收获时，又被人家占有，而且母亲还让父亲去帮忙。可以想象，这件事对明东的影响是非常大的，母亲用自己的言行让子女知晓，什么叫谦让，如何与邻里乡亲相处。

一部好的文学作品，是作者用心、用情倾力创作出来的，这部作品不但讲了大兴安岭几十年来的建设发展变化，而且文字也很优美，相信《岭上花儿开》这本散文集，能够让读者可读、愿读、悦读。

陈国栋，中国自然资源作家协会主席，中国作家协会第十届全国委员会委员，《大地文学》主编。中国地质大学（北京）高级研究员、文学创作中心主任。在《人民文学》《中国作家》等刊物发表作品150万字。

一颗莲籽里的春天

——浅析王朝环组诗《扶贫日记》

乌日娜

"未见其人，先闻其声"用来比喻编者（抑或读者）对一篇（部）好作品的喜爱，继而引发对作者进一步了解的愿望，是最贴合不过了。我与写作者王朝环的结识也不脱此窠臼。

2021年的一个夏夜，一组作者署名为王朝环的诗歌《扶贫日记》跃入我的眼帘。读下来，其外在朴实无华、内里芳芬无限的诗意，让人不由暗暗叫好。作为脱贫攻坚主题的文学创作，这组诗无论是创作意境还是表现手法，都可称得上难得一见的好作品。编者优中选优，辑录了意境殊胜的10首，同时觉得有必要也有义务，为这组诗及其背后的故事说点什么。

一、《扶贫日记》的创作背景

党的十八大以来，党中央把脱贫攻坚作为全面建成小康社会的底线任务，带领全国各族人民创造了又一个彪炳史册的人间奇迹。王朝环是一名长期在基层工作的文艺工作者和包扶干部，这场声势浩大的脱贫攻坚战势必在她的心湖激起了千层波澜。谈及《扶贫日记》的创作初衷，她表明，自小对山野乡村情有独钟的她，爱着那里的风物，那风物滋养着她的悲喜苦乐，也时常拨动着她的心弦，回馈给她源源不竭的灵感。而脱贫攻坚工作为她潜下身心体验生活提供了一次很好的契机，也为她走出创作瓶颈起到了有力的助推作用。

王朝环所在的工作单位丰镇市文联于脱贫攻坚工作中包扶的是丰镇市三义泉镇十里库联村，她帮扶的贫困户苏宝仔老两口属于兜底户。对于第一次入户时的情形，她至今记忆犹新："见我们来，老两口便拿出全部的稀罕吃食来招待。大娘特别可爱，悄悄地盯着我看，还时不时地问这问那。神情满是母亲对孩子的喜爱和依恋……"讲到这儿，王朝环眼里泛着点点泪光，"老两口善良敦厚、通情达理，每有检查组入户询问，他们都会给予我和驻村工作队高度评价。他们从不提困难，对我工作的支持理解近乎对我的偏爱。有时我和爱人专程去看望两位老人，进了那个干净整洁的移民房，彼此毫无生分。脱贫攻坚工作不仅让我们成为帮扶责任人和帮扶对象的关系，更是成为不经意间就会牵挂的亲人。"

其间，王朝环多次走进官屯堡的扶贫车间和黄花种植基地，真实地感受到了在国家优惠扶贫政策引导下，贫困户自力更生创造美好新生活的火热场景。在扶贫车间，她采访了一位绣着花鞋垫、身有残疾的年轻女子。当聊起对今后生活的打算时，一抹红霞飞上了姑娘的双颊，眼波也变得流转而生动。"那一刻，我被姑娘通身洋溢着的美丽和幸福打动了。那光彩照人的美在别处是难以领略到的……"

凡此点点滴滴，日积月累，悄然在王朝环的心底汇成一条潺湲的清溪，而今抑制不住地自胸口汩汩流淌而出。我赞佩她的真情实感，她却羞赧地说："如今全国脱贫攻坚工作完美收官，而我只能用拙笨的文字记录那些中国新农村、朴实的中国农民和人与人之间最本真的情感。"

二、《扶贫日记》的创作特点

（一）严谨构思下的细节捕捉

对于现代诗歌创作来说，诗有无定法历来是被争议的话题。笔者以为，与其他体裁的创作一样，现代诗歌的创作同样需要有它内在的联系脉络，需要集中体现主旨，而"无定法"则是要求它在表现形式及创作手法上转折变化，起伏跌宕，增加耐读性。"无定法"在这里实则是一个辩证的法度。对此，王朝环显然明了在胸，否则不会用时一年来构思打磨一组扶贫诗歌。

扶贫工作无小事，一枝一叶总关情。王朝环凭借自己独到的眼力，从万千枝叶中采撷一二，充实到自己的"日记"里。"日记"里，10首清丽别致的小诗，10幅韵味独具的画面，因脱贫攻坚这一主旨，组成了不可割裂的有机整体，这不能不说有赖于作者的思想与匠心。《一树芽尖初探人间》《盼》的叙事主体分别是失学少女和一对老无所依的夫妇，反映了脱贫前的弱势群体在精神层面上体现出来的矛盾的现实状态。《一颗莲籽藏着整个春天》则是以象征的手法对脱贫攻坚必将取得全面胜利，寄予了百倍的信心与无限的憧憬。《帮扶责任人》《扶贫对象》《十里库联的笑容》描述了扶贫干部在帮扶结对工作中，责任意识的觉醒以及与贫困群众建立起来的鱼水情谊。《绣鞋垫》诗意地表明脱贫群众精神风貌焕然一新，树立起自立自强的信心和勇气。《采蘑菇》《抢收》《黄花深处》从细节情境着手，讲述了一线驻村干部舍小家为大家,将最美的年华奉献给脱贫事业的故事,谱写了新时代的青春之歌。

戴维·帕卡德说:"小事成就大事,细节成就完美。"细节虽然小,但如果缺失,就很容易使作品生硬与冷漠。而诗歌对细节的要求近乎苛刻,因为细节不仅蕴含着表现力,更能够强有力地展现诗的张力。我们分析诗的细节,也就更容易走进诗,理解诗。"只有干涸的眸子,呆滞地 / 落在田埂上 / 我掏出每句发问词,小屋里大雨将至",这是失学少女近乎落泪的神态。那干涸的眸子代指无尽的绝望,几句发自肺腑的问话,触动了少女深埋的伤痛,隐忍多年的委屈似乎一触即发,大雨一样滂沱而下。"连根拔起的苦菜 / 就像老夫断续的叹息,被泥土连成串 / 老妇择了又洗 / 然后安静地坐在那儿 / 坐到很晚,一直被夜色逼退 / 他们遁入一片空洞里",细节的还原,形象地再现了老夫妇孤苦无助的状态,而那苦菜被连根拔起,是否意味着从起始他们命运的走向就被作了注解。"我把'亲人'二字折了又折 / 资料袋越感沉重",细节的呈现,让扶贫工作者的责任意识有了可视性、可触性和可感性,从而具有了俘获人心的形象。"她的指尖变出一片绿叶 / 她和一朵花同时开放",干净利落的细节,模拟了残疾姑娘工作的瞬间,手中翻飞的五彩丝线随心走,描摹着幸福生活,隐喻她的生命之花迎来了春天……

作者深谙细节体现艺术,也只有细节的表现力最强,于是细节被渗透至作品的每一丝脉络里,整组诗歌因而散发着无限的亲和力和感染力。

(二)诗歌语言中的意象呈现

"我们读一首诗,最先接触到的是它的形体——语言,一首诗的好坏,几乎就决定在我们眼睛接触的那一刹那。诗语言处理的失败,也就注定了整首诗的失败,反之亦然。"(洛夫《诗的语言和意象》)《扶贫日记》恰好就给了编者这样的视觉体验。整组诗凭借质朴含蓄、凝练隽永的语言风格,在第一时间牢牢抓住了人的眼球,以《帮扶责任人》为例——

小诗以叙事的口吻描摹了"我"——帮扶责任人第一次入户走访时的情状:"六年前的夏天 / 我与这个村子、这户人家结缘",白描的手法极大地克制了情感,诗因而更加地朴素自然,这足以见出作者细腻的巧思与温暖的诗心。"我"是贯穿全诗的核心意象,"第一次盘腿上炕,吃带泥的柿子 / 听咔嗒咔嗒的风箱声 / 美到极致 / 第一次被一位老妪盯得不好意思 / 还是一声'孩子',解了围 / 让我有勇气 / 坦然地脱掉高跟鞋 / 光脚站在土院里"。随着情境的代入与推进,一个满是烟火气的农家小院立体地呈现在读者眼前——它贫穷,时至今日,土屋里仍响着在"我"听来"美到极致"的风箱声;它朴实,"我"可以毫无顾忌地"盘腿上炕",大口地吃泥柿子;它温暖,老妇人满心满眼全是"我",

以至于被"盯得不好意思",她慈祥地呼唤出只有母亲对"我"的呼唤——"孩子";它真切,"让我有勇气/坦然地脱掉高跟鞋",抛却虚名浮利,"光脚站在土院里",脚踏实地做真实的自己。作者借"我"叙说的,不仅仅是与包扶户情感的拉近与加深,也是对自我精神世界的审视与回归。全诗最精彩的部分应当是最末一节,简约的两句,却在空间与时间的流转中完成了意象的观照:"阳光照下来/我第一次被自己的影子拉长",作者借用"阳光"自上而下惠泽万物这一视角,呈现出"影子"紧贴着泥土的特写,暗示了光(时间)的移动里,"我"与"影子"进行了虚实置换。这种置换避免了诗意的单调,也赋予了诗歌丰富的层次和升华的内核,完美地诠释了随着脱贫攻坚工作的深入推进,扶贫工作者意识深处的自省与提升。他们扑下身心为老百姓踏实做事,从而实现真正意义上的人生价值。

诗歌平实质朴,并不意味着平铺直叙,也不是随意罗列语句,更不是句子的分行排列。好的诗歌在遵循"高度凝练"的艺术原则之上,不热衷追逐辞藻的华丽,而是平淡中情感真挚饱满,蕴含深意,那深意隐藏在意象中,耐人寻味,让读者不由自主地展开想象——

"挣脱风/用一致的口径/磕破春天的坚硬//我剥开坚硬的外壳/窥探它柔软的内心//我惯于在整个春天/关注小桥、流水、怪石/如同关注莲籽里藏着的一场/值得期待的盛宴。"(《一颗莲籽藏着整个春天》)诗歌创作中,意象是为所要表现的主题服务的。诗中的"莲籽"是外物形象与作者的情感状态融合而成的蕴于胸中的审美意象。莲籽质硬味苦,但谁能说坚硬外壳包裹着的不会是如火的荷花、接天的莲叶?作者精心筛选,以"莲籽"借代国家的"脱贫攻坚",而这项任务的艰巨需要我们"磕破春天的坚硬"。而诗人始终将目光置于"事"外,以关注这场"值得期待的盛宴"。无限的温暖和美好的憧憬随着生动真诚的表达缓缓释放,诗里没有出现"脱贫攻坚"这一概念化的词语,但是我们能体悟到诗人内敛的情绪里,始终洋溢着赢得脱贫攻坚全面胜利的信心与决心。

"独照之匠,窥意象而运斤。"(刘勰《文心雕龙》)选择恰当的意象进行表达,无疑是一首诗歌成功的关键。可以说,《扶贫日记》纷呈的意象,在很大程度上成就了整组诗的成功。

(三)通融意境上的主题升华

诗贵在意境,所谓炼句不如炼字,炼字不如炼意。意境依赖于意象而产生,又超越于具体意象之外,需要通过联想和想象才能达到一种艺术境界。通融的意境之美,可以引起读者强烈的共鸣和丰富的想象,《十里库联的笑容》无疑是很好的范例——

诗的起始以流动的意象、绚丽的色彩渲染出春到山乡的美丽图景:"三月,村子里万物复苏了/比打碗碗花、双孢蘑菇更早漫遍山野的/是十里库联的一张张笑脸。"是啊,还有什么比老百姓的张张笑脸更令人欣慰的呢?一个"比"字,让人浮想联翩,诗意尽致,生动地体现出国家脱贫攻坚的深入人心,老百姓对扶贫工作的衷心拥护和对扶贫工作者的肯定,"这是我们常常得到的褒奖"。可见诗人不是肤浅地观察生活,实录生活,而是切入人的内心世界,从中发现更真实更本质的存在。接下来,诗人运用通感手法,将视觉转化为嗅觉,营造了一个线条清晰、柔和优美的境界,这境界便是贫困群众在国家帮扶政策的关爱下,过上幸福生活的写照:"桃杏飘香、家雀满廊/每到春天来临,最不易掩藏的/被幸福宠爱过的芬芳。"而对于丰收的憧憬,对于美好生活的向往,让"此刻,我拨快时钟/急于记录八月金色的景象",一气呵成地完成了诗情的飞跃,诗的意境更为丰富更为深远。

诗的品格之高下,不在迹在乎意。这个"意"就是思想高度,包括作者的立意、作品的题材和主题的呈现。"……这里曾是不毛之地/花香接踵而来,种子破土/经历过有趣的春夏,如此栩栩如生/必该藏着那些女子的青春。"《黄花深处》作为组诗的结尾,即意于境,境中见意,化用了"战地黄花分外香"的象征意义,表达了作者对国家的脱贫攻坚,对生活意义的宏观感悟和理性思考,也是对自身生命价值的正视,从而确立积极向上的生活态度。至此,整组诗的分量骤然加重,诗的内涵也得到了无限升华。

明朝朱承爵的《存馀堂诗话》言:"作诗之妙,全在意境融彻,出音声之外,乃得真味。"而做到这一点并非易事,诗人的责任感、知识层次、意象性思维、敏锐的感觉、笔力等都决定着诗的质量。可以说,《扶贫日记》近乎全面地体现了作者兼而有之的创作能力。

三、《扶贫日记》的现实意义

作为世界上最古老、最基本的文学形式,诗歌被誉为文学殿堂穹顶之上那颗最璀璨的明珠。笔者却更愿将它看作一棵植根厚土、耸入云天的大树。这棵大树穿越千万年,姿态仍是"一半在尘土里安详,一半在风里飞扬"(三毛《如果有来生》),其上,蓊郁的精神与思想之叶,摇曳着人类灵魂深处承载的苦难欢乐、挫折成功,闪耀着人类精神结构中永恒的尊严和美丽。

古今中外,无论现实主义、浪漫主义,还是象征主义、意象主义,无论采用什么创作手法,优秀的诗歌无一不是来自社会生活,无不折射出历史美、知性美和人性美。正如别林斯基说:"任何伟大的诗人之所以伟大,是因为他的痛苦和幸福深深植根于社会和历史的土壤里,他从而成为社会、时代以及人类的代表和喉舌。"这也从另一个侧面印证了人民需要真正的文学艺术,人民才是文学艺术真正的鉴赏者,而丰富的社会生活又是文学艺术创作的源泉,深入生活是所有文学艺术工作者成功的不二法门。诚如习近平总书记在文艺工作座谈会上的讲话中指出的:"要把满足人民精神文化需求作为文艺和文艺工作的出发点和落脚点,把人民作为文艺表现的主体,把人民作为文艺审美的鉴赏家和评判者,把为人民服务作为文艺工作者的天职。"

文学艺术就像一把火,温暖别人的同时,也砥砺了自己,启迪别人的时候,也洗涤了自己的灵魂。读完《扶贫日记》,我想起曾经读到的一个观点:感情,尤其是爱,是诗歌创作的伟大的动力和源泉。这感情,这份爱,不正是"一切为了人民"的滚烫的挚诚之心——初心吗?仅此一点,王朝环的诗歌创作态度无疑是真诚而炽热的,她的诗歌创作方向无疑是坚定而执着的。

乌日娜,内蒙古乌兰察布市文联《敕勒川》编辑部诗歌编辑。部分作品发表于《中国流派诗刊》《作家新视野》《敕勒川》。诗歌《夜之心》入选《内蒙古女子诗歌双年选·2019/2020》。

为梦之光赋形

——读黄世英报告文学《逐梦人生》

张　艳

一位地质工作者坚持从事地质文学创作整整60周年，要以什么方式来纪念？60年，对于浩瀚的银河系只是弹指一挥间，对于一个人，可以说是毕生的精力。用毕生的精力做一件事，而且是他热爱的事，实谓不凡。冰心老人说，一个人年老了还在坚持写诗，才是诗人。同样，一个作者多年坚持写作，这才称得上真正的作家。2022年，为记述这位真正作家的成就，《逐梦人生》倾情巨献。

大山里飞出作家梦

介绍这本《逐梦人生》之前，必要先说一下编著这本书的主人公：黄世英。从一位普通的地质队员到国家一级作家、中宣部全国"五个一工程"奖评委、中国电影金鸡奖评委、全国人文奖评委、全国五一劳动奖章获得者，他历经千辛万苦。《逐梦人生》忠实记录下其中的一点一滴，"有他从事地质文学创作的深情回忆，也有全国报刊发表的关于他文学创作的文章，客观地记录了一个著名地质作家的成长历程，不仅给人启迪与力量，还具有史料价值。他对年轻一代了解地质、热爱地质、献身地质事业，继承、发扬'三光荣'精神，都是一部难得的教科书"。

不是我讨巧，直接引用了序言中中国地质调查局原党组书记、局长孟宪来的话，而是，此话生动地向我们展示出一位有着人格魅力的作家的辉煌历程。

《逐梦人生》封面网纹质感设计，凝重、浑厚的青绿与大地色相间，背景是苍茫戈壁、大漠，朦胧有致，令人遐想。翻开封面，是一页素色的湖蓝纸，简约质朴中不着一字，却述尽无数。全书列有五辑：《逐梦》《记忆》《怀念》《印象》《评论》。其中前两辑黄世英（以下统称黄老）书写从年少时做"地质梦"到一步一步成为"大山里走出的作家"的经历,"半个多世纪以来,我的创作镜头一直对准国家重大地质工程项目与不断涌现的'萧继业'们,为'勇敢者'立传、为地质事业放歌,用文学作品记录当代中国地质事业的足迹与辉煌";第三辑垂泪而念革命前辈孙大光、陈荒煤、高鸿鹄先生以及一见如故的王家乙导演,深情而细腻地记述他们的人格魅力,其知遇之恩,其中的恩泽,有千钧之重;《印象》汇编了25篇全国各地报刊登载过的关于黄老的印象与评价;《评论》则收集了全国作家及知名人士对他作品的述评文章,共24篇。我用两天的时间阅读了这部25万字的著作,彻夜披读,感慨系之。

合上书的那一刻,我眼前闪动的是一位身材敏捷、步履稳健、目光有神、声音洪亮的智者。我在书房里打着转,此时夕阳西下,我去餐厅取了一杯水回来,奇妙的景象发生了:书桌上的《逐梦人生》突然撞入我的眼里,各处的物什都隐去了,只有它,泛着光芒,幽幽的,迷人的。这光,不是外面照过来的,而是书自身所发出来的。一种形容不出的感觉,震撼了我,一束银色的光芒,金属的高贵银,笼罩全屋。明明书是青绿与大地色相间,但此刻却让周围镀上了一层"银",这光泽值得用银色来替代,也只能用高贵的"银"来代替。

处于自己的生态之中

展阅黄老的文学之路,其从未离开"地质"这两个字。野外一线工作之余,像每一个有梦想的人一样,他从最初的突发奇想到挥笔写作,再到怀着忐忑的心情投稿,盼着发表,那心情该有多焦急和期待。黄老发的处女作是一首诗歌《罗盘》,继而慢慢开始了散文、小说的写作,到后来的文学剧本的创作。可是,他的三部电影剧本接连被拒,"五年来,连续遭遇'滑铁卢'!"他"不认输,屡败屡战",进而越战弥坚。"利用假期自费到西藏羊八井地热田去补充生活,继续修改电影剧本",城堡终被他攻掠而下。他说:"前半辈子从事业余地质文学创作,后半辈子从事专业地质文学创作。60年来,我亲历了中国地质事业的发展与辉煌,用我的作品记录了中国地质事业前进的步伐。"

写作不但能使人年轻,还能度人间疾苦。黄老可谓著作等身,其实他本身就是一本书,在《半个多世纪的足迹》中,从20世纪60年代到如今的60年间,历经风风雨雨。黄老说:"每一年遇见的风景,每一年创作的作品,每一件亲历的事情,依然历历在目,屈指可数,难以忘怀。"这是对过去的缅怀,也是对未来的期许,黄老经历过贫苦与艰辛,经历过"文革"与改革,他"戎马一生",心甘情愿。

在历史的重大关头,他总能抓住先机,吹响时代的号角,用一颗挚诚的心与时代、与离不开的地质事业同频共振。艺术上执着地追求,没有随波逐流,保持自己的个性锋芒,《男儿要远行》《胡杨》《福兮祸兮》等多部优秀的文学著作相继问世。进入21世纪,黄老更是老骥伏枥,志在千里,他没有躲在功劳簿上沾沾自喜,而是与时代同呼吸、共命运,在艺术上不断探索创新,努力完善和超越自我,以昂扬的精神继续向艺术高地挺进。《生死罗布泊》《青藏劲旅》《生死大营救》《国花的故事》等一大批作品显其深厚的文学功底。

现在的年轻人,对老一代作家的作品多有微词,甚至表现出不屑,这是因为年龄的代沟、时代的差异吗?不,不。当代人读老子、孔子、庄子、墨子都没感觉出什么代沟,怎么同处一个时代倒常常闹代沟?可见代沟这东西,愚者有,智者无,多是夸张之辞。《逐梦人生》诚然没有新颖的技法,但,绝没有题材的同质化,此书完全具备了优秀作品的品质。里面的每一个字、每一句话,似乎换了别的字、别的句子,就不妥了。

《逐梦人生》所蕴含的信息量很大,这是一位作家文字生涯的缩影。我相信,它所蕴生的,一定比我所感受到的要更多。经过时间的沙漏,此书必能在黄老美好的人生旅程中,涟漪一般,散发出洞穿千载的幽微光芒和凛冽芬芳。

因着黄老非凡的人生经历,他的写作也就变成了"神性"(心灵、悟性)写作。每一个人都有独特的气场,黄老的"个人"是真正的个人,生命是真正的生命,其独到的文本、多部著作的丰产让他处于自己的生态之中。是的,是生态。人应该是一个生态,那些经历的艰苦,那些沉淀的思想,那些朴实却又有华的色彩,使《逐梦人生》不仅拥有了空间还拥有了时间。而时间,是成就黄老作品的精髓所在。

帕慕克说:"写作,就是把内省外化为文字,就是以耐心、执着和快乐的心情,用自己的思想去探寻一片全新的天地。"黄老用文字为自己营造出一个世界,同时也在塑造内心世界的另外一个"我",把白首之年的光荣和梦想赋形于文学,奉献给他热爱一生的祖国和人民。

张艳,中国自然资源作家协会会员,河北省作家协会会员。中国地质大学(北京)驻校作家。作品发表于《散文百家》《阳光》《中国自然资源报》《中国矿业报》《大地文学》《散文诗世界》《苏州日报》等报刊。

中国自然资源作家协会第四届签约作家名单公布

党的二十大提出了到 2035 年建成文化强国的战略目标，对推进文化自信自强，铸就社会主义文化新辉煌做出部署。为进一步落实"525 人才培养工程"，中国自然资源作家协会力求给更多优秀作家提供成长空间。自实行作家签约制度以来，中国自然资源作家协会已先后有三批签约作家在签约期内完成特定的选题创作，发表（出版）具有相当水准的自然资源题材作品，或在省级以上文学刊物和《大地文学》发表自然资源题材文学作品。第四届签约作家（2023—2025 年）共计 36 名，是在对第三届签约作家完成作品情况进行审议和层层筛选的基础上确定的，又增加了数名近年来创作势头迅猛的作家，经主席团审议通过，现公布名单。

中国自然资源作家协会第四届签约作家名单
（2023—2025 年）

姓名	省份	体裁	姓名	省份	体裁
陈华文	湖北	评论 剧本	陶琦	广西	散文
陈慧君	山东	小说	王珊	山东	小说
范美霞	河南	小说 报告文学	王少勇	北京	诗歌
葛小明	山东	诗歌 散文	王丽梅	陕西	散文
何其三	安徽	诗歌	王晶	山东	诗歌
郇恒发	山东	散文	王先桃	江西	散文
刘学刚	山东	散文	汪洋	江苏	诗歌
吕敏讷	甘肃	散文	熊宴	四川	小说
刘将成	湖北	诗歌 报告文学	杨亚丽	河南	散文
林汉筠	广东	散文	杨辰	北京	散文 小说
梁积林	甘肃	诗歌	闫峰	江苏	小说
范庆奇	香港	诗歌 散文	左中美	云南	散文
李曼	江西	散文 报告文学	张艳	河北	散文 报告文学
李慧	北京	散文 报告文学	张世奇	山东	诗歌 散文
马玫	云南	小说	张常美	山西	诗歌
任继红	四川	诗歌	张同远	江苏	小说
孙大顺	安徽	诗歌	张琨	贵州	报告文学
孙学丽	辽宁	报告文学	赵光华	山西	小说